MEDO CLÁSSICO

Ilustrações
© Lula Palomanes, 2019

Diretor Editorial
Christiano Menezes

Diretor Comercial
Chico de Assis

Diretor de Novos Negócios
Marcel Souto Maior

Diretor de Mkt e Operações
Mike Ribera

Diretora de Estrat. Editorial
Raquel Moritz

Gerente de Marca
Arthur Moraes

Editor
Bruno Dorigatti

Capa e Projeto Gráfico
Retina 78

Coordenador de Arte
Eldon Oliveira

Coordenador de Diagramação
Sergio Chaves

Revisão
Maximo Ribera
Retina Conteúdo

Finalização
Sandro Tagliamento

Impressão e Acabamento
Gráfica Geográfica

DADOS INTERNACIONAIS DE CATALOGAÇÃO NA PUBLICAÇÃO (CIP)
Angélica Ilacqua CRB-8/7057

Medo imortal / organizado por Romeu Martins ; ilustrado por Lula Palomanes. — Rio de Janeiro : DarkSide Books, 2019.
464 p. (Medo clássico)

Bibliografia
ISBN: 978-85-9454-169-7

1. Contos de terror – Antologias 2. Terror na literatura
I. Martins, Romeu II. Palomanes, Lula

19-0666   CDD 808.83

Índices para catálogo sistemático:
1. Contos de terror : antologias

[2019, 2024]
Todos os direitos desta edição reservados à
DarkSide® Entretenimento LTDA.
Rua General Roca, 935/504 — Tijuca
20521-071 — Rio de Janeiro — RJ — Brasil
www.darksidebooks.com

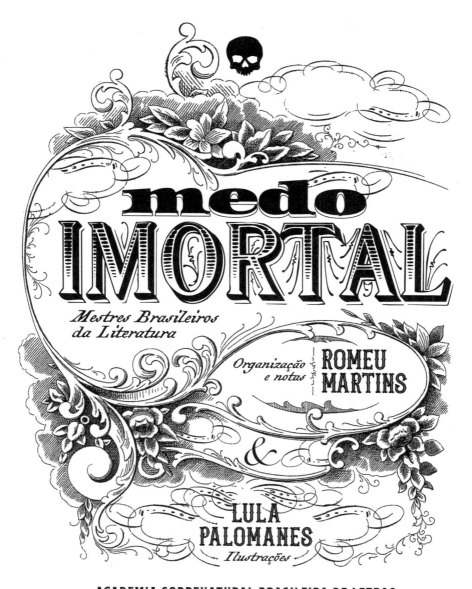

medo IMORTAL

Mestres Brasileiros da Literatura

Organização e notas **ROMEU MARTINS**

&

LULA PALOMANES
Ilustrações

ACADEMIA SOBRENATURAL BRASILEIRA DE LETRAS

SUMÁRIO
MEDO IMORTAL

Introdução DarkSide 9

MACHADO DE ASSIS

A Igreja do Diabo 20
A Vida Eterna 29
Um Esqueleto 45
Sem Olhos 63
A Causa Secreta 83
Pai Contra Mãe 94

ÁLVARES DE AZEVEDO

Noite na Taverna 111

BERNARDO GUIMARÃES

A Dança dos Ossos 174

FAGUNDES VARELA

A Guarida de Pedra 198
A Cruz 207

COELHO NETO

A Sombra 212
A Casa "Sem Sono" 216

ALUÍSIO AZEVEDO

Demônios 226

AFONSO CELSO

Fantasmas 269
Morto-vivo 271
Valsa Fantástica 273

SUMÁRIO
MEDO IMORTAL

INGLÊS DE SOUSA

Acauã 286
O Gado do Valha-me Deus 294
O Baile do Judeu 302

MEDEIROS E ALBUQUERQUE

Palestras a Horas Mortas 313
O Soldado Jacob 324

AFONSO ARINOS

A Garupa 334
Assombramento 343

JOÃO DO RIO

Dentro da Noite 370
O Bebê de Tarlatana Rosa 378
A Peste 385

HUMBERTO DE CAMPOS

O Monstro 399
Morfina 403
Os Olhos que Comiam Carne 409

JÚLIA LOPES DE ALMEIDA

As Rosas 420
Os Porcos 423
O Caso de Ruth 429
A Neurose da Cor 438
A Valsa da Fome 445
A Alma das Flores 451

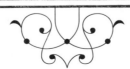

INTRODUÇÃO DARKSIDE

por
ROMEU MARTINS
2019

O ANO É 1897.

O irlandês Bram Stoker (1847-1912) publica *Drácula*, o romance que vai mudar sua vida. Narrando sob a forma de cartas as aventuras e desventuras de um jovem advogado inglês, Jonathan Harker, que se envolve com o vampiro conde Drácula, Stoker não criou propriamente a figura do monstro — que já aparecera em obras como *O Vampiro*, de 1819, de John Polidori (1795-1821) —, mas certamente escreveu o maior clássico do gênero. Hoje é difícil dissociar a imagem do vampiro da criatura de seu romance, a tal ponto que falamos da "herança de Drácula" ou dos "herdeiros de Drácula" ao nos referirmos a histórias escritas na mesma época ou após a sua publicação.

No mesmo ano e na mesma Inglaterra da rainha Vitória, o inglês H.G. Wells (1866-1946), que já havia publicado *A Máquina do Tempo* e *A Ilha do Dr. Moreau* nos anos anteriores, estava às voltas com o lançamento de *O Homem Invisível* ao mesmo tempo em que escrevia os capítulos iniciais de *A Guerra dos Mundos* para as revistas *Pearson's*, do Reino Unido, e *Cosmopolitan*, dos Estados Unidos. Sua trama sobre uma invasão de marcianos seria encadernada pelo editor londrino William Heinemann (1863-1920), no ano seguinte, e curiosamente ajudaria a espalhar o pânico na Costa Leste dos Estados Unidos quarenta anos depois, quando o futuro cineasta Orson Welles (1915-1985) dramatizaria o texto no formato de boletins de rádio.

Ouvintes desavisados acreditaram na veracidade do programa e saíram às ruas temendo por suas vidas.

A mistura de terror e admiração suscitada pelo novo mundo descrito por H.G. Wells lembrava, de certa forma, os desenvolvimentos científicos e as discussões filosóficas narradas por Mary Shelley (1797-1851) em seu romance *Frankenstein, ou o Prometeu Moderno*, mas que não eram exclusivas dos romances de língua inglesa. Rival literário de Wells, Jules Verne (1828-1905) também popularizava na França o embrionário gênero, que viria a ser conhecido depois como ficção científica com sua coleção *Viagens Extraordinárias*. Wells, Shelley e Verne, separados pelo tempo e pelo espaço, ainda hoje figuram nas intermináveis discussões de fãs e estudiosos acerca da paternidade da FC.

Que tal voltarmos para os Estados Unidos e darmos uma olhada no que acontecia por lá em 1897? Na cidade de Providence, capital do pequeno estado de Rhode Island, na região conhecida como Nova Inglaterra, um precoce menino de sete anos, chamado Howard Phillips escreve sua primeira obra de ficção, a qual deu o título de "The Noble Eavesdropper" (algo como "O nobre bisbilhoteiro").

O texto acabou se perdendo, infelizmente, mas, em sua volumosa correspondência com leitores e colegas de ofício, o autor classificou a experiência como sendo o único conto que escreveria antes de ler qualquer coisa de seu conterrâneo Edgar Allan Poe (1809-1849), outro escritor que viveu na região da Nova Inglaterra, mas em Boston, no estado de Massachusetts. De fato, nos anos seguintes, assinando como H.P. Lovecraft (1890-1937), o morador de Providence daria continuidade à obra de Poe, unindo a literatura gótica à ficção científica, e elevando o horror a uma escala cósmica.

E bem mais para o sul, aqui no Brasil, no marcante ano de 1897, o que estaria acontecendo em termos literários? Nada menos do que a fundação da Academia Brasileira de Letras — instituição cultural inspirada no modelo existente na França desde 1635 —, que passaria a reunir os quarenta maiores escritores e intelectuais do país, com a missão de preservar o idioma e a memória cultural brasileira. Machado de Assis (1839-1908), até hoje considerado o melhor e mais importante de nossos escritores, encabeçava o movimento pela criação da entidade.

Autor de romances que criticaram e radiografaram a realidade nacional, Machado foi escolhido de maneira unânime por seus pares como o primeiro presidente da ABL (não por acaso, também conhecida como "A casa de Machado de Assis").

Mas o que poderia unir a elite intelectual de nosso país, escritores eruditos, romancistas da alma nacional, liderados pelo maior nome de nossa literatura, a autores populares que escreviam histórias sobre vampiros, cadáveres revividos pela ciência, marcianos imperialistas e demônios do espaço profundo? Pois o objetivo desta antologia é justamente lembrar que existem, sim, muitos pontos de convergência entre esses mundos.

Tanto os membros fundadores da ABL quanto os acadêmicos que os substituíram nas décadas seguintes eram pessoas de seu tempo, perfeitamente cientes do que ocorria em termos literários nos grandes centros do mundo. É normal que entre sua vasta produção, em meio a contos, novelas, romances, peças de teatro, artigos de jornal, crônicas e outras modalidades de escrita, nossos imortais ocasionalmente se ocupassem com histórias produzidas para gerar o medo e o senso de aventura em seus leitores, da mesma forma que Stoker, Polidori, Shelley, Verne, Wells, Poe e Lovecraft, entre tantos outros escritores espalhados pelo mundo na mesma época.

A coletânea reúne contos, passando por uma novela e algumas amostras de poesia, de autores que inspiraram, fundaram e fizeram parte da nossa mais prestigiosa associação de escritores e intelectuais, criada no mesmo ano de lançamento de *Drácula*, de *O Homem Invisível*, da versão em folhetim de *A Guerra dos Mundos* e do conto perdido "The Noble Eavesdropper". A intenção é preencher o vazio deixado pela crítica acadêmica no Brasil, que, no século XX, optou por privilegiar um ideal literário que tivesse como missão construir uma identidade nacional.

Após a proclamação da República, em 1889, a intelectualidade brasileira desejava cortar todos os laços que nos prendiam ao passado colonial e às influências europeias, então consideradas nocivas, e pavimentar um futuro baseado em uma literatura acima de tudo realista, que tratasse dos nossos cenários e do nosso povo. Desta forma, foi feita uma revisão no que já se havia publicado no país para destacar obras que correspondessem à nova diretriz estética e ideológica, mesmo que o preço a pagar fosse o esquecimento de textos de qualidade de autores canônicos que privilegiassem outras formas de entretenimento intelectual.

Como observou o pesquisador Lainister de Oliveira Esteves, em sua tese de doutorado *Literatura nas Sombras: Usos do Horror na Ficção Brasileira do Século XIX*, defendida em 2014, nesse contexto, houve deliberadamente uma mudança de padrão: "Interpretada como desvio momentâneo, a literatura de matriz byroniana, por exemplo, rapidamente se esgota e é substituída por tendências referenciadas em Victor Hugo". Este último, claro, é o gigante das letras francesas, responsável por obras como o monumental *Os Miseráveis*, escrito no ano de 1862, o tipo de livro realista e carregado de crítica social idealizado por nossos intelectuais.

Já o termo byroniano diz respeito ao poeta gótico inglês Lorde Byron (1788-1824). Para dar apenas um exemplo de sua influência — que passava a ser considerada nociva —, foi ele o responsável pelo encontro de intelectuais em uma residência de verão na Suíça que está na origem de duas obras já mencionadas aqui: *O Vampiro*, de John Polidori, e

Frankenstein, de Mary Shelley. Aqui no Brasil, como veremos à frente, ele também inspirou alguns de nossos mais conhecidos escritores.

"A missão cívica e a vocação nacionalista das letras brasileiras teriam como um de seus mais sensíveis efeitos imediatos o veto à imaginação que redundaria no caráter necessariamente realista da literatura do século XIX", continua Lainister Esteves.

> Organizadas na chave autoral que privilegia obras centrais, as histórias literárias tendem a desprezar motivos considerados menores, como evidentemente acontece com o horror. A construção de uma autoridade literária, cujo objetivo principal é a consolidação de uma noção romântica de gênio criador e de obra-prima, encontra no nacional seu motivo ideal. A legitimação de uma originalidade que se pretende evidente e que, portanto, deve romper com tradições literárias estrangeiras, transforma o nacionalismo em expressão da particularidade, que passa a ser o elemento necessário para a consagração da tipologia do autor romântico.

As consequências desta caça às bruxas, às tradições estrangeiras e à imaginação devem ser bem claras: houve um abandono e um esquecimento proposital de boa parte de nossa literatura. Com o novo paradigma reforçado nos currículos escolares, adotado nas pesquisas de pós-graduação das universidades, incentivado por meio de bolsas de estudo e de premiações, além de artigos na imprensa, o modelo se firmou ao longo do século passado a tal ponto que, para boa parte — se não, a maioria — dos brasileiros, a literatura nacional de qualidade jamais produziu algo que não fosse identificado com o realismo e com o naturalismo.

O horror, assim como outras manifestações do fantástico (como a fantasia e a ficção científica), passou a ser um produto quase exclusivamente de importação. E, não por acaso, são best-sellers das livrarias em solo pátrio. Isso para nem mencionar o sucesso que costumam fazer em eventuais adaptações para outras mídias, como o cinema e a TV.

Felizmente, como demonstra a pesquisa de doutorado citada, no século XXI, a universidade brasileira começa a rever essa atitude e, cada vez mais, produz novos estudos, na forma de ensaios, artigos em revistas acadêmicas, teses e dissertações, que jogam luz em nosso passado byroniano. Nas apresentações dos autores e de seus textos que faremos nesta compilação, sempre que possível vamos referenciar alguns desses trabalhos universitários, principalmente, mas não exclusivamente, os produzidos pelo Grupo de Estudos do Gótico no Brasil, estabelecido desde 2014 na Universidade Estadual do Rio de Janeiro (UERJ). É uma maneira de demonstrar os novos tempos da aceitação e da valorização da literatura de horror em nosso país.

Antes de dar lugar aos textos que são a razão de ser desta coletânea, vale uma última observação. Quem passou o olho pelo SUMÁRIO talvez tenha notado, entre o nome de tantos imortais da ABL que em um momento ou outro estudou na escola ou na universidade, a presença de uma estranha: Júlia Lopes de Almeida (1862–1934), nascida no Rio de Janeiro, filha de pais portugueses, casada com um poeta também de Portugal, pioneira entre as romancistas brasileiras e escritoras de livros infantis em nosso país.

Seu nome não consta em nenhuma relação de membros da Academia Brasileira de Letras por uma razão simples. Apesar de ter sido uma das intelectuais que mais se mobilizaram no período, participando de várias reuniões para a fundação da entidade, ela acabou vetada na última hora. Nossa Academia não copiou o modelo francês apenas quanto ao número de membros, o uso do fardão e o hábito de chamar seus integrantes de imortais. A instituição nacional também adotou a restrição gaulesa quanto à participação de mulheres em suas dependências. Dessa forma, quarenta homens foram os membros fundadores da instituição, que por sua vez escolheram outros quarenta homens como patronos das cadeiras que eles passariam a ocupar de maneira vitalícia, até o momento da morte de um deles, quando outro homem seria eleito para substituí-lo. A hegemonia masculina só foi abolida por aqui oitenta anos após a criação daquela entidade, quando a cearense Rachel de Queiroz (1910-2003) foi eleita. Era já avançado o ano de 1977 naquela ocasião.

A descoberta de que a candidatura de Júlia havia sido proposta por Lúcio de Mendonça (1854-1909), advogado, escritor e um dos idealizadores da Academia, se deve à pesquisadora Michele Asmar Fanini, que, em meados dos anos 2000, se debruçou nos arquivos da instituição para investigar a presença feminina em seus salões nobres. "Eu, que então mirava a ABL pós-1976, quando as candidaturas deixaram de ser uma prerrogativa masculina, passei também a me dedicar aos seus primeiros oitenta anos de existência, marcados pela presença feminina como parte do inenarrável", escreveu Fanini em um artigo para a *Folha de S. Paulo*, em 2017.

No mesmo ano, durante as comemorações do aniversário de 120 anos da Academia, os imortais organizaram uma homenagem, celebrando uma imaginária cadeira de número 41, em honra daqueles que, por um motivo ou outro, jamais foram escolhidos para usar o fardão. A primeira da lista de homenageados foi justamente Júlia Lopes de Almeida. Como o leitor há de conferir nos textos que encerram este livro, sua presença aqui é uma questão de justiça e de reconhecimento de sua qualidade como autora.

Como diriam os advogados, é uma matéria de direito, ainda que não de fato, que ela esteja incluída em nosso livro, ao lado de seus pares.

Sendo assim, além de Júlia, integram *Medo Imortal*, seis membros fundadores da Academia, três dos patronos escolhidos por eles e outros três acadêmicos eleitos nos primeiros anos de existência da ABL. Desta forma, o livro que o leitor tem em mãos buscou traçar o panorama dos primeiros cem anos de produção da literatura de horror no Brasil, conforme ela foi produzida entre a segunda metade do século XIX e a primeira do século XX pelos mais renomados escritores que já atuaram nestas terras.

São José da Terra Firme
Santa Catarina

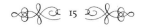

INTRODUÇÃO

MACHADO
de
ASSIS

1839–1908

Parece justo que se comece uma antologia como esta com aquele que não só foi um dos fundadores e o primeiro presidente da Academia Brasileira de Letras como também ainda hoje é considerado por virtual unanimidade o maior e mais universal de nossos escritores.

Sendo conhecido como Bruxo do Cosme Velho e um autor incontornável em tantos gêneros e formatos literários — do romance ao conto, da poesia à crônica, das sátiras de costume e de política ao Realismo — não seria justamente às narrativas de terror que ele nos faltaria. Antes pelo contrário, Machado de Assis só não é ainda mais reputado como um dos grandes criadores do medo em prosa devido ao inegável brilho que alcançou em áreas comparativamente bem mais valorizadas pela crítica profissional em nosso país. Nem mesmo o fato de um de seus livros mais aclamados, *Memórias Póstumas de Brás Cubas*, de 1881, ser narrado por um autointitulado defunto-autor, fez chamar a atenção da crítica especializada para o que mais ele teria a contar sobre histórias que dizem respeito ao além-túmulo.

Pelo menos assim o foi por um bom tempo ao longo do século XX, mas com frequência cada vez maior, mais e mais acadêmicos (aqueles das universidades, não necessariamente os que fazem parte da ABL) se debruçam sobre a produção ligada ao macabro de nosso Bruxo. É o caso do ensaio *O Horror Ameno: Contos de Machado de Assis no Jornal das Famílias*, de 2017, do já mencionado doutor em História Social Lainister de Oliveira Esteves. Nesse texto, o especialista comenta a fonte de boa parte dos contos apresentados nestas páginas, um periódico carioca fundado em 1863 e que trazia material voltado principalmente ao público feminino. A literatura folhetinesca de Machado de Assis, "do grotesco banquete de canibais à convivência mórbida com esqueletos", aparecia lado a lado com moldes de figurinos para senhoras e dicas de tricô e crochê:

> Se há alguma lição a ser aprendida é que a ficção, disfarçadamente, sorrateiramente, exploraria aquilo que poderia parecer vedado e talvez aí se expresse a última troça do narrador. O horror ameno traz o universo do pecado, do crime, do mistério, do desejo e do desconhecido na forma segura da anedota. Inscreve-se nas práticas cotidianas de leitura, punindo as pequenas perversões para também lembrar que existem. As insinuações de traição e as inusitadas possibilidades do amor se articulam em cenários sinistros, o que assegura a promessa do deleite na fabulação de uma diferença familiar proporcionada pelo sonho e pelo delírio. No fim, o flerte moderado com o insólito mantém o controle sobre o fantástico, o que indica a sedução de uma literatura que fabrica o perigo controlado e faz do horror um produto atrativo no mercado literário oitocentista.

Foi graças a essa estratégia de um horror com ar de amenidades que Machado de Assis se sentiu à vontade para realizar experimentos deliciosos em alguns desses contos, como no caso de "A Vida Eterna", no qual ele faz um jogo de metalinguagem que, a um leitor contemporâneo, pode parecer um exercício do mais puro pós-modernismo: Machado assina o texto com o nome do protagonista da história narrada, como se fosse um caso real endereçado ao editor do jornal. O detalhe é que o conto foi escrito em 1870, meio século antes, portanto, da Semana de 22, aquela que lançou as bases do Modernismo no Brasil. Ou seja, não poderia ser mais pré-pós-moderno este nosso exemplo.

Mas não pense o leitor que todas as narrativas aqui reunidas podem ser classificadas como textos amenos. Um dos contos que bem representam este lado maldito de nosso imortal é considerado um dos mais duros e cruéis a terem saído de sua pena. Foi analisado em outro ensaio, *O Discreto Charme da Monstruosidade: Atração e Repulsa em "A Causa Secreta", de Machado de Assis*, escrito por Julio França em 2012. O pesquisador faz questionamentos sobre a motivação não só dos personagens, mas também de nós, consumidores de histórias de terror:

> O conto é uma narrativa exemplar da atração exercida pelo monstro. O narrador em terceira pessoa nos coloca, a princípio, sob a perspectiva de Garcia, um jovem médico que descobrirá, passo a passo, as tendências sádicas de seu amigo, o "capitalista" Fortunato. O leitor, por sua vez, torna-se cúmplice da paradoxal atração exercida pela crueldade de um sobre a curiosidade do outro. A pergunta "por que Garcia se deixa atrair pelos atos de Fortunato?" vale também para nós, leitores: por que somos seduzidos pelos atos monstruosos e prosseguimos na leitura?

E deixamos outra dúvida a ser respondida pelo leitor, pois se "A Causa Secreta" é mesmo um dos contos mais cruéis de Machado de Assis, o que dizer do seguinte, que fecha este primeiro segmento de nosso livro? "Pai Contra Mãe", compilado originalmente no livro *Relíquias da Casa Velha*, de 1906, pode além de tudo ser considerado uma resposta aos críticos que acusam o neto de escravos alforriados, nascido na pobreza e criado no Morro do Livramento, de ter se manifestado poucas vezes em sua obra a respeito da monstruosidade da escravidão. Trata-se de um dos retratos mais pungentes e dramáticos do tema, que é capaz de evocar o mais puro horror sem a necessidade de apelar ao sobrenatural. Bastou a Machado de Assis apenas falar da realidade.

MACHADO DE ASSIS

A IGREJA
do
DIABO

1884

I

DE UMA IDEIA MIRÍFICA

Conta um velho manuscrito beneditino que o Diabo, em certo dia, teve a ideia de fundar uma igreja.[1] Embora os seus lucros fossem contínuos e grandes, sentia-se humilhado com o papel avulso que exercia desde séculos, sem organização, sem regras, sem cânones, sem ritual, sem nada. Vivia, por assim dizer, dos remanescentes divinos, dos descuidos e obséquios humanos. Nada fixo, nada regular. Por que não teria ele a sua igreja? Uma igreja do Diabo era o meio eficaz de combater as outras religiões, e destruí-las de uma vez.

— Vá, pois, uma igreja, concluiu ele. Escritura contra Escritura, breviário contra breviário. Terei a minha missa, com vinho e pão à

---

1   Publicado no livro *Histórias sem Data*, de 1884.

farta, as minhas prédicas, bulas, novenas e todo o demais aparelho eclesiástico. O meu credo será o núcleo universal dos espíritos, a minha igreja uma tenda de Abraão. E depois, enquanto as outras religiões se combatem e se dividem, a minha igreja será única; não acharei diante de mim, nem Maomé, nem Lutero. Há muitos modos de afirmar; há só um de negar tudo.

Dizendo isto, o Diabo sacudiu a cabeça e estendeu os braços, com um gesto magnífico e varonil. Em seguida, lembrou-se de ir ter com Deus para comunicar-lhe a ideia, e desafiá-lo; levantou os olhos, acesos de ódio, ásperos de vingança, e disse consigo:

— Vamos, é tempo. E rápido, batendo as asas, com tal estrondo que abalou todas as províncias do abismo, arrancou da sombra para o infinito azul.

II
ENTRE DEUS E O DIABO

Deus recolhia um ancião, quando o Diabo chegou ao céu. Os serafins que engrinaldavam o recém-chegado, detiveram-no logo, e o Diabo deixou-se estar à entrada com os olhos no Senhor.

— Que me queres tu? perguntou este.

— Não venho pelo vosso servo Fausto, respondeu o Diabo rindo, mas por todos os Faustos do século e dos séculos.

— Explica-te.

— Senhor, a explicação é fácil; mas permiti que vos diga: recolhei primeiro esse bom velho; dá-lhe o melhor lugar, mandai que as mais afinadas cítaras e alaúdes o recebam com os mais divinos coros...

— Sabes o que ele fez? perguntou o Senhor, com os olhos cheios de doçura.

— Não, mas provavelmente é dos últimos que virão ter convosco. Não tarda muito que o céu fique semelhante a uma casa vazia, por causa do preço, que é alto. Vou edificar uma hospedaria barata; em duas palavras, vou fundar uma igreja. Estou cansado da minha desorganização, do meu reinado casual e adventício. É tempo de obter a vitória final e completa. E então vim dizer-vos isto, com lealdade, para que me não acuseis de dissimulação... Boa ideia, não vos parece?

— Vieste dizê-la, não legitimá-la, advertiu o Senhor,

— Tendes razão, acudiu o Diabo; mas o amor-próprio gosta de ouvir o aplauso dos mestres. Verdade é que neste caso seria o aplauso de um mestre vencido, e uma tal exigência... Senhor, desço à terra; vou lançar a minha pedra fundamental.

— Vai.

— Quereis que venha anunciar-vos o remate da obra?

— Não é preciso; basta que me digas desde já por que motivo, cansado há tanto da tua desorganização, só agora pensaste em fundar uma igreja?

O Diabo sorriu com certo ar de escárnio e triunfo. Tinha alguma ideia cruel no espírito, algum reparo picante no alforje da memória, qualquer coisa que, nesse breve instante da eternidade, o fazia crer superior ao próprio Deus. Mas recolheu o riso, e disse:

— Só agora concluí uma observação, começada desde alguns séculos, e é que as virtudes, filhas do céu, são em grande número comparáveis a rainhas, cujo manto de veludo rematasse em franjas de algodão. Ora, eu proponho-me a puxá-las por essa franja, e trazê-las todas para minha igreja; atrás delas virão as de seda pura...

— Velho retórico! murmurou o Senhor.

— Olhai bem. Muitos corpos que ajoelham aos vossos pés, nos templos do mundo, trazem as anquinhas da sala e da rua, os rostos tingem-se do mesmo pó, os lenços cheiram aos mesmos cheiros, as pupilas centelham de curiosidade e devoção entre o livro santo e o bigode do pecado. Vede o ardor — a indiferença, ao menos — com que esse cavalheiro põe em letras públicas os benefícios que liberalmente espalha — ou sejam roupas ou botas, ou moedas, ou quaisquer dessas matérias necessárias à vida... Mas não quero parecer que me detenho em coisas miúdas; não falo, por exemplo, da placidez com que este juiz de irmandade, nas procissões, carrega piedosamente ao peito o vosso amor e uma comenda... Vou a negócios mais altos...

Nisto os serafins agitaram as asas pesadas de fastio e sono. Miguel e Gabriel fitaram no Senhor um olhar de súplica, Deus interrompeu o Diabo.

— Tu és vulgar, que é o pior que pode acontecer a um espírito da tua espécie, replicou-lhe o Senhor. Tudo o que dizes ou digas está dito e redito pelos moralistas do mundo. É assunto gasto; e se não tens força, nem originalidade para renovar um assunto gasto, melhor é que te cales e te retires. Olha; todas as minhas legiões mostram no rosto os sinais vivos do tédio que lhes dás. Esse mesmo ancião parece enjoado; e sabes tu o que ele fez?

— Já vos disse que não.

— Depois de uma vida honesta, teve uma morte sublime. Colhido em um naufrágio, ia salvar-se numa tábua; mas viu um casal de noivos, na flor da vida, que se debatiam já com a morte; deu-lhes a tábua de salvação e mergulhou na eternidade. Nenhum público: a água e o céu por cima. Onde achas aí a franja de algodão?

— Senhor, eu sou, como sabeis, o espírito que nega.

— Negas esta morte?

— Nego tudo. A misantropia pode tomar aspecto de caridade; deixar a vida aos outros, para um misantropo, é realmente aborrecê-los...

— Retórico e sutil! exclamou o Senhor. Vai; vai, funda a tua igreja; chama todas as virtudes, recolhe todas as franjas, convoca todos os homens... Mas, vai! vai!

Debalde o Diabo tentou proferir alguma coisa mais. Deus impusera-lhe silêncio; os serafins, a um sinal divino, encheram o céu com as harmonias de seus cânticos. O Diabo sentiu, de repente, que se achava no ar; dobrou as asas, e, como um raio, caiu na terra.

III

A BOA NOVA AOS HOMENS

Uma vez na terra, o Diabo não perdeu um minuto. Deu-se pressa em enfiar a cogula beneditina, como hábito de boa fama, e entrou a espalhar uma doutrina nova e extraordinária, com uma voz que reboava nas entranhas do século. Ele prometia aos seus discípulos e fiéis as delícias da terra, todas as glórias, os deleites mais íntimos. Confessava que era o Diabo; mas confessava-o para retificar a noção que os homens tinham dele e desmentir as histórias que a seu respeito contavam as velhas beatas.

— Sim, sou o Diabo, repetia ele; não o Diabo das noites sulfúreas, dos contos soníferos, terror das crianças, mas o Diabo verdadeiro e único, o próprio gênio da natureza, a que se deu aquele nome para arredá-lo do coração dos homens. Vede-me gentil a airoso. Sou o vosso verdadeiro pai. Vamos lá: tomai daquele nome, inventado para meu desdouro, fazei dele um troféu e um lábaro, e eu vos darei tudo, tudo, tudo, tudo, tudo, tudo...

Era assim que falava, a princípio, para excitar o entusiasmo, espertar os indiferentes, congregar, em suma, as multidões ao pé de si. E elas vieram; e logo que vieram, o Diabo passou a definir a doutrina. A doutrina era a que podia ser na boca de um espírito de negação. Isso quanto à substância, porque, acerca da forma, era umas vezes sutil, outras cínica e deslavada.

Clamava ele que as virtudes aceitas deviam ser substituídas por outras, que eram as naturais e legítimas. A soberba, a luxúria, a preguiça foram reabilitadas, e assim também a avareza, que declarou não ser mais do que a mãe da economia, com a diferença que a mãe era robusta, e a filha uma esgalgada. A ira tinha a melhor defesa na existência de Homero; sem o furor de Aquiles, não haveria a *Ilíada*: "Musa, canta a cólera de Aquiles, filho de Peleu...". O mesmo disse da gula, que produziu as melhores páginas de Rabelais, e muitos bons versos do *Hissope*; virtude tão superior, que ninguém se lembra das batalhas de Luculo, mas das suas ceias; foi a gula que realmente o fez imortal. Mas, ainda pondo de lado essas razões de ordem literária ou histórica, para só mostrar o valor intrínseco daquela virtude, quem negaria que era muito melhor sentir na boca e no ventre os bons manjares, em grande cópia, do que os maus bocados, ou a saliva do jejum? Pela sua parte o Diabo prometia substituir a vinha do Senhor, expressão metafórica, pela vinha do Diabo, locução direta e verdadeira, pois não faltaria nunca aos seus com o fruto das mais belas cepas do mundo. Quanto à inveja, pregou friamente que era a virtude principal, origem de prosperidades infinitas; virtude preciosa, que chegava a suprir todas as outras, e ao próprio talento.

As turbas corriam atrás dele entusiasmadas. O Diabo incutia-lhes, a grandes golpes de eloquência, toda a nova ordem de coisas, trocando a noção delas, fazendo amar as perversas e detestar as sãs.

Nada mais curioso, por exemplo, do que a definição que ele dava da fraude. Chamava-lhe o braço esquerdo do homem; o braço direito era a força; e concluía: muitos homens são canhotos, eis tudo. Ora, ele não exigia que todos fossem canhotos; não era exclusivista. Que uns fossem canhotos, outros destros; aceitava a todos, menos os que não fossem nada. A demonstração, porém, mais rigorosa e profunda, foi a da venalidade. Um casuísta do tempo chegou a confessar que era um monumento de lógica. A venalidade, disse o Diabo, era o exercício de um direito superior a todos os direitos. Se tu podes vender a tua casa, o teu boi, o teu sapato, o teu chapéu, coisas que são tuas por uma razão jurídica e legal, mas que, em todo caso, estão fora de ti, como é que não podes vender a tua opinião, o teu voto, a tua palavra, a tua fé, coisas que são mais do que tuas, porque são a tua própria consciência, isto é, tu mesmo? Negá-lo é cair no obscuro e no contraditório. Pois não há mulheres que vendem os cabelos? não pode um homem vender uma parte do seu sangue para transfundi-lo a outro homem anêmico? e o sangue e os cabelos, partes físicas, terão um privilégio que se nega ao caráter, à porção moral do homem? Demonstrando assim o princípio, o Diabo não se demorou em expor as vantagens de ordem temporal ou pecuniária; depois, mostrou ainda que, à vista do preconceito social, conviria dissimular o exercício de um direito tão legítimo, o que era exercer ao mesmo tempo a venalidade e a hipocrisia, isto é, merecer duplicadamente. E descia, e subia, examinava tudo, retificava tudo. Está claro que combateu o perdão das injúrias e outras máximas de brandura e cordialidade. Não proibiu formalmente a calúnia gratuita, mas induziu a exercê-la mediante retribuição, ou pecuniária, ou de outra espécie; nos casos, porém, em que ela fosse uma expansão imperiosa da força imaginativa, e nada mais, proibia receber nenhum salário, pois equivalia a fazer pagar a transpiração. Todas as formas de respeito foram condenadas por ele, como elementos possíveis de um certo decoro social e pessoal; salva, todavia, a única exceção do interesse. Mas essa mesma exceção foi logo eliminada, pela consideração de que o interesse, convertendo o respeito em simples adulação, era este o sentimento aplicado e não aquele.

Para rematar a obra, entendeu o Diabo que lhe cumpria cortar por toda a solidariedade humana. Com efeito, o amor do próximo era um obstáculo grave à nova instituição. Ele mostrou que essa regra era uma simples invenção de parasitas e negociantes insolváveis; não se devia dar ao próximo senão indiferença; em alguns casos, ódio ou desprezo. Chegou mesmo à demonstração de que a noção de próximo era errada, e citava esta frase de um padre de Nápoles, aquele fino e letrado Galiani, que escrevia a uma das marquesas do antigo regime: "Leve a breca o próximo! Não há próximo!". A única hipótese em que ele permitia amar ao próximo era quando se tratasse de amar as damas alheias, porque essa espécie de amor tinha a particularidade de não ser outra coisa mais do que o amor do indivíduo a si mesmo. E como alguns discípulos achassem que uma tal explicação, por metafísica, escapava à compreensão das turbas, o Diabo recorreu a um apólogo: — Cem pessoas tomam ações de um banco, para as operações comuns; mas cada acionista não cuida realmente senão nos seus dividendos: é o que acontece aos adúlteros. Este apólogo foi incluído no livro da sabedoria.

IV
FRANJAS E FRANJAS

A previsão do Diabo verificou-se. Todas as virtudes cuja capa de veludo acabava em franja de algodão, uma vez puxadas pela franja, deitavam a capa às urtigas e vinham alistar-se na igreja nova. Atrás foram chegando as outras, e o tempo abençoou a instituição. A igreja fundara-se; a doutrina propagava-se; não havia uma região do globo que não a conhecesse, uma língua que não a traduzisse, uma raça que não a amasse. O Diabo alçou brados de triunfo.

Um dia, porém, longos anos depois, notou o Diabo que muitos dos seus fiéis, às escondidas, praticavam as antigas virtudes. Não as praticavam todas, nem integralmente, mas algumas, por partes, e, como digo, às ocultas. Certos glutões recolhiam-se a comer frugalmente três ou quatro vezes por ano, justamente em dias de preceito católico; muitos avaros davam esmolas, à noite, ou nas ruas mal povoadas; vários dilapidadores do erário restituíam-lhe pequenas quantias; os fraudulentos falavam, uma ou outra vez, com o coração nas mãos, mas com o mesmo rosto dissimulado, para fazer crer que estavam embaçando os outros.

A descoberta assombrou o Diabo. Meteu-se a conhecer mais diretamente o mal, e viu que lavrava muito. Alguns casos eram até incompreensíveis, como o de um droguista do Levante, que envenenara longamente uma geração inteira, e, com o produto das drogas socorria os filhos das vítimas. No Cairo achou um perfeito ladrão de camelos, que tapava a cara para ir às mesquitas. O Diabo deu com ele à entrada de uma, lançou-lhe em rosto o procedimento; ele negou, dizendo que ia ali roubar o camelo de um drogomano; roubou-o, com efeito, à vista do Diabo e foi dá-lo de presente a um muezim, que rezou por ele a Alá. O manuscrito beneditino cita muitas outras descobertas extraordinárias, entre elas esta, que desorientou completamente o Diabo. Um dos seus melhores apóstolos era um calabrês, varão de cinquenta anos, insigne falsificador de documentos, que possuía uma bela casa na campanha romana, telas, estátuas, biblioteca etc. Era a fraude em pessoa; chegava a meter-se na cama para não confessar que estava são. Pois esse homem, não só não furtava ao jogo, como ainda dava gratificações aos criados. Tendo angariado a amizade de um cônego, ia todas as semanas confessar-se com ele, numa capela solitária; e, conquanto não lhe desvendasse nenhuma das suas ações secretas, benzia-se duas vezes, ao ajoelhar-se, e ao levantar-se. O Diabo mal pôde crer tamanha aleivosia. Mas não havia duvidar; o caso era verdadeiro.

Não se detêve um instante. O pasmo não lhe deu tempo de refletir, comparar e concluir do espetáculo presente alguma coisa análoga ao passado. Voou de novo ao céu, trêmulo de raiva, ansioso de conhecer a causa secreta de tão singular fenômeno. Deus ouviu-o com infinita complacência; não o interrompeu, não o repreendeu, não triunfou, sequer, daquela agonia satânica. Pôs os olhos nele, e disse:

— Que queres tu, meu pobre Diabo? As capas de algodão têm agora franjas de seda, como as de veludo tiveram franjas de algodão. Que queres tu? É a eterna contradição humana.

A VIDA ETERNA

1870

É opinião unânime que não há estado comparável àquele que nem é sono nem vigília, quando, desafogado o espírito de aflições, procura algum repouso às lides da existência.[1] Eu de mim digo que ainda não achei hora de mais prazer, sobretudo quando tenho o estômago satisfeito e aspiro a fumaça de um bom charuto de Havana.

Depois de uma ceia copiosa e delicada, em companhia de meu excelente amigo o Dr. Vaz, que me apareceu em casa depois de dois anos de ausência, fomos eu e ele para a minha alcova, e aí entramos a falar de coisas passadas, como dois velhos para quem já não tem futuro a gramática da vida.

Vaz estava assentado numa cadeira de espaldar, toda forrada de couro, igual às que ainda hoje se encontram nas sacristias; e eu estendi-me

---

[1] Publicado originalmente no *Jornal das Famílias*, ano VII, n. 1, em janeiro de 1870, com o pseudônimo de Camilo da Anunciação.

em um sofá também de couro. Ambos fumávamos dois excelentes charutos que me haviam mandado de presente alguns dias antes.

A conversa, pouco animada ao princípio, foi esmorecendo cada vez mais, até que eu e ele, sem deixarmos o charuto da boca, cerramos os olhos e entramos no estado a que aludi acima, ouvindo os ratos que passeavam no forro da casa, mas inteiramente esquecidos um do outro.

Era natural passarmos dali ao sono completo, e eu lá chegaria, se não ouvisse bater à porta três fortíssimas pancadas. Levantei-me sobressaltado; Vaz continuava na mesma posição, o que me fez supor que estivesse dormindo, porque as pancadas deviam ter-lhe produzido a mesma impressão se ele se achasse meio acordado como eu.

Fui ver quem me batia à porta. Era um sujeito alto e magro embuçado em um capote. Apenas lhe abri a porta, o homem entrou sem me pedir licença, e nem dizer coisa nenhuma. Esperei que me expusesse o motivo da sua visita, e esperei debalde, porque o desconhecido sentou-se comodamente em uma cadeira, cruzou as pernas, tirou o chapéu e começou a tocar com os dedos na copa do dito chapéu uma coisa que eu não pude saber o que era, mas que devia ser alguma sinfonia de doidos, porque o homem parecia vir direitinho da Praia Vermelha.[2]

Relanceei os olhos para o meu amigo, que dormia a sono solto na cadeira de espaldar. Os ratos continuavam a sua saturnal no forro.

Conservei-me de pé durante poucos instantes a ver se o desconhecido se resolvia a dizer alguma coisa, e durante esse tempo, apesar da impressão desagradável que o homem produzia em mim, examinei-lhe as feições e o vestuário.

Já disse que vinha embrulhado em um capote; ao sentar-se, abriu-se-lhe o capote, e vi que o homem calçava umas botas de couro branco, vestia calça de pano amarelo e um colete verde, cores estas que, se estão bem numa bandeira, não se pode com justiça dizer que adornem e aformoseiem o corpo humano.

[2] Inaugurado no Rio de Janeiro em 1852, o Hospício Pedro II foi o primeiro hospital psiquiátrico do Brasil, localizado no bairro da Urca. Atualmente, é o campus da Praia Vermelha da Universidade Federal do Rio de Janeiro.

As feições eram mais estranhas que o vestuário; tinha os olhos vesgos, um grande bigode, um nariz à moda de César, boca rasgada, queixo saliente e beiços roxos. As sobrancelhas eram fartas, as pestanas longas, a testa estreita, coroando tudo uns cabelos grisalhos e em desordem.

O desconhecido, depois de tocar a sua música na copa do chapéu, levantou os olhos para mim, e disse-me:

— Sente-se, meu rico senhor!

Era atrevimento receber eu ordens em minha própria casa. O meu primeiro dever era mandar o sujeito embora; contudo, o tom em que ele falou era tão intimativo que eu insensivelmente obedeci e fui sentar-me no sofá. Daí pude ver melhor a cara do homem, à luz do lampião que pendia do teto, e achei-a pior do que antes.

— Chamo-me Tobias e sou formado em matemáticas.

Inclinei-me levemente.

O desconhecido continuou:

— Desconfio que hei de morrer amanhã; não se espante; tenho certeza de que amanhã vou para o outro mundo. Isso é o menos; morrer é dormir, *to die, to sleep;* entretanto, não quero ir deste mundo sem cumprir um dever imperioso e indispensável. Veja isto.

O desconhecido tirou do bolso um quadrinho e entregou-me. Era uma miniatura; representava uma moça formosíssima de feições. Restituí o quadro ao meu interlocutor esperando a explicação.

— Esse retrato, continuou ele olhando para a miniatura, é de minha filha Eusébia, moça de vinte e dois anos, senhora de uma riqueza igual à de um Creso, porque é a minha única herdeira.

Eu me espantaria do contraste que havia entre a riqueza e a aparência do desconhecido se não tivesse já a convicção de que tratava com um doido. O que eu estava a ver era o meio de pôr o homem pela porta fora; mas confesso que receava algum conflito, e por isso esperei o resultado daquilo tudo.

Entretanto perguntava a mim mesmo como é que os meus escravos deixaram entrar um desconhecido até a porta do meu quarto, apesar das ordens especiais que eu havia dado em contrário. Já eu calculava mentalmente a natureza do castigo que lhes daria por causa de tamanha incúria ou cumplicidade, quando o desconhecido atirou-me estas palavras à cara:

— Antes de morrer quero que o senhor se case com Eusébia; é esta a proposta que venho fazer-lhe; sendo que, no caso de aceitar o casamento, já aqui lhe deixo este maço de notas do banco para alfinetes, e no caso de recusar mando-lhe simplesmente uma bala à cabeça com este revólver que aqui trago.

E pôs à mesa o maço de bilhetes do banco e o revólver engatilhado.

A cena tomava um aspecto dramático. O meu primeiro ímpeto foi acordar o Dr. Vaz, a ver se ajudado por ele punha o homem pela porta fora; mas receei, e com razão, que vendo um gesto meu nesse sentido, o desconhecido executasse a segunda parte do seu discurso.

Só havia um meio: ladear.

— Meu rico Sr. Tobias, é inútil dizer-lhe que eu sinto imensa satisfação com a proposta que me faz, e está longe de mim a ideia de recusar a mão de tão formosa criatura, e mais os seus contos de réis. Entretanto, peço-lhe que repare na minha idade; tenho setenta anos; a Sra. D. Eusébia apenas conta vinte e dois. Não lhe parece um sacrifício isto que vamos impor à sua filha?

Tobias sorriu, olhou para o revólver, e entrou a tocar com os dedos na copa do chapéu.

— Longe de mim, continuei eu, a ideia de ofendê-lo; pelo contrário, se eu consultasse unicamente a minha ambição não diria palavra; mas é no interesse mesmo dessa gentilíssima dama, que eu já vou amando apesar dos meus setenta, é no interesse dela que eu lhe observo a disparidade que entre nós existe.

Estas palavras disse-as eu em voz alta a ver se o Dr. Vaz acordava; mas o meu amigo continuava mergulhado na cadeira e no sono.

— Não quero saber de sua idade, disse Tobias pondo o chapéu na cabeça e segurando no revólver; o que eu quero é que se case com Eusébia, e hoje mesmo. Se recusa, mato-o.

Tobias apontou-me o revólver. Que faria eu naquela alternativa, senão aceitar a moça e a riqueza, apesar de todos os meus escrúpulos?

— Caso! exclamei.

Tobias guardou o revólver na algibeira, e disse:

— Pois bem, vista-se.

— Já?

— Sem demora. Vista-se enquanto eu leio.

Levantou-se, foi à minha estante, tirou um volume de *D. Quixote*, e foi sentar-se outra vez; e enquanto eu, mais morto que vivo, ia buscar ao guarda-roupa a minha casaca, o desconhecido tomou uns óculos e preparou-se para ler.

— Quem é este sujeito que está dormindo tão tranquilo? perguntou ele enquanto limpava os óculos.

— O Dr. Vaz, meu amigo; quer que lho apresente?

— Não, senhor, não é preciso, respondeu Tobias sorrindo maliciosamente.

Vesti-me com vagar para dar tempo a que algum incidente viesse interromper aquela cena desagradável para mim. Além disso, estava trêmulo, não atinava com a roupa, nem com a maneira de a vestir.

De quando em quando deitava um olhar para o desconhecido, que lia tranquilamente a obra do imortal Cervantes.

O meu relógio bateu onze horas.

Subitamente lembrou-me que, uma vez na rua, podia eu ter o recurso de encontrar um policial a quem comunicaria a minha situação, conseguindo ver-me livre do meu importuno sogro.

Outro recurso havia, e melhor que esse; vinha a ser acordar o Dr. Vaz na ocasião da partida (coisa natural), e ajudado por ele desfazer-me do incógnito Tobias.

Efetivamente, vesti-me o mais depressa que pude, e declarei-me às ordens do Sr. Tobias, que fechou o livro, foi pô-lo na estante, rebuçou-se no capote, e disse:

— Vamos!

— Peço-lhe entretanto para acordar o Dr. Vaz, que não pode ficar aqui, visto que tem de voltar para casa, disse-lhe eu dando um passo para a cadeira onde dormia o Vaz.

— Não é preciso, atalhou Tobias; voltamos dentro de pouco tempo.

Não insisti; restava-me o recurso do policial, ou de algum escravo se pudesse falar-lhe a tempo; o escravo era impossível. Quando saímos do quarto o desconhecido deu-me o braço e desceu comigo rapidamente as escadas até a rua.

À porta de casa havia um carro.

Tobias convidou-me a entrar nele.

Não tendo previsto este incidente, senti fraquear-me as pernas e perdi de todo a esperança de escapar do meu algoz. Resistir era impossível e arriscado; o homem estava armado com um argumento poderoso; e além disso, pensava eu, não se discute com um doido.

Entramos no carro.

Não sei quanto tempo andamos, nem por que caminho fomos; calculo que não ficou no Rio de Janeiro canto por onde não passássemos. No fim de longos e aflitivos séculos de angústia, parou o carro diante de uma casa toda iluminada por dentro.

— É aqui, disse o meu companheiro, desçamos.

A casa era um verdadeiro palácio; a entrada era ornada de colunas de ordem dórica, o vestíbulo calçado de mármore branco e preto, e iluminado por um magnífico candelabro de bronze de forma antiga.

Subimos, eu e ele, por uma magnífica escada de mármore, até o topo, onde se achavam duas pequenas estátuas representando Mercúrio e Minerva. Quando chegamos ali o meu companheiro disse-me apontando para as estátuas:

— São emblemas, meu caro genro: Minerva quer dizer Eusébia, porque é a sabedoria; Mercúrio, sou eu, porque representa o comércio.

— Então o senhor é comerciante? perguntei eu ingenuamente ao desconhecido.

— Fui negociante na Índia.

Atravessamos duas salas, e ao chegarmos à terceira encontramos um sujeito velho, a quem Tobias me apresentou dizendo:

— Aqui está o Dr. Camilo da Anunciação; leve-o para a sala dos convidados, enquanto eu vou mudar de roupa. Até já, meu caro genro.

E deu-me as costas.

O sujeito velho, que eu soube depois ser o mordomo da casa, tomou-me pela mão e levou-me a uma grande sala, que era onde se achavam os convidados.

Apesar da profunda impressão que me causava aquela aventura, confesso que a riqueza da casa me assombrava cada vez mais, e não só a riqueza, senão também o gosto e a arte com que estava preparada.

A sala dos convidados estava fechada quando lá chegamos; o mordomo bateu três pancadas, e veio abrir a porta um lacaio, também velho, que me segurou pela mão, ficando o mordomo do lado de fora.

Nunca me há de esquecer a vista da sala apenas se me abriram as portas. Tudo ali era estranho e magnífico. No fundo, em frente da porta de entrada, havia uma grande águia de madeira fingindo bronze, encostada à parede, com as asas abertas, e preparando-se como para voar. Do bico da águia pendia um grande espelho, cuja parte inferior estava presa às garras, conservando assim a posição inclinada que costuma ter um espelho de parede.

A sala não era forrada de papel, mas de seda branca, o teto artisticamente trabalhado; grandes candelabros, magnífica mobília, flores em profusão, tapetes, tudo enfim quanto o luxo e o gosto sugerem ao espírito de um homem rico.

Os convidados eram poucos, e não sei por que coincidência, eram todos velhos, como o mordomo e o lacaio, e o meu próprio sogro; finalmente velhos como eu também.

Introduzido pelo criado, fui logo cumprimentado pelas pessoas presentes com uma atenção que me dispôs logo o ânimo a querer-lhes bem.

Sentei-me numa cadeira, e vieram reunir-se em roda de mim, todos risonhos e satisfeitos por ver o genro do incomparável Tobias. Era assim que chamavam ao homem do revólver.

Acudi como pude às perguntas que me faziam, e parece que todas as minhas respostas contentavam aos convidados, porquanto de minuto a minuto choviam sobre mim louvores e cumprimentos.

Um dos convidados, homem de setenta anos, condecorado e calvo, disse com aplausos gerais:

— O Tobias não podia encontrar melhor genro, nem que andasse com uma lanterna por toda a cidade, que digo? por todo o império; vê-se que o Dr. Camilo da Anunciação é um perfeito cavalheiro, notável por seus talentos, pela gravidade da sua pessoa, e enfim pelos admiráveis cabelos brancos que lhe adornam a cabeça, mais feliz do que eu que os perdi há muito.

Suspirou o homem com tamanha força que parecia estar nos arrancos da morte. A assembleia cobriu de aplausos as últimas palavras do orador.

Articulei um agradecimento, e preparei imediatamente os ouvidos para responder a outro discurso que me foi dirigido por um coronel reformado, e outro finalmente por uma senhora que, desde a minha entrada, não tirava os olhos de mim.

— Sra. condessa, disse o coronel quando a senhora acabou de falar, confesse V. Exa. que os rapazes de hoje não valem este respeitável ancião, futuro genro do incomparável Tobias.

— Valem nada, coronel! Em matéria de noivos só o século passado os fornece capazes e bons. Casamentos de hoje! Abrenúncio! Uns peraltas todos pregadinhos e esticados, sem gravidade, sem dignidade, sem honestidade!

A conversa assentou toda neste assunto. O século dezenove sofreu ali um vasto processo; e (talvez preconceito de velho) falavam tão bem naquele assunto, com tanta discrição e acerto, que eu acabei por admirá-los.

No meio de tudo, estava ansioso por conhecer a minha noiva. Era a última curiosidade; e se ela fosse, como eu imaginava, uma beleza, e além do mais riquíssima, que poderia exigir da sorte?

Aventurei uma pergunta nesse sentido a uma senhora que se achava ao pé de mim e em frente à condessa. Disse-me ela que a noiva estava no toucador, e não tardava muito que eu a visse. Acrescentou que era linda como o sol.

Entretanto decorrera uma hora, e nem a noiva, nem o pai, o incomparável Tobias, aparecia na sala. Qual seria a causa da demora do meu futuro sogro? Para vestir-se não era preciso tanto tempo. Eu confesso que, apesar da cena do quarto e das disposições em que vi o homem, estaria mais tranquilo se ele estivesse presente. É que ao velho já eu tinha visto em minha casa; habituara-me aos seus gestos e discursos.

No fim de hora e meia abriu-se a porta para dar entrada a uma nova visita. Imaginem o meu pasmo quando dei com os olhos no meu amigo Dr. Vaz! Não pude abafar um grito de surpresa, e corri para ele.

— Tu aqui!

— Ingrato! respondeu sorrindo o Vaz, casas e não convidas ao teu primeiro amigo. Se não fosse esta carta ainda eu lá estaria no teu quarto à espera.

— Que carta? perguntei eu.

O Vaz abriu a carta que trazia na mão e deu-me para ler, enquanto os convidados de longe contemplavam a cena inesperada, tanto por eles, como por mim.

A carta era de Tobias, e participava ao Vaz que, tendo eu de casar-me naquela noite, tomava ele a liberdade de convidá-lo, na qualidade de sogro, para assistir a cerimônia.

— Como vieste?

— Teu sogro mandou-me um carro.

Aqui fui obrigado a confessar mentalmente que o Tobias merecia o título de incomparável, como Enéas o de pio. Compreendi a razão por que não quis que eu o acordasse; era para causar-me a surpresa de vê-lo depois.

Como era natural, quis o meu amigo que eu lhe explicasse a história do casamento, tão súbito, e eu já me dispunha a isso, quando a porta se abriu e entrou o dono da casa.

Era outro.

Já não tinha as roupas esquisitas e o ar singular com que o vira no meu quarto; agora trajava com aquela elegância grave que cabe a um velho, e pairava-lhe nos lábios o mais amável sorriso.

— Então, meu caro genro, disse-me ele depois dos cumprimentos gerais, que me diz à vinda do seu amigo?

— Digo, meu caro sogro, que o senhor é uma pérola. Não imaginará talvez o prazer que me deu com esta surpresa, porque o Vaz foi e é o meu primeiro amigo.

Aproveitei a ocasião para o apresentar a todos os convidados, que foram de geral acordo em que o Dr. Vaz era um digno amigo do Dr. Camilo da Anunciação. O incomparável Tobias manifestou o desejo e a esperança de que dentro de pouco tempo ficaria a sua pessoa ligada à de nós ambos, por modo que fôssemos todos designados: os três amigos do peito.

Bateu meia-noite não sei em que igreja da vizinhança. Ergueu-se o incomparável Tobias, e disse-me:

— Meu caro genro, vamos cumprimentar a sua noiva; aproxima-se a hora do casamento.

Levantaram-se todos e dirigiram-se para a porta da entrada, indo na frente eu, o Tobias e o Vaz. Confesso que, de todos os incidentes daquela noite, este foi o que mais me impressionou. A ideia de ir ver uma formosa donzela, na flor da idade, que devia ser minha esposa — esposa de um velho filósofo já desenganado das ilusões da vida —, essa ideia, confesso que me aterrou.

Atravessamos uma sala e chegamos diante de uma porta, meio aberta, dando para outra sala ricamente iluminada. Abriram a porta dois lacaios, e todos nós entramos.

Ao fundo, sentada num riquíssimo divã azul, estava já pronta e deslumbrante de beleza a Sra. D. Eusébia. Tinha eu até então visto muitas mulheres de fascinar; nenhuma chegava aos pés daquela. Era uma criação de poeta oriental. Comparando a minha velhice à mocidade de Eusébia, senti-me envergonhado, e tive ímpetos de renunciar ao casamento.

Fui apresentado à noiva pelo pai, e recebido por ela com uma afabilidade, uma ternura, que acabaram por vencer-me completamente. No fim de dois minutos estava eu cegamente apaixonado.

— Meu pai não podia escolher melhor marido para mim, disse-me ela fitando-me uns olhos claros e transparentes; espero que tenha a felicidade de corresponder aos seus méritos.

Balbuciei uma resposta; não sei o que disse; tinha os olhos embebidos nos dela. Eusébia levantou-se e disse ao pai:

— Estou pronta.

Pedi que Vaz fosse uma das testemunhas do casamento, o que foi aceito; a outra testemunha foi o coronel. A condessa serviu de madrinha.

Saímos dali para a capela, que era na mesma casa, e pouco retirada; já lá se achavam o padre e o sacristão. Eram ambos velhos como toda a gente que havia em casa, exceto Eusébia.

Minha noiva deu o *sim* com uma voz forte, e eu com voz fraquíssima; pareciam invertidos os papéis.

Concluído o casamento, ouvimos um pequeno discurso do padre acerca dos deveres que o casamento impõe e da santidade daquela cerimônia. O padre era um poço de ciência e um milagre de concisão; disse muito em pouquíssimas palavras. Soube depois que nunca tinha ido ao parlamento.

À cerimônia do casamento seguiu-se um ligeiro chá e alguma música. A condessa dançou um minueto com o velho condecorado, e assim terminou a festa.

Conduzido aos meus aposentos por todos os convidados, soube em caminho que o Vaz dormiria lá, por convite expresso do incomparável Tobias, que fez a mesma fineza aos circunstantes.

Quando me achei só com a minha noiva, caí de joelhos e disse-lhe com a maior ternura:

— Tanto vivi para encontrar agora, já quase no túmulo, a maior ventura que pode caber ao homem, porque o amor de uma mulher como tu é um verdadeiro presente do céu! Falo em amor e não sei se tenho direito de o fazer... porque eu sou velho, e tu...

— Cale-se! cale-se! disse-me Eusébia assustada.

E foi cair num sofá com as mãos no rosto.

Espantou-me aquele movimento, e durante alguns minutos fiquei na posição em que estava, sem saber o que havia de dizer.

Eusébia parecia estar chorando.

Levantei-me afinal, e acercando-me do sofá, perguntei-lhe que motivo tinha para aquelas lágrimas.

Não me respondeu.

Tive uma suspeita; imaginei que Eusébia amava alguém, e que, para castigá-la do crime desse amor, obrigavam-na a casar com um velho desconhecido a quem ela não podia amar.

Despertou-se-me uma fibra de D. Quixote. Era uma vítima; cumpria salvá-la. Aproximei-me de Eusébia, confiei-lhe a minha suspeita, e declarei-lhe a minha resolução.

Quando eu esperava vê-la agradecer-me de joelhos o nobre impulso das minhas palavras, vi com surpresa que a moça olhava para mim com ar de compaixão, e dizia-me abanando a cabeça:

— Desgraçado! é o senhor quem está perdido!

— Perdido! exclamei eu dando um salto.

— Sim, perdido!

Cobriu-se-me a testa de um suor frio; as pernas entraram a tremer-me, e eu para não cair assentei-me ao pé dela no sofá. Pedi-lhe que me explicasse as suas palavras.

— Por que não? disse ela; se lho ocultasse seria cúmplice perante Deus, e Deus sabe que eu sou apenas um instrumento passivo nas mãos de todos esses homens. Escute. O senhor é o meu quinto marido; todos os anos, no mesmo dia e à mesma hora, dá-se nesta casa a cerimônia que o senhor presenciou. Depois, todos me trazem para aqui com o meu noivo, o qual...

— O qual? perguntei eu suando.

— Leia, disse Eusébia indo tirar de uma cômoda um rolo de pergaminho; há um mês que eu pude descobrir isto, e só há um mês tive a explicação dos meus casamentos todos os anos.

Abri trêmulo o rolo que ela me apresentava, e li fulminado as seguintes linhas:

"Elixir da eternidade, encontrado numa ruína do Egito, no ano de 402. Em nome da águia preta e dos sete meninos do Setentrião, salve. Quando se juntarem vinte pessoas e quiserem gozar do inapreciável privilégio de uma vida eterna, devem organizar uma associação secreta, e cear todos os anos no dia de S. Bartolomeu, um velho maior de sessenta anos de idade, assado no forno, e beber vinho puro por cima."

Compreende alguém a minha situação? Era a morte que eu tinha diante de mim, a morte infalível, a morte dolorosa. Ao mesmo tempo era tão singular tudo quanto eu acabava de saber, parecia-me tão absurdo o meio de comprar a eternidade com um festim de antropófagos, que o meu espírito pairava entre a dúvida e o receio, acreditava e não acreditava, tinha medo e perguntava por quê?

— Essa é a sorte que o espera, senhor!

— Mas isto é uma loucura! exclamei; comprar a eternidade com a morte de um homem! Demais, como sabe que este pergaminho tem relação?...

— Sei, senhor, respondeu Eusébia; não lhe disse eu que este casamento era o quinto? Onde estão os outros quatro maridos? Todos eles penetraram neste aposento para saírem meia hora depois. Alguém os vinha chamar, sob qualquer pretexto, e eu nunca mais os via. Desconfiei de alguma grande catástrofe; só agora sei o que é.

Entrei a passear agitado; era verdade que eu ia morrer? era aquela a minha última hora de vida? Eusébia, assentada no sofá, olhava para mim e para a porta.

— Mas aquele padre, senhora, perguntei eu parando em frente dela, aquele padre também é cúmplice?

— É o chefe da associação.

— E a senhora! também é cúmplice, pois que as suas palavras foram um verdadeiro laço; se não fossem elas eu não aceitaria o casamento...

— Ai! senhor! respondeu Eusébia lavada em lágrimas; sou fraca, isso sim; mas cúmplice, jamais. Aquilo que lhe disse foi-me ensinado.

Nisto ouvi um passo compassado no corredor; eram eles naturalmente.

Eusébia levantou-se assustada e ajoelhou-se-me aos pés, dizendo com voz surda:

— Não tenho culpa de nada do que vai acontecer, mas perdoe-me a causa involuntária!

Olhei para ela e disse-lhe que a perdoava.

Os passos aproximavam-se.

Dispus-me a vender caro a minha vida; mas não me lembrava que, além de não ter armas, faltavam-me completamente as forças.

Quem quer que vinha andando chegou à porta e bateu. Não respondi logo; mas insistindo de fora nas pancadas, perguntei:

— Quem está aí?
— Sou eu, respondeu-me Tobias com voz doce; queira abrir-me a porta.
— Para quê?
— Tenho de comunicar-lhe um segredo.
— A esta hora!
— É urgente.

Consultei Eusébia com os olhos; ela abanou tristemente a cabeça.

— Meu sogro, adiemos o segredo para amanhã.
— É urgentíssimo, respondeu Tobias, e para não lhe dar trabalho eu mesmo abro com outra chave que possuo.

Corri à porta, mas era tarde; Tobias estava na soleira, risonho como se fosse entrar num baile.

— Meu caro genro, disse ele, peço-lhe que venha comigo à sala da biblioteca; tenho de comunicar-lhe um importante segredo relativo à nossa família.

— Amanhã, não acha melhor? disse eu.
— Não, há de ser já! respondeu Tobias franzindo a testa.
— Não quero!
— Não quer! pois há de ir.
— Bem sei que sou o seu quinto genro, meu caro Sr. Tobias.
— Ah! sabe! Eusébia contou-lhe os outros casamentos; tanto melhor!

E, voltando-se para a filha, disse com frieza de matar:

— Indiscreta! vou dar-te o prêmio.
— Sr. Tobias, ela não tem culpa.
— Não foi ela quem lhe deu esse pergaminho? perguntou o Tobias apontando para o pergaminho que eu ainda tinha na mão.

Ficamos aterrados!

Tobias tirou do bolso um pequeno apito e deu um assobio, ao qual responderam outros; e daí a alguns minutos estava a alcova invadida por todos os velhos da casa.

— Vamos à festa! disse o Tobias.

Lancei mão de uma cadeira e ia atirar contra o sogro, quando Eusébia segurou-me no braço, dizendo:

— É meu pai!

— Não ganhas nada com isso, disse Tobias sorrindo diabolicamente; hás de morrer, Eusébia.

E segurando-a pelo pescoço entregou-a a dois lacaios dizendo:

— Matem-na.

A pobre moça gritava, mas em vão; os dois lacaios levaram-na para fora, enquanto os outros velhos seguraram-me pelos braços e pernas, e levaram-me em procissão para uma sala toda forrada de preto. Cheguei ali mais morto que vivo. Já lá achei o padre vestido de batina.

Quis ver antes de morrer o meu pobre amigo Vaz, mas soube pelo coronel que ele estava dormindo, e não sairia mais daquela casa; era o prato destinado ao ano futuro.

O padre declarou-me que era o meu confessor; mas eu recusei receber a absolvição do próprio que me ia matar. Queria morrer impenitente.

Deitaram-me em cima de uma mesa atado de pés e mãos, e puseram-se todos à roda de mim, ficando à minha cabeceira um lacaio armado com um punhal.

Depois entrou toda a companhia a entoar um coro em que eu só distinguia as palavras: *Em nome da águia preta e dos sete meninos do Setentrião.*

Corria-me o suor em bagas; eu quase nada via; a ideia de morrer era horrível, apesar dos meus setenta anos, em que já o mundo não deixa saudades.

Parou o coro e o padre disse com voz forte e pausada:

— Atenção! Faça o punhal a sua obra!

Luziu-me pelos olhos a lâmina do punhal, que se cravou todo no coração; o sangue jorrou-me do peito e inundou a mesa; eu entre convulsões mortais dei o último suspiro.

Estava morto, completamente morto, e entretanto ouvia tudo à roda de mim; restava-me uma certa consciência deste mundo a que já não pertencia.

— Morreu? perguntou o coronel.

— Completamente, respondeu Tobias; vão chamar agora as senhoras.

As senhoras chegaram dali a pouco, curiosas e alegres.

— Então! perguntou a condessa; temos homem?

— Ei-lo.

As mulheres aproximaram-se de mim, e ouvi então um elogio unânime dos canibais; todos concordaram em que eu estava gordo e havia de ser excelente prato.

— Não podemos assá-lo inteiro; é muito alto e gordo; não cabe no forno; vamos esquartejá-lo; venham facas.

Estas palavras foram ditas pelo Tobias, que imediatamente distribuiu os papéis: o coronel cortar-me-ia a perna esquerda, o condecorado a direita, o padre um braço, ele outro, e a condessa, amiga de nariz de gente, cortaria o meu para comer de cabidela.

Vieram as facas, e começou a operação; confesso que eu não sentia nada; só sabia que me haviam cortado uma perna quando ela era atirada ao chão com estrépito.

— Bem, agora ao forno, disse Tobias.

De repente ouvi a voz do Vaz.

— Que é isso, ó Camilo, que é isso? dizia ele.

Abri os olhos e achei-me deitado no sofá em minha casa; Vaz estava ao pé de mim.

— Que diabo tens tu?

Olhei espantado para ele, e perguntei:

— Onde estão eles?

— Eles quem?

— Os canibais!

— Estás doido, homem!

Examinei-me: tinha as pernas, os braços e o nariz. O quarto era o meu. Vaz era o mesmo Vaz.

— Que pesadelo tiveste! disse ele. Estava eu a dormir quando acordei com os teus gritos.

— Ainda bem, disse eu.

Levantei-me, bebi água, e contei o sonho ao meu amigo, que riu muito, e resolveu passar a noite comigo.

No dia seguinte acordamos tarde e almoçamos alegremente. Ao sair, disse-me o Vaz:

— Por que não escreves o teu sonho para o *Jornal das Famílias?*

— Homem, talvez.

— Pois escreve, que eu o mando ao Garnier.

MACHADO DE ASSIS

UM ESQUELETO

1875

I

Eram dez ou doze rapazes.[1] Falavam de artes, letras e política. Alguma anedota vinha de quando em quando temperar a seriedade da conversa. Deus me perdoe! parece que até se fizeram alguns trocadilhos.

O mar batia perto na praia solitária... estilo de meditação em prosa. Mas nenhum dos doze convivas fazia caso do mar. Da noite também não, que era feia e ameaçava chuva. É provável que se a chuva caísse ninguém desse por ela, tão entretidos estavam todos em discutir os diferentes sistemas políticos, os méritos de um artista ou de um escritor, ou simplesmente em rir de uma pilhéria intercalada a tempo.

Aconteceu no meio da noite que um dos convivas falou na beleza da língua alemã. Outro conviva concordou com o primeiro a respeito das vantagens dela, dizendo que a aprendera com o Dr. Belém.

---

[1] Publicado originalmente no *Jornal das Famílias*, ano XIII, n. 10 e 11, em outubro e novembro de 1875, com o pseudônimo de Victor de Paula.

— Não conheceram o Dr. Belém? perguntou ele.

— Não, responderam todos.

— Era um homem extremamente singular. No tempo em que me ensinou alemão usava duma grande casaca que lhe chegava quase aos tornozelos e trazia na cabeça um chapéu-de-chile de abas extremamente largas.

—Devia ser pitoresco, observou um dos rapazes. Tinha instrução?

—Variadíssima. Compusera um romance, e um livro de teologia e descobrira um planeta...

— Mas esse homem?

— Esse homem vivia em Minas. Veio à corte para imprimir os dois livros, mas não achou editor e preferiu rasgar os manuscritos. Quanto ao planeta comunicou a notícia à Academia das Ciências de Paris; lançou a carta no correio e esperou a resposta; a resposta não veio porque a carta foi parar a Goiás.

Um dos convivas sorriu maliciosamente para os outros, com ar de quem dizia que era muita desgraça junta. A atitude porém do narrador tirou-lhe o gosto do riso. Alberto (era o nome do narrador) tinha os olhos no chão, olhos melancólicos de quem se rememora com saudade de uma felicidade extinta. Efetivamente suspirou depois de algum tempo de muda e vaga contemplação, e continuou:

— Desculpem-me este silêncio; não me posso lembrar daquele homem sem que uma lágrima teime em rebentar-me dos olhos. Era um excêntrico, talvez não fosse, não era decerto um homem completamente bom; mas era meu amigo; não direi o único mas o maior que jamais tive na minha vida.

Como era natural, estas palavras de Alberto alteraram a disposição de espírito do auditório. O narrador ainda esteve silencioso alguns minutos. De repente sacudiu a cabeça como se expelisse lembranças importunas do passado, e disse:

— Para lhes mostrar a excentricidade do Dr. Belém basta contar-lhes a história do esqueleto.

A palavra *esqueleto* aguçou a curiosidade dos convivas; um romancista aplicou o ouvido para não perder nada da narração; todos esperaram ansiosamente o esqueleto do Dr. Belém. Batia justamente meia-noite; a noite, como disse, era escura; o mar batia funebremente na praia. Estava-se em pleno Hoffmann.

Alberto começou a narração.

II

O Dr. Belém era um homem alto e magro; tinha os cabelos grisalhos e caídos sobre os ombros; em repouso era reto como uma espingarda; quando andava curvava-se um pouco. Conquanto o seu olhar fosse muitas vezes meigo e bom, tinha lampejos sinistros, e às vezes, quando ele meditava, ficava com olhos como de defunto.

Representava ter sessenta anos, mas não tinha efetivamente mais de cinquenta. O estudo o abatera muito, e os desgostos também, segundo ele dizia, nas poucas vezes em que me falara do passado, e era eu a única pessoa com quem ele se comunicava a esse respeito. Podiam contar-se-lhe três ou quatro rugas pronunciadas na cara, cuja pele era fria como o mármore e branca como a de um morto.

Um dia, justamente no fim da minha lição, perguntei-lhe se nunca fora casado. O doutor sorriu sem olhar para mim. Não insisti na pergunta; arrependi-me até de lha ter feito.

— Fui casado, disse ele, depois de algum tempo, e daqui a três meses posso dizer outra vez: sou casado.

— Vai casar?

— Vou.

— Com quem?

— Com a D. Marcelina.

D. Marcelina era uma viúva de Ouro Preto, senhora de vinte e seis anos, não formosa, mas assaz simpática, possuía alguma coisa, mas não tanto como o doutor, cujos bens orçavam por uns sessenta contos.

Não me constava até então que ele fosse casar; ninguém falara nem suspeitara tal coisa.

— Vou casar, continuou o Doutor, unicamente porque o senhor me falou nisso. Até cinco minutos antes nenhuma intenção tinha de semelhante ato. Mas a sua pergunta faz-me lembrar que eu efetivamente preciso de uma companheira; lancei os olhos da memória a todas as noivas possíveis, e nenhuma me parece mais possível do que essa. Daqui a três meses assistirá ao nosso casamento. Promete?

— Prometo, respondi eu com um riso incrédulo.

— Não será uma formosura.

— Mas é muito simpática, decerto, acudi eu.

— Simpática, educada e viúva. Minha ideia é que todos os homens deviam casar com senhoras viúvas.

— Quem casaria então com as donzelas?

— Os que não fossem homens, respondeu o velho, como o senhor e a maioria do gênero humano; mas os homens, as criaturas da minha têmpera, mas...

O doutor estacou, como se receasse entrar em maiores confidências, e tornou a falar da viúva Marcelina cujas boas qualidades louvou com entusiasmo.

— Não é tão bonita como a minha primeira esposa, disse ele. Ah! essa... Nunca a viu?

— Nunca.

— É impossível.

— É a verdade. Já o conheci viúvo, creio eu.

— Bem; mas eu nunca lha mostrei. Ande vê-la...

Levantou-se; levantei-me também. Estávamos assentados à porta; ele levou-me a um gabinete interior. Confesso que ia ao mesmo tempo curioso e aterrado. Conquanto eu fosse amigo dele e tivesse provas de que ele era meu amigo, tanto medo inspirava ele ao povo, e era efetivamente tão singular, que eu não podia esquivar-me a um tal ou qual sentimento de medo.

No fundo do gabinete havia um móvel coberto com um pano verde; o doutor tirou o pano e eu dei um grito.

Era um armário de vidro, tendo dentro um esqueleto. Ainda hoje, apesar dos anos que lá vão, e da mudança que fez o meu espírito, não posso lembrar-me daquela cena sem terror.

— É minha mulher, disse o Dr. Belém sorrindo. É bonita, não lhe parece? Está na espinha, como vê. De tanta beleza, de tanta graça, de tanta maravilha que me encantaram outrora, que a tantos mais encantaram, que lhe resta hoje? Veja, meu jovem amigo; tal é última expressão do gênero humano.

Dizendo isto, o Dr. Belém cobriu o armário com o pano e saímos do gabinete. Eu não sabia o que havia de dizer, tão impressionado me deixara aquele espetáculo.

Viemos outra vez para as nossas cadeiras ao pé da porta, e algum tempo estivemos sem dizer palavra um ao outro. O doutor olhava para o chão; eu olhava para ele. Tremiam-lhe os lábios, e a face de quando em quando se lhe contraía. Um escravo veio falar-lhe; o doutor saiu daquela espécie de letargo.

Quando ficamos sós parecia outro; falou-me risonho e jovial, com uma volubilidade que não estava nos seus usos.

— Ora bem, se eu for feliz no casamento, disse ele, ao senhor o deverei. Foi o senhor quem me deu esta ideia! E fez bem, porque até já me sinto mais rapaz. Que lhe parece este noivo?

Dizendo isto, o Dr. Belém levantou-se e fez uma pirueta, segurando nas abas da casaca, que nunca deixava, salvo quando se recolhia de noite.

— Parece-lhe capaz o noivo? disse ele.

— Sem dúvida, respondi.

— Também ela há de pensar assim. Verá, meu amigo, que eu meterei tudo num chinelo, e mais de um invejará a minha sorte. É pouco; mais de uma invejará a sorte dela. Pudera não? Não há muitos noivos como eu.

Eu não dizia nada, e o doutor continuou a falar assim durante vinte minutos. A tarde caíra de todo; e a ideia da noite e do esqueleto que ali estava a poucos passos de nós, e mais ainda as maneiras singulares que nesse dia, mais do que nos outros, mostrava o meu bom mestre, tudo isso me levou a despedir-me dele e a retirar-me para casa.

O doutor sorriu-se com o sorriso sinistro que às vezes tinha, mas não insistiu para que ficasse. Fui para casa aturdido e triste; aturdido com o que vira; triste com a responsabilidade que o doutor atirava sobre mim relativamente ao seu casamento.

Entretanto, refleti que a palavra do doutor podia não ter pronta nem remota realização. Talvez não se case nunca, nem até pense nisso. Que certeza teria ele de desposar a viúva Marcelina daí a três meses? Quem sabe até, pensei eu, se não disse aquilo para zombar comigo?

Esta ideia enterrou-se-me no espírito. No dia seguinte levantei-me convencido de que efetivamente o doutor quisera matar o tempo e juntamente aproveitar a ocasião de me mostrar o esqueleto da mulher.

— Naturalmente, disse eu comigo, amou-a muito, e por esse motivo ainda a conserva. É claro que não se casará com outra; nem achará quem case com ele, tão aceita anda a superstição popular que o tem por lobisomem ou quando menos amigo íntimo do diabo... ele! o meu bom e compassivo mestre!

Com estas ideias fui logo de manhã à casa do Dr. Belém. Achei-o a almoçar sozinho, como sempre, servido por um escravo da mesma idade.

— Entre, Alberto, disse o doutor apenas me viu à porta. Quer almoçar?

— Aceito.

— João, um prato.

Almoçamos alegremente; o doutor estava como me parecia na maior parte das vezes, conversando de coisas sérias ou frívolas, misturando uma reflexão filosófica com uma pilhéria, uma anedota de rapaz com uma citação de Virgílio.

No fim do almoço tornou a falar do seu casamento.

— Mas então pensa nisso deveras?... perguntei eu.

— Por que não? Não depende senão dela; mas eu estou quase certo de que ela não recusa. Apresenta-me lá?

— Às suas ordens.

No dia seguinte era apresentado o Dr. Belém em casa da viúva Marcelina e recebido com muita afabilidade.

— Casar-se-á deveras com ela? dizia eu a mim mesmo espantado do que via, porque, além da diferença da idade entre ele e ela, e das maneiras excêntricas dele, havia um pretendente à mão da bela viúva, o tenente Soares.

Nem a viúva nem o tenente imaginavam as intenções do Dr. Belém; daqui podem já imaginar o pasmo de D. Marcelina quando ao cabo de oito dias, perguntou-lhe o meu mestre, se ela queria casar com ele.

— Nem com o senhor nem com outro, disse a viúva; fiz voto de não casar mais.

— Por quê? perguntou friamente o doutor.

— Porque amava muito a meu marido.

— Não tolhe isso que ame o segundo, observou o candidato sorrindo.

E depois de algum tempo de silêncio:

— Não insisto, disse ele, nem faço aqui uma cena dramática. Eu amo-a deveras, mas é um amor de filósofo, um amor como eu entendo que deviam ser todos. Entretanto deixe-me ter esperança; pedir-lhe-ei mais duas vezes a sua mão. Se da última nada alcançar consinta-me que fique sendo seu amigo.

III

O Dr. Belém foi fiel a este programa. Dali a mês pediu outra vez a mão da viúva, e teve a mesma recusa, mas talvez menos peremptória do que a primeira. Deixou passar seis semanas, e repetiu o pedido.

— Aceitou? disse eu apenas o vi vir da casa de D. Marcelina.

— Por que havia de recusar? Eu não lhe disse que me casava dentro de três meses?

— Mas então o senhor é um adivinho, um mágico?...

O doutor deu uma gargalhada, das que ele guardava para quando queria motejar de alguém ou de alguma coisa. Naquela ocasião o motejado era eu. Parece que não fiz boa cara porque o doutor imediatamente ficou sério e abraçou-me dizendo:

— Oh! meu amigo, não desconfie! Conhece-me de hoje?

A ternura com que ele me disse estas palavras tornava-o outro homem. Já não tinha os tons sinistros do olhar nem a fala *saccadée* (vá o

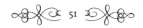

termo francês, não me ocorre agora o nosso) que era a sua fala característica. Abracei-o também, e falamos do casamento e da noiva.

O doutor estava alegre; apertava-me muitas vezes as mãos agradecendo-me a ideia que lhe dera; fazia seus planos de futuro. Tinha ideias de vir à corte, logo depois do casamento; aventurou a ideia de seguir para a Europa; mas apenas parecia assentado nisto, já pensava em não sair de Minas, e morrer ali, dizia ele, entre as suas montanhas.

— Já vejo que está perfeitamente noivo, disse eu; tem todos os traços característicos de um homem nas vésperas de casar.

— Parece-lhe?

— E é.

— De fato, gosto da noiva, disse ele com ar sério; é possível que eu morra antes dela; mas o mais provável é que ela morra primeiro. Nesse caso, juro desde já que irá o seu esqueleto fazer companhia ao outro.

A ideia do esqueleto fez-me estremecer. O doutor, ao dizer estas palavras, cravara os olhos no chão, profundamente absorto. Daí em diante a conversa foi menos alegre do que a princípio. Saí de lá desagradavelmente impressionado.

O casamento dentro de pouco tempo foi realidade. Ninguém queria acreditar nos seus olhos. Todos admiraram a coragem (era a palavra que diziam) da viúva Marcelina, que não recuava àquele grande sacrifício.

Sacrifício não era. A moça parecia contente e feliz. Os parabéns que lhe davam eram irônicos, mas ela os recebia com muito gosto e seriedade. O tenente Soares não lhe deu os parabéns; estava furioso; escreveu-lhe um bilhete em que lhe dizia todas as coisas que em tais circunstâncias se podem dizer.

O casamento foi celebrado pouco depois do prazo que o Dr. Belém marcara na conversa que tivera comigo e que eu já referi. Foi um verdadeiro acontecimento na capital de Minas. Durante oito dias não se falava senão no *caso impossível*; afinal, passou a novidade, como todas as coisas deste mundo, e ninguém mais tratou dos noivos.

Fui jantar com eles no fim de uma semana; D. Marcelina parecia mais que nunca feliz; o Dr. Belém não o estava menos. Até parecia outro. A mulher começava a influir nele, sendo já uma das primeiras consequências a supressão da singular casaca. O doutor consentiu em vestir-se menos excentricamente.

— Veste-me como quiseres, dizia ele à mulher; o que não poderás fazer nunca é mudar-me a alma. Isso nunca.

— Nem quero.

— Nem podes.

Parecia que os dois estavam destinados a gozar uma eterna felicidade. No fim de um mês fui lá, e achei-a triste.

— Oh! disse eu comigo, cedo começam os arrufos.

O doutor estava como sempre. Líamos então e comentávamos à nossa maneira o *Fausto*. Nesse dia pareceu-me o Dr. Belém mais perspicaz e engenhoso que nunca. Notei, entretanto, uma singular pretensão: um desejo de se parecer com Mefistófeles.

Aqui confesso que não pude deixar de rir.

— Doutor, disse eu, creio que o senhor abusa da amizade que lhe tenho para zombar comigo.

— Sim?

— Aproveita-se da opinião de excêntrico para me fazer crer que é o diabo...

Ouvindo esta última palavra, o doutor persignou-se todo, e foi a melhor afirmativa que me poderia fazer de que não ambicionava confundir-se com o personagem aludido. Sorriu-se depois benevolamente, tomou uma pitada, e disse:

— Ilude-se, meu amigo, quando me atribui semelhante ideia, do mesmo modo que se engana quando supõe que Mefistófeles é isso que diz.

— Essa agora!...

— Noutra ocasião lhe direi as minhas razões. Por agora vamos jantar.

— Obrigado. Devo ir jantar com meu cunhado. Mas, se me permite ficarei ainda algum tempo aqui lendo o seu *Fausto*.

O doutor não pôs objeção; eu era íntimo da casa. Saiu dali para a sala do jantar. Li ainda durante vinte minutos, findos os quais fechei o livro e fui despedir-me do Dr. Belém e sua senhora.

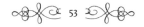

Caminhei por um corredor fora que ia ter à sala do jantar. Ouvia mover os pratos, mas nenhuma palavra soltavam os dois casados.

— O arrufo continua, pensei eu.

Fui andando... Mas qual não foi a minha surpresa ao chegar à porta? O doutor estava de costas, não me podia ver. A mulher tinha os olhos no prato. Entre ele e ela, sentado numa cadeira vi o esqueleto. Estaquei aterrado e trêmulo. Que queria dizer aquilo? Perdia-me em conjecturas; cheguei a dar um passo para falar ao doutor, mas não me atrevi; voltei pelo mesmo caminho, peguei no chapéu, e deitei a correr pela rua fora.

Em casa de meu cunhado todos notaram os sinais de temor que eu ainda levava no rosto. Perguntaram-me se havia visto alguma alma do outro mundo. Respondi sorrindo que sim; mas nada contei do que acabava de presenciar.

Durante três dias não fui à casa do doutor. Era medo, não do esqueleto, mas do dono da casa, que se me afigurava ser um homem mau ou um homem doido. Todavia, ardia por saber a razão da presença do esqueleto na mesa do jantar. D. Marcelina podia dizer-me tudo; mas como indagaria isso dela, se o doutor estava quase sempre em casa?

No terceiro dia apareceu-me em casa o doutor Belém.

— Três dias! disse ele, há já três dias que eu não tenho a fortuna de o ver. Onde anda? Está mal conosco?

— Tenho andado doente, respondi eu, sem saber o que dizia.

— E não me mandou dizer nada, ingrato! Já não é meu amigo.

A doçura destas palavras dissipou os meus escrúpulos. Era singular como aquele homem, que por certos hábitos, maneiras e ideias, e até pela expressão física, assustava a muita gente e dava azo às fantasias da superstição popular, era singular, repito, como me falava às vezes com uma meiguice incomparável e um tom patriarcalmente benévolo.

Conversamos um pouco e fui obrigado a acompanhá-lo à casa. A mulher ainda me pareceu triste, mas um pouco menos que da outra vez. Ele tratava-a com muita ternura e consideração, e ela se não respondia alegre, ao menos falava com igual meiguice.

IV

No meio da conversa vieram dizer que o jantar estava na mesa.

— Agora há de jantar conosco, disse ele.

— Não posso, balbuciei eu, devo ir...

— Não deve ir a nenhuma parte, atalhou o doutor; parece-me que quer fugir de mim. Marcelina, pede ao Dr. Alberto que jante conosco.

D. Marcelina repetiu o pedido do marido, mas com um ar de constrangimento visível. Ia recusar de novo, mas o doutor teve a precaução de me agarrar no braço e foi impossível recusar.

— Deixe-me ao menos dar o braço a sua senhora, disse eu.

— Pois não.

Dei o braço a D. Marcelina que estremeceu. O doutor passou adiante. Eu inclinei a boca ao ouvido da pobre senhora e disse baixinho:

— Que mistério há?

D. Marcelina estremeceu outra vez e com um sinal impôs-me silêncio.

Chegamos à sala de jantar.

Apesar de já ter presenciado a cena do outro dia não pude resistir à impressão que me causou a vista do esqueleto que lá estava na cadeira em que o vira com os braços sobre a mesa.

Era horrível.

— Já lhe apresentei minha primeira mulher, disse o doutor para mim; são conhecidos antigos.

Sentamo-nos à mesa; o esqueleto ficou entre ele e D. Marcelina; eu fiquei ao lado desta. Até então não pude dizer palavra; era porém natural que exprimisse o meu espanto.

— Doutor, disse eu, respeito os seus hábitos; mas não me dará a explicação deste?

— Este qual? disse ele.

Com um gesto indiquei-lhe o esqueleto.

— Ah!... respondeu o doutor; um hábito natural; janto com minhas duas mulheres.

— Confesse ao menos que é um uso original.

— Queria que eu copiasse os outros?

— Não, mas a piedade com os mortos...

Atrevi-me a falar assim porque, além de me parecer aquilo uma profanação, a melancolia da mulher parecia pedir que alguém falasse duramente ao marido e procurasse trazê-lo a melhor caminho.

O doutor deu uma das suas singulares gargalhadas, e estendendo-me o prato de sopa, replicou:

— O senhor fala de uma piedade de convenção; eu sou pio à minha maneira. Não é respeitar uma criatura que amamos em vida, o trazê-la assim conosco, depois de morta?

Não respondi coisa nenhuma a estas palavras do doutor. Comi silenciosamente a sopa, e o mesmo fez a mulher, enquanto ele continuou a desenvolver as suas ideias a respeito dos mortos.

— O medo dos mortos, disse ele, não é só uma fraqueza, é um insulto, uma perversidade do coração. Pela minha parte dou-me melhor com os defuntos do que com os vivos.

E depois de um silêncio:

— Confesse, confesse que está com medo.

Fiz-lhe um sinal negativo com a cabeça.

— É medo, é, como esta senhora que está ali transida de susto, porque ambos são dois maricas. Que há entretanto neste esqueleto, que possa meter medo? Não lhes digo que seja bonito; não é bonito segundo a vida, mas é formosíssimo segundo a morte. Lembrem-se que isto somos nós também; nós temos de mais um pouco de carne.

— Só? perguntei eu intencionalmente.

O doutor sorriu-se e respondeu:

— Só.

Parece que fiz um gesto de aborrecimento, porque ele continuou logo:

— Não tome ao pé da letra o que lhe disse. Eu também creio na alma; não creio só, demonstro-a, o que não é para todos. Mas a alma foi-se embora; não podemos retê-la; guardemos isto ao menos, que é uma parte da pessoa amada.

Ao terminar estas palavras, o doutor beijou respeitosamente a mão do esqueleto. Estremeci e olhei para D. Marcelina. Esta fechara os olhos. Eu estava ansioso por terminar aquela cena que realmente me repugnava presenciar. O doutor não parecia reparar em nada. Continuou a falar no mesmo assunto, e por mais esforços que eu fizesse para o desviar dele era impossível.

Estávamos à sobremesa quando o doutor, interrompendo um silêncio que durava já havia dez minutos perguntou:

— E segundo me parece, ainda lhe não contei a história deste esqueleto, quero dizer a história de minha mulher?

— Não me lembra, murmurei.

— E a ti? disse ele voltando-se para a mulher.

— Já.

— Foi um crime, continuou ele.

— Um crime?

— Cometido por mim.

— Pelo senhor?

— É verdade.

O doutor concluiu um pedaço de queijo, bebeu o resto do vinho que tinha no copo, e repetiu:

— É verdade, um crime de que fui autor. Minha mulher era muito amada de seu marido; não admira, eu sou todo coração. Um dia porém, suspeitei que me houvesse traído; vieram dizer-me que um moço da vizinhança era seu amante. Algumas aparências me enganaram. Um dia declarei-lhe que sabia tudo, e que ia puni-la do que me havia feito. Luísa caiu-me aos pés banhada em lágrimas protestando pela sua inocência. Eu estava cego; matei-a.

Imagina-se, não se descreve a impressão de horror que estas palavras me causaram. Os cabelos ficaram-me em pé. Olhei para aquele homem, para o esqueleto, para a senhora, e passava a mão pela testa, para ver se efetivamente estava acordado, ou se aquilo era apenas um sonho.

O doutor tinha os olhos fitos no esqueleto e uma lágrima lhe caía lentamente pela face. Estivemos todos calados durante cerca de dez minutos.

O doutor rompeu o silêncio.

— Tempos depois, quando o crime estava de há muito cometido, sem que a justiça o soubesse, descobri que Luísa era inocente. A dor que então sofri foi indescritível; eu tinha sido o algoz de um anjo.

Estas palavras foram ditas com tal amargura que me comoveram profundamente. Era claro que ainda então, após longos anos do terrível acontecimento, o doutor sentia o remorso do que praticara e a mágoa de ter perdido a esposa.

A própria Marcelina parecia comovida. Mas a comoção dela era também medo; segundo vim a saber depois, ela receava que no marido não estivessem íntegras as faculdades mentais.

Era um engano.

O doutor era, sim, um homem singular e excêntrico; doido lhe chamavam os que, por se pretenderem mais espertos que o vulgo, repeliam os contos da superstição.

Estivemos calados algum tempo e dessa vez foi ainda ele que interrompeu o silêncio.

— Não lhes direi como obtive o esqueleto de minha mulher. Aqui o tenho e o conservarei até à minha morte. Agora naturalmente deseja saber por que motivo o trago para a mesa depois que me casei?

Não respondi com os lábios, mas os meus olhos disseram-lhe que efetivamente desejava saber a explicação daquele mistério.

— É simples, continuou ele; é para que minha segunda mulher esteja sempre ao pé da minha vítima, a fim de que se não esqueça nunca dos seus deveres, porque, então como sempre, é mui provável que eu não procure apurar a verdade; farei justiça por minhas mãos.

Esta última revelação do doutor pôs termo à minha paciência. Não sei o que lhe disse, mas lembra-me que ele ouviu-me com o sorriso benévolo que tinha às vezes, e respondeu-me com esta simples palavra:

— Criança!

Saí pouco depois do jantar, resolvido a lá não voltar nunca.

V

A promessa não foi cumprida.

Mais de uma vez o doutor Belém mandou à casa chamar-me; não fui. Veio duas ou três vezes instar comigo que lá fosse jantar com ele.

— Ou, pelo menos, conversar, concluiu.

Pretextei alguma coisa e não fui.

Um dia porém, recebi um bilhete da mulher. Dizia-me que era eu a única pessoa estranha que lá ia; pedia-me que não a abandonasse.

Fui.

Eram então passados quinze dias depois do célebre jantar em que o doutor me referiu a história do esqueleto. A situação entre os dois era a mesma; aparente afabilidade da parte dela, mas na realidade medo. O doutor mostrava-se afável e terno, como sempre o vira com ela.

Justamente nesse dia, anunciou-me ele que pretendia ir a uma jornada dali a algumas léguas.

— Mas vou só, disse ele, e desejo que o senhor me faça companhia a minha mulher vindo aqui algumas vezes.

Recusei.

— Por quê?

— Doutor, por que razão, sem urgente necessidade, daremos pasto às más línguas? Que se dirá...

— Tem razão, atalhou ele; ao menos, faça-me uma coisa.

— O quê?

— Faça com que em casa de sua irmã possa Marcelina ir passar as poucas semanas de minha ausência.

— Isso com muito gosto.

Minha irmã concordou em receber a mulher do doutor Belém, que daí a pouco saía da capital para o interior. Sua despedida foi terna e amigável para com ambos nós, a mulher e eu; fomos os dois, e mais minha irmã e meu cunhado acompanhá-lo até certa distância, e voltamos para casa.

Pude então conversar com D. Marcelina, que me comunicou os seus receios a respeito da razão do marido. Dissuadi-a disso; já disse qual era a minha opinião a respeito do Dr. Belém.

Ela referiu-me então que a narração da morte da mulher já ele lha havia feito, prometendo-lhe igual sorte no caso de faltar aos seus deveres.

— Nem as aparências te salvarão, acrescentou ele.

Disse-me mais que era seu costume beijar repetidas vezes o esqueleto da primeira mulher e dirigir-lhe muitas palavras de ternura e amor. Uma noite, estando a sonhar com ela, levantou-se da cama e foi abraçar o esqueleto pedindo-lhe perdão.

Em nossa casa todos eram de opinião que D. Marcelina não voltasse mais para a companhia do Dr. Belém. Eu era de opinião oposta.

— Ele é bom, dizia eu, apesar de tudo; tem extravagâncias, mas é um bom coração.

No fim de um mês recebemos uma carta do doutor, em que dizia à mulher fosse ter ao lugar onde ele se achava, e que eu fizesse o favor de a acompanhar.

Recusei ir só com ela.

Minha irmã e meu cunhado ofereceram-se porém para acompanhá-la. Fomos todos.

Havia entretanto uma recomendação na carta do doutor, recomendação essencial; ordenava ele à mulher que levasse consigo o esqueleto.

— Que esquisitice nova é essa? disse meu cunhado.

— Há de ver, suspirou melancolicamente D. Marcelina, que o único motivo desta minha viagem, são as saudades que ele tem do esqueleto.

Eu nada disse, mas pensei que assim fosse.

Saímos todos em demanda do lugar onde nos esperava o doutor.

Íamos já perto, quando ele nos apareceu e veio alegremente cumprimentar-nos. Notei que não tinha a ternura de costume com a mulher, antes me pareceu frio. Mas isso foi obra de pouco tempo; daí a uma hora voltara a ser o que sempre fora.

Passamos dois dias na pequena vila em que o doutor estava, dizia ele, para examinar umas plantas, porque também era botânico. Ao fim de dois dias dispúnhamos a voltar para a capital; ele porém pediu que nos demorássemos ainda vinte e quatro horas e voltaríamos todos juntos.

Acedemos.

No dia seguinte de manhã convidou a mulher a ir ver umas lindas parasitas no mato que ficava perto. A mulher estremeceu, mas não ousou recusar.

— Vem também? disse ele.

— Vou, respondi.

A mulher cobrou alma nova e deitou-me um olhar de agradecimento. O doutor sorriu à socapa. Não compreendi logo o motivo do riso; mas daí a pouco tempo tinha a explicação.

Fomos ver as parasitas, ele adiante com a mulher, eu atrás de ambos, e todos três silenciosos.

Não tardou que um riacho aparecesse aos nossos olhos; mas eu mal pude ver o riacho; o que eu vi, o que me fez recuar um passo, foi um esqueleto.

Dei um grito.

— Um esqueleto! exclamou D. Marcelina.

— Descansem, disse o doutor, é o de minha primeira mulher.

— Mas...

— Trouxe-o esta madrugada para aqui.

Nenhum de nós compreendia nada.

O doutor sentou-se numa pedra.

— Alberto, disse ele, e tu, Marcelina. Outro crime devia ser cometido nesta ocasião; mas tanto te amo, Alberto, tanto te amei, Marcelina, que eu prefiro deixar de cumprir a minha promessa...

Ia interrompê-lo; mas ele não me deu ocasião.

— Vocês amam-se, disse ele.

Marcelina deu um grito; eu ia protestar.

— Amam-se que eu sei, continuou friamente o doutor; não importa! É natural. Quem amaria um velho estúrdio como eu? Paciência. Amem-se; eu só fui amado uma vez; foi por esta.

Dizendo isto abraçou-se ao esqueleto.

— Doutor, pense no que está dizendo...

— Já pensei...

— Mas esta senhora é inocente. Não vê aquelas lágrimas?

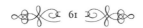

— Conheço essas lágrimas; lágrimas não são argumentos. Amam-se, que eu sei; desejo que sejam felizes, porque eu fui e sou teu amigo, Alberto. Não merecia certamente isso...

— Oh! meu amigo, interrompi eu, veja bem o que está dizendo; já uma vez foi levado a cometer um crime por suspeitas que depois soube serem infundadas. Ainda hoje padece o remorso do que então fez. Reflita, veja bem se eu posso tolerar semelhante calúnia.

Ele encolheu os ombros, meteu a mão no bolso, e tirou um papel e deu-mo a ler. Era uma carta anônima; soube depois que fora escrita pelo Soares.

— Isto é indigno! clamei.

— Talvez, murmurou ele.

E depois de um silêncio:

— Em todo o caso, minha resolução está assentada, disse o doutor. Quero fazê-los felizes, e só tenho um meio: é deixá-los. Vou com a mulher que sempre me amou. Adeus!

O doutor abraçou o esqueleto e afastou-se de nós. Corri atrás dele; gritei; tudo foi inútil; ele metera-se no mato rapidamente, e demais a mulher ficara desmaiada no chão.

Vim socorrê-la; chamei gente. Daí a uma hora, a pobre moça, viúva sem o ser, lavava-se em lágrimas de aflição.

VI

Alberto acabara a história.

— Mas é um doido esse teu Dr. Belém! exclamou um dos convivas rompendo o silêncio de terror em que ficara o auditório.

— Ele doido? disse Alberto... Um doido seria efetivamente se porventura esse homem tivesse existido. Mas o Dr. Belém não existiu nunca, eu quis apenas fazer apetite para tomar chá. Mandem vir o chá.

É inútil dizer o efeito desta declaração.

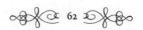

SEM OLHOS

1876

O chá foi servido na saleta das palestras íntimas às quatro visitas do casal Vasconcelos.[1] Eram estas o Sr. Bento Soares, sua esposa D. Maria do Céu, o bacharel Antunes e o desembargador Cruz. A conversa, antes do chá, versava sobre a última *soirée* do desembargador; quando o criado entrou, passaram a tratar da morte de um conhecido, depois das almas do outro mundo, de contos de bruxas, finalmente de lobisomem e das abusões[2] dos índios.

— Pela minha parte, disse o Sr. Bento Soares, nunca pude compreender como o espírito humano pôde inventar tanta tolice e crer no invento. Vá que uma ou outra criança dê crédito às suas próprias ilusões; para isso mesmo é que são crianças. Mas, que um homem feito...

— Que tem isso? observou o desembargador apresentando a xícara

---

1 Publicado originalmente no *Jornal das Famílias*, ano XIV, n. 12, em dezembro de 1876, e ano XV, n. 1 e 2, em janeiro e fevereiro de 1877.
2 Crença em coisas fantásticas, superstição.

ao criado para que lhe repetisse o chá; a vida do homem é uma série de infâncias, umas menos graciosas que as outras.

— Queres mais chá, Maria? perguntou a dona da casa à esposa de Bento Soares, que acabava de beber a última gota do seu.

— Não.

O bacharel Antunes apressou-se a receber a xícara de D. Maria do Céu, com uma cortesia e graça, que lhe rendeu o mais doce dos sorrisos.

— Eu acompanho o desembargador, disse Bento Soares.

Enquanto o bacharel Antunes ampliava ao marido de Maria do Céu o obséquio que acabava de prestar a esta, com a mesma solicitude, mas sem receber o mesmo nem outro sorriso, e passava ao criado a xícara vazia, Bento Soares prosseguia em suas ideias acerca das abusões humanas. Bento Soares estava profundamente convencido que o mundo todo tinha por limites os do distrito em que ele morava, e que a espécie humana aparecera na terra no primeiro dia de abril de 1832, data de seu nascimento. Esta convicção diminuía ou antes eliminava certos fenômenos psicológicos e reduzia a história do planeta e de seus habitantes a uma certidão de batismo e vários acontecimentos locais. Não havia para ele tempos pré-históricos, havia tempos pré-soáricos. Daí vinha que, não crendo ele em certas lendas e contos da carocha, mal podia compreender que houvesse homem no mundo capaz de ter crido neles uma vez ao menos.

A conversa, porém, bifurcou-se; enquanto o desembargador referia a Bento Soares e ao dono da casa algumas notícias relativas a crenças populares antigas e modernas, as duas senhoras conversavam com o bacharel, sobre um ponto de *toilette*. Maria do Céu era uma mulher bela, ainda que baixinha, ou talvez por isso mesmo, porquanto as feições eram consoantes à estatura; tinha uns olhos miúdos e redondos, uma boquinha que o bacharel comparava a um botão de rosa, e um nariz que o poeta bíblico só por hipérbole poderia comparar à torre de Galaad. A mão, que essa, sim, era um lírio dos vales — *lilium convalium* —, parecia arrancada a alguma estátua, não de Vênus, mas de seu filho; e eu peço perdão desta mistura de coisas sagradas com profanas, a que sou obrigado pela natureza mesma de Maria do Céu. Quieta, podiam pô-la num altar; mas, se movia os olhos, era pouco menos que um demônio. Tinha um jeito peculiar de usar deles que enfeitiçou alguns anos antes a gravidade de Bento Soares, fenômeno que o bacharel Antunes achava o mais natural do mundo. Vestia nessa noite um vestido cor de pérola, objeto da conversa entre o bacharel e as duas senhoras. Antunes, sem contestar que a cor de pérola ia perfeitamente à esposa de Bento Soares, opinava que era geral acontecer o mesmo às demais cores; donde se pode razoavelmente inferir que em seu parecer a porção mais bela de Maria não era o vestido, mas ela mesma.

Uma contestação, em voz mais alta, chamou a atenção deles para o grupo dos homens graves. Bento Soares dizia que o desembargador mofava da razão, afiançando acreditar em almas do outro mundo; e o desembargador insistia em que a existência dos fantasmas não era coisa que absolutamente se pudesse negar.

— Mas, desembargador, isto é querer supor que somos uns beócios. Pois fantasmas...

— Não me dirá nada de novo, interrompeu Cruz; sei o que se pode dizer contra os fantasmas; não obstante, existem.

— Como as bexigas; também se diz muita coisa contra elas.

— Fantasmas! exclamou Maria do Céu. Pois há quem tenha visto fantasmas?

— É o desembargador quem o diz, observou Vasconcelos.

— Deveras?

— Nada menos.

— Na imaginação, disse o bacharel.

— Na realidade.

Os ouvintes sorriram; Maria fez um gesto de desdém.

— Se a entrada na Relação dá em resultado visões dessa natureza, declaro que vou cortar as asas às minhas ambições, observou o bacharel olhando para a esposa de Bento Soares, como a pedir-lhe aprovação do dito.

— Os fantasmas são fruto do medo, disse esta, sentenciosamente. Quem não tem medo não vê fantasmas.

— Você não tem medo? perguntou a dona da casa.

— Tanto como deste leque.
— Sempre há de ter algum, opinou Vasconcelos.
— Não tenho medo de nada nem de ninguém.
— Pode ser, interveio o desembargador; mas se visse o que eu vi uma vez, estou certo de que ficaria apavorada.
— Alguma bruxa?
— O diabo?
— Um defunto à meia-noite?
— Um duende?
Cruz empalidecera.
— Falemos de outra coisa, disse ele.
Mas o auditório tinha a curiosidade aguçada, e o próprio mistério e recusa do desembargador faziam crescer o apetite. Os homens insistiram; as senhoras fizeram coro com eles. Cruz imolou-se ao sufrágio universal.
— O que eu vi foi há muitos anos, disse ele; ainda assim conservo a memória fresca do que me aconteceu. Não sei se poderia ir até o fim; e desde já estou certo de que vou passar uma triste noite...
Uma risadinha de Maria do Céu interrompeu o desembargador.
— Prepare o auditório! disse ela. Vamos ver que a montanha dá à luz um ratinho.
Alguns sorriram; mas o desembargador estava sério e pálido. Bento Soares ofereceu-lhe uma pitada de rapé, enquanto Vasconcelos acendia um charuto. Fez-se grande silêncio; só se ouvia o tique-taque do relógio e o movimento do leque de Maria do Céu. O desembargador olhou para os interlocutores, como a ver se era possível evitar a narração; mas a curiosidade estava tão pendente de todos os olhos, que era impossível resistir.
— Vá lá! disse ele; contarei isto em duas palavras.
Quando eu estudava em S. Paulo raras vezes gozava as férias todas na fazenda de meu pai; ia a Cantagalo passar algumas semanas e voltava logo para o Rio de Janeiro, aonde me chamava o meu primeiro e último namoro; paixão de quatro anos, que a Igreja consagrou e só a morte extinguiu. Nas férias do terceiro ano fui morar

no primeiro andar de uma casa da rua da Misericórdia. No segundo morava um homem de quarenta anos que parecia ter mais de cinquenta, tão alquebrado e encanecido estava. Éramos os dois moradores únicos, salvo o meu pajem, que fazia o número três. O vizinho de cima não tinha criado.

A primeira vez que o vi foi logo no dia seguinte da minha entrada na casa. Ao passar pelo corredor dei com ele na escada, que ia do primeiro para o segundo andar; de pé, com um livro aberto nas mãos. Tinha um pé no quinto e outro no sexto degrau. Fiquei a olhar de baixo para ele durante algum tempo; não o conhecendo, entrei a suspeitar se seria algum ladrão. O pajem explicou-me que era o morador de cima.

Dois dias depois, estando eu à noite em casa, perto das onze horas a ler na minha sala, senti alguém bater-me à porta; fui abrir; era o vizinho, que descera, com um livro na mão, talvez o mesmo que lia dois dias antes na escada, não sei.

— Venho incomodá-lo, não? disse ele.

Fez um gesto duvidoso, e fiquei a olhar para ele como quem espera uma explicação.

— O morador da loja, continuou ele, disse-me hoje que o senhor é estudante. Talvez me possa explicar uma coisa. Sabe hebraico?

— Não.

— É pena! disse ele consternado.

Ficou alguns instantes silencioso, a olhar para o livro e para o teto. Depois fitou-me, e disse:

— Ando a ver se meto dente numa passagem de Jonas.

Dizendo isto, sentou-se abrindo o livro sobre os joelhos. Joelhos chamo eu, porque é esse o nome daquela região; mas o que ele tinha naquele lugar das pernas eram dois verdadeiros pregos, tão magro estava. A cara angulosa e descarnada, os olhos cavos, o cabelo hirsuto, as mãos peludas e rugosas, tudo fazia dele um personagem fantástico. Esteve algum tempo ainda silencioso, até que continuou:

— Há aqui um versículo de Jonas, é o 11 do cap. IV, em que leio: "E então eu não perdoarei a grande cidade de Nínive, onde há mais de cento e vinte mil homens, que não sabem discernir entre a sua mão direita e a sua mão esquerda?". Como entende o senhor este versículo?

A ideia de que o vizinho era doido apoderou-se logo de meu espírito. Que outra coisa seria, vindo consultar a semelhante hora, a um vizinho de três dias, sobre um texto de Jonas? Também eu não tinha medo nesse tempo — tal qual como a Sra. D. Maria do Céu —, deixei-me estar quieto na cadeira, a olhar sem responder, contendo uma grande vontade de rir.

— Que lhe parece? repetiu o vizinho.

— Que quer o senhor que me pareça?

— "Homens que não sabem discernir a mão direita da esquerda"; — frase que, geralmente, tem um sentido óbvio, e vem a ser nada menos que isto: o profeta refere-se às crianças ninivitas. Jeová quer perdoar a cidade por amor dos meninos que ela encerra. Mas eu dou do texto uma interpretação que vai assombrar o mundo.

— Sim?

— Jonas não alude às crianças, mas aos canhotos que são os homens que não podem discernir a direita da esquerda. Sendo assim, veja o senhor a importância da minha interpretação. Duas coisas se concluem dela: 1ª que os ninivitas eram geralmente canhotos; 2ª que o ser canhoto era no entender dos hebreus um grande mérito. Desta última conclusão nasceu uma terceira, a saber, que chamar canhoto ao diabo é estar fora do espírito bíblico. Isto é claro como água e evidente como a luz.

A profunda convicção com que ele disse tudo isto, e o ar de triunfo com que ficou a olhar para mim, confesso que me impressionaram singularmente. Não sabia que dizer; o melhor era concordar, declarando que a sua opinião era por força verdadeira.

— Não lhe parece? disse ele. Contudo, não sendo eu forte no hebraico, desejava consultar alguém que me dissesse se o texto original está bem traduzido na Vulgata, e se a expressão bíblica é essa ou outra diferente. Liquidado este ponto, escreverei um livro. Afiança-me que não sabe hebraico?

— Não sei sequer o alfabeto.

— Nesse caso há de perdoar.

Dizendo isto, ergueu-se, fez-me uma cortesia e deu um passo para a porta. Ali parou e voltou-se.

— Esquecia-me dizer-lhe o meu nome; devia de ser a primeira coisa. Chamo-me Damasceno Rodrigues; moro há três anos aqui em cima, onde estou às suas ordens. Viva!

Não esperou que lhe dissesse o meu nome; curvou-se e saiu. Imaginem facilmente como fiquei; a vontade de rir foi o primeiro efeito; o segundo foi uma mistura de pena, receio e curiosidade. No dia seguinte, disse ao pajem que tirasse informações acerca de Damasceno Rodrigues. Tirou-as, e o que liquidei delas foi que o meu vizinho morava ali havia três anos, como dissera; que era um velho médico, sem clínica; que vivia pacificamente, saindo apenas para ir comer a uma casa de pasto da vizinhança ou ler duas horas na biblioteca pública; enfim, que no bairro ninguém o tinha por doido, mas que algumas velhas o supunham ligado ao diabo. Esta crença, comparada com a ideia que o homem tinha a respeito do Canhoto, dava bem para uma anedota romântica, que eu podia escrever logo depois que voltasse a S. Paulo; tal foi o motivo que me levou a visitá-lo alguns dias depois.

O segundo andar era antes um sótão puxado à rua; compunha-se de uma sala, uma alcova e pouco mais. Subi. Achei-o na sala, estirado em uma rede, a olhar para o teto. Tudo ali era tão velho e alquebrado como ele; três cadeiras incompletas, uma cômoda, um aparador, uma mesa, alguns farrapos de um tapete, ligados por meia dúzia de fios, tais eram as alfaias da casa de Damasceno Rodrigues. As janelas, que eram duas, adornavam-se com umas cortinas de chita amarela, rotas a espaços. Sobre a cômoda e a mesa havia alguns objetos disparatados; por exemplo, um busto de Hipócrates ao pé de um bule de louça, três ou quatro bolos, meio lote de rapé, lenços e jornais. No chão também havia jornais e livros espalhados. Era ali o asilo do vizinho misterioso.

Achei-o, como lhes disse, estirado na rede, a olhar para o teto. Não me sentiu entrar; mas eu falei-lhe e ele ergueu um pouco a cabeça.

— Quem é? disse ele.

— Eu.

— O senhor?

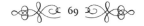

— Seu vizinho de baixo.

— Ah! disse ele erguendo-se; pode entrar.

— Não se incomode; vinha apenas pagar-lhe a visita.

Damasceno tinha-se levantado; e das cadeiras ofereceu-me a melhor, isto é, a que não tinha costas, porque das outras duas, uma estava exausta de palhinha e a outra possuía três pés somente.

— Não é incômodo, disse ele sorrindo; dá-me até muito prazer.

O riso de Damasceno era pior que a seriedade; sério, dava ares de caveira; rindo, havia nele um gesto diabólico; a tudo resiste porém ambição do escritor juvenil. Eu queria uma novela, e estava disposto a conversar com o diabo em pessoa. Para dizer alguma coisa, falei-lhe na passagem de Jonas.

— Descobriu alguma coisa? perguntei-lhe.

— Nada, tornou ele, mas cuida que pensei mais em semelhante assunto?

— Supunha.

— Qual! No dia seguinte deixei-o de lado.

— Entretanto, creio que era importante decidir se realmente o nome de Canhoto dado ao diabo...

Damasceno interrompeu-me com uma risadinha sardônica e gelada que me tapou a boca. Não tive ânimo de continuar e faltava-me assunto para entretê-lo. Ele, entretanto, meteu as mãos na algibeira das calças e começou a andar de um para outro lado, ora cabisbaixo e silencioso, ora olhando para o teto e murmurando alguma coisa que eu não podia perceber. Havia no rosto daquele homem, além da velhice precoce, uma expressão de tristeza e amargura que os olhos não podiam contemplar impunemente. Ao mesmo tempo era tão extraordinária a figura e tão singulares os costumes dele, que a gente tinha prazer em o conversar e atrair, quando menos por sair um pouco da vulgaridade dos outros homens.

Damasceno passeou cerca de oito minutos, sem me dizer palavra. Ao cabo deles, parou defronte de mim.

— Mancebo, disse ele, quais são as suas ideias a respeito da lua?

— Poucas... algumas notícias apenas.

— Sei, disse ele desdenhosamente; o que anda nos compêndios.

Pífia ciência é a dos compêndios! O que eu lhe pergunto...
— Adivinho.
— Diga.
— Quer saber se também suponho que o nosso satélite seja habitado?
— Qual! são devaneios, são conjecturas... A lua, meu rico vizinho, não existe, a lua é uma hipótese, uma ilusão dos sentidos, um simples produto da retina dos nossos olhos. É isto que a ciência ainda não disse; é isto o que convém proclamar ao mundo. Em certos dias do mês, o olho humano padece uma contração nervosa que produz o fenômeno lunar. Nessas ocasiões, ele supõe que vê no espaço um círculo redondo! branco e luminoso; o círculo está nos próprios olhos do homem.
— Pode ser.
— Nem é outra coisa.
— Donde se conclui que todos somos lunáticos, aventurei eu galhofeiramente.
— Talvez, redarguiu ele, rindo muito.
Depois de rir, caiu na rede; as pernas, que andavam à larga nas calças, aliás estreitas, cruzavam-se à maneira oriental, e ele ficou sentado defronte de mim.
— Lunáticos! repetiu ele.
— Dada a sua teoria, expliquei eu.
— Teoria de lunático?
— Perdão.
Já me não ouvia; com os dedos no ar fazia figuras extravagantes, retas, curvas, ângulos e triângulos, rindo à toa, com o riso pálido e sem expressão dos mentecaptos. Não havia dúvida; era uma alma sem consciência. Arrependi-me de alguma coisa que disse menos pensada, e procurei ao mesmo tempo um meio de sair dali sem o irritar. Não me foi difícil; três vezes me despedi, sem que ele me respondesse; saí sem objeção.
Chegando ao meu aposento, senti alguma coisa semelhante ao prazer de um homem que foge a um perigo ou a um incidente desagradável.

Efetivamente a conversa de um homem sem juízo não era segura. Eu cuidava ter diante de mim um espírito original; saía-me um louco; o interesse diminuía ou mudava de natureza. Determinei acabar ali as minhas relações com Damasceno.

Durante quinze dias encontrei-o duas vezes, na escada; cumprimentou-me e falou-me como se tivera intactas todas as molas do cérebro. Queixou-se-me apenas de alguma dor de cabeça e palpitações do coração.

— Temo que isto vá a acabar, disse ele a segunda vez.

— Não diga isso!

— Verá; estou à beira da eternidade; vou dar o salto mortal.

Não alimentei a conversa e saí. Nessa noite contou-me o pajem que Damasceno Rodrigues me procurara com muitas instâncias dizendo que desejava confiar-me um segredo. Era provavelmente alguma nova fantasia semelhante à de Jonas e à da lua, e eu não queria animar os desvarios de um pobre velho. Não lhe mandei dizer que estava em casa nem o procurei. Alta noite, e estando a ler, ouvi um gemido no andar de cima. Subi devagarinho, colei o ouvido à porta da sala de Damasceno, mas nada mais ouvi.

Soube no dia seguinte que Damasceno adoecera. Fui vê-lo pela volta do meio-dia. Como ele nunca fechava a porta, não foi preciso incomodá-lo, para lá entrar. Achei-o deitado na cama, com os olhos cerrados e os braços estendidos ao longo do corpo e por fora da coberta. Abriu os olhos, e sorriu ao ver-me.

— Que tem? perguntei.

— Uma opressão no peito.

— Tomou alguma coisa?

— Que me fizesse mal?

— Não; algum remédio.

— Não tomei nada.

— Bem; é preciso ver o que isso é; vou mandar vir um médico.

Damasceno tinha os olhos cravados na parede; não me respondeu. Ia sair, para dar ordens ao meu criado, quando vi o enfermo sentar-se na cama, e olhando para a parede que lhe ficava ao lado dos pés, clamar aflito:

— Não! ainda não! Vai-te! Depois! daqui a um ano!... a dois... a três... Vai-te, Lucinda! deixa-me!

Corri a Damasceno, falei-lhe, apalpei-lhe a testa, que estava quente, e obriguei-o a deitar-se. Uma vez deitado, ficou arquejante, a olhar para a sala, sem querer dirigir os olhos para os pés da cama.

— O que é que sente? perguntei.

Não disse nada; talvez me não ouvisse. Saí para mandar chamar um médico, e voltei ao quarto do enfermo. Estava dormindo. O médico veio, examinou-o, interrogou-o, receitou enfim alguma coisa, que imediatamente mandei preparar na mais próxima botica. Mandei a uma casa da vizinhança arranjar caldos e galinha; finalmente dispus-me a não sair de casa nesse dia.

Não contava com o amor; duas linhas escritas em uma folha de papel bordado, como se usava no meu tempo, vieram mudar a resolução em que eu assentara. Saí, depois de fazer muitas recomendações ao criado e prometendo voltar cedo. Às oito horas da noite achava-me em casa; fui ter logo com o doente. Achei-o sossegado.

— Entre, entre, meu amigo, disse ele; deixe-me chamar-lhe assim, porque não tenho ninguém mais a quem dê esse doce nome.

— Está melhor?

— Estou; mas são melhoras passageiras.

— Não diga isso.

— São. Isso há de acabar cedo. Sabe o que é a morte?

— Imagino.

— Não sabe. A morte é um verme, de duas espécies, conforme se introduz no corpo ou na alma. Mata em ambos os casos. Em mim não penetrou no corpo; o corpo geme porque a doença reflete nele; mas o verme está na alma. Nela é que eu o sinto a roer todos os dias.

— Pois matemos o verme, disse eu, apresentando-lhe uma colher do remédio.

Damasceno olhou para o remédio e para mim, e sorriu, com uma expressão de tranquilo ceticismo.

— Pobre moço! disse ele, depois de alguns instantes de silêncio.

— Vamos!

— Logo mais, amanhã, ou depois que eu morrer. Talvez ainda possa fazer algum benefício ao meu cadáver. A alma não bebe água.

Insisti, mas foi baldado. Damasceno resistiu intrepidamente. Quando as minhas instâncias lhe pareceram excessivas começou a irritar-se, e eu, receoso de algum novo delírio, proveniente da exacerbação, cedi; fui ter com o criado que me referiu haver Damasceno tomado apenas uma colher do remédio e um caldo. Voltei ao quarto, achei-o tranquilo.

A luz do quarto era pouca, e esta circunstância, ligada ao espetáculo da doença e às feições do pobre velho alienado, não menos que às recordações que já me prendiam a ele, tornara a situação por extremo penosa. Sentei-me ao pé da cama e tomei-lhe o pulso; batia apressado; a testa estava quente. Ele deixou que eu fizesse todos esses exames sem dizer nada. Tinha os olhos no teto e parecia alheio de todo à minha pessoa e à situação. Pouco depois chegou o médico, soube da resistência do enfermo em continuar a tomar o remédio; examinou-o, fez um gesto de desânimo, e ao sair disse-me que era homem perdido.

A perspectiva não era para mim agradável. Não podia razoavelmente desampará-lo e tinha talvez de assistir à sua morte naquela noite. Chamei o criado e escrevi um bilhete a dois colegas de S. Paulo, residentes na Corte, pedindo-lhes que viessem passar a noite comigo. O criado saiu e eu sentei-me outra vez ao pé da cama.

No fim de alguns minutos, vi que Damasceno se agitava. Perguntei-lhe o que tinha.

— Nada, respondeu ele, mudo de posição. Que horas são?
— Nove e um quarto.
— E o senhor pretende passar a noite comigo?
— Naturalmente.

O rosto do enfermo iluminou-se.

— Boa alma! exclamou ele.

Depois procurou a minha mão e teve-a presa entre as suas algum tempo, olhando para mim com uma expressão de agradecimento, que lhe parecia tornar bela a fisionomia seca e dura.

— Que lhe fiz eu para merecer tanta dedicação? perguntou ele ao cabo de alguns minutos de silêncio.

— Não falemos disso.

Damasceno calou-se.

— Que idade tem?

— Vinte e dois anos.

— Feliz! feliz!

Calou-se outra vez e pareceu concentrar-se de novo. Pensei que iria dormir, mas ele voltou-se para mim dizendo:

— Quero pagar-lhe os seus benefícios.

— Pagará depois.

— Não; há de ser já.

Ergueu o corpo, apoiando o cotovelo na cama, pegou-me na mão e cravou em mim os olhos, acesos de uma luz repentina e única.

— Mancebo, disse ele, com a voz cava; não olhe nunca para a mulher do seu próximo!

— Sossegue, disse eu.

— Sobretudo não a obrigue que ela olhe para o senhor. Comprará por esse preço a paz de sua vida toda.

A gravidade com que ele proferiu estas palavras excluía toda a ideia de loucura. A própria fisionomia parecia revelar o regresso da consciência. Olhei para ele algum tempo sem responder, nem ousar pedir-lhe explicação. Damasceno fitou o ar com expressão melancólica, abanou a cabeça três vezes e suspirou. Depois a cabeça caiu sobre o ombro, e ele ficou algum tempo quieto. Ouvindo o sino das dez horas, abriu os olhos e voltou-se para mim.

— Por que se não vai deitar?

— Não tenho sono.

— Perder uma noite por causa de um desconhecido!

— Não se preocupe comigo; descanse, que é melhor.

Damasceno meteu a mão debaixo do travesseiro, como procurando alguma coisa. Era uma chave. Deu-ma.

— Abra-me a gavetinha da cômoda, a do lado da rua.

— E depois?

— Tire de lá uma caixinha.

Obedeci. A caixinha era de couro e teria um palmo de comprimento. Quando lha levei, ele pô-la sobre a cama e olhou mudo para ela.

Depois, tocou em uma pequena mola; a caixa abriu-se, e ele tirou de dentro um pequeno maço de papéis.

— Se eu morrer, disse ele, queime isto.

— Feche tudo, é melhor.

— Não é preciso. O que aí está é um segredo, mas eu não quero morrer sem lho revelar. Não lhe disse há pouco que não consentisse nunca em olhar ou ser olhado pela mulher de seu próximo? Pois bem; saberá o resto.

A curiosidade pendurou-se-me dos olhos e, apesar da pouca luz da alcova, é possível que ele reparasse nisto, porque vi-o sorrir com uma expressão maliciosa e discreta.

— São papéis de família, continuou Damasceno; coisas que só a mim interessam. Há aqui, porém, uma coisa que o senhor pode ver desde já.

Dizendo isto, destacou do maço de papéis uma miniatura e deu-ma pedindo que a visse. Aproximei-me da luz e vi uma formosa cabeça de mulher, e os mais expressivos olhos que jamais contemplei na minha vida. Ao restituir a miniatura reparei que ele a desviou apressadamente dos olhos metendo-a logo, com a mão trêmula, entre os papéis.

— Viu-a?

— Vi.

— Não me diga nada do que lhe parece. Imagino qual será a sua impressão. Calcule qual seria a minha há quinze anos, diante do original. Ela tinha vinte anos; e eu vinte e cinco...

Damasceno interrompeu-se; arrependia-se talvez; e eu não ousava, em tal situação, mostrar-me indiscreto e curioso. Ele entretanto atava o maço de papéis e a miniatura com um cadarço velho, e entregou-me tudo.

— Guarde. Jura que queimará isso?

— Juro.

Guardei no bolso o maço enquanto ele, reclinando o corpo, ficou tranquilo. Durante cinco minutos nada disse; começou a murmurar palavras sem sentido, com esgares próprios de louco. Esta circunstância chamou-me à realidade. Não seriam os papéis e o retrato coisas sem valor, a que ele em seu desvario atribuía tamanha importância? Damasceno falou de novo.

— Guardou?

— Guardei.

— Deixe ver.

— Está aqui, disse-lhe eu, mostrando o embrulho.

— Está bem.

E depois de uma pausa:

— Eu era moço, ela moça; ambos inocentes e puros. Sabe o que nos matou? Um olhar.

— Um olhar?

— Era no interior da Bahia. Lucinda casara-se na capital com o Dr. Adr... Não importa o nome; era médico como eu, mas rico e dado a estudos de botânica e mineralogia. Andava por Jeremoabo naquele tempo. Eu encontrei-o num engenho e travei relações com ele. A mulher era linda como o senhor a viu aí. Ele era sábio, taciturno e ciumento. Havia nela tanta modéstia e recato — talvez medo — que o ciúme dele podia dormir com as portas abertas. Mas não era assim; o marido era cauteloso e suspeitoso; ameaçava-a e fazia-a padecer. Eu percebi isso, e a compaixão apoderou-se de mim. A compaixão é um sentimento pérfido; abstenha-se dele ou combata-o. Quem sabe se a que sente agora por mim não lhe dará mau resultado?

Estremeci ouvindo esta última palavra. Ele parou um instante e continuou:

— Lucinda não me olhava nunca. Era medo, era talvez intimação do marido. Se me falava alguma vez era secamente e por monossílabos. Meu coração deixou-se ir da compaixão ao amor pelo mais natural dos declives, amor silencioso, cauto, sem esperança nem repercussão. Um dia, em que a vi mais triste que de costume, atrevi-me a perguntar-lhe se padecia. Não sei que tom havia em minha voz, o certo é que Lucinda estremeceu, e levantou os olhos para mim. Cruzaram-se com os meus, mas disseram nesse único minuto — que digo? nesse único instante, toda a devastação de nossas almas; corando, ela abaixou os seus, gesto de modéstia, que era a confirmação de seu crime; eu deixei-me estar a contemplá-la silenciosamente. No meio dessa sonolência moral em que nos achávamos, uma voz atroou e nos chamou à realidade da vida. Ao mesmo tempo achou-se defronte de nós a figura do marido. Nunca vi mais terrível expressão em rosto humano! A cólera fazia dele uma Medusa. Lucinda caiu prostrada e sem sentidos. Eu, confuso, não me atrevia a explicar nem a pedir explicação. Ele olhou para mim e para ela. Sucedera à primeira manifestação silenciosa da cólera uma coisa mais apagada e mais terrível, uma resolução fria e quieta. Com um gesto despediu-me; quis falar, ele impôs-me silêncio com os olhos. Quase a sair voltei e, apesar da oposição, expus-lhe toda a singularidade de seu procedimento. Ouviu-me calado. Vendo que nada alcançava e não querendo que sobre a infeliz pairasse a menor suspeita, nem que ela padecesse sem outro motivo mais grave, expus-lhe francamente os meus sentimentos em relação a ele e a ela, a afeição que Lucinda me inspirara, protestando com todas as forças pela inteira dignidade da infeliz. Riu-se, e não me disse nada. Despedi-me e saí...

Estas recordações pareciam abater o enfermo. A voz, ao chegar àquela palavra, era fraca e rouca; ele fez uma longa pausa, cobrindo os olhos com as mãos ocas e transparentes. Alguns minutos depois continuou:

— Passaram-se algumas semanas. Um dia, levado por necessidades de ofício, fui a Jeremoabo, pensando em Lucinda e um pouco receoso de algum sucesso desagradável. Lucinda havia morrido; e a pessoa que me deu esta notícia benzeu-se supersticiosamente e não revelou mais nada, apesar das minhas instâncias. Que teria havido? A ideia de que o marido a houvesse assassinado, apoderou-se de meu espírito; mas eu não ousava formular a pergunta. Indagando mais, ouvi de uns que ela cometera suicídio, de outros que desaparecera; enfim alguns criam que estava apenas doente às portas da morte. Esta diversidade de notícias era claro indício de que alguma coisa grave se passava ou estava passando. Fui ter à propriedade do marido, resoluto a saber tudo e a salvar a vida da inocente, se fosse possível...

Damasceno interrompeu-se de novo. Estava cansado e opresso. Pedi-lhe que suspendesse por algum tempo a narração e guardasse o fim para o dia seguinte, apesar da curiosidade que me picava interiormente. Ao mesmo tempo admirava a perfeita lucidez com que ele me referia aquelas coisas, a comoção da palavra, que nada tinha do vago e desalinhado da palavra dos loucos. Era aquele mesmo o homem que me consultara acerca de Jonas e me expusera uma teoria nova acerca da lua? Enquanto em meu espírito resolvia esta dúvida, Damasceno agitava-se no leito, como buscando melhor cômodo. A vela estava a extinguir-se, acendi outra e fui até à janela ansioso pelo criado e os dois amigos a quem escrevera. A rua estava deserta; apenas ao longe se ouvia o passo de um ou outro transeunte. Voltei ao quarto. Damasceno estava então sentado na cama, um pouco reclinado sobre os travesseiros.

— Não tenha medo, disse ele, venha ouvir o resto, que é pouco, mas instrutivo. Fui ter com o médico. Logo que soube que eu o procurara veio receber-me contente. Disse-lhe francamente o que ouvira dizer a respeito da mulher, as opiniões e versões diferentes, a necessidade que havia de instruir o povo da verdade e retirar de sobre ele alguma suspeita terrível. Ouviu-me calado. Logo que acabei, disse-me que eu fizera bem em ir vê-lo; que Lucinda estava viva, mas podia morrer no dia seguinte; que, depois de cogitar na punição que daria ao olhar da moça resolvera castigar-lhe simplesmente os olhos... Não entendi nada; tinha as pernas trêmulas e o coração batia-me apressado. Não o acompanharia decerto, se ele, apertando-me o pulso com a mão de ferro, me não arrastasse até uma sala interior... Ali chegando... vi... oh! é horrível! vi, sobre uma cama, o corpo imóvel de Lucinda, que gemia de modo a cortar o coração. "Vê, disse ele, só lhe castiguei os olhos." O espetáculo que se me revelou então, nunca, oh! nunca mais o esquecerei! Os olhos da pobre moça tinham desaparecido; ele os vazara, na véspera, com um ferro em brasa... Recuei espavorido. O médico apertou-me os pulsos clamando com toda a raiva concentrada em seu coração: "Os olhos delinquiram, os olhos pagaram!".

A cabeça do enfermo rolou sobre os travesseiros, enquanto eu, aterrado do que ouvia e da expressão de sincero horror e aparente veracidade com que ele falava, olhei em volta de mim como procurando fugir. Damasceno ficou longo tempo arquejante.

De repente, dando um estremeção ergueu a cabeça e olhou para a parede que ficava do lado inferior da cama:

— Vai-te! exclamou ele aflito. Vai-te! ainda não!... Olhe!... Olhe! lá está ela! lá está!...

O dedo magro e trêmulo apontava alguma coisa no ar, enquanto os olhos, mortalmente fixos, resumiam todo o terror que é possível conter a alma humana. Insensivelmente olhei para o lugar que ele indicava... Olhei; e podem crer que ainda hoje não esqueci o que ali se passou. De pé, junto à parede, vi uma mulher lívida, a mesma do retrato, com os cabelos soltos, e os olhos... Os olhos, esses eram duas cavidades vazias e ensanguentadas.

Naquela meia luz da alcova, e no alto de uma casa sem gente, a semelhante hora, entre um louco e uma estranha aparição, confesso que senti esvairem-se-me as forças e quase a razão. Batia-me o queixo, as pernas tremiam-me, tanto eu ficava gelado e atônito. Não sei o que se passou mais; não posso dizer sequer que tempo durou aquilo, porque os olhos se me apagaram também, e perdi de todo os sentidos.

Quando dei acordo de mim, estava no meu quarto, deitado, tendo a meu lado os dois amigos que mandara chamar. Ambos procuraram desviar-me do espírito a lembrança do que se passara no quarto de Damasceno; precaução ociosa, porque de nada me lembrava então e o abalo fora tamanho que o passado como que desaparecera. Passei uma noite cruel, entre a agitação e o abatimento. Sobre a madrugada dormi.

Acordei com sol alto. Pude então recordar a cena da véspera, e só a recordação me fazia tiritar e gelar a alma. Quis ir ver o doente porque, apesar dos sucessos anteriores, interessava-me o pobre velho condenado a uma triste visão perpétua.

— É tarde! disseram-me.

— Por quê?

— O doente morreu.

Senti que uma gota me brotava dos olhos; foi a única lágrima que ele obteve dos homens.

Meus colegas referiram-me que a morte sucedera ao romper da manhã, estando presente um deles e o criado. Damasceno morreu a falar das mais desencontradas coisas, de guerras, de meteoros e de S. Tomás de Aquino. Seu último gesto foi para abraçar o sol, que dizia estar diante dele. Morreu enfim ou, antes, restituiu-se à eternidade, segundo a expressão do meu colega, a cujos olhos o doente parecera um esqueleto que visitara por algum tempo a terra.

Não pude assistir ao enterro; estava abatido e doente; mas um dos meus amigos foi até o cemitério. Com um deles fui dormir aquela e as noites seguintes, não podendo passá-las debaixo do mesmo teto em que se dera a terrível aparição. A justiça arrecadou o que pertencia a Damasceno Rodrigues; ele vivia do aluguel de duas casinhas e de algumas apólices, que se lhe encontraram. Não tinha herdeiros.

Só muitos dias depois atrevi-me a ver de novo o retrato da mulher que ele me dera. Ainda assim não foi sem terror, e arrependi-me de o ter feito, porque toda a cena se me reproduziu logo ante os olhos. Era miraculosamente bela a mártir de Jeremoabo; eu compreendia, não só a loucura de Damasceno, mas também a ferocidade do esposo.

O desembargador fez pausa, no meio do geral silêncio de constrangimento que sua narração produzira. Vasconcelos foi o primeiro que falou:

— Não podemos duvidar que o senhor visse a figura dessa mulher, disse ele; mas como explicar o fenômeno?

— A dificuldade é maior do que pensa, acudiu o desembargador. O episódio teve um epílogo.

— Ah!

— Quando referi a aparição a algumas pessoas, ninguém me deu crédito; e os mais polidos atribuíam o caso a um pesadelo. Evitei expor-me à incredulidade e ao ridículo. Mais tarde, já senhor de mim, determinei contar a catástrofe de Damasceno em um jornal que escrevíamos na Academia. Tratando de colher alguma coisa mais acerca do infeliz, vim a saber, com grande surpresa minha, que ele nunca estivera na Bahia, nem saíra do sul. Já então não era só o interesse literário que me inspirava; era a liquidação de um ponto obscuro e a explicação de um fenômeno. Casara aos vinte e dois anos em Santa Catarina, de onde só saiu aos trinta e três, não podendo, portanto, encontrar-se com o original do retrato, aos vinte e cinco, solteiro, em Jeremoabo; finalmente, a miniatura que me confiara era simplesmente o retrato de uma sobrinha sua, morta solteira. Não havia dúvida: o episódio que ele me referira era uma ilusão como a da lua, uma pura ilusão dos sentidos, uma simples invenção de alienado.

— Mas, sendo assim...

— Sendo assim, como vi eu a mulher sem olhos? Esta foi a pergunta que fiz a mim mesmo. Que a vi, é certo, tão claramente como os estou vendo agora. Os mestres da ciência, os observadores da natureza humana lhe explicarão isso. Como é que Pascal via um abismo ao pé de si? Como é que Bruto viu um dia a sombra de seu mau gênio?

— O seu caso é talvez mais simples que esses todos; o desvario do doente foi contagioso, e fez com que o senhor visse o que ele supunha ver.

— Pois é pena! exclamou o desembargador; a história de Lucinda era melhor que fosse verdadeira. Que outro rival de Otelo há aí como esse marido que queimou com um ferro em brasa os mais belos olhos do mundo, em castigo de haverem fitado outros olhos estranhos? Crê agora em fantasmas, D. Maria do Céu?

Maria do Céu tinha seus olhos baixos. Quando o desembargador lhe dirigiu a palavra, estremeceu, ergueu-se e a junto e de corrida se encaminhou para o bacharel Antunes. O bacharel fez o mesmo; mas foi dali a uma janela — talvez tomar ar — talvez refletir a tempo no risco de vir a interpretar algum dia um hebraísmo das Escrituras.

A CAUSA SECRETA

1885

Garcia, em pé, mirava e estalava as unhas; Fortunato, na cadeira de balanço, olhava para o teto; Maria Luiza, perto da janela, concluía um trabalho de agulha.[1] Havia já cinco minutos que nenhum deles dizia nada. Tinham falado do dia, que estivera excelente — de Catumbi, onde morava o casal Fortunato, e de uma casa de saúde, que adiante se explicará. Como os três personagens aqui presentes estão agora mortos e enterrados, tempo é de contar a história sem rebuço.

Tinham falado também de outra coisa, além daquelas três, coisa tão feia e grave, que não lhes deixou muito gosto para tratar do dia, do bairro e da casa de saúde. Toda a conversação a este respeito foi constrangida. Agora mesmo, os dedos de Maria Luiza parecem ainda trêmulos, ao passo que há no rosto de Garcia uma expressão de severidade, que

---

[1] Originalmente publicado na *Gazeta de Notícias*, em 1885, e compilado no livro *Várias Histórias*, em 1896.

lhe não é habitual. Em verdade, o que se passou foi de tal natureza, que para fazê-lo entender é preciso remontar à origem da situação.

Garcia tinha-se formado em medicina, no ano anterior, 1861. No de 1860, estando ainda na Escola, encontrou-se com Fortunato, pela primeira vez, à porta da Santa Casa; entrava, quando o outro saía. Fez-lhe impressão a figura; mas, ainda assim, tê-la-ia esquecido, se não fosse o segundo encontro, poucos dias depois. Morava na rua de D. Manoel. Uma de suas raras distrações era ir ao teatro de S. Januário, que ficava perto, entre essa rua e a praia; ia uma ou duas vezes por mês, e nunca achava acima de quarenta pessoas. Só os mais intrépidos ousavam estender os passos até aquele recanto da cidade. Uma noite, estando nas cadeiras, apareceu ali Fortunato, e sentou-se ao pé dele.

A peça era um dramalhão, cosido a facadas, ouriçado de imprecações e remorsos; mas Fortunato ouvia-a com singular interesse. Nos lances dolorosos, a atenção dele redobrava, os olhos iam avidamente de um personagem a outro, a tal ponto que o estudante suspeitou haver na peça reminiscências pessoais do vizinho. No fim do drama, veio uma farsa; mas Fortunato não esperou por ela e saiu; Garcia saiu atrás dele. Fortunato foi pelo beco do Cotovelo, rua de S. José, até o largo da Carioca. Ia devagar, cabisbaixo, parando às vezes, para dar uma bengalada em algum cão que dormia; o cão ficava ganindo e ele ia andando. No largo da Carioca entrou num tílburi, e seguiu para os lados da praça da Constituição. Garcia voltou para casa sem saber mais nada.

Decorreram algumas semanas. Uma noite, eram nove horas, estava em casa, quando ouviu rumor de vozes na escada; desceu logo do sótão, onde morava, ao primeiro andar, onde vivia um empregado do arsenal de guerra. Era este que alguns homens conduziam, escada acima, ensanguentado. O preto que o servia acudiu a abrir a porta; o homem gemia, as vozes eram confusas, a luz pouca. Deposto o ferido na cama, Garcia disse que era preciso chamar um médico.

— Já aí vem um, acudiu alguém.

Garcia olhou: era o próprio homem da Santa Casa e do teatro. Imaginou que seria parente ou amigo do ferido; mas rejeitou a suposição, desde que lhe ouvira perguntar se este tinha família ou pessoa próxima. Disse-lhe o preto que não, e ele assumiu a direção do serviço, pediu às pessoas estranhas que se retirassem, pagou aos carregadores, e deu as primeiras ordens. Sabendo que o Garcia era vizinho e estudante de medicina pediu-lhe que ficasse para ajudar o médico. Em seguida contou o que se passara.

— Foi uma malta de capoeiras. Eu vinha do quartel de Moura, onde fui visitar um primo, quando ouvi um barulho muito grande, e logo depois um ajuntamento. Parece que eles feriram também a um sujeito que passava, e que entrou por um daqueles becos; mas eu só vi a este senhor, que atravessava a rua no momento em que um dos capoeiras, roçando por ele, meteu-lhe o punhal. Não caiu logo; disse onde morava e, como era a dois passos, achei melhor trazê-lo.

— Conhecia-o antes? perguntou Garcia.

— Não, nunca o vi. Quem é?

— É um bom homem, empregado no arsenal de guerra. Chama-se Gouvêa.

— Não sei quem é.

Médico e subdelegado vieram daí a pouco; fez-se o curativo, e tomaram-se as informações. O desconhecido declarou chamar-se Fortunato Gomes da Silveira, ser capitalista, solteiro, morador em Catumbi. A ferida foi reconhecida grave. Durante o curativo ajudado pelo estudante, Fortunato serviu de criado, segurando a bacia, a vela, os panos, sem perturbar nada, olhando friamente para o ferido, que gemia muito. No fim, entendeu-se particularmente com o médico, acompanhou-o até o patamar da escada, e reiterou ao subdelegado a declaração de estar pronto a auxiliar as pesquisas da polícia. Os dois saíram, ele e o estudante ficaram no quarto.

Garcia estava atônito. Olhou para ele, viu-o sentar-se tranquilamente, estirar as pernas, meter as mãos nas algibeiras das calças, e fitar os olhos no ferido. Os olhos eram claros, cor de chumbo, moviam-se devagar, e tinham a expressão dura, seca e fria. Cara magra e pálida; uma tira estreita de barba, por baixo do queixo, e de uma têmpora a outra, curta, ruiva e rara. Teria quarenta anos. De quando em quando, voltava-se para o estudante, e perguntava alguma coisa acerca do ferido; mas tornava logo a olhar para ele, enquanto o rapaz lhe dava a resposta. A sensação que o estudante recebia era de repulsa ao mesmo tempo que de curiosidade; não podia negar que estava assistindo a um ato de rara dedicação, e se era desinteressado como parecia, não havia mais que aceitar o coração humano como um poço de mistérios.

Fortunato saiu pouco antes de uma hora; voltou nos dias seguintes, mas a cura fez-se depressa, e, antes de concluída, desapareceu sem dizer ao obsequiado onde morava. Foi o estudante que lhe deu as indicações do nome, rua e número.

— Vou agradecer-lhe a esmola que me fez, logo que possa sair, disse o convalescente.

Correu a Catumbi daí a seis dias. Fortunato recebeu-o constrangido, ouviu impaciente as palavras de agradecimento, deu-lhe uma resposta enfastiada e acabou batendo com as borlas do chambre no joelho. Gouvêa, defronte dele, sentado e calado, alisava o chapéu com os dedos, levantando os olhos de quando em quando, sem achar mais nada que dizer. No fim de dez minutos, pediu licença para sair, e saiu.

— Cuidado com os capoeiras! Disse-lhe o dono da casa, rindo-se.

O pobre-diabo saiu de lá mortificado, humilhado, mastigando a custo o desdém, forcejando por esquecê-lo, explicá-lo ou perdoá-lo, para que no coração só ficasse a memória do benefício; mas o esforço era vão. O ressentimento, hóspede novo e exclusivo, entrou e pôs fora o benefício, de tal modo que o desgraçado não teve mais que trepar à cabeça e refugiar-se ali como uma simples ideia. Foi assim que o próprio benfeitor insinuou a este homem o sentimento da ingratidão.

Tudo isso assombrou o Garcia. Este moço possuía, em gérmen, a faculdade de decifrar os homens, de decompor os caracteres, tinha o amor da análise, e sentia o regalo, que dizia ser supremo, de penetrar muitas camadas morais, até apalpar o segredo de um organismo. Picado de curiosidade, lembrou-se de ir ter com o homem de Catumbi, mas advertiu que nem recebera dele o oferecimento formal da casa. Quando menos, era-lhe preciso um pretexto, e não achou nenhum.

Tempos depois, estando já formado e morando na rua de Matacavalos, perto da do Conde, encontrou Fortunato em uma gôndola, encontrou-o ainda outras vezes, e a frequência trouxe a familiaridade. Um dia Fortunato convidou-o a ir visitá-lo ali perto, em Catumbi.

— Sabe que estou casado?
— Não sabia.
— Casei-me há quatro meses, podia dizer quatro dias. Vá jantar conosco domingo.
— Domingo?
— Não esteja forjando desculpas; não admito desculpas. Vá domingo.

Garcia foi lá domingo. Fortunato deu-lhe um bom jantar, bons charutos e boa palestra, em companhia da senhora, que era interessante. A figura dele não mudara; os olhos eram as mesmas chapas de estanho, duras e frias; as outras feições não eram mais atraentes que dantes. Os obséquios, porém, se não resgatavam a natureza, davam alguma compensação, e não era pouco. Maria Luiza é que possuía ambos os feitiços, pessoa e modos. Era esbelta, airosa, olhos meigos e submissos; tinha vinte e cinco anos e parecia não passar de dezenove. Garcia, à segunda vez que lá foi, percebeu que entre eles havia alguma dissonância de caracteres, pouca ou nenhuma afinidade moral, e da parte da mulher para com o marido uns modos que transcendiam o respeito e confinavam na resignação e no temor. Um dia, estando os três juntos, perguntou Garcia a Maria Luiza se tivera notícia das circunstâncias em que ele conhecera o marido.

— Não, respondeu a moça.
— Vai ouvir uma ação bonita.
— Não vale a pena, interrompeu Fortunato.
— A senhora vai ver se vale a pena, insistiu o médico.

Contou o caso da rua de D. Manoel. A moça ouviu-o espantada. Insensivelmente estendeu a mão e apertou o pulso ao marido, risonha e agradecida, como se acabasse de descobrir-lhe o coração. Fortunato sacudia os ombros, mas não ouvia com indiferença. No fim contou ele próprio a visita que o ferido lhe fez, com todos os pormenores da figura, dos gestos, das palavras atadas, dos silêncios, em suma, um estúrdio. E ria muito ao contá-la. Não era o riso da dobrez. A dobrez é evasiva e oblíqua; o riso dele era jovial e franco.

— Singular homem! pensou Garcia.

Maria Luiza ficou desconsolada com a zombaria do marido; mas o médico restituiu-lhe a satisfação anterior, voltando a referir a dedicação deste e as suas raras qualidades de enfermeiro; tão bom enfermeiro, concluiu ele, que, se algum dia fundar uma casa de saúde, irei convidá-lo.

— Valeu? perguntou Fortunato.

— Valeu o quê?

— Vamos fundar uma casa de saúde?

— Não valeu nada; estou brincando.

— Podia-se fazer alguma coisa; e para o senhor, que começa a clínica, acho que seria bem bom. Tenho justamente uma casa que vai vagar, e serve.

Garcia recusou nesse e no dia seguinte; mas a ideia tinha-se metido na cabeça ao outro, e não foi possível recuar mais. Na verdade, era uma boa estreia para ele, e podia vir a ser um bom negócio para ambos. Aceitou finalmente, daí a dias, e foi uma desilusão para Maria Luiza. Criatura nervosa e frágil, padecia só com a ideia de que o marido tivesse de viver em contato com enfermidades humanas, mas não ousou opor-se-lhe, e curvou a cabeça. O plano fez-se e cumpriu-se depressa. Verdade é que Fortunato não curou de mais nada, nem então, nem depois. Aberta a casa, foi ele o próprio administrador e chefe de enfermeiros, examinava tudo, ordenava tudo, compras e caldos, drogas e contas.

Garcia pôde então observar que a dedicação ao ferido da rua D. Manoel não era um caso fortuito, mas assentava na própria natureza deste homem. Via-o servir como nenhum dos fâmulos. Não recuava diante de nada, não conhecia moléstia aflitiva ou repelente, e estava sempre pronto para tudo, a qualquer hora do dia ou da noite. Toda a gente pasmava e aplaudia. Fortunato estudava, acompanhava as operações, e nenhum outro curava os cáusticos.

— Tenho muita fé nos cáusticos, dizia ele.

A comunhão dos interesses apertou os laços da intimidade. Garcia tornou-se familiar na casa; ali jantava quase todos os dias, ali observava a pessoa e a vida de Maria Luiza, cuja solidão moral era evidente. E a solidão como que lhe duplicava o encanto. Garcia começou a sentir que alguma coisa o agitava, quando ela aparecia, quando falava, quando trabalhava, calada, ao canto da janela, ou tocava ao piano umas músicas tristes. Manso e manso, entrou-lhe o amor no coração. Quando deu por ele, quis expeli-lo para que entre ele e Fortunato não houvesse outro laço que o da amizade; mas não pôde. Pôde apenas trancá-lo; Maria Luiza compreendeu ambas as coisas, a afeição e o silêncio, mas não se deu por achada.

No começo de outubro deu-se um incidente que desvendou ainda mais aos olhos do médico a situação da moça. Fortunato metera-se a estudar anatomia e fisiologia, e ocupava-se nas horas vagas em rasgar e envenenar gatos e cães. Como os guinchos dos animais atordoavam os doentes, mudou o laboratório para casa, e a mulher, compleição nervosa, teve de os sofrer. Um dia, porém, não podendo mais, foi ter com o médico e pediu-lhe que, como coisa sua, alcançasse do marido a cessação de tais experiências.

— Mas a senhora mesma...

Maria Luiza acudiu, sorrindo:

— Ele naturalmente achará que sou criança. O que eu queria é que o senhor, como médico, lhe dissesse que isso me faz mal; e creia que faz...

Garcia alcançou prontamente que o outro acabasse com tais estudos. Se os foi fazer em outra parte, ninguém o soube, mas pode ser que sim. Maria Luiza agradeceu ao médico, tanto por ela como pelos animais, que não podia ver padecer. Tossia de quando em quando; Garcia perguntou-lhe se tinha alguma coisa, ela respondeu que nada.

— Deixe ver o pulso.

— Não tenho nada.

Não deu o pulso, e retirou-se. Garcia ficou apreensivo. Cuidava, ao contrário, que ela podia ter alguma coisa, que era preciso observá-la e avisar o marido em tempo.

Dois dias depois — exatamente o dia em que os vemos agora —, Garcia foi lá jantar. Na sala disseram-lhe que Fortunato estava no gabinete, e ele caminhou para ali; ia chegando à porta, no momento em que Maria Luiza saía aflita.

— Que é? perguntou-lhe.

— O rato! O rato! exclamou a moça sufocada e afastando-se.

Garcia lembrou-se que na véspera ouvira ao Fortunato queixar-se de um rato, que lhe levara um papel importante; mas estava longe de esperar o que viu. Viu Fortunato sentado à mesa, que havia no centro do gabinete, e sobre a qual pusera um prato com espírito de vinho. O líquido flamejava. Entre o polegar e o índice da mão esquerda segurava um barbante, de cuja ponta pendia o rato atado pela cauda. Na direita tinha uma tesoura. No momento em que o Garcia entrou, Fortunato cortava ao rato uma das patas; em seguida desceu o infeliz até a chama, rápido, para não matá-lo, e dispôs-se a fazer o mesmo à terceira, pois já lhe havia cortado a primeira. Garcia estacou horrorizado.

— Mate-o logo! disse-lhe.

— Já vai.

E com um sorriso único, reflexo de alma satisfeita, alguma coisa que traduzia a delícia íntima das sensações supremas, Fortunato cortou a terceira pata ao rato, e fez pela terceira vez o mesmo movimento até a chama. O miserável estorcia-se, guinchando, ensanguentado, chamuscado, e não acabava de morrer. Garcia desviou os olhos, depois voltou-os novamente, e estendeu a mão para impedir que o suplício continuasse, mas não chegou a fazê-lo, porque o diabo do homem impunha medo, com toda aquela serenidade radiosa da fisionomia. Faltava cortar a última pata; Fortunato cortou-a muito devagar, acompanhando a tesoura com os olhos; a pata caiu, e ele ficou olhando para o rato meio cadáver. Ao descê-lo pela quarta vez, até a chama, deu ainda mais rapidez ao gesto, para salvar, se pudesse, alguns farrapos de vida.

Garcia, defronte, conseguira dominar a repugnância do espetáculo para fixar a cara do homem. Nem raiva, nem ódio; tão-somente um vasto prazer, quieto e profundo, como daria a outro a audição de uma bela sonata ou a vista de uma estátua divina, alguma coisa parecida com a pura sensação estética. Pareceu-lhe, e era verdade, que Fortunato havia-o inteiramente esquecido. Isto posto, não estaria fingindo, e devia ser aquilo mesmo. A chama ia morrendo, o rato podia ser que tivesse ainda um resíduo de vida, sombra de sombra; Fortunato aproveitou-o para cortar-lhe o focinho e pela última vez chegar a carne ao fogo. Afinal deixou cair o cadáver no prato, e arredou de si toda essa mistura de chamusco e sangue.

Ao levantar-se, deu com o médico e teve um sobressalto. Então, mostrou-se enraivecido contra o animal, que lhe comera o papel; mas a cólera evidentemente era fingida.

— Castiga sem raiva, pensou o médico, pela necessidade de achar uma sensação de prazer, que só a dor alheia lhe pode dar: é o segredo deste homem.

Fortunato encareceu a importância do papel, a perda que lhe trazia, perda de tempo, é certo, mas o tempo agora era-lhe preciosíssimo. Garcia ouvia só, sem dizer nada, nem lhe dar crédito. Relembrava os atos dele, graves e leves, achava a mesma explicação para todos. Era a mesma troca das teclas da sensibilidade, um diletantismo *sui generis*, uma redução de Calígula.

Quando Maria Luiza voltou ao gabinete, daí a pouco, o marido foi ter com ela, rindo, pegou-lhe nas mãos e falou-lhe mansamente:

— Fracalhona!

E voltando-se para o médico:

— Há de crer que quase desmaiou?

Maria Luiza defendeu-se a medo, disse que era nervosa e mulher; depois foi sentar-se à janela com as suas lãs e agulhas, e os dedos ainda trêmulos, tal qual a vimos no começo desta história. Hão de lembrar-se que, depois de terem falado de outras coisas, ficaram calados os três, o marido sentado e olhando para o teto, o médico estalando as unhas. Pouco depois foram jantar; mas o jantar não foi alegre. Maria Luiza cismava e tossia; o médico indagava de si mesmo se ela não estaria exposta a algum excesso na companhia de tal homem. Era apenas possível; mas o amor trocou-lhe a possibilidade em certeza; tremeu por ela e cuidou de os vigiar.

Ela tossia, tossia, e não se passou muito tempo que a moléstia não tirasse a máscara. Era a tísica, velha dama insaciável, que chupa a vida toda, até deixar um bagaço de ossos. Fortunato recebeu a notícia como um golpe; amava deveras a mulher, a seu modo, estava acostumado com ela, custava-lhe perdê-la. Não poupou esforços, médicos, remédios, ares, todos os recursos e todos os paliativos. Mas foi tudo vão. A doença era mortal.

Nos últimos dias, em presença dos tormentos supremos da moça, a índole do marido subjugou qualquer outra afeição. Não a deixou mais; fitou o olho baço e frio naquela decomposição lenta e dolorosa da vida, bebeu uma a uma as aflições da bela criatura, agora magra e transparente, devorada de febre e minada de morte. Egoísmo aspérrimo, faminto de sensações, não lhe perdoou um só minuto de agonia, nem lhos pagou com uma só lágrima, pública ou íntima. Só quando ela expirou, é que ele ficou aturdido. Voltando a si, viu que estava outra vez só.

De noite, indo repousar uma parenta de Maria Luiza, que a ajudara a morrer, ficaram na sala Fortunato e Garcia, velando o cadáver, ambos pensativos; mas o próprio marido estava fatigado, o médico disse-lhe que repousasse um pouco.

— Vá descansar, passe pelo sono uma hora ou duas: eu irei depois.

Fortunato saiu, foi deitar-se no sofá da saleta contígua, e adormeceu logo. Vinte minutos depois acordou, quis dormir outra vez, cochilou alguns minutos, até que se levantou e voltou à sala. Caminhava nas pontas dos pés para não acordar a parenta, que dormia perto. Chegando à porta, estacou assombrado.

Garcia tinha-se chegado ao cadáver, levantara o lenço e contemplara por alguns instantes as feições defuntas. Depois, como se a morte espiritualizasse tudo, inclinou-se e beijou-a na testa. Foi nesse momento que Fortunato chegou à porta. Estacou assombrado; não podia ser o beijo da amizade, podia ser o epílogo de um livro adúltero. Não tinha ciúmes, note-se; a natureza compô-lo de maneira que lhe não deu ciúmes nem inveja, mas dera-lhe vaidade, que não é menos cativa ao ressentimento.

Olhou assombrado, mordendo os beiços.

Entretanto, Garcia inclinou-se ainda para beijar outra vez o cadáver; mas então não pôde mais. O beijo rebentou em soluços, e os olhos não puderam conter as lágrimas, que vieram em borbotões, lágrimas de amor calado, e irremediável desespero. Fortunato, à porta, onde ficara, saboreou tranquilo essa explosão de dor moral que foi longa, muito longa, deliciosamente longa.

PAI
contra
MÃE

1906

A escravidão levou consigo ofícios e aparelhos, como terá sucedido a outras instituições sociais.[1] Não cito alguns aparelhos senão por se ligarem a certo ofício. Um deles era o ferro ao pescoço, outro o ferro ao pé; havia também a máscara de folha-de-flandres. A máscara fazia perder o vício da embriaguez aos escravos, por lhes tapar a boca. Tinha só três buracos, dois para ver, um para respirar, e era fechada atrás da cabeça por um cadeado. Com o vício de beber, perdiam a tentação de furtar, porque geralmente era dos vinténs do senhor que eles tiravam com que matar a sede, e aí ficavam dois pecados extintos, e a sobriedade e a honestidade certas. Era grotesca tal máscara, mas a ordem social e humana nem sempre se alcança sem o grotesco, e alguma vez o cruel. Os funileiros as tinham penduradas, à venda, na porta das lojas. Mas não cuidemos de máscaras.

---

1   Publicado originalmente no livro *Relíquias da Casa Velha*, de 1906.

O ferro ao pescoço era aplicado aos escravos fujões. Imaginai uma coleira grossa, com a haste grossa também à direita ou à esquerda, até ao alto da cabeça e fechada atrás com chave. Pesava, naturalmente, mas era menos castigo que sinal. Escravo que fugia assim, onde quer que andasse, mostrava um reincidente, e com pouco era pegado.

Há meio século, os escravos fugiam com frequência. Eram muitos, e nem todos gostavam da escravidão. Sucedia ocasionalmente apanharem pancada, e nem todos gostavam de apanhar pancada. Grande parte era apenas repreendida; havia alguém de casa que servia de padrinho, e o mesmo dono não era mau; além disso, o sentimento da propriedade moderava a ação, porque dinheiro também dói. A fuga repetia-se, entretanto. Casos houve, ainda que raros, em que o escravo de contrabando, apenas comprado no Valongo, deitava a correr, sem conhecer as ruas da cidade. Dos que seguiam para casa, não raro, apenas ladinos, pediam ao senhor que lhes marcasse aluguel, e iam ganhá-lo fora, quitandando.

Quem perdia um escravo por fuga dava algum dinheiro a quem lho levasse. Punha anúncios nas folhas públicas, com os sinais do fugido, o nome, a roupa, o defeito físico, se o tinha, o bairro por onde andava e a quantia de gratificação. Quando não vinha a quantia, vinha promessa: "gratificar-se-á generosamente" — ou "receberá uma boa gratificação". Muita vez o anúncio trazia em cima ou ao lado uma vinheta, figura de preto, descalço, correndo, vara ao ombro, e na ponta uma trouxa. Protestava-se com todo o rigor da lei contra quem o acoutasse.

Ora, pegar escravos fugidios era um ofício do tempo. Não seria nobre, mas por ser instrumento da força com que se mantêm a lei e a propriedade, trazia esta outra nobreza implícita das ações reivindicadoras. Ninguém se metia em tal ofício por desfastio ou estudo; a pobreza, a necessidade de uma achega, a inaptidão para outros trabalhos, o acaso, e alguma vez o gosto de servir também, ainda que por outra via, davam o impulso ao homem que se sentia bastante rijo para pôr ordem à desordem.

Cândido Neves — em família, Candinho — é a pessoa a quem se liga a história de uma fuga, cedeu à pobreza, quando adquiriu o ofício de pegar escravos fugidos. Tinha um defeito grave esse homem, não aguentava emprego nem ofício, carecia de estabilidade; é o que ele chamava caiporismo. Começou por querer aprender tipografia, mas viu cedo que era preciso algum tempo para compor bem, e ainda assim talvez não ganhasse o bastante; foi o que ele disse a si mesmo. O comércio chamou-lhe a atenção, era carreira boa. Com algum esforço entrou de caixeiro para um armarinho. A obrigação, porém, de atender e servir a todos feria-o na corda do orgulho, e ao cabo de cinco ou seis semanas estava na rua por sua vontade. Fiel de cartório, contínuo de uma repartição anexa ao ministério do Império, carteiro e outros empregos foram deixados pouco depois de obtidos.

Quando veio a paixão da moça Clara, não tinha ele mais que dívidas, ainda que poucas, porque morava com um primo, entalhador de ofício. Depois de várias tentativas para obter emprego, resolveu adotar o ofício do primo, de que aliás já tomara algumas lições. Não lhe custou apanhar outras, mas, querendo aprender depressa, aprendeu mal. Não fazia obras finas nem complicadas, apenas garras para sofás e relevos comuns para cadeiras. Queria ter em que trabalhar quando casasse, e o casamento não se demorou muito.

Contava trinta anos. Clara vinte e dois. Ela era órfã, morava com uma tia, Mônica, e cosia com ela. Não cosia tanto que não namorasse o seu pouco, mas os namorados apenas queriam matar o tempo; não tinham outro empenho. Passavam às tardes, olhavam muito para ela, ela para eles, até que a noite a fazia recolher para a costura. O que ela notava é que nenhum deles lhe deixava saudades nem lhe acendia desejos. Talvez nem soubesse o nome de muitos. Queria casar, naturalmente. Era, como lhe dizia a tia, um pescar de caniço, a ver se o peixe pegava, mas o peixe passava de longe; algum que parasse, era só para andar à roda da isca, mirá-la, cheirá-la, deixá-la e ir a outras.

O amor traz sobrescritos. Quando a moça viu Cândido Neves, sentiu que era este o possível marido, o marido verdadeiro e único. O encontro deu-se em um baile; tal foi — para lembrar o primeiro ofício do namorado —, tal foi a página inicial daquele livro, que tinha de sair mal composto e pior brochado. O casamento fez-se onze meses depois, e foi a mais bela festa das relações dos noivos. Amigas de Clara, menos por amizade que por inveja, tentaram arredá-la do passo que ia dar. Não negavam a gentileza do noivo, nem o amor que lhe tinha, nem ainda algumas virtudes; diziam que era dado em demasia a patuscadas.

— Pois ainda bem, replicava a noiva; ao menos, não caso com defunto.

— Não, defunto não; mas é que...

Não diziam o que era. Tia Mônica, depois do casamento, na casa pobre onde eles se foram abrigar, falou-lhes uma vez nos filhos possíveis. Eles queriam um, um só, embora viesse agravar a necessidade.

— Vocês, se tiverem um filho, morrem de fome, disse a tia à sobrinha.

— Nossa Senhora nos dará de comer, acudiu Clara.

Tia Mônica devia ter-lhes feito a advertência, ou ameaça, quando ele lhe foi pedir a mão da moça; mas também ela era amiga de patuscadas, e o casamento seria uma festa, como foi.

A alegria era comum aos três. O casal ria a propósito de tudo. Os mesmos nomes eram objeto de trocados, Clara, Neves, Cândido; não davam que comer, mas davam que rir, e o riso digeria-se sem esforço. Ela cosia agora mais, ele saía a empreitadas de uma coisa e outra; não tinha emprego certo.

Nem por isso abriam mão do filho. O filho é que, não sabendo daquele desejo específico, deixava-se estar escondido na eternidade. Um dia, porém, deu sinal de si a criança; varão ou fêmea, era o fruto abençoado que viria trazer ao casal a suspirada ventura. Tia Mônica ficou desorientada, Cândido e Clara riram dos seus sustos.

— Deus nos há de ajudar, titia, insistia a futura mãe.

A notícia correu de vizinha a vizinha. Não houve mais que espreitar a aurora do dia grande. A esposa trabalhava agora com mais vontade, e assim era preciso, uma vez que, além das costuras pagas, tinha de ir fazendo com retalhos o enxoval da criança. À força de pensar nela, vivia já com ela, media-lhe fraldas, cosia-lhe camisas. A porção era escassa, os intervalos longos. Tia Mônica ajudava, é certo, ainda que de má vontade.

— Vocês verão a triste vida, suspirava ela.

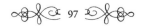

— Mas as outras crianças não nascem também? perguntou Clara.

— Nascem, e acham sempre alguma coisa certa que comer, ainda que pouco...

— Certa como?

— Certa, um emprego, um ofício, uma ocupação, mas em que é que o pai dessa infeliz criatura que aí vem gasta o tempo?

Cândido Neves, logo que soube daquela advertência, foi ter com a tia, não áspero mas muito menos manso que de costume, e lhe perguntou se já algum dia deixara de comer.

— A senhora ainda não jejuou senão pela semana santa, e isso mesmo quando não quer jantar comigo. Nunca deixamos de ter o nosso bacalhau...

— Bem sei, mas somos três.

— Seremos quatro.

— Não é a mesma coisa.

— Que quer então que eu faça, além do que faço?

— Alguma coisa mais certa. Veja o marceneiro da esquina, o homem do armarinho, o tipógrafo que casou sábado, todos têm um emprego certo... Não fique zangado; não digo que você seja vadio, mas a ocupação que escolheu é vaga. Você passa semanas sem vintém.

— Sim, mas lá vem uma noite que compensa tudo, até de sobra. Deus não me abandona, e preto fugido sabe que comigo não brinca; quase nenhum resiste, muitos entregam-se logo.

Tinha glória nisto, falava da esperança como de capital seguro. Daí a pouco ria, e fazia rir à tia, que era naturalmente alegre, e previa uma patuscada no batizado.

Cândido Neves perdera já o ofício de entalhador, como abrira mão de outros muitos, melhores ou piores. Pegar escravos fugidos trouxe-lhe um encanto novo. Não obrigava a estar longas horas sentado. Só exigia força, olho vivo, paciência, coragem e um pedaço de corda. Cândido Neves lia os anúncios, copiava-os, metia-os no bolso e saía às pesquisas. Tinha boa memória. Fixados os sinais e os costumes de um escravo fugido, gastava pouco tempo em achá-lo, segurá-lo, amarrá-lo e levá-lo. A força era muita, a agilidade também. Mais de uma vez, a uma esquina, conversando de cousas remotas, via passar um escravo como os outros, e descobria logo que ia fugido, quem era, o nome, o dono, a casa deste e a gratificação; interrompia a conversa e ia atrás do vicioso. Não o apanhava logo, espreitava lugar azado, e de um salto tinha a gratificação nas mãos. Nem sempre saía sem sangue, as unhas e os dentes do outro trabalhavam, mas geralmente ele os vencia sem o menor arranhão.

Um dia os lucros entraram a escassear. Os escravos fugidos não vinham já, como dantes, meter-se nas mãos de Cândido Neves. Havia mãos novas e hábeis. Como o negócio crescesse, mais de um desempregado pegou em si e numa corda, foi aos jornais, copiou anúncios e deitou-se à caçada. No próprio bairro havia mais de um competidor. Quer dizer que as dívidas de Cândido Neves começaram de subir, sem aqueles pagamentos prontos ou quase prontos dos primeiros tempos. A vida fez-se difícil e dura. Comia-se fiado e mal; comia-se tarde. O senhorio mandava pelo aluguéis.

Clara não tinha sequer tempo de remendar a roupa ao marido, tanta era a necessidade de coser para fora. Tia Mônica ajudava a sobrinha, naturalmente. Quando ele chegava à tarde, via-se-lhe pela cara que não trazia vintém. Jantava e saía outra vez, à cata de algum fugido. Já lhe sucedia, ainda que raro, enganar-se de pessoa, e pegar em escravo fiel que ia a serviço de seu senhor; tal era a cegueira da necessidade. Certa vez capturou um preto livre; desfez-se em desculpas, mas recebeu grande soma de murros que lhe deram os parentes do homem.

— É o que lhe faltava! exclamou tia Mônica, ao vê-lo entrar, e depois de ouvir narrar o equívoco e suas consequências. Deixe-se disso, Candinho; procure outra vida, outro emprego.

Cândido quisera efetivamente fazer outra coisa, não pela razão do conselho, mas por simples gosto de trocar de ofício; seria um modo de mudar de pele ou de pessoa. O pior é que não achava à mão negócio que aprendesse depressa.

A natureza ia andando, o feto crescia, até fazer-se pesado à mãe, antes de nascer. Chegou o oitavo mês, mês de angústias e necessidades, menos ainda que o nono, cuja narração dispenso também. Melhor é dizer somente os seus efeitos. Não podiam ser mais amargos.

— Não, tia Mônica! bradou Candinho, recusando um conselho que me custa escrever, quanto mais ao pai ouvi-lo. Isso nunca!

Foi na última semana do derradeiro mês que a tia Mônica deu ao casal o conselho de levar a criança que nascesse à Roda dos enjeitados. Em verdade, não podia haver palavra mais dura de tolerar a dois jovens pais que espreitavam a criança, para beijá-la, guardá-la, vê-la rir, crescer, engordar, pular... Enjeitar quê? enjeitar como? Candinho arregalou os olhos para a tia, e acabou dando um murro na mesa de jantar. A mesa, que era velha e desconjuntada, esteve quase a se desfazer inteiramente. Clara interveio:

— Titia não fala por mal, Candinho.

— Por mal? replicou tia Mônica. Por mal ou por bem, seja o que for, digo que é o melhor que vocês podem fazer. Vocês devem tudo; a carne e o feijão vão faltando. Se não aparecer algum dinheiro, como é que a família há de aumentar? E depois, há tempo; mais tarde, quando o senhor tiver a vida mais segura, os filhos que vierem serão recebidos com o mesmo cuidado que este ou maior. Este será bem criado, sem lhe faltar nada. Pois então a Roda é alguma praia ou monturo? Lá não se mata ninguém, ninguém morre à toa, enquanto que aqui é certo morrer, se viver à míngua. Enfim...

Tia Mônica terminou a frase com um gesto de ombros, deu as costas e foi meter-se na alcova. Tinha já insinuado aquela solução, mas era a primeira vez que o fazia com tal franqueza e calor — crueldade, se preferes. Clara estendeu a mão ao marido, como a amparar-lhe o ânimo; Cândido Neves fez uma careta, e chamou maluca à tia, em voz baixa. A ternura dos dois foi interrompida por alguém que batia à porta da rua.

— Quem é? perguntou o marido.

— Sou eu.

Era o dono da casa, credor de três meses de aluguel, que vinha em pessoa ameaçar o inquilino. Este quis que ele entrasse.

— Não é preciso...

— Faça favor.

O credor entrou e recusou sentar-se; deitou os olhos à mobília para ver se daria algo à penhora; achou que pouco. Vinha receber os aluguéis vencidos, não podia esperar mais; se dentro de cinco dias não fosse pago, pô-lo-ia na rua. Não havia trabalhado para regalo dos outros. Ao vê-lo, ninguém diria que era proprietário; mas a palavra supria o que faltava ao gesto, e o pobre Cândido Neves preferiu calar a retorquir. Fez uma inclinação de promessa e súplica ao mesmo tempo. O dono da casa não cedeu mais.

— Cinco dias ou rua! repetiu, metendo a mão no ferrolho da porta e saindo.

Candinho saiu por outro lado. Nesses lances não chegava nunca ao desespero, contava com algum empréstimo, não sabia como nem onde, mas contava. Demais, recorreu aos anúncios. Achou vários, alguns já velhos, mas em vão os buscava desde muito. Gastou algumas horas sem proveito, e tornou para casa. Ao fim de quatro dias, não achou recursos; lançou mão de empenhos, foi a pessoas amigas do proprietário, não alcançando mais que a ordem de mudança.

A situação era aguda. Não achavam casa, nem contavam com pessoa que lhes emprestasse alguma; era ir para a rua. Não contavam com a tia. Tia Mônica teve arte de alcançar aposento para os três em casa de uma senhora velha e rica, que lhe prometeu emprestar os quartos baixos da casa, ao fundo da cocheira, para os lados de um pátio. Teve ainda a arte maior de não dizer nada aos dois, para que Cândido Neves, no desespero da crise começasse por enjeitar o filho e acabasse alcançando algum meio seguro e regular de obter dinheiro; emendar a vida, em suma. Ouvia as queixas de Clara, sem as repetir, é certo, mas sem as consolar. No dia em que fossem obrigados a deixar a casa, fá-los-ia espantar com a notícia do obséquio e iriam dormir melhor do que cuidassem.

Assim sucedeu. Postos fora da casa, passaram ao aposento de favor, e dois dias depois nasceu a criança. A alegria do pai foi enorme, e a tristeza também. Tia Mônica insistiu em dar a criança à Roda. "Se você não a quer levar, deixe isso comigo; eu vou à rua dos Barbonos." Cândido Neves pediu que não, que esperasse, que ele mesmo a levaria. Notai que era um menino, e que ambos os pais desejavam justamente este sexo. Mal lhe deram algum leite; mas, como chovesse à noite, assentou o pai levá-lo à Roda na noite seguinte.

Naquela reviu todas as suas notas de escravos fugidos. As gratificações pela maior parte eram promessas; algumas traziam a soma escrita e escassa. Uma, porém, subia a cem mil-réis. Tratava-se de uma mulata; vinham indicações de gesto e de vestido. Cândido Neves andara a pesquisá-la sem melhor fortuna, e abrira mão do negócio; imaginou que algum amante da escrava a houvesse recolhido. Agora, porém, a vista nova da quantia e a necessidade dela animaram Cândido Neves a fazer um grande esforço derradeiro. Saiu de manhã a ver e indagar pela rua e largo da Carioca, rua do Parto e da Ajuda, onde ela parecia andar, segundo o anúncio. Não a achou; apenas um farmacêutico da rua da Ajuda se lembrava de ter vendido uma onça de qualquer droga, três dias antes, à pessoa que tinha os sinais indicados. Cândido Neves parecia falar como dono da escrava, e agradeceu cortesmente a notícia. Não foi mais feliz com outros fugidos de gratificação incerta ou barata.

Voltou para a triste casa que lhe haviam emprestado. Tia Mônica arranjara de si mesma a dieta para a recente mãe, e tinha já o menino para ser levado à Roda. O pai, não obstante o acordo feito, mal pôde esconder a dor do espetáculo. Não quis comer o que tia Mônica lhe guardara; não tinha fome, disse, e era verdade. Cogitou mil modos de ficar com o filho; nenhum prestava. Não podia esquecer o próprio albergue em que vivia. Consultou a mulher, que se mostrou resignada. Tia Mônica pintara-lhe a criação do menino; seria maior a miséria, podendo suceder que o filho achasse a morte sem recurso. Cândido Neves foi obrigado a cumprir a promessa; pediu à mulher que desse ao filho o resto do leite que ele beberia da mãe. Assim se fez; o pequeno adormeceu, o pai pegou dele, e saiu na direção da rua dos Barbonos.

Que pensasse mais de uma vez em voltar para casa com ele, é certo; não menos certo é que o agasalhava muito, que o beijava, que cobria o rosto para preservá-lo do sereno. Ao entrar na rua da Guarda Velha, Cândido Neves começou a afrouxar o passo.

— Hei de entregá-lo o mais tarde que puder, murmurou ele.

Mas não sendo a rua infinita ou sequer longa, viria a acabá-la; foi então que lhe ocorreu entrar por um dos becos que ligavam aquela à rua da Ajuda. Chegou ao fim do beco e, indo a dobrar à direita, na direção do largo da Ajuda, viu do lado oposto um vulto de mulher; era a mulata fugida. Não dou aqui a comoção de Cândido Neves por não podê-lo fazer com a intensidade real. Um adjetivo basta; digamos enorme. Descendo a mulher, desceu ele também; a poucos passos estava a farmácia onde obtivera a informação, que referi acima. Entrou, achou o farmacêutico, pediu-lhe a fineza de guardar a criança por um instante; viria buscá-la sem falta.

— Mas...

Cândido Neves não lhe deu tempo de dizer nada; saiu rápido, atravessou a rua, até ao ponto em que pudesse pegar a mulher sem dar alarma. No extremo da rua, quando ela ia a descer a de S. José, Cândido Neves aproximou-se dela. Era a mesma, era a mulata fujona.

— Arminda! bradou, conforme a nomeava o anúncio.

Arminda voltou-se sem cuidar malícia. Foi só quando ele, tendo tirado o pedaço de corda da algibeira, pegou dos braços da escrava, que ela compreendeu e quis fugir. Era já impossível. Cândido Neves, com as mãos robustas, atava-lhe os pulsos e dizia que andasse. A escrava quis gritar, parece que chegou a soltar alguma voz mais alta que de costume, mas entendeu logo que ninguém viria libertá-la, ao contrário. Pediu então que a soltasse pelo amor de Deus.

— Estou grávida, meu senhor! exclamou. Se Vossa Senhoria tem algum filho, peço-lhe por amor dele que me solte; eu serei tua escrava, vou servi-lo pelo tempo que quiser. Me solte, meu senhor moço!

— Siga! repetiu Cândido Neves.

— Me solte!

— Não quero demoras; siga!

Houve aqui luta, porque a escrava, gemendo, arrastava-se a si e ao filho. Quem passava ou estava à porta de uma loja, compreendia o que era e naturalmente não acudia. Arminda ia alegando que o senhor era muito mau, e provavelmente a castigaria com açoites — coisa que, no estado em que ela estava, seria pior de sentir. Com certeza, ele lhe mandaria dar açoites.

— Você é que tem culpa. Quem lhe manda fazer filhos e fugir depois? perguntou Cândido Neves.

Não estava em maré de riso, por causa do filho que lá ficara na farmácia, à espera dele. Também é certo que não costumava dizer grandes coisas. Foi arrastando a escrava pela rua dos Ourives, em direção à da Alfândega, onde residia o senhor. Na esquina desta a luta cresceu; a escrava pôs os pés à parede, recuou com grande esforço, inutilmente. O que alcançou foi, apesar de ser a casa próxima, gastar mais tempo em lá chegar do que devera. Chegou, enfim, arrastada, desesperada, arquejando. Ainda ali ajoelhou-se, mas em vão. O senhor estava em casa, acudiu ao chamado e ao rumor.

— Aqui está a fujona, disse Cândido Neves.
— É ela mesma.
— Meu senhor!
— Anda, entra...

Arminda caiu no corredor. Ali mesmo o senhor da escrava abriu a carteira e tirou os cem mil-réis de gratificação. Cândido Neves guardou as duas notas de cinquenta mil-réis, enquanto o senhor novamente dizia à escrava que entrasse. No chão, onde jazia, levada do medo e da dor, e após algum tempo de luta a escrava abortou.

O fruto de algum tempo entrou sem vida neste mundo, entre os gemidos da mãe e os gestos de desespero do dono. Cândido Neves viu todo esse espetáculo. Não sabia que horas eram. Quaisquer que fossem, urgia correr à rua da Ajuda, e foi o que ele fez sem querer conhecer as consequências do desastre.

Quando lá chegou, viu o farmacêutico sozinho, sem o filho que lhe entregara. Quis esganá-lo. Felizmente, o farmacêutico explicou tudo a tempo; o menino estava lá dentro com a família, e ambos entraram. O pai recebeu o filho com a mesma fúria com que pegara a escrava fujona de há pouco, fúria diversa, naturalmente, fúria de amor. Agradeceu depressa e mal, e saiu às carreiras, não para a Roda dos enjeitados, mas para a casa de empréstimo com o filho e os cem mil-réis de gratificação. Tia Mônica, ouvida a explicação, perdoou a volta do pequeno, uma vez que trazia os cem mil-réis. Disse, é verdade, algumas palavras duras contra a escrava, por causa do aborto, além da fuga. Cândido Neves, beijando o filho, entre lágrimas, verdadeiras, abençoava a fuga e não se lhe dava do aborto.

— Nem todas as crianças vingam, bateu-lhe o coração.

INTRODUÇÃO

ÁLVARES DE AZEVEDO

1831–1852

O segundo autor a ser apresentado em *Medo Imortal* jamais foi a um chá na Academia Brasileira de Letras por um motivo irremediável: ele morreu quase meio século antes de sua fundação, quando ainda contava apenas com vinte anos de idade. Mesmo assim, o nome do paulista Manuel Antônio Álvares de Azevedo (1831-1852) está eternamente ligado à instituição por sugestão de um de seus fundadores, o maranhense Coelho Neto (1864-1934), que o indicou para ser o patrono da cadeira de número 2 da Academia.

Da mesma forma que não chegou a ver a existência da ABL, o autor também jamais teve em mãos o texto aqui escolhido em forma impressa, pois *Noite da Taverna* — que ele deixou assinado com o misterioso pseudônimo Job Stern — só ganharia formato de livro três anos após sua morte. Desta forma o poeta e escritor ultrarromântico deixava como legado a prosa que é considerada por especialistas o mais byroniano dos textos de nossa literatura.

Em termos formais, podemos dizer que o texto não chega a ser um romance, tem o tamanho de uma novela e é formado por uma combinação de contos. Seu primeiro capítulo serve como moldura e apresentação de cenário, para que no desenrolar da trama sejam narradas as próximas histórias, cada vez mais macabras e escabrosas, cada uma denominada pelo personagem que a conta para sua audiência: Solfieri, Bertram, Gennaro, Claudius Hermann e Johann. "Último beijo de amor", o sétimo e derradeiro capítulo, amarra e conclui esta metanarrativa.

Esta forma de construir uma ficção não foi criada pelo brasileiro; ela já aparecia, por exemplo, no século XIV, em *Decameron*, de Giovanni Boccaccio (1313-1375). Da mesma forma que tal estrutura foi empregada várias vezes depois de Álvares de Azevedo. Quem acompanha quadrinhos, certamente sabe que o escritor inglês Neil Gaiman usou essa estrutura, e também o cenário de uma taverna, em um de seus arcos da série *Sandman*.

Ambiente caótico, de localização indeterminada, cercado de bebidas, em uma madrugada qualquer em que acabou de se realizar uma orgia. Este é o início do texto, e para inserir o leitor neste pandemônio, o jovem autor aposta na confusão: não deixa claro na maioria dos momentos quem fala o quê e ainda insere discussões sobre estética e filosofia tão rasas quanto conversas sobre política e futebol nos barezinhos dos tempos atuais. Passada essa turbulência inicial, começa o desfile de relatos escabrosos, aparentemente independentes. Mas vale adiantar: como costuma ocorrer nos melhores seriados contemporâneos, ao final, as tramas se entrechocam, um detalhe das páginas iniciais interfere e ganha relevância em outra desventura, já quase na conclusão da história, e garante um desfecho inusitado.

Um feito e tanto para alguém que em nossos dias seria considerado um adolescente.

Noventa anos depois da publicação de *O Castelo de Otranto*, em 1764, pelo inglês Horace Walpole (1717-1797), aquele gênero que passaria a ser conhecido como literatura gótica começava a encontrar tradução em terras brasileiras com *Noite na Taverna*. Ainda que perceba faltar na obra nacional alguns elementos para verdadeiramente poder classificá-la como gótica, a pesquisadora Ana Paula A. Santos aponta outros pioneirismos: "Álvares de Azevedo foi, certamente, o primeiro entre os escritores brasileiros com o claro objetivo de causar, por intermédio de técnicas narrativas, a emoção do medo em seus leitores".

No ensaio *Noite na Taverna: A Presença do Medo em Álvares de Azevedo*, ela continua:

> Na literatura do medo, temas considerados estranhos, ou tabus, como os apresentados em *Noite na Taverna*, são constantes. Isso acontece, justamente, porque, nesse subgênero, há maior facilidade de se abordar e criticar qualquer tipo de diferença, distinção ou monstruosidade presente na nossa sociedade, e que não só chocam e impressionam o leitor como também são capazes de amedrontá-lo. Nesse tipo de literatura há um largo espaço para que se fale dos temas mais sórdidos existentes em nossa sociedade e que, geralmente, são deixados à parte.

Alguns dos temas tratados na novela formada pela união de contos são incesto, necrofilia, assassinato, canibalismo, infanticídio. Este autêntico compêndio de tabus, bem como a peça *Macário* (que tem Satã como um de seus protagonistas) e a antologia poética *Lira dos Vinte Anos* foram as únicas heranças literárias deixadas pelo autor, que morreu em decorrência da tuberculose. No seu enterro, foi lido um poema que compôs dias antes:

Se eu morresse amanhã, viria ao menos
Fechar meus olhos minha triste irmã;
Minha mãe de saudades morreria
Se eu morresse amanhã!

Quanta glória pressinto em meu futuro!
Que aurora de porvir e que manhã!
Eu perdera chorando essas coroas
Se eu morresse amanhã!

Que sol! que céu azul! que doce n'alva
Acorda a natureza mais louçã!
Não me batera tanto amor no peito
Se eu morresse amanhã!

Mas essa dor da vida que devora
A ânsia de glória, o dolorido afã...
A dor no peito emudecerá ao menos
Se eu morresse amanhã!

ÁLVARES DE AZEVEDO

NOITE *na* TAVERNA

— 1855 —

How now, Horatio? You tremble, and look pale.
Is not this something more than phantasy?
What think you of it?[1]

Hamlet. Ato I. Shakespeare

---

1 "E agora, Horácio? Você treme, e está pálido.
   Isso não é algo mais que fantasia?
   O que você pensa disso?"

I
UMA NOITE DO SÉCULO

Bebamos! nem um canto de saudade!
Morrem na embriaguez da vida as dores!
Que importam sonhos, ilusões desfeitas?
Fenecem como as flores!

José Bonifácio

— Silêncio, moços! acabai com essas cantilenas horríveis![2] Não vedes que as mulheres dormem ébrias, macilentas como defuntos? Não sentis que o sono da embriaguez pesa negro naquelas pálpebras onde a beleza sigilou os olhares da volúpia?

— Cala-te, Johann! enquanto as mulheres dormem e Arnold, o louro, cambaleia e adormece murmurando as canções de orgia de Tieck[3], que música mais bela que o alarido da saturnal? Quando as nuvens correm negras no céu como um bando de corvos errantes, e a lua desmaia como a luz de uma lâmpada sobre a alvura de uma beleza que dorme, que melhor noite que a passada ao reflexo das taças?

— És um louco, Bertram! não é a lua que lá vai macilenta: é o relâmpago que passa e ri de escárnio as agonias do povo que morre, aos soluços que seguem as mortalhas do cólera!

— O cólera! e que importa? Não há por ora vida bastante nas veias do homem? não borbulha a febre ainda às ondas do vinho? não reluz em todo o seu fogo a lâmpada da vida na lanterna do crânio?

— Vinho! vinho! Não vês que as taças estão vazias bebemos o vácuo, como um sonâmbulo?

— É o Fichtismo[4] na embriaguez! Espiritualista, bebe a imaterialidade da embriaguez!

---

2 Publicado postumamente em 1855 com o pseudônimo Job Stern.
3 Ludwig Tieck (1773-1853), escritor romântico alemão.
4 Doutrina de Johann Gottlieb Fichte (1762-1814), filósofo alemão.

— Oh! vazio! meu copo esta vazio! Olá! taverneira; não vês que as garrafas estão esgotadas? Não sabes, desgraçada, que os lábios da garrafa são como os da mulher: só valem beijos enquanto o fogo do vinho ou o fogo do amor os borrifa de lava?

— O vinho acabou-se nos copos, Bertram, mas o fumo ondula ainda nos cachimbos! Após os vapores do vinho os vapores da fumaça! Senhores, em nome de todas as nossas reminiscências, de todos os nossos sonhos que mentiram, de todas as nossas esperanças que desbotaram, uma última saúde! A taverneira aí nos trouxe mais vinho: uma saúde! O fumo e a imagem do idealismo, e o transunto[5] de tudo quanto há mais vaporoso naquele espiritualismo que nos fala da imortalidade da alma! e pois, ao fumo das Antilhas, à imortalidade da alma!

— Bravo! bravo!

Um *urrah*! tríplice respondeu ao moço meio ébrio. Um conviva se ergueu entre a vozeria: contrastavam-lhe com as faces de moço as rugas da fronte e a rouxidão dos lábios convulsos. Por entre os cabelos prateava-se-lhe o reflexo das luzes do festim. Falou:

— Calai-vos, malditos! a imortalidade da alma! pobres doidos! e porque a alma é bela, por que não concebeis que esse ideal possa tornar-se em lodo e podridão, como as faces belas da virgem morta, não podeis crer que ele morra? Doidos! nunca velada levastes porventura uma noite à cabeceira de um cadáver? E então não duvidastes que ele não era morto, que aquele peito e aquela fronte iam palpitar de novo, aquelas pálpebras iam abrir-se, que era apenas o ópio do sono que emudecia aquele homem? Imortalidade da alma? e por que também não sonhar a das flores, a das brisas, a dos perfumes? Oh! não mil vezes! a alma não é como a lua, sempre moça, nua e bela em sua virgindade eterna! a vida não é mais que a reunião ao acaso das moléculas atraídas: o que era o corpo de mulher vai porventura transformar-se num cipreste ou numa nuvem de miasmas; o que era um corpo do verme vai alvejar-se no cálice da flor ou na fronte da criança mais

[5] Retrato fiel.

loira e bela. Como Schiller[6] o disse, o átomo da inteligência de Platão foi talvez para o coração de um ser impuro. Por isso eu vo-lo direi: se entendeis a imortalidade pela metempsicose,[7] bem! talvez eu a creia um pouco; pelo platonismo, não!

— Solfieri! és um insensato! o materialismo é árido como o deserto, é escuro como um túmulo! A nós, frontes queimadas pelo mormaço do sol da vida, a nós, sobre cuja cabeça a velhice regelou os cabelos, essas crenças frias? A nós os sonhos do espiritualismo.

— Archibald! deveras, que é um sonho tudo isso! No outro tempo o sonho da minha cabeceira era o espírito puro ajoelhado no seu manto argênteo, num oceano de aromas e luzes! Ilusões! a realidade é a febre do libertino, a taça na mão, a lascívia nos lábios, e a mulher seminua, trêmula e palpitante sobre os joelhos.

— Blasfêmia! e não crês em mais nada? teu ceticismo derribou todas as estátuas do teu templo, mesmo a de Deus?

— Deus! crer em Deus!?... sim! como o grito íntimo o revela nas horas frias do medo, nas horas em que se tirita de susto e que a morte parece roçar úmida por nós! Na jangada do náufrago, no cadafalso, no deserto, sempre banhado do suor frio do terror é que vem a crença em Deus! Crer nele como a utopia do bem absoluto, o sol da luz e do amor, muito bem! Mas, se entendeis por ele os ídolos que os homens ergueram banhados de sangue e o fanatismo beija em sua inanimação de mármore de há cinco mil anos... não creio nele!

— E os livros santos?

— Miséria! quando me vierdes falar em poesia eu vos direi: aí há folhas inspiradas pela natureza ardente daquela terra como nem Homero as sonhou, como a humanidade inteira ajoelhada sobre os túmulos do passado nunca mais lembrará! Mas, quando me falarem em verdades religiosas, em visões santas, nos desvarios daquele povo estúpido, eu vos direi: miséria! miséria! três vezes miséria! Tudo aquilo é falso: mentiram como as miragens do deserto!

---

6   Friedrich Schiller (1759–1805), escritor alemão.
7   Crença de que uma mesma alma pode animar diferentes formas de vida sucessivamente, sejam humanos, animais ou vegetais.

— Estas ébrio, Johann! O ateísmo é a insânia como o idealismo místico de Schelling,[8] o panteísmo de Espinosa,[9] o judeu, e o esterismo crente de Malebranche[10] nos seus sonhos da visão em Deus. A verdadeira filosofia é o epicurismo. Hume[11] bem o disse: o fim do homem é o prazer. Daí vede que é o elemento sensível quem domina. E pois ergamo-nos, nós que amanhecemos nas noites desbotadas de estudo insano, e vimos que a ciência é falsa e esquiva, que ela mente e embriaga como um beijo de mulher.

— Bem! muito bem! é um *toast* de respeito!

— Quero que todos se levantem, e com a cabeça descoberta digamno: Ao Deus Pã da natureza, aquele que a antiguidade chamou Baco o filho das coxas de um deus e do amor de uma mulher, e que nós chamamos melhor pelo seu nome — o vinho!...

— Ao vinho! ao vinho!

Os copos caíram vazios na mesa.

— Agora ouvi-me, senhores! entre uma saúde e uma baforada de fumaça, quando as cabeças queimam e os cotovelos se estendem na toalha molhada de vinho, como os braços do carniceiro no cepo gotejante, o que nos cabe é uma história sanguinolenta, um daqueles contos fantásticos como Hoffmann[12] os delirava ao clarão dourado do Johannisberg![13]

— Uma história medonha, não, Archibald? falou um moço pálido que a esse reclamo erguera a cabeça amarelenta. Pois bem, dir-vos-ei uma história. Mas quanto a essa, podeis tremer a gosto, podeis suar a frio da fronte grossas bagas de terror. Não é um conto, é uma lembrança do passado.

— Solfieri! Solfieri! aí vens com teus sonhos!

— Conta!

Solfieri falou: os mais fizeram silêncio.

---

8   Friedrich Schelling (1775-1854), filósofo idealista alemão.
9   Baruch de Espinosa (1632-1677), filósofo holandês.
10 Nicolas Malebranche (1638-1715), filósofo francês.
11 David Hume (1711-1776), filósofo escocês.
12 Ernst Theodor Amadeus Willhelm Hoffmann (1776-1822), escritor alemão.
13 Vinho da Alemanha.

II
SOLFIERI

> ...Yet one kiss on your pale clay
> And those lips once so warm — my heart! my heart![14]
> *Cain.* **Byron**

— Sabeis... Roma é a cidade do fanatismo e da perdição: na alcova do sacerdote dorme a gosto a amásia, no leito da vendida se pendura o Crucifixo lívido. É um requintar de gozo blasfemo que mescla o sacrilégio à convulsão do amor, o beijo lascivo à embriaguez da crença!

Era em Roma. Uma noite a lua ia bela como vai sempre no verão por aquele céu morno; e o fresco das águas se exalava como um suspiro do Tibre. A noite ia bela. Eu passeava a sós pela ponte de... As luzes se apagaram uma por uma nos palácios, as ruas se faziam ermas, e a lua de sonolenta se escondia no leito de nuvens.

Uma sombra de mulher apareceu numa janela solitária e escura. Era uma forma branca. A face daquela mulher era como a de uma estátua pálida à lua. Pelas faces dela, como gotas de uma taça caída, rolavam fios de lágrimas.

Eu me encostei à aresta de um palácio. A visão desapareceu no escuro da janela... e daí um canto se derramava. Não era só uma voz melodiosa; havia naquele cantar um como choro de frenesi, um como gemer de insânia: aquela voz era sombria como a do vento à noite nos cemitérios cantando a nênia das flores murchas da morte.

Depois o canto calou-se. A mulher apareceu na porta. Parecia espreitar se havia alguém nas ruas. Não viu ninguém — saiu. Eu segui-a.

A noite ia cada vez mais alta: a lua sumira-se no céu, e a chuva caía às gotas pesadas: apenas eu sentia nas faces caírem-me grossas lágrimas de água, como sobre um túmulo prantos de órfão.

---

14 "Ainda um beijo no teu corpo pálido/ E aqueles lábios que já foram tão quentes — meu coração! meu coração!"

Andamos longo tempo pelo labirinto das ruas; enfim ela parou: estávamos num campo.

Aqui, ali, além eram cruzes que se erguiam de entre o ervaçal. Ela ajoelhou-se. Parecia soluçar: em torno dela passavam as aves da noite.

Não sei se adormeci; sei apenas que quando amanheceu achei-me a sós no cemitério. Contudo a criatura pálida não fora uma ilusão — as urzes, as cicutas do campo-santo estavam quebradas junto a uma cruz.

O frio da noite, aquele sono dormido à chuva, causaram-me uma febre. No meu delírio passava e repassava aquela brancura de mulher, gemiam aqueles soluços e todo aquele devaneio se perdia num canto suavíssimo...

Um ano depois voltei a Roma. Nos beijos das mulheres nada me saciava; no sono da saciedade me vinha aquela visão...

Uma noite, e após uma orgia, eu deixara dormida no leito dela a condessa Bárbara. Dei um último olhar àquela forma nua e adormecida com a febre nas faces e a lascívia nos lábios úmidos, gemendo ainda nos sonhos como na agonia voluptuosa do amor. Saí. Não sei se a noite era límpida ou negra; sei apenas que a cabeça me escaldava de embriaguez. As taças tinham ficado vazias na mesa: nos lábios daquela criatura eu bebera até a última gota o vinho do deleite...

Quando dei acordo de mim estava num lugar escuro: as estrelas passavam seus raios brancos entre as vidraças de um templo. As luzes de quatro círios batiam num caixão entreaberto. Abri-o: era o de uma moça. Aquele branco da mortalha, as grinaldas da morte na fronte dela, naquela tez lívida e embaçada, o vidrento dos olhos mal apertados... Era uma defunta!... e aqueles traços todos me lembraram uma ideia perdida. Era o anjo do cemitério! Cerrei as portas da igreja, que, ignoro por que, eu achara abertas. Tomei o cadáver nos meus braços para fora do caixão. Pesava como chumbo...

Sabeis a história de Maria Stuart,[15] degolada, e o algoz, "do cadáver sem cabeça e o homem sem coração" como a conta Brantôme?[16] Foi uma ideia singular a que eu tive.

---

15 Mary Stuart (1542-1567), rainha da Escócia condenada à morte por uma conspiração contra a rainha da Inglaterra, Elizabeth I.
16 Pierre de Brantôme (1540-1614), soldado e escritor francês.

Tomei-a no colo. Preguei-lhe mil beijos nos lábios. Ela era bela assim; rasguei-lhe o sudário, despi-lhe o véu e a capela como o noivo as despe a noiva. Era mesmo uma estátua: tão branca era ela. A luz dos tocheiros dava-lhe aquela palidez de âmbar que lustra os mármores antigos. O gozo foi fervoroso — cevei em perdição aquela vigília. A madrugada passava já frouxa nas janelas. Àquele calor de meu peito, à febre de meus lábios, à convulsão de meu amor, a donzela pálida parecia reanimar-se. Súbito abriu os olhos empanados. Luz sombria alumiou-os como a de uma estrela entre névoa, apertou-me em seus braços, um suspiro ondeou-lhe nos beiços azulados... Não era já a morte — era um desmaio. No aperto daquele abraço havia contudo alguma coisa de horrível. O leito de lájea onde eu passara uma hora de embriaguez me resfriava. Pude a custo soltar-me daquele aperto do peito dela... Nesse instante ela acordou...

Nunca ouvistes falar da catalepsia? É um pesadelo horrível aquele que gira ao acordado que emparedam num sepulcro; sonho gelado em que sentem-se os membros tolhidos, e as faces banhadas de lágrimas alheias sem poder revelar a vida!

A moça revivia a pouco e pouco. Ao acordar desmaiara.

Embucei-me na capa e tomei-a nos braços coberta com seu sudário como uma criança. Ao aproximar-me da porta topei num corpo; abaixei-me, olhei: era algum coveiro do cemitério da igreja que aí dormira de ébrio, esquecido de fechar a porta...

Saí. Ao passar a praça encontrei uma patrulha.

— Que levas aí?

A noite era muito alta — talvez me cressem um ladrão.

— É minha mulher que vai desmaiada...

— Uma mulher!... Mas essa roupa branca e longa? Serás acaso roubador de cadáveres?

Um guarda aproximou-se. Tocou-lhe a fronte — era fria.

— É uma defunta...

Cheguei meus lábios aos dela. Senti um bafejo morno. Era a vida ainda.

— Vede, disse eu.

O guarda chegou-lhe os lábios: os beiços ásperos roçaram pelos da moça. Se eu sentisse o estalar de um beijo... o punhal já estava nu em minhas mãos frias...

— Boa noite, moço: podes seguir, disse ele.

Caminhei. Estava cansado. Custava a carregar o meu fardo — e eu sentia que a moça ia despertar. Temeroso de que ouvissem-na gritar e acudissem, corri com mais esforço...

Quando eu passei a porta ela acordou. O primeiro som que lhe saiu da boca foi um grito de medo...

Mal eu fechara a porta, bateram nela. Era um bando de libertinos meus companheiros que voltavam da orgia. Reclamaram que abrisse.

Fechei a moça no meu quarto, e abri.

Meia hora depois eu os deixava na sala bebendo ainda.

A turvação da embriaguez fez que não notassem minha ausência.

Quando entrei no quarto da moça vi-a erguida. Ria de um rir convulso como a insânia, e frio como a folha de uma espada. Trespassava de dor o ouvi-la.

Dois dias e duas noites levou ela de febre assim...

Não houve como sanar-lhe aquele delírio, nem o rir do frenesi. Morreu depois de duas noites e dois dias de delírio.

À noite saí; fui ter com um estatuário que trabalhava perfeitamente em cera, e paguei-lhe uma estátua dessa virgem.

Quando o escultor saiu, levantei os tijolos de mármore do meu quarto, e com as mãos cavei aí um túmulo. Tomei-a então pela última vez nos braços, apertei-a a meu peito muda e fria, beijei-a e cobri-a adormecida do sono eterno com o lençol de seu leito. Fechei-a no seu túmulo e estendi meu leito sobre ele.

Um ano — noite a noite — dormi sobre as lajes que a cobriam... Um dia o estatuário me trouxe a sua obra. Paguei-lha e paguei o segredo...

— Não te lembras, Bertram, de uma forma branca de mulher que entreviste pelo véu do meu cortinado? Não te lembras que eu te respondi que era uma virgem que dormia?

— E quem era essa mulher, Solfieri?

— Quem era? seu nome?

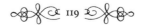

— Quem se importa com uma palavra quando sente que o vinho lhe queima assaz os lábios? quem pergunta o nome da prostituta com quem dormia e que sentiu morrer a seus beijos, quando nem há dele mister por escrever-lho na lousa?

Solfieri encheu uma taça. Bebeu-a. Ia erguer-se da mesa quando um dos convivas tomou-o pelo braço.

— Solfieri, não é um conto isso tudo?

— Pelo inferno que não! por meu pai que era conde e bandido, por minha mãe que era a bela Messalina das ruas, pela perdição que não! Desde que eu próprio calquei aquela mulher com meus pés na sua cova de terra — eu vô-lo juro — guardei-lhe como amuleto a capela de defunta. Ei-la!

Abriu a camisa, e viram-lhe ao pescoço uma grinalda de flores mirradas.

—Vedes? murcha e seca como o crânio dela!

III

BERTRAM

But why should I for others groan,
When none will sigh for me![17]
Childe Harold, I. **Byron**

Um outro conviva se levantou.

Era uma cabeça ruiva, uma tez branca, uma daquelas criaturas fleumáticas que não hesitarão ao tropeçar num cadáver para ter mão de um fim.

Esvaziou o copo cheio de vinho, e com a barba nas mãos alvas, com os olhos de verde-mar fixos, falou:

— Sabeis, uma mulher levou-me à perdição. Foi ela quem me queimou a fronte nas orgias, e desbotou-me os lábios no ardor dos vinhos

---

17 "Mas por que eu deveria lamentar-me pelos outros/ quando ninguém suspirará por mim?"

e na moleza de seus beijos: quem me fez devassar pálido as longas noites de insônia nas mesas do jogo, e na doidice dos abraços convulsos com que ela me apertava ao seio! Foi ela, vós o sabeis, quem fez-me num dia ter três duelos com meus três melhores amigos, abrir três túmulos àqueles que mais me amavam na vida — e depois, depois sentir-me só e abandonado no mundo, como a infanticida que matou o seu filho, ou aquele Mouro infeliz junto a sua Desdêmona[18] pálida!

Pois bem, vou contar-vos uma história que começa pela lembrança desta mulher...

Havia em Cadiz uma donzela — linda daquele moreno das andaluzas que não há vê-las sob as franjas da mantilha acetinada, com as plantas mimosas, as mãos de alabastro, os olhos que brilham e os lábios de rosa d'Alexandria — sem delirar sonhos delas por longas noites ardentes!

Andaluzas! sois muito belas! se o vinho, se as noites de vossa terra, o luar de vossas noites, vossas flores, vossos perfumes são doces, são puros, são embriagadores, vós ainda o sois mais! Oh! por esse eivar a eito de gozos de uma existência fogosa nunca pude esquecer-vos!

Senhores! aí temos vinho de Espanha, enchei os copos — à saúde das espanholas!

• • •

Amei muito essa moça, chamava-se Ângela. Quando eu estava decidido a casar-me com ela; quando após das longas noites perdidas ao relento a espreitar-lhe da sombra um aceno, um adeus, uma flor, quando após tanto desejo e tanta esperança eu sorvi-lhe o primeiro beijo, tive de partir da Espanha para Dinamarca onde me chamava meu pai.

Foi uma noite de soluços e lágrimas, de choros e de esperanças, de beijos e promessas, de amor, de voluptuosidade no presente e de sonhos no futuro... Parti. Dois anos depois foi que voltei. Quando entrei na casa de meu pai, ele estava moribundo; ajoelhou-se no seu leito e agradeceu a Deus ainda ver-me, pôs as mãos na minha cabeça,

---

18 Desdêmona e o Mouro citado são personagens da peça *Otelo* (1603), de William Shakespeare.

banhou-me a fronte de lágrimas — eram as últimas — depois deixou-se cair, pôs as mãos no peito, e com os olhos em mim murmurou: Deus!

A voz sufocou-se-lhe na garganta: todos choravam.

Eu também chorava, mas era de saudades de Ângela...

Logo que pude reduzir minha fortuna a dinheiro coloquei-a no banco de Hamburgo, e parti para a Espanha.

Quando voltei, Ângela estava casada e tinha um filho...

Contudo meu amor não morreu! Nem o dela!

Muito ardentes foram aquelas horas de amor e de lágrimas, de saudades e beijos, de sonhos e maldições para nos esquecermos um do outro.

. . .

Uma noite, dois vultos alvejavam nas sombras de um jardim, as folhas tremiam ao ondear de um vestido, as brisas soluçavam aos soluços de dois amantes, e o perfume das violetas que eles pisavam, das rosas e madressilvas que abriam em torno deles era ainda mais doce perdido no perfume dos cabelos soltos de uma mulher...

Essa noite — foi uma loucura! foram poucas horas de sonhos de fogo! e quão breve passaram! Depois a essa noite seguiu-se outra, outra... e muitas noites as folhas sussurraram ao roçar de um passo misterioso, e o vento se embriagou de deleite nas nossas frontes pálidas...

Mas um dia o marido soube tudo: quis representar de Otelo com ela. Doido!...

Era alta noite: eu esperava ver passar nas cortinas brancas a sombra do anjo. Quando passei, uma voz chamou-me. Entrei. Ângela com os pés nus, o vestido solto, o cabelo desgrenhado e os olhos ardentes tomou-me pela mão... Senti-lhe a mão úmida.... Era escura a escada que subimos: passei a minha mão molhada pela dela por meus lábios. Tinha sabor a sangue.

— Sangue, Ângela! De quem é esse sangue?

A espanhola sacudiu seus longos cabelos negros e riu-se.

Entramos numa sala. Ela foi buscar uma luz, e deixou-me no escuro.

Procurei, tateando, um lugar para assentar-me: toquei numa mesa. Mas ao passar-lhe a mão senti-a banhada de umidade: além senti uma cabeça fria como neve e molhada de um líquido espesso e meio coagulado.

Era sangue...

Quando Ângela veio com a luz, eu vi... era horrível!...

O marido estava degolado.

Era uma estátua de gesso lavada em sangue...

Sobre o peito do assassinado estava uma criança de bruços.

Ela ergueu-a pelos cabelos... Estava morta também: o sangue que corria das veias rotas de seu peito se misturava com o do pai!

— Vês, Bertram, esse era o meu presente: agora será, negro embora, um sonho do meu passado. Sou tua e tua só. Foi por ti que tive força bastante para tanto crime... Vem, tudo esta pronto, fujamos. A nós o futuro!

. . .

Foi uma vida insana a minha com aquela mulher! Era um viajar sem fim. Ângela vestira-se de homem: era um formoso mancebo assim. No demais ela era como todos os moços libertinos que nas mesas da orgia batiam com a taça na taça dela. Bebia já como uma inglesa, fumava como uma sultana, montava a cavalo como um árabe, e atirava as armas como um espanhol.

Quando o vapor dos licores me ardia a fronte ela ma repousava em seus joelhos, tomava um bandolim e me cantava as modas de sua terra...

Nossos dias eram lançados ao sono como pérolas ao amor: nossas noites sim eram belas!

. . .

Um dia ela partiu: partiu, mas deixou-me os lábios ainda queimados dos seus, e o coração cheio do germe de vícios que ela aí lançara. Partiu; mas sua lembrança ficou como o fantasma de um mau anjo perto de meu leito.

Quis esquecê-la no jogo, nas bebidas, na paixão dos duelos. Tornei-me um ladrão nas cartas, um homem perdido por mulheres e orgias, um espadachim terrível e sem coração.

• • •

Uma noite eu caíra ébrio às portas de um palácio: os cavalos de uma carruagem pisaram-me ao passar e partiram-me a cabeça de encontro à lájea. Acudiram-me desse palácio. Depois amaram-me: a família era um nobre velho viúvo e uma beleza peregrina de dezoito anos.

Não era amor decerto o que eu sentia por ela — não sei o que foi — era uma fatalidade infernal. A pobre inocente amou-me; e eu, recebido como o hóspede de Deus sob o teto do velho fidalgo, desonrei-lhe a filha, roubei-a, fugi com ela... E o velho teve de chorar suas cãs manchadas na desonra de sua filha, sem poder vingar-se.

Depois enjoei-me dessa mulher. A saciedade é um tédio terrível. Uma noite que eu jogava com Siegfried, o pirata, depois de perder as últimas joias dela, vendi-a.

A moça envenenou Siegfried logo na primeira noite, e afogou-se...

• • •

Eis aí quem eu sou: se quisesse contar-vos longas histórias do meu viver, vossas vigílias correriam breves demais...

Um dia — era na Itália — saciado de vinho e mulheres eu ia suicidar-me. A noite era escura e eu chegara só à praia. Subi num rochedo: daí minha última voz foi uma blasfêmia, meu último adeus uma maldição, meu último... digo mal; porque senti-me erguido nas águas pelo cabelo.

Então na vertigem do afogo o anelo da vida acordou-se em mim. A princípio tinha sido uma cegueira, uma nuvem ante meus olhos, como aos daquele que labuta na trevas. A sede da vida veio ardente: apertei aquele que me socorria; fiz tanto, em uma palavra, que, sem querê-lo, matei-o. Cansado do esforço desmaiei...

Quando recobrei os sentidos estava num escaler de marinheiros que remavam mar em fora. Aí soube eu que meu salvador tinha morrido afogado por minha culpa. Era uma sina, e negra; e por isso ri-me; ri-me, enquanto os filhos do mar choravam.

Chegamos a uma corveta que estava erguendo âncora.

O comandante era um belo homem. Pelas faces vermelhas caíam-lhe os crespos cabelos louros onde a velhice alvejava algumas cãs.

Ele perguntou-me:

— Quem és?

— Um desgraçado que não pode viver na terra, e não deixaram morrer no mar.

— Queres pois vir a bordo?

— A menos que não prefirais atirar-me ao mar.

— Não o faria: tens uma bela figura. Levar-te-ei comigo. Servirás...

— Servir!? — e ri-me; depois respondi-lhe frio: deixai que me atire ao mar...

— Não queres servir? queres então viajar de braços cruzados?

— Não: quando for a hora da manobra dormirei; mas quando vier a hora do combate ninguém será mais valente do que eu...

— Muito bem: gosto de ti, disse o velho lobo do mar. Agora que estamos conhecidos, dize-me teu nome e tua história.

— Meu nome é Bertram. Minha história? escutai: o passado é um túmulo! Perguntai ao sepulcro a história do cadáver! ele guarda o segredo... e ele dir-vos-á apenas que tem no seio um corpo que se corrompe! lereis sobre a lousa um nome — e não mais!

O comandante franziu as sobrancelhas, e passou adiante para comandar a manobra.

O comandante trazia a bordo uma bela moça. Criatura pálida, parecera a um poeta o anjo da esperança adormecendo esquecido entre as ondas. Os marinheiros a respeitavam: quando pelas noites de lua ela repousava o braço na amurada e a face na mão, aqueles que passavam junto dela se descobriam respeitosos. Nunca ninguém lhe vira olhares de orgulho, nem lhe ouvira palavras de cólera: era uma santa.

Era a mulher do comandante.

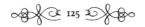

Entre aquele homem brutal e valente, rei bravio no alto mar, esposado, como os Doges de Veneza ao Adriático, à sua garrida corveta — entre aquele homem pois e aquela madona havia um amor de homem como palpita o peito que longas noites abriu-se às luas do oceano solitário, que adormeceu pensando nela ao frio das vagas e ao calor dos trópicos, que suspirou nas horas de quarto, alta noite na amurada do navio, lembrando-a nos nevoeiros da cerração, nas nuvens da tarde... Pobres doidos! parece que esses homens amam muito! A bordo ouvi a muitos marinheiros seus amores singelos: eram moças loiras da Bretanha e da Normandia, ou alguma espanhola de cabelos negros vista ao passar — sentada na praia com sua cesta de flores — ou adormecida entre os laranjais cheirosos — ou dançando o fandango lascivo nos bailes ao relento! Houve-as junto a mim, muitas faces ásperas e tostadas ao sol do mar que se banharam de lágrimas...

Voltemos à história. O comandante a estremecia como um louco — um pouco menos que a sua honra, um pouco mais que sua corveta.

E ela — ela no meio de sua melancolia, de sua tristeza e sua palidez — ela sorria às vezes quando cismava sozinha; mas era um sorrir tão triste que doía. Coitada!

Um poeta a amaria de joelhos. Uma noite — decerto eu estava ébrio — fiz-lhe uns versos. Na lânguida poesia, eu derramara uma essência preciosa e límpida que ainda não se poluíra no mundo...

Bofé[19] que chorei quando fiz esses versos. Um dia, meses depois, li-os, ri-me deles e de mim; e os atirei ao mar... Era a última folha da minha virgindade que lançava ao esquecimento...

Agora, enchei os copos — o que vou dizer-vos é negro, e uma lembrança horrível, como os pesadelos no Oceano.

Com suas lágrimas, com seus sorrisos, com seus olhos úmidos e os seios intumescidos de suspiros, aquela mulher me enlouquecia as noites. Era como uma vida nova que nascia cheia de desejos, quando eu cria que todos eles eram mortos como crianças afogadas em sangue ao nascer.

19 À boa fé, com certeza.

Amei-a: por que dizer-vos mais? Ela amou-me também. Uma vez a luz ia límpida e serena sobre as águas — as nuvens eram brancas como um véu recamado de pérolas da noite — o vento cantava nas cordas. Bebi-lhe na pureza desse luar, ao fresco dessa noite, mil beijos nas faces molhadas de lágrimas, como se bebe o orvalho de um lírio cheio. Aquele seio palpitante, o contorno acetinado, apertei-os sobre mim...

O comandante dormia.

• • •

Uma vez ao madrugar o gajeiro assinalou um navio. Meia hora depois desconfiou que era um pirata...

Chegávamos cada vez mais perto. Um tiro de pólvora seca da corveta reclamou a bandeira. Não responderam. Deu-se segundo: nada.

Então um tiro de bala foi cair nas águas do barco desconhecido como uma luva de duelo.

O barco que até então tinha seguido rumo oposto ao nosso e vinha proa contra nossa proa virou de bordo e apresentou-nos seu flanco enfumaçado: um relâmpago correu nas baterias do pirata — um estrondo seguiu-se — e uma nuvem de balas veio morrer perto da corveta.

Ela não dormia, virou de bordo: os navios ficaram lado a lado. À descarga do navio de guerra o pirata estremeceu como se quisesse ir a pique.

• • •

O pirata fugia: a corveta deu-lhe caça: as descargas trocaram-se então mais fortes de ambos os lados.

Enfim o pirata pareceu ceder. Atracaram-se os dois navios como para uma luta. A corveta vomitou sua gente a bordo do inimigo. O combate tornou-se sangrento — era um matadouro!... o chão do navio escorregava de tanto sangue, o mar ansiava cheio de espumas ao boiar de tantos cadáveres. Nesta ocasião sentiu-se uma fumaça que subia do porão. O pirata deitara fogo ao paiol...

Apenas a corveta por uma manobra atrevida pôde afastar-se do

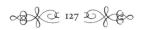

perigo. Mas a explosão fez-lhe grandes estragos. Alguns minutos depois o barco do pirata voou pelos ares. Era uma cena pavorosa ver entre aquela fogueira de chamas, ao estrondo da pólvora, ao reverberar deslumbrador do fogo nas águas, os homens arrojados ao ar irem cair no oceano.

Uns a meio queimados se atiravam à água, outros com os membros esfolados e a pele a despegar-se-lhes do corpo nadavam ainda entre dores horríveis e morriam torcendo-se em maldições.

A uma légua da cena do combate havia uma praia bravia, cortada de rochedos... Aí se salvaram os piratas que puderam fugir.

E nesse tempo, enquanto o comandante se batia como um bravo, eu o desonrava como um covarde.

Não sei como se passou o tempo todo que decorreu depois. Foi uma visão de gozos malditos — eram os amores de Satã e de Eloá,[20] da morte e da vida — no leito do mar.

Quando acordei um dia desse sonho, o navio tinha encalhado num banco de areia; o ranger da quilha a morder na areia gelou a todos; meu despertar foi a um grito de agonia...

— Olá, mulher, taverneira maldita, não vês que o vinho acabou-se?

Depois foi um quadro horrível! Éramos nós numa jangada no meio do mar. Vós que lestes o *Don Juan*,[21] que fizestes talvez daquele veneno a vossa Bíblia, que dormistes as noites da saciedade como eu, com a face sobre ele e com os olhos ainda fitos nele, vistes tanta vez amanhecer, sabeis quanto se coa de horror ante aqueles homens atirados ao mar, num mar sem horizonte, ao balanço das águas, que parecem sufocar seu escárnio na mudez fria de uma fatalidade!

Uma noite, a tempestade veio — apenas houve tempo de amarrar nossas munições... Fora mister ver o Oceano bramindo no escuro como um bando de leões com fome, pare saber o que é a borrasca; fora mister vê-la de uma jangada à luz da tempestade, às blasfêmias dos que não creem e maldizem, às lágrimas dos que esperam e desesperam, aos soluços dos que tremem e tiritam de susto como aquele que bate à porta do nada... E eu, eu ria: era como o gênio do ceticismo

---

20 Eloá, nome hebraico de Deus no *Velho Testamento*.
21 Personagem literário utilizado em obras de diversos autores, entre eles, Lorde Byron.

naquele deserto. Cada vaga que varria nossas tábuas descosidas arrastava um homem — mas cada vaga que me rugia aos pés parecia respeitar-me. Era um Oceano como aquele de fogo, onde caíram os anjos perdidos de Milton,[22] o cego; quando eles passavam cortando-as a nado, as águas do pântano de lava se apertavam: a morte era para os filhos de Deus — não para o bastardo do mal!

Toda aquela noite, passei-a com a mulher do comandante nos braços. Era um himeneu[23] terrível aquele que se consumava entre um descrido e uma mulher pálida que enlouquecia; o tálamo[24] era o Oceano, a espuma das vagas era a seda que nos a alcatifava o leito. Em meio daquele concerto de uivos que nos ia ao pé, os gemidos nos sufocavam; e nós rolávamos abraçados — atados a um cabo da jangada — por sobre as tábuas...

Quando a aurora veio, restávamos cinco: eu, a mulher do comandante, ele e dois marinheiros...

Alguns dias comemos umas bolachas repassadas da salsugem[25] da água do mar. Depois tudo o que houve de mais horrível se passou...

— Por que empalideces, Solfieri? a vida é assim. Tu o sabes como eu o sei. O que é o homem? é a espuma que ferve hoje na torrente e amanhã desmaia, alguma coisa de louco e moveciço como a vaga, de fatal como o sepulcro! O que é a existência? Na mocidade é o caleidoscópio das ilusões: vive-se então da seiva do futuro. Depois envelhecemos;- quando chegamos aos trinta anos e o suor das agonias nos grisalhou os cabelos antes do tempo e murcharam, como nossas faces, as nossas esperanças, oscilamos entre o passado visionário e este amanhã do velho, gelado e ermo — depois como um cadáver que se banha antes de dar à sepultura! Miséria! loucura!

— Muito bem! miséria e loucura! interrompeu uma voz.

O homem que falara era um velho. A fronte se lhe descalvara e longas e fundas rugas a sulcavam — eram ondas que o vento da velhice lhe cavava no mar da vida... Sob espessas sobrancelhas grisalhas

---

22   John Milton (1608-1674), poeta inglês, autor de *Paraíso Perdido*.
23   Casamento.
24   Leito conjugal.
25   Lodo e detritos do mar.

lampejavam-lhe os olhos pardos e um espesso bigode lhe cobria parte dos lábios. Trazia um gibão negro e roto, e um manto desbotado, da mesma cor, lhe caía dos ombros.

— Quem és, velho? perguntou o narrador.

— Passava lá fora: a chuva caía a cântaros; a tempestade era medonha: entrei. Boa noite, senhores! se houver mais uma taça na vossa mesa, enchei-a até as bordas e beberei convosco.

— Quem és?

— Quem eu sou? na verdade fora difícil dizê-lo: corri muito mundo, a cada instante mudando de nome e de vida. Fui poeta e como poeta cantei. Fui soldado e banhei minha fronte juvenil nos últimos raios de sol da águia de Waterloo. Apertei ao fogo da batalha a mão do homem do século. Bebi numa taverna com Bocage,[26] o português, ajoelhei-me na Itália sobre o túmulo de Dante; e fui à Grécia para sonhar como Byron naquele túmulo das glórias do passado. Quem eu sou? Fui um poeta aos vinte anos, um libertino aos trinta; sou um vagabundo sem pátria e sem crenças aos quarenta. Sentei-me à sombra de todos os sóis, beijei lábios de mulheres de todos os países; e de todo esse peregrinar só trouxe duas lembranças — um amor de mulher que morreu nos meus braços na primeira noite de embriaguez e de febre — e uma agonia de poeta... Dela, tenho uma rosa murcha e a fita que prendia seus cabelos. Dele olhai...

O velho tirou do bolso um embrulho: era um lençol vermelho o invólucro; desataram-no — dentro estava uma caveira.

— Uma caveira! gritaram em torno; és um profanador de sepulturas?

— Olha, moço, se entendes a ciência de Gall e Spurzheim,[27] dize-me pela protuberância dessa fronte, e pelas bossas dessa cabeça quem podia ser esse homem?

— Talvez um poeta — talvez um louco.

— Muito bem! adivinhaste. Só erraste não dizendo que talvez ambas as coisas a um tempo. Sêneca[28] o disse — a poesia é a insânia. Talvez o gênio

---

26 Manuel Maria Barbosa du Bocage (1765-1805), poeta português.
27 Franz Joseph Gall (1758-1828) e Johann Kaspar Spurzheim (1776-1832), alemães defensores da frenologia, técnica que pretendia estudar traços da personalidade a partir do formato do crânio.
28 Sêneca (4 a.C.-65 d.C), pensador romano.

seja uma alucinação e o entusiasmo precise da embriaguez para escrever o hino sanguinário e fervoroso de Rouget de l'Isle,[29] ou para, na criação do painel medonho do Cristo morto de Holbein,[30] estudar a corrupção no cadáver. Na vida misteriosa de Dante, nas orgias de Marlowe,[31] no peregrinar de Byron havia uma sombra da doença de Hamlet: quem sabe?

— Mas a que vem tudo isso?

— Não bradastes — miséria e loucura! — vós, almas onde talvez borbulhava o sopro de Deus, cérebros que a luz divina do gênio esclarecia, e que o vinho enchia de vapores e a saciedade de escárnios? Enchei as taças até a borda! enchei-as e bebei; bebei a lembrança do cérebro que ardeu nesse crânio, da alma que aí habitou, do poeta — louco — Werner![32] e eu bradarei ainda uma vez — miséria e loucura!

O velho esvaziou o copo, embuçou-se e saiu. Bertram continuou a sua história.

— Eu vos dizia que ia passar-se uma coisa horrível; não havia mais alimentos, e no homem despertava a voz do instinto, das entranhas que tinham fome, que pediam seu cevo como o cão do matadouro, fosse embora sangue.

A fome! a sede!... tudo quanto há de mais horrível!...

Na verdade, senhores, o homem é uma criatura perfeita! Estatuário sublime, Deus esgotou no talhar desse mármore todo o seu esmero.

Prometeu divino, encheu-lhe o crânio protuberante da luz do gênio. Ergueu-o pela mão, mostrou-lhe o mundo do alto da montanha, como Satã quarenta séculos depois o fez a Cristo, e disse-lhe: Vê, tudo isso é belo — vales e montes, águas do mar que espumam, folhas das florestas que tremem e sussurram como as asas dos meus anjos — tudo isso é teu. Fiz-te o mundo belo no véu purpúreo do crepúsculo, dourei-to aos raios de minha face. Ei-lo rei da terra! banha a fronte olímpica nessas brisas, nesse orvalho, na espuma dessas cataratas. Sonha como a noite, canta como os anjos, dorme entre as flores! Olha! entre as folhas floridas do vale dorme uma criatura branca como o véu

---

29 Rouget de l'Isle (1760-1836), autor da Marselhesa, hino da França.
30 Hans Holbein (1497-1543), pintor e gravador alemão.
31 Christopher Marlowe (1564-1593), dramaturgo inglês.
32 Zacharias Werner (1768-1823), dramaturgo alemão.

das minhas virgens, loira como o reflexo das minhas nuvens, harmoniosa como as aragens do céu nos arvoredos da terra. É tua: acorda-a, ama-a e ela te amará; no seio dela, nas ondas daquele cabelo, afoga-te como o sol entre vapores. Rei no peito dela, rei na terra, vive de amor e crença, de poesia e de beleza, levanta-te, vai, e serás feliz!

Tudo isso é belo, sim; mas é a ironia mais amarga, a decepção mais árida de todas as ironias e de todas as decepções. Tudo isso se apaga diante de dois fatos muito prosaicos — a fome e a sede!

O gênio, águia altiva que se perde nas nuvens, que se aquenta no eflúvio da luz mais ardente do sol — cair assim com as asas torpes e verminosas no lodo das charnecas! Poeta, porque no meio do arroubo mais sublime do espírito, uma voz sarcástica e mefistofélica te brada: — meu Fausto, ilusões... a realidade é a matéria. Deus escreveu! Ἀνά'γκη[33] — na fronte de sua criatura! Don Juan! por que choras a esse beijo morno de Haideia que desmaia-te nos braços?!... a prostituta vender-tos-á amanhã mais queimadores!... Miséria!... E dizer que tudo o que há de mais divino no homem, de mais santo e perfumado na alma se infunde no lodo da realidade, se revolve no charco e ache ainda uma convulsão infame pare dizer — sou feliz!...

Isso tudo, senhores, pare dizer-vos uma coisa muito simples... um fato velho e batido, uma prática do mar, uma lei do naufrágio — a antropofagia.

Dois dias depois de acabados os alimentos, restavam três pessoas: eu, o comandante e ela — eram três figuras macilentas como o cadáver, cujos peitos nus arquejavam como a agonia, cujos olhares fundos e sombrios se injetavam de sangue como a loucura.

O uso do mar — não quero dizer a voz da natureza física, o brado do egoísmo do homem — manda a morte de um para a vida de todos. Tiramos a sorte — o comandante teve por lei morrer.

Então o instinto de vida se lhe despertou ainda. Por um dia mais de existência, mais um dia de fome e sede, de leito úmido e varrido pelos ventos frios do norte, mais umas horas mortas de blasfêmias e de agonias, de esperança e desespero, de orações e descrença, de febre e de ânsia, o homem ajoelhou-se, chorou, gemeu a meus pés...

33 Destino em grego.

— Olhai, dizia o miserável, esperemos até amanhã... Deus terá compaixão de nós... Por vossa mãe, pelas entranhas de vossa mãe! por Deus se ele existe! deixai, deixai-me ainda viver!

Oh! a esperança é pois como uma parasita que morde e despedaça o tronco, mas quando ele cai, quando morre e apodrece, ainda o aperta em seus convulsos braços! Esperar! quando o vento do mar açoita as ondas, quando a espuma do Oceano vos lava o corpo lívido e nu, quando o horizonte é deserto e sem termo, e as velas que branqueiam ao longe parecem fugir! Pobre louco!

Eu ri-me do velho. Tinha as entranhas em fogo.

Morrer hoje, amanhã, ou depois — tudo me era indiferente, mas hoje eu tinha fome, e ri-me porque tinha fome.

O velho lembrou-me que me acolhera a seu bordo, por piedade de mim — lembrou-me que me amava — e uma torrente de soluços e lágrimas afogava o bravo que nunca empalidecera diante da morte.

Parece que a morte no Oceano é terrível para os outros homens; quando o sangue lhes salpica as faces, lhes ensopa as mãos, correm à morte como um rio ao mar, como a cascavel ao fogo. Mas assim — no deserto — nas águas — eles temem-na, tremem diante da caveira fria da morte!

Eu ri-me porque tinha fome.

Então o homem ergueu-se. A fúria levantou nele com a última agonia. Cambaleava, e um suor frio lhe corria no peito descarnado. Apertou-me nos seus braços amarelentos, e lutamos ambos corpo a corpo, peito a peito, pé por pé — por um dia de miséria!

A lua amarelada erguia sua face desbotada, como uma meretriz cansada de uma noite de devassidão: o céu escuro parecia zombar desses dois moribundos que lutavam por uma hora de agonia...

O valente do combate desfalecia — caiu — pus-lhe o pé na garganta — sufoquei-o — e expirou...

Não cubrais o rosto com as mãos — faríeis o mesmo...

Aquele cadáver foi nosso alimento dois dias...

Depois, as aves do mar já baixavam para partilhar minha presa; e às minhas noites fastientas uma sombra vinha reclamar sua ração de carne humana...

Lancei os restos ao mar...

Eu e a mulher do comandante passamos um dia, dois, sem comer nem beber...

Então ela propôs-me morrer comigo. Eu disse-lhe que sim. Esse dia foi a última agonia do amor que nos queimava — gastamo-lo em convulsões para sentir ainda o mel fresco da voluptuosidade banhar-nos os lábios... Era o gozo febril que podem ter duas criaturas em delírio de morte. Quando me soltei dos braços dela a fraqueza a fazia desvairar. O delírio tornava-se mais longo, mais longo: debruçava-se nas ondas e bebia a água salgada, e oferecia-ma nas mãos pálidas, dizendo que era vinho. As gargalhadas frias vinham mais de entuviada...

Estava louca.

Não dormi — não podia dormir; uma modorra ardente me fervia as pálpebras: o hálito de meu peito parecia fogo; meus lábios secos e estalados apenas se orvalhavam de sangue.

Tinha febre no cérebro — e meu estômago tinha fome.

Tinha fome como a fera.

Apertei-a nos meus braços, oprimi-lhe nos beiços a minha boca em fogo: apertei-a convulsivo; sufoquei-a. Ela era ainda tão bela!

Não sei que delírio estranho se apoderou de mim.

Uma vertigem me rodeava. O mar parecia rir de mim, e rodava em torno, espumante e esverdeado, como um sorvedouro. As nuvens pairavam correndo e pareciam filtrar sangue negro. O vento que me passava nos cabelos murmurava uma lembrança...

De repente senti-me só. Uma onda me arrebatara o cadáver. Eu a vi boiar pálida como suas roupas brancas, seminua, com os cabelos banhados de água; eu vi-a erguer-se na espuma das vagas, desaparecer, e boiar de novo; depois não a distingui mais — era como a espuma das vagas, como um lençol lançado nas águas.

Quantas horas, quantos dias passei naquela modorra nem o sei... Quando acordei desse pesadelo de homem desperto, estava a bordo de um navio.

Era o brigue inglês *Swallow*, que me salvara...

Olá, taverneira, bastarda de Satã! não vês que tenho sede, e as garrafas estão secas, secas como tua face e como nossas gargantas?

IV
GENNARO

> *Meurs ou tue...*[34]
> Corneille

— Gennaro, dormes, ou embebes-te no sabor do último trago do vinho, da última fumaça do teu cachimbo?

— Não: quando contavas tua história, lembrava-me uma folha da vida, folha seca e avermelhada como as do outono e que o vento varreu.

— Uma história?

— Sim: e uma das minhas historias. Sabes, Bertram, eu sou pintor... É uma lembrança triste essa que vou revelar, porque é a história de um velho e de duas mulheres, belas como duas visões de luz.

Godofredo Walsh era um desses velhos sublimes, em cujas cabeças as cãs semelham o diadema prateado do gênio. Velho já, casara em segundas núpcias com uma beleza de vinte anos. Godofredo era pintor: diziam uns que este casamento fora um amor artístico por aquela beleza romana, como que feita ao molde das belezas antigas; outros criam-no compaixão pela pobre moça que vivia de servir de modelo. O fato é que ele a queria como filha, como Laura, a filha única de seu primeiro casamento — Laura, corada como uma rosa e loira como um anjo.

Eu era nesse tempo moço: era aprendiz de pintura em casa de Godofredo. Eu era lindo então; que trinta anos lá vão, que ainda os cabelos e as faces me não haviam desbotado como nesses longos quarenta e dois anos de vida! Eu era aquele tipo de mancebo ainda puro do ressumbrar infantil, pensativo e melancólico como o Rafael se retratou no quadro da galeria Barberini. Eu tinha quase a idade da mulher do mestre. Nauza tinha vinte e eu tinha dezoito anos.

Amei-a; mas meu amor era puro como meus sonhos de dezoito anos. Nauza também me amava: era um sentir tão puro! era uma

---

34 "Morrer ou matar", citação da peça *El Cid*, de Pierre Corneille (1606-1684).

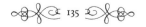

emoção solitária e perfumosa como as primaveras cheias de flores e de brisas que nos embalavam aos céus da Itália.

Como eu o disse, o mestre tinha uma filha chamada Laura. Era uma moça pálida, de cabelos castanhos e olhos azulados; sua tez era branca, e só às vezes, quando o pejo a incendia, duas rosas lhe avermelhavam a face e se destacavam no fundo de mármore. Laura parecia querer-me como a um irmão. Seus risos, seus beijos de criança de quinze anos eram só para mim. À noite, quando eu ia deitar-me, ao passar pelo corredor escuro com minha lâmpada, uma sombra me apagava a luz e um beijo me pousava nas faces, nas trevas.

Muitas noites foi assim.

Uma manhã — eu dormia ainda — o mestre saíra e Nauza fora à igreja, quando Laura entrou no meu quarto, fechou a porta e deitou-se a meu lado. Acordei nos braços dela.

O fogo de meus dezoito anos, a primavera virginal de uma beleza, ainda inocente, o seio seminu de uma donzela a bater sobre o meu, isso tudo ao despertar dos sonhos alvos da madrugada, me enlouqueceu...

Todas as manhãs Laura vinha a meu quarto...

Três meses passaram assim. Um dia entrou ela no meu quarto e disse-me:

— Gennaro, estou desonrada para sempre... A princípio eu quis-me iludir: já não o posso, estou de esperanças...

Um raio que me caísse aos pés não me assustaria tanto.

— É preciso que cases comigo, que me peças a meu pai, ouves, Gennaro?

Eu calei-me.

— Não me amas então?

Eu calei-me.

— Oh! Gennaro! Gennaro!

E caiu no meu ombro desfeita em soluços. Carreguei-a assim fria e fora de si para seu quarto.

Nunca mais tornou a falar-me em casamento.

Que havia de eu fazer? Contar tudo ao pai e pedi-la em casamento? Fora uma loucura; ele me mataria e a ela, ou pelo menos me expulsaria de sua casa... E Nauza? cada vez eu a amava mais. Era uma luta terrível essa que se travava entre o dever e o amor, e entre o dever e o remorso.

Laura não me falara mais. Seu sorriso era frio; cada dia tornava-se mais pálida; mas a gravidez não crescia, antes mais nenhum sinal se lhe notava...

O velho levava as noites passeando no escuro. Já não pintava. Vendo a filha que morria aos sons secretos de uma harmonia de morte, que empalidecia cada vez mais, o misérrimo arrancava as cãs.

Eu contudo não esquecera Nauza, nem ela se esquecia de mim. Meu amor era sempre o mesmo; eram sempre noites de esperança e de sede que me banhavam de lágrimas o travesseiro. Só às vezes a sombra de um remorso me passava; mas a imagem dela dissipava todas essas névoas...

Uma noite... foi horrível... vieram chamar-me; Laura morria. Na febre murmurava meu nome e palavras que ninguém podia reter; tão apressadas e confusas lhe soavam. Entrei no quarto dela. A doente conheceu-me. Ergueu-se branca, com a face úmida de um suor copioso; chamou-me. Sentei-me junto do leito dela. Apertou minha mão nas suas mãos frias e murmurou em meus ouvidos:

— Gennaro, eu te perdoo; eu te perdoo tudo... Eras um infame... Morrerei... Fui uma louca... Morrerei... por tua causa... teu filho... o meu... vou vê-lo ainda... mas no céu... meu filho que matei... antes de nascer...

Deu um grito; estendeu convulsivamente os braços como para repelir uma ideia, passou a mão pelos lábios como para enxugar as últimas gotas de uma bebida, estorceu-se no leito, lívida, fria, banhada de suor gelado, e arquejou... Era o último suspiro.

Um ano todo se passou assim para mim. O velho parecia endoidecido. Todas as noites fechava-se no quarto onde morrera Laura. Levava aí a noite toda em solidão. Dormia? ah que não! Longas horas eu o escutei no silêncio arfar com ânsia, outras vezes afogar-se em soluços. Depois tudo emudecia; o silêncio durava horas; o quarto era escuro; e depois as passadas pesadas do mestre se ouviam pelo quarto, mas vacilantes como de um bêbedo que cambaleia.

Uma noite eu disse a Nauza que a amava; ajoelhei-me junto dela, beijei-lhe as mãos, reguei seu colo de lágrimas; ela voltou-me a face; eu cri que era desdém, ergui-me:

— Então Nauza, tu não me amas, disse eu.

Ela permanecia com o rosto voltado.

— Adeus, pois; perdoai-me se vos ofendi; meu amor é uma loucura, minha vida é uma desesperança — o que me resta? Adeus, irei longe daqui... talvez então eu possa chorar sem remorso...

Tomei-lhe a mão e beijei-a.

Ela deixou sua mão nos meus lábios.

Quando ergui a cabeça, eu a vi: ela estava debulhada em lágrimas.

— Nauza! Nauza! uma palavra, tu me amas?

. . .

Tudo o mais foi um sonho. A lua passava entre os vidros da janela aberta e batia nela; nunca eu a vira tão pura e divina!

. . .

E as noites que o mestre passava soluçando no leito vazio de sua filha, eu as passava no leito dele, nos braços de Nauza.

Uma noite houve um fato pasmoso.

O mestre veio ao leito de Nauza. Gemia e chorava aquela voz cavernosa e rouca; tomou-me pelo braço com força, acordou-me e levou-me de rasto ao quarto de Laura...

Atirou-me ao chão, e fechou a porta. Uma lâmpada estava acesa no quarto defronte de um painel. Ergueu o lençol que o cobria. Era Laura moribunda. E eu macilento como ela tremia como um condenado. A moça com seus lábios pálidos murmurava no meu ouvido...

Eu tremi de ver meu semblante tão lívido na tela e lembrei-me que naquele dia ao sair do quarto da morta, no espelho dela que estava ainda pendurado à janela, eu me horrorizara de ver-me cadavérico...

Um tremor, um calafrio se apoderou de mim. Ajoelhei-me, e chorei lágrimas ardentes. Confessei tudo; parecia-me que era ela quem o mandava, que era Laura que se erguia dentre os lençóis do seu leito e me acendia o remorso e no remorso me rasgava o peito.

Por Deus! que foi uma agonia!

No outro dia o mestre conversou comigo friamente.

Lamentou a falta de sua filha; mas sem uma lágrima.

Mas sobre o passado na noite, nem palavra.

Todas as noites era a mesma tortura, todos os dias a mesma frieza.

O mestre era sonâmbulo...

E pois eu não me cri perdido...

Contudo, lembrei-me que uma noite, quando eu saía do quarto de Laura com o mestre, no escuro vira uma roupa branca passar-me por perto, roçaram-me uns cabelos soltos, e nas lájeas do corredor estalavam umas passadas tímidas de pés nus...

Era Nauza que tudo vira e tudo ouvira, que acordara e sentira minha falta no leito, que ouvira esses soluços e gemidos, e correra para ver...

. . .

Uma noite, depois da ceia, o mestre Walsh tomou sua capa e uma lanterna e chamou-me para acompanhá-lo.

Tinha de sair fora da cidade e não queria ir só. Saímos juntos, a noite era escura e fria. O outono desfolhara as árvores e os primeiros sopros do inverno rugiam nas folhas secas do chão. Caminhamos juntos muito tempo, cada vez mais nos entranhávamos pelas montanhas, cada vez o caminho era mais solitário. O velho parou. Era na fralda de uma montanha. À direita o rochedo se abria num trilho; à esquerda as pedras soltas por nossos pés a cada passada se despegavam e rolavam pelo despenhadeiro e, instantes depois, se ouvia um som como de água onde cai um peso...

A noite era escuríssima. Apenas a lanterna alumiava o caminho tortuoso que seguíamos. O velho lançou os olhos à escuridão do abismo e se riu.

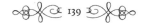

— Espera-me aí, disse ele, já venho.

Godofredo tomou a lanterna e seguiu para o cume da montanha. Eu sentei-me no caminho à sua espera, vi aquela luz ora perder-se, ora reaparecer entre os arvoredos nos zigue-zagues do caminho. Por fim vi-a parar. O velho bateu à porta de uma cabana, a porta abriu-se. Entrou. O que aí se passou nem eu o sei:. Quando a porta abriu-se de novo uma mulher lívida e desgrenhada apareceu com um facho na mão.

A porta fechou-se. Alguns minutos depois o mestre estava comigo. O velho assentou a lanterna num rochedo, despiu a capa e disse-me:

— Gennaro, quero contar-te uma história. É um crime, quero que sejas juiz dele. Um velho era casado com uma moça bela. De outras núpcias tinha uma filha bela também. Um aprendiz, um miserável que ele erguera da poeira, como o vento às vezes ergue uma folha, mas que ele podia reduzir a ela quando quisesse...

Eu estremeci, os olhares do velho pareciam ferir-me.

— Nunca ouviste essa história, meu bom Gennaro?

— Nunca, disse eu a custo e tremendo.

— Pois bem, esse infame desonrou o pobre velho, traiu-o como Judas ao Cristo.

— Mestre, perdão!

— Perdão! e perdoou o malvado ao pobre coração do velho?

— Piedade!

— E teve ele dó da virgem, da desonra, da infanticida?

— Ah! gritei.

— Que tens? conheces o criminoso?

A voz de escárnio dele me abafava.

— Vês pois, Gennaro, disse ele mudando de tom; se houvesse um castigo pior que a morte, eu to daria. Olha esse despenhadeiro! É medonho! se o visses de dia, teus olhos se escureceriam e aí rolarias talvez de vertigem! É um túmulo seguro; e guardará o segredo, como um peito o punhal. Só os corvos irão lá ver-te, só os corvos e os vermes. E pois, se tens ainda no coração maldito um remorso, reza tua última oração: mas seja breve. O algoz espera a vítima, a hiena tem fome de cadáver...

Eu estava ali pendente junto à morte. Tinha só a escolher o suicídio ou ser assassinado. Matar o velho era impossível. Uma luta entre mim e ele fora insana. Ele era robusto, a sua estatura alta, seus braços musculosos me quebrariam como o vendaval rebenta um ramo seco. Demais, ele estava armado. Eu... eu era uma criança débil, ao meu primeiro passo ele me arrojaria da pedra em cujas bordas eu estava... Só me restaria morrer com ele, arrastá-lo na minha queda. Mas para quê?

E curvei-me no abismo: tudo era negro, o vento lá gemia embaixo nos ramos desnudos, nas urzes, nos espinhais ressequidos, e a torrente lá chocalhava no fundo escumando nas pedras.

Eu tive medo.

Orações, ameaças, tudo seria debalde.

— Estou pronto, disse.

O velho riu-se: infernal era aquele rir dos seus lábios estalados de febre. Só vi aquele riso... Depois foi uma vertigem... o ar que sufocava, um peso que me arrastava, como naqueles pesadelos em que se cai de uma torre e se fica preso ainda pela mão, mas a mão cansa, fraqueja, sua, esfria... Era horrível: ramo a ramo, folha por folha os arbustos me estalavam nas mãos, as raízes secas que saíam pelo despenhadeiro estalavam sob meu peso e meu peito sangrava nos espinhais. A queda era muito rápida... De repente não senti mais nada... Quando acordei estava junto a uma cabana de camponeses que me tinham apanhado junto da torrente, preso nos ramos de uma azinheira gigantesca que assombrava o rio.

Era depois de um dia e uma noite de delírios que eu acordara. Logo que sarei, uma ideia me veio; ir ter com o mestre. Ao ver-me salvo assim daquela morte horrível, pode ser que se apiedasse de mim, que me perdoasse, e então eu seria seu escravo, seu cão, tudo o que houvesse mais abjeto num homem que se humilha — tudo! — contanto que ele me perdoasse. Viver com aquele remorso me parecia impossível. Parti pois: no caminho topei um punhal. Ergui-o: era o do mestre. Veio-me então uma ideia de vingança e de soberba. Ele quisera matar-me, ele tinha rido à minha agonia e eu havia de ir chorar-lhe ainda aos pés para ele repelir-me ainda, cuspir-me nas faces, e amanhã procurar outra vingança mais segura?... Eu humilhar-me quando ele me tinha abatido! Os cabelos me arrepiaram na cabeça, e suor frio me rolava pelo rosto.

Quando cheguei à casa do mestre achei-a fechada.

Bati — não abriram. O jardim da casa dava para a rua; saltei o muro, tudo estava deserto e as portas que davam para ele estavam também fechadas. Uma delas era fraca, com pouco esforço arrombei-a. Ao estrondo da porta que caiu só o eco respondeu nas salas. Todas as janelas estavam fechadas, e contudo era dia claro fora. Tudo estava escuro, nem uma lamparina acesa. Caminhei tateando até a sala do pintor. Cheguei lá, abri as janelas e a luz do dia derramou-se na sala deserta. Cheguei então ao quarto de Nauza, abri a porta e um bafo pestilento corria daí. O raio da luz bateu em uma mesa. Junto estava uma forma de mulher com a face na mesa, e os cabelos caídos; atirado numa poltrona um vulto coberto com um capote. Entre eles um copo onde se depositara um resíduo polvilhento. Ao pé estava um frasco vazio. Depois eu o soube — a velha da cabana era uma mulher que vendia veneno e fora ela decerto que o vendera, porque o pó branco do copo parecia sê-lo...

Ergui os cabelos da mulher, levantei-lhe a cabeça... Era Nauza, mas Nauza cadáver, já desbotada pela podridão. Não era aquela estátua alvíssima de outrora, as faces macias e colo de neve... Era um corpo amarelo...

Levantei uma ponta da capa do outro; o corpo caiu de bruços com a cabeça para baixo, ressoou no pavimento o estalo do crânio... Era o velho, morto também, roxo e apodrecido; eu o vi. Da boca lhe escorria uma espuma esverdeada.

...

V
CLAUDIUS HERMANN

> . . . *Extacy!*
> *My guise as yours doth temperately keep time*
> *And makes a healthful music: It is not madness.*
> *That I have utter'd.*[35]
> Hamlet. Shakespeare

— E tu, Hermann! Chegou a tua vez. Um por um evocamos ao cemitério do passado um cadáver. Um por um erguemo-lhe o sudário para mostrar-lhe uma nódoa de sangue. Fala, que chegou tua vez.

— Claudius sonha algum soneto ao jeito do Petrarca,[36] alguma auréola de pureza como a dos espíritos puros da Messíada![37] disse entre uma fumaça e uma gargalhada Johann, erguendo a cabeça da mesa.

— Pois bem! quereis uma história? Eu pudera contá-las, como vós, loucuras de noites de orgia; mas para quê? Fora escárnio Fausto ir lembrar a Mefistófeles as horas de perdição que lidou com ele. Sabei-las... essas minhas nuvens do passado, lêste-lo à farta o livro desbotado de minha existência libertina. Se o não lembrásseis, a primeira mulher das ruas pudera contá-lo. Nessa torrente negra que se chama a vida, e que corre para o passado enquanto nós caminhamos para o futuro, também desfolhei muitas crenças, e lancei despidas as minhas roupas mais perfumadas, para trajar a túnica da saturnal! O passado é o que foi, é a flor que murchou, o sol que se apagou, o cadáver que apodreceu. Lágrimas a ele? fora loucura! Que durma com suas lembranças negras! revivam, acordem apenas os miosótis abertos naquele pântano!

---

35 "Êxtase?/ Meu pulso, como o teu, mantém um compasso moderado/ e compões uma música sadia. Não é loucura/ aquilo que eu pronunciei."
36 Francesco Petrarca (1304-1374), poeta italiano.
37 Poema religioso composto pelo alemão Friedrich Gottlieb Klopstock (1724-1803).

sobreágue naquele não-ser o eflúvio de alguma lembrança pura!

— Bravo! Bravíssimo! Claudius, estás completamente bêbedo! bofé que estás romântico!

— Silêncio, Bertram! certo que esta não é uma lenda para inscrever-se após das vossas; uma dessas coisas que se contêm com os cotovelos na toalha vermelha, e os lábios borrifados de vinho e saciados de beijos...

Mas que importa?

Vós todos, que amais o jogo, que vistes um dia correr naquele abismo uma onda de ouro e redemoinhar-lhe no fundo, como um mar de esperanças que se embate na ressaca do acaso, sabeis melhor que vertigem nos tonteia então; ideai-la melhor a loucura que nos delira naqueles jogos de milhares de homens, onde fortuna, aspirações, a vida mesma vão-se na rapidez de uma corrida, onde todo esse complexo de misérias e desejos, de crimes e virtudes que se chama a existência se joga numa parelha de cavalos!

Apostei como homem a quem não doera empobrecer. O luxo também sacia, é essa uma saciedade terrível! para ela nada basta; nem as danças do Oriente, nem as lupercais romanas, nem os incêndios de uma cidade inteira lhe alimentariam a seiva de morte, essa *vitalidade do veneno* de que fala Byron. Meu lance no *turf* foi minha fortuna inteira. Eu era rico, muito rico então; em Londres ninguém ostentava mais dispendiosas devassidões; nenhum nababo numa noite esperdiçava somas como eu. O suor de três gerações derramava-o eu no leito das perdidas e no chão das minhas orgias...

No instante em que as corridas iam começar, em que todos sentiam-se febris de impaciência, um murmúrio correu pelas multidões, um sorriso... e depois eram as frontes que se expandiam e depois uma mulher passou a cavalo.

Víssei-la como eu, no cavalo negro, com as roupas de veludo, as faces vivas, o olhar ardente entre o desdém dos cílios, transluzindo a rainha em todo aquele ademã soberbo; víssei-la bela na sua beleza plástica e harmônica, linda nas suas cores puras e acetinadas, nos cabelos negros, e a tez branca da fronte, o oval das faces coradas, o fogo de nácar dos lábios finos, o esmero do colo ressaltando nas roupas de amazona; víssei-la assim e, à fé, senhores, que não havíeis rir de escárnio como rides agora!

— Romantismo! deves estar muito ébrio, Claudius, para que nos teus lábios secos de Lovelace[38] e na tua insensibilidade de Don Juan venha a poesia ainda passar-te um beijo!

— Ride, sim! misérrimos! que não compreendeis o que porventura vai de incêndio por aqueles lábios de Lovelace e como arqueja o amor sob as roupas gotejantes de chuvas de Don Juan — o libertino! Insanos, que nunca sonhastes Lovelace sem sua máscara talvez chorando Clarisse Harlowe, pobre anjo, cujas asas brancas ele ia desbotar... maldizendo essa fatalidade que fez do amor uma infâmia e um crime! Mil vezes insanos que nunca sonhastes o espanhol acordando no lupanar, passando a mão pela fronte e rugindo de remorso e saudade ao lembrar tantas visões alvas do passado!

— Bravo! bravo!

— Poesia! poesia! murmurou Bertram.

— Poesia! por que pronunciar-lho à virgem casta o nome santo como um mistério, no lodo escuro da taverna? Por que lembrá-la a estrela do amor a luz do lampião da crápula? Poesia! sabeis o que é a poesia?

— Meio cento de palavras sonoras e vãs que um pugilo de homens pálidos entende, uma escada de sons e harmonias que aquelas almas loucas parecem ideias e lhes despertam ilusões como a lua as sombras... Isto no que se chama os poetas. Agora, no ideal, na mulher, o ressaibo do último romance, o delírio e a paixão da última heroína de novela e o presente incerto e vago de um gozo místico, pelo qual a virgem morre de volúpia, sem sabê-lo por quê...

— Silêncio, Bertram! teu cérebro queimaram-to os vinhos, como a lava de um vulcão as relvas e flores da campina. Silêncio! és como essas plantas que nascem e mergulham no mar morto; cobre-as uma cristalização calcária, enfezam-se e mirram. A poesia, eu to direi também por minha vez, é o voo das aves da manhã no banho morno das nuvens vermelhas da

---

38 Personagem libertino criado pelo escritor inglês Samuel Richardson (1689-1761).

madrugada, é o cervo que se role no orvalho da montanha relvosa, que se esquece da morte de amanhã, da agonia de ontem em seu leito de flores!

— Basta, Claudius; que isso que aí dizes ninguém o entende; são palavras, palavras e palavras, como o disse Hamlet; e tudo isso é inanido e vazio como uma caveira seca, mentiroso como os vapores infectos da terra que o sol no crepúsculo irisa de mil cores, e que se chamam as nuvens, ou essa fada zombadora e nevoenta que se chama a poesia!

— À história! à história! Claudius, não vês que essa discussão nos fez bocejar de tédio?

— Pois bem, contarei o resto da história:

No fim desse dia eu tinha dobrado minha fortuna. No dia seguinte eu a vi: era no teatro. Não sei o que representaram, não sei o que ouvi, nem o que vi; sei só que lá estava uma mulher, bela como tudo quanto passa mais puro à concepção do estatuário. Essa mulher era a duquesa Eleonora... No outro dia vi-a num baile... Depois... Fora longo dizer-vo-lo: seis meses! concebei-lo? seis meses de agonia e desejo anelante; seis meses de amor com a sede da fera! seis meses! como foram longos!

Um dia achei que era demais. Todo esse tempo havia passado em contemplação, em vê-la, amá-la e sonhá-la: apertei minhas mãos jurando que isso não iria além, que era muito esperar em vão e que se ela viria, como Gulnare aos pés do Corsário,[39] a ele cabia ir ter com ela.

Uma noite tudo dormia no palácio do duque. A duquesa, cansada do baile, adormecia num divã. A lâmpada de alabastro estremecia-lhe sua luz dourada na testa pálida. Parecia uma fade que dormia ao luar...

O reposteiro do quarto agitou-se: um homem aí estava parado, absorto. Tinha a cabeça tão quente e febril e ele a repousava no portal. A fraqueza era covarde; e demais, esse homem comprara uma chave e uma hora à infâmia venal de um criado. Esse homem jurava que nessa noite gozaria aquela mulher; fosse embora veneno, ele beberia o mel daquela flor, o licor de escarlate daquela taça. Quanto a esses prejuízos de honra e adultério, não riais deles, não que ele ria disso. Amava e queria; a sua vontade era como a folha de um punhal; ferir ou estalar.

---

39 Gulnare e o Corsário são personagens de um poema de Lorde Byron.

Na mesa havia um copo e um frasco de vinho: encheu o copo, era vinho espanhol...

Chegou-se a ela, ergueu-a com suas roupas de veludo desatadas, seus cabelos meio soltos ainda entremeados de pedrarias e flores, seus seios meio nus, onde os diamantes brilhavam como gotas de orvalho; ergueu-a nos braços, deu-lhe um beijo. Ao calor daquele beijo, seminua, ela acordou; entre os vagos sonhos se lhe perdia uma ilusão talvez; murmurou "amor!" e com olhos entreabertos deixou cair a cabeça e adormeceu de novo.

O homem tirou do seio um frasquinho de esmeralda. Levou-o aos lábios entreabertos dela e verteu-lhe algumas gotas que ela absorveu sem senti-las. Deitou-a e esperou. Daí a instantes o sono dela era profundíssimo...

A bebida era um narcótico onde se misturaram algumas gotas daqueles licores excitantes que acordam a febre nas faces e o desejo voluptuoso no seio.

O homem estava de joelhos; o seu peito tremia; e ele estava pálido como após de uma longa noite sensual. Tudo parecia vacilar-lhe em torno... ela estava nua; nem veludo, nem véu leve a encobria. O homem ergueu-se, afastou o cortinado.

A lâmpada brilhou com mais força e apagou-se... O homem era Claudius Hermann.

. . .

Quando me levantei, embucei-me na capa e sai pelas ruas. Queria ir ter a meu palácio, mas estava tonto como um ébrio. Titubeava e o chão era lúbrico como para quem desmaia

Uma ideia contudo me perseguia. Depois daquela mulher nada houvera mais para mim. Quem uma vez bebeu o suco das uvas purpurinas do paraíso, nunca mais deve inebriar-se do néctar da terra... Quando o mel se esgotasse, o que restava a não ser o suicídio?

Uma semana se passou assim; todas as noites eu bebia nos lábios à dormida um século de gozo. Um mês! o mês em que delirantes iam os bailes do entrudo, em que mais cheia de febre ela adormecia quente, com as faces em fogo.

Uma noite — era depois de um baile — eu a esperei na alcova, escondido atrás do seu leito. No copo cheio d'água que estava junto à sua cabeceira derramara as últimas gotas do filtro, quando entrou ela com o duque.

Era ele um belo moço! Antes de deixá-la passou-lhe as duas mãos pelas fontes e deu-lhe um beijo. Embevecido daquele beijo, o anjo pendeu a cabeça no ombro dele, e enlaçou-o com seus braços nus, reluzentes das pulseiras de pedraria.

O duque teve sede, pegou no copo da duquesa, bebeu algumas gotas; ela tomou-lhe o copo, bebeu o resto. Eu os vi assim: aquele esposo ainda tão moço, aquela mulher — ah! e tão bela!... de tez ainda virgem — e apertei o punhal...

— Virás hoje, Maffio? disse ela.

— Sim, minh'alma.

Um beijo sussurrou, e afogou as duas almas. E eu na sombra sorri, porque sabia que ele não havia de vir.

• • •

Ele saiu, ela começou a despir-se. Eu lhas vi uma por uma caírem as roupas brilhantes, as flores e as joias, desatarem-se-lhe as tranças luzidias e negras e depois aparecia no véu branco do roupão transparente, como as estátuas de ninfas meio nuas, com as formas desenhadas pela túnica repassada da água do banho.

O que vi, foi o que sonhara e muito, o que vós todos, pobres insanos, idealizastes um dia como a visão dos amores sobre o corpo da vendida. Eram os seios níveos e veiados de azul, trêmulos de desejo, a cabeça perdida entre a chuva de cabelos negros, os lábios arquejantes, o corpo todo palpitante. Era a languidez do desalinho, quando o corpo da beleza mais se enche de beleza, e, como uma rosa que abre molhada de sereno, mais se expande, mais patenteia suas cores.

O narcótico era fortíssimo; uma sofreguidão febril lhe abria os beiços: extenuada e lânguida, caída no leito, com as pálpebras pálidas, os braços soltos e sem força, parecia beijar uma sombra.

. . .

Ergui-a do leito, carreguei-a com suas roupas diáfanas, suas formas cetinosas, os cabelos soltos úmidos ainda de perfume, seus seios ainda quentes...

Corri com ela pelos corredores desertos: passei pelo pátio; a última porta estava cerrada: abri-a.

Na rua estava um carro de viagem, os cavalos nitriam e espumavam de impaciência. Entrei com ela dentro do carro. Partimos.

Era tempo. Uma hora depois amanhecia.

Breve estivemos fora da cidade.

A madrugada aí vinha com seus vapores, seus rosais borrifados de orvalho, suas nuvens aveludadas, e as águas salpicadas de ouro e vermelhidão. A natureza corava ao primeiro beijo do sol, como branca donzela ao primeiro beijo do noivo; não como amante afanada de noite voluptuosa como a pintou o paganismo; antes como virgem acordada do sono infantil, meio ajoelhada ante Deus, que ora e murmura suas orações balsâmicas ao céu que se azula, à terra que cintila, às águas que se douram. Essa madrugada baixava à terra como o bafo de Deus; e entre aquela luz e aquele ar fresco a duquesa dormia, pálida como os sonos daquelas criaturas místicas das iluminuras da Idade Media, bela como a Vênus dormida do Ticiano,[40] e voluptuosa como uma das amásias do Veroneso.[41]

Beijei-a. Eu sentia a vida que se me evaporava nos seus lábios. Ela sobressaltou-se, entreabriu os olhos; mas o peso do sono ainda a acabrunhava, e as pálpebras descoradas se fecharam...

A carruagem corria sempre.

. . .

O sol estava a prumo no céu; era meio-dia; o calor abafava; pela fronte, pelas faces, pelo colo da duquesa rolavam gotas de suor como aljôfares

---

40 Ticiano (1487 ou 1488–1576), pintor renascentista italiano.
41 Veroneso, apelido do pintor italiano Paolo Caliari (1528–1588).

de um colar roto... Paramos numa estalagem; lancei-lhe sobre a face um véu, tomei-a nos meus braços, e levei-a a um aposento.

Ela devia ser muito bela assim! os criados paravam nos corredores; era assombro de tanta beleza, mais ainda que curiosidade indiscreta.

A dona da casa chegou-se a mim.

— Senhor, vossa esposa ou irmã, quem quer que ela seja, decerto precisará de uma criada que a sirva...

— Deixai-me; ela dorme.

Foi essa a minha única resposta.

Deitei-a no leito, corri os cortinados, cerrei as janelas para que a luz lhe não turbasse o sono. Não havia ali ninguém que nos visse; estávamos sós, o homem e seu anjo, e a criatura da terra ajoelhou-se ao pé do leito da criatura do céu.

Não sei quanto tempo correu assim; não sei se dormia, mas sei que sonhava muito amor e muita esperança; não sei se velava, mas eu a via sempre ali, eu lhe contemplava cada movimento gracioso do dormir, eu estremecia a cada alento que lhe tremia os seios, e tudo me parecia um sonho; um desses sonhos a que a alma se abandona como um cisne, que modorra, ao som das águas... não sei quanto tempo correu assim; sei só que o meu delíquio quebrou-se. A duquesa estava sentada sobre o leito, com os braços nus afastava as ondas do cabelo solto que lhe cobria o rosto e o colo.

— É um sonho? murmurou. Onde estou eu? quem esse homem encostado em meu leito?

O homem não respondeu.

Ela desceu da cama; seu primeiro impulso foi o pudor; quis encobrir com as mãozinhas os seios palpitantes de susto. Sentiu-se quase nua, exposta às vistas de um estranho, e tremia como contam os poetas que tremera Diana ao ver-se exposta, no banho, nua às vistas de Acteon.[42]

— Senhor, dizei-me por compaixão, se tudo isso não é uma ilusão... se não fora uma infâmia! Nem quero pensá-lo. Maffio não deve tardar, não é assim? o meu Maffio! Tudo isso é uma comédia... Mas que

---

42 Caçador mitológico que foi punido por surpreender a deusa Diana nua.

alcova é esta? Eu adormeci no meu palácio... como despertei numa sala desconhecida? dizei, tudo isso é um brinco de Maffio? quer se rir de mim... Mas, vede, eu tremo, tenho medo.

O homem não respondia: tinha os olhos a fito naquela forma divina; seria a estátua da paixão na palidez, no olhar imóvel, nos lábios sedentos, se o arfar do peito lhe não denunciasse a vida.

Ela ajoelhou-se; nem sei o que ela dizia. Não sei que palavras se evaporaram daqueles lábios; eram perfumes, porque as rosas do céu só tem perfumes; eram harmonias, porque as harpas do céu só tem harmonias; e o lábio da mulher bela é uma rosa divina e seu coração é uma harpa do céu. Eu a escutava, mas não a entendia; sentia só que aquelas falas eram muito doces, que aquela voz tinha um talismã irresistível para minh'alma, porque só nos meus sonhos de infante que se ilude de amores, uma voz assim me passara. Os gemidos de duas virgens abraçadas no céu, douradas da luz da face de Deus, empalidecidas pelos beijos mais puros, pelo tremuloso dos abraços mais palpitantes, não seriam tão suaves assim!

A moça chorava, soluçava; por fim ela ergueu-se. Eu a vi correr a janela, ia abri-la... Eu corri a ela e tomei-a pelas mãos...

— Pois bem, disse ela, eu gritarei... se não for um deserto, se alguém passar por aqui... talvez me acudam... socor...

Eu tapei-lhe a boca com as mãos...

— Silêncio, senhora!

Ela lutava para livrar-se de minhas mãos: por fim sentiu-se enfraquecida. Eu soltei-a de pena dela.

— Então, dizei-me onde estou... dizei-me, ou eu chamarei por socorro...

— Não gritareis, senhora!

— Por compaixão; então esclarecei-me nesta dúvida; por que tudo isso que eu vejo? Tudo o que penso, o que adivinho é muito horrível!

— Escutai pois, disse-lhe eu. Havia uma mulher... era um anjo. Havia um homem que a amava, como as águas amam a lua que as prateia, como as águias da montanha o sol que as fita, que as enche de luz e de amor. Nem sei quem ele era; ergueu-se um dia de uma

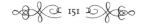

vida de febre, esqueceu-a; e esqueceu o passado, diante de uns olhos transparentes de mulher, as manchas de sua história, numa aurora de gozos, onde se lhe desenhava a sombra desse anjo... Escutai: não o amaldiçoeis! Esse homem tinha muita infâmia no passado; profanara sua mocidade; prostituíra-a como a borboleta de ouro a sua geração, lançando-a no lodo; frio, sem crenças, sem esperanças; abafara uma por uma suas ilusões, como a infanticida seus filhos... Deus o tinha amaldiçoado talvez! ou ele mesmo se amaldiçoara... Esquecera que era homem e tinha no seu peito harmonias santas como as do poeta... ele as esquecera e elas dormiam-lhe no mistério como os suspiros nas cordas de uma guitarra abandonada. Esquecera que a natureza era bela e muito bela, que o leito das flores da noite era recendente, que a lua era a lâmpada dos amores, as aragens do vale, os perfumes do poeta no seu noivado com os anjos e que a aurora tinha eflúvios frescos, e com suas nuvens virginais, suas folhas molhadas de orvalho, suas águas nevoentas tinha encantos que só as almas puras entendem! Tudo isso enjeitou, esqueceu... para só o lembrar a furto e com escárnio nas horas suarentas da devassidão... Ele era muito infame!

— Mas tudo isso não me diz quem sois vós... nem por que estou aqui...

— Escutai: O libertino amou pois o anjo, voltou o rosto ao passado, despiu-se dele como de um manto impuro. Retemperou-se no fogo do sentimento, apurou-se na virgindade daquela visão, porque ela era bela como uma virgem, e refletia essa luz virgem do espírito, nesse brilho d'alma divina que alumia as formas que não são da terra, mas do céu. Ainda o tempo não eivara o coração do insano de uma lepra sem cura, nem selo inextinguível lhe gravara na fronte — *impureza*! Deixou-se do viver que levara, desconheceu seus companheiros, suas amantes venais, suas insônias cheias de febre; quis apagar todo o gosto da existência, como o homem que perdeu uma fortuna inteira no jogo quer esquecer a realidade.

E o homem pode esquecer tudo isto.

Mas ele não era ainda feliz. As noites passava-as ao redor do palácio dela; via-a às vezes bela e descorada ao luar, no terraço deserto, ou distinguia suas formas na sombra que passava pelas cortinas da janela aberta de seu quarto iluminado. Nos bailes seguia com olhares de inveja aquele corpo que palpitava nas danças. No teatro, entre o arfar das ondas da harmonia, quando o êxtase boiava naquele ambiente balsâmico e luminoso, ele nada via senão ela — e só ela! E as horas de seu leito — suas horas de sono não, que mal as dormia — às vezes eram longas de impaciência e insônia, outras vezes eram curtas de sonhos ardentes! o pobre insano teve um dia uma ideia; era negra, sim, mas era a da ventura.

O que fez não sei, nem o sabereis nunca.

E depois bastante ébrio para vos sonhar, bastante louco para nos sonhos de fogo de seu delírio imaginar gozar-vos, foi profano assaz para roubar a um templo o cibório d'ouro mais puro. Esse homem, tende compaixão dele, que ele vos amará de joelhos... Oh anjo, Eleonora...

— Meu Deus! meu Deus! por que tanta infâmia, tanto lodo sobre mim? Oh! minha Madona! por que maldissestes minha vida, por que deixastes cair na minha cabeça uma nódoa tão negra?

As lágrimas e os soluços abafavam-lhe a voz.

— Perdoai-me, senhora, aqui me tendes a vossos pés! tende pena de mim, que eu sofri muito, que vos amei, que vos amo muito! Compaixão! que serei vosso escravo, beijarei vossas plantas, ajoelhar-me-ei à noite à vossa porta, ouvirei vosso ressonar, vossas orações, vossos sonhos, e isso me bastará; serei vosso escravo e vosso cão, deitar-me-ei a vossos pés quando estiverdes acordada, velarei com meu punhal quando a noite cair, e, se algum dia, se algum dia vos me puderdes amar; então! então!

— Oh! deixai-me! deixai-me!...

— Eleonora! Eleonora! perder noites e noites numa esperança! alentá-la no peito como uma flor que murcha de frio; alentá-la, revivê-la cada dia, para vê-la desfolhada sobre meu rosto! absorver-me em amor e só ter irrisão e escárnio! Dizei antes ao pintor que rasgue sua Madona, ao escultor que despedace a sua estátua de mulher.

Louca! pobre louca que sois! credes que um homem havia de encarnar um pensamento em sua alma, viver desse cancro, embeber-se da vitalidade da dor, para depois rasgá-lo do seio? Credes que ele consentiria que se lhe pisasse no coração, que lhe arrancassem, a ele, poeta e amante, da coroa de ilusões as flores uma por uma? que pela noite da desgraça, ao amor insano de uma mãe lhe sufocassem sobre o seio a criatura de seu sangue, o filho de sua vida, a esperança de suas esperanças?

— Oh! e não tereis vós também dó de mim? não sabei-lo? isto é infame! sou uma pobre mulher. De joelhos eu vos peço perdão se vos ofendi.... Eu vo-lo peço, deixai-me! que me importam vossos sonhos, vosso amor? Doía-me profundamente aquela dor; aquelas lágrimas me queimavam. Mas minha vontade fez-se rija e férrea como a fatalidade.

— Que te importam meus sonhos? que te importam meus amores? Sim, tens razão! que importa à água do deserto e à gazela do areal que o árabe tenha sede ou que o leão tenha fome? Mas a sede e a fome são fatais. O amor é como eles. Entendes-me agora?

— Matai-me então! Não tereis um punhal! Uma punhalada pelo amor de Deus! Eu juro, eu vos abençoarei...

— Morrer! e pensas no morrer! Insensata! descer do leito morno do amor à pedra fria dos mortos! Nem sabes o que dizes. Sabes o que é essa palavra — morrer? É a duvida que afana a existência; é a duvida, o pressentimento que resfria a fronte do suicida, que lhe passa nos cabelos como um vento de inverno, e nos empalidece a cabeça como Hamlet! Morrer! é a cessação de todos os sonhos, de todas as palpitações do peito, de todas as esperanças! É estar peito a peito com nossos antigos amores e não senti-los! Doida! é um noivado medonho o do verme, um lençol bem negro o da mortalha! Não fales nisso; por que lembrar o coveiro junto ao leito da vida? Põe a mão no teu coração; bate e bate com força, como o feto nas entranhas de sua mãe.

Há aí dentro muita vida ainda, muito amor por amar, muito fogo por viver! Oh! se tu me quisesses amar!

Ela escondeu a cabeça nas mãos e soluçou.

— É impossível; eu não posso amar-vos!

Eu disse-lhe:

— Eleonora, ouve-me: deixo-te só; velarei contudo sobre ti daquela porta. Resolve-te. Seja uma decisão firme, sim, mas pensada.

Lembra-te que hoje não poderás voltar ao mundo; o duque Maffio seria o primeiro que fugiria de ti; a torpeza do adultério senti-la-ia ele nas tuas faces, creria roçar na tua boca a umidade de um beijo de estranho. E ele te amaldiçoaria! Vê: além a maldição e o escárnio, a irrisão das outras mulheres, a zombaria vingativa daqueles que te amaram e que não amaste. Quando entrares, dir-se-á: hei-la! arrependeu-se! o marido, pobre dele! perdoou-a... As mães te esconderão suas filhas, as esposas honestas terão pejo de tocar-te... E aqui, Eleonora, aqui terás meu peito e meu amor, uma vida só para ti, um homem que só pensará em ti e sonhará sempre contigo, um homem cujo mundo serás tu, serão teus risos, teus olhares, teus amores, que se esquecerá de *ontem* e de *amanhã* para fazer, como um Deus, de ti a sua Eternidade.

Pensa, Eleonora! se quisesses, partiríamos hoje; uma vida de venturas nos espera. Sou muito rico, bastante para adornar-te como uma rainha. Correremos a Europa, iremos ver a França com seu luxo, a Espanha, onde o clima convida ao amor, onde as tardes se embalsamam nos laranjais em flor, onde as campinas se aveludam e se matizam de mil flores, iremos à Itália, à tua pátria e, no teu céu azul, nas tuas noites límpidas, nos teus crepúsculos suavíssimos viver de novo ao sol meridional!... Se quiseres... senão seria horrível... não sei o que aconteceria; mas quem entrasse neste quarto levaria os pés ensopados de sangue...

Saí: duas horas depois voltei.

— Pensaste, Eleonora?

Ela não respondeu. Estava deitada com o rosto entre as mãos. À minha voz ergueu-se. Havia um papel molhado de suas lágrimas sobre o leito. Estendi a mão para tomá-lo — ela entregou-mo.

Eram uns versos meus. Olhei para a mesa, minha carteira de viagem, que eu trouxera do carro, estava aberta, os papéis eram revoltos. Os versos eram estes.

Claudius tirou do bolso um papel amarelado e amarrotado; atirou-o na mesa. Johann leu:

Não me odeies, mulher, se no passado
Nódoa sombria desbotou-me a vida,
No vício ardente requeimando os lábios,
E de tudo descri com fronte erguida.

A máscara de Don Juan queimou-me o rosto
Na fria palidez do libertino:
Desbotou-me esse olhar — e os lábios frios
Ousam de maldizer do meu destino.

Sim! longas noites no fervor do jogo
Esperdicei febril e macilento:
E votei o porvir ao Deus do acaso
E o amor profanei no esquecimento!

Murchei no escárnio as coroas do poeta,
Na ironia da glória e dos amores:
Aos vapores do vinho, à noite, insano
Debrucei-me do jogo nos fervores!

A flor da mocidade profanei-a
Entre as águas lodosas do passado...
No crânio a febre, a palidez nas faces,
Só cria no sepulcro sossegado!

E asas límpidas do anjo em colo impuro
Mareei nos bafos da mulher vendida:
Inda nos lábios me roxeia o selo
        Dos ósculos da perdida.

———

E a mirra das canções nem mais vapora
Em profanada taça eivada e negra:
Mar de lodo passou-me ao rio d'alma,
As níveas flores me estalou das bordas.
Sonho de glórias só me passa a furto,
Qual flor aberta a medo em chão de tumbas
      — Abatida e sem cheiro...

O meu amor... o peito o silencia:
Guardo-o bem fundo — em sombras do sacrário
Onde ervaçal não se abastou nos ermos.
Meu amor... foi visão de roupas brancas
Da orgia à porta, fria e soluçando:

Lâmpada santa erguida em leito infame:
Vaso templário da taverna à mesa:
Estrela d'alva refletindo pálida
      No tremedal do crime.

Como o leproso das cidades velhas
Sei me fugirás com horror aos beijos.
Sei, no doido viver dos loucos anos
As crenças desflorei em negra insânia...
— Vestal, prostituí as formas virgens,
— Lancei eu próprio ao mar da c'roa as folhas,
— Troquei a rósea túnica da infância
      Pelo manto das orgias.

Oh! não me ames sequer! Pois bem! um dia
Talvez diga o Senhor ao podre Lázaro:
Ergue-te aí do lupanar da morte,
Revive ao fresco do viver mais puro!
E viverei de novo: a mariposa
Sacode as asas, estremece-as, brilha,
Despindo a negra tez, a bava imunda
      Da larva desbotada.

Então, mulher, acordarei do lodo,
Onde Satã se pernoitou comigo,
Onde inda morno perfumou seu molde
Cetinosa nudez de formas níveas.
E a loira meretriz nos seios brancos
Deitou-me a fronte lívida, na insônia
Quedou-me a febre da volúpia à sede
      Sobre os beijos vendidos.

E então acordarei ao sol mais puro,
Cheirosa a fronte às auras da esperança!
Lavarei-me da fé nas águas d'ouro
De Magdalena em lágrimas — e ao anjo
Talvez que Deus me dê, curvado e mudo,
Nos eflúvios do amor libar um beijo,
      Morrer nos lábios dele!

Ela calou-se: chorava e gemia.
Acerquei-me dela, ajoelhei-me como ante Deus.
— Eleonora, sim ou não?
Ela voltou o rosto para o outro lado, quis falar — interrompia-se a cada sílaba.
— Esperai, deixai que ore um pouco; a Madona talvez me perdoe.
Esperava eu sempre. Ela ajoelhou-se.
— Agora... disse ela erguendo-se e me estendendo a sua mão.
— Então?
— Irei contigo.
E desmaiou.

• • •

Aqui parou a história de Claudius Hermann.
Ele abaixou a cabeça na mesa, não falou mais.
— Dormes, Claudius? por Deus! ou está bêbedo ou morto!
Era Archibald que o interpelava: sacudia-o a toda a força.
Claudius levantou um pouco a cabeça: estava macilento, tinha os olhos fundos numa sombra negra.
— Deixai-me, amaldiçoados! deixai-me pelo céu ou pelo inferno! não vedes que tenho sono — sono e muito sono?
— E a história, a história? bradou Solfieri.
— E a duquesa Eleonora? perguntou Archibald.
— É verdade... a história. Parece-me que olvidei tudo isso. Parece que foi um sonho!
— E a duquesa?
— A duquesa?... Parece-me que ouvi esse nome alguma vez... Com os diabos, que me importa?
Aí quis prosseguir, mas uma forca invencível o prendia.
— A Duquesa... E verdade! Mas como esqueci tudo isso que não me lembro!... Tirai-me da cabeça esse peso... bofé que encheram-me o crânio de chumbo derretido!...E ele batia na cabeça macilenta como um médico no peito do agonizante para encontrar um eco de vida.

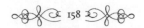

— Então?

— Ah! ah! ah! gargalhou alguém que tinha ficado estranho à conversa.

— Arnold! cala-te!

— Cala-te antes, Solfieri! eu contarei o fim da história.

Era Arnold, o louro, que acordava.

— Escutai vós todos, disse.

Um dia Claudius entrou em casa. Encontrou o leito ensopado de sangue e num recanto escuro da alcova um doido abraçado com um cadáver. O cadáver era o de Eleonora; o doido nem o pudéreis conhecer tanto a agonia o desfigurara! Era uma cabeça hirta e desgrenhada, uma tez esverdeada, uns olhos fundos e baços onde o lume da insânia cintilava a furto, como a emanação luminosa dos pauis entre as trevas...

Mas ele o conheceu... era o Duque Maffio...

Claudius soltou uma gargalhada. Era sombria como a insânia — fria como a espada do anjo das trevas. Caiu ao chão, lívido e suarento como a agonia, inteiriçado como a morte...

Estava ébrio como o defunto patriarca Noé, o primeiro amante da vinha, virgem desconhecida, até então e hoje prostituta de todas as bocas... ébrio como Noé, o primeiro borracho de que reza a história! Dormia pesado e fundo como o apóstolo S. Pedro no Horto das Oliveiras... o caso é que ambos tinham ceado à noite...

Arnold estendeu a capa no chão e deitou-se sobre ela.

Daí a alguns instantes os seus roncos de barítono se mesclavam ao magno concerto dos roncos dos dormidos...

VI
JOHANN

Pour quoi? c'est que mon coeur au milieu des délices
D'un souvenir jaloux constamment oppressé,
Froid au bonheur présent, va chercher ses supplices
Dans l'avenir et le passé.[43]

Alex. Dumas.

— Agora a minha vez! Quero lançar também uma moeda em vossa urna: é o cobre azinhavrado do mendigo: pobre esmola por certo!

Era em Paris, num bilhar. Não sei se o fogo do jogo me arrebatara, ou se o *kirsch* e o *curaçao* me queimaram demais as ideias... Jogava contra mim um moço: chamava-se Arthur.

Era uma figura loura e mimosa como a de uma donzela. Rosa infantil lhe avermelhava as faces; mas era uma rosa de cor desfeita. Leve buço lhe sombreava o lábio, e pelo oval do rosto uma penugem doirada lhe assomava como a felpa que rebuça o pêssego.

Faltava um ponto a meu adversário para ganhar. A mim, faltavam-me não sei quantos; sei só que eram muitos; e pois, requeria-se um grande sangue-frio, e muito esmero no jogar.

Soltei a bola. Nessa ocasião o bilhar estremeceu... O moço louro, voluntariamente ou não, se encostara ao bilhar... A bola desviou-se, mudou de rumo: com o desvio dela perdi... A raiva levou-me de vencida. Adiantei-me para ele. A meu olhar ardente o mancebo sacudiu os cabelos louros e sorriu como de escárnio.

Era demais! Caminhei para ele: ressoou uma bofetada. O moço convulso caminhou para mim com um punhal; mas nossos amigos nos sustiveram.

— Isso é briga de marujo. O duelo, eis a luta dos homens de brio.

---

43 "Por quê? É que meu coração, em meio às delícias de uma lembrança ciumenta, constantemente oprimida, indiferente à felicidade presente, vai buscar seus suplícios no futuro e no passado."

O moço rasgou nos dentes uma luva e atirou-ma à cara. Era insulto por insulto, lodo por lodo: tinha de ser sangue por sangue.

Meia hora depois tomei-lhe a mão com sangue-frio e disse-lhe no ouvido:

— Vossas armas, senhor?

— Saber-las-eis no lugar.

— Vossas testemunhas?

— A noite e minhas armas.

— A hora?

— Já.

— O lugar?

— Vireis comigo! onde pararmos, aí será o lugar...

— Bem, muito bem; estou pronto, vamos.

Dei-lhe o braço e saímos. Ao ver-nos tão frios a conversar creram uma satisfação. Um dos assistentes contudo entendeu-nos.

Chegou a nós e disse:

— Senhores, não há pois meio de conciliar-vos?

Nós sorrimos ambos.

— É uma criançada, tornou ele.

Nós não respondemos.

— Se precisardes de uma testemunha, estou pronto.

Nós nos curvamos ambos.

Ele entendeu-nos: viu que a vontade era firme: afastou-se.

Nós saímos.

• • •

Um hotel estava aberto. O moço levou-me para dentro.

— Moro aqui; entrai, disse-me.

Entramos.

— Senhor, disse ele, não há meio de paz entre nós: um bofetão e uma luva atirada às faces de um homem são nódoas que só o sangue lava. É pois um duelo de morte.

— De morte, repeti como um eco.

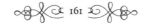

— Pois bem; tenho no mundo só duas pessoas — minha mãe e... Esperei um pouco.

O moço pediu papel, pena e tinta. Escreveu: as linhas eram poucas. Acabando a carta deu-ma a ler.

— Vede, não é uma traição, disse.

— Arthur, creio em vós, não quero ler esse papel.

Repeli o papel. Arthur fechou a carta, selou o lacre com um anel; que trazia no dedo. Ao ver o anel uma lágrima correu-lhe na face e caiu sobre a carta.

— Senhor, sois um homem de honra. Se eu morrer, tomai esse anel: no meu bolso achareis uma carta: entregareis tudo a... Depois dir-vos-ei a quem...

— Estais pronto? perguntei.

— Ainda não! Antes de um de nós morrer é justo que brinde o moribundo ao último crepúsculo da vida. Não sejamos abissínios; demais, o sol no cinábrio do poente ainda é belo.

O vinho do Reno correu em águas d'ouro nas taças de cristal verde. O moço ergueu-se.

— Senhor, permita que eu faça uma saúde convosco.

— A quem?

— É um mistério — é uma mulher, e o nome daquela que se apertou uma vez nos lábios, a quem se ama, é um segredo. Não a fareis?

— Seja como quiserdes, disse eu.

Batemos os copos. O moço chegou à janela. Derramou algumas gotas de vinho do Reno à noite. Bebemos.

— Um de nós fez a sua última saúde, disse ele. Boa noite para um de nós; bom leito e sonos sossegados para o filho da terra!

Foi a uma secretária, abriu-a: tirou duas pistolas.

— Isto é mais breve, disse ele. Pela espada é mais longa a agonia. Uma delas esta carregada, a outra não. Tirá-las-emos à sorte. Atiraremos à queima-roupa.

— É um assassinato...

— Não dissemos que era um duelo de morte, que um de nós devia morrer?

— Tendes razão. Mas dizei-me: onde iremos?

— Vinde comigo. Na primeira esquina deserta dos arrabaldes. Qualquer canto de rua é bastante sombrio para dois homens dos quais um tem de matar o outro.

À meia-noite estávamos fora da cidade. Ele pôs as duas pistolas no chão.

— Escolhei, mas sem tocá-las.

Escolhi.

— Agora vamos, disse eu.

— Esperai, tenho um pressentimento frio e uma voz suspirosa me geme no peito. Quero rezar... é uma saudade por minha mãe.

Ajoelhou-se. À vista daquele moço de joelhos — talvez sobre um túmulo — lembrei-me que eu também tinha mãe e uma irmã... e que eu as esquecia. Quanto a amantes, meus amores eram como a sede dos cães das ruas, saciavam-se na água ou na lama... Eu só amara mulheres perdidas.

— É tempo, disse ele.

Caminhamos frente a frente. As pistolas se encostaram nos peitos. As espoletas estalaram, um tiro só estrondou: ele caiu quase morto.

— Tomai, murmurou o moribundo e acenava-me para o bolso.

Atirei-me a ele. Estava afogado em sangue. Estrebuchou três vezes e ficou frio... Tirei-lhe o anel da mão. Meti-lhe a mão no bolso como ele dissera. Achei dois bilhetes.

A noite era escura, não pude lê-los.

Voltei à cidade. À luz baça do primeiro lampião vi os dois bilhetes. O primeiro era a carta para sua mãe. O outro estava aberto, li:

"A uma hora da noite na rua de... n° 60, 1°
andar: acharás a porta aberta. *Tua G.*"

Não tinha outra assinatura.

Eu não soube o que pensar. Tive uma ideia: era uma infâmia.

Fui à entrevista. Era no escuro. Tinha no dedo o anel que trouxera do morto... Senti uma mãozinha acetinada tomar-me pela mão, subi. A porta fechou-se.

Foi uma noite deliciosa! A amante do louro era virgem! Pobre Romeu! Pobre Julieta! Parece que essas duas crianças levavam a noite em beijos infantis e em sonhos puros!

(Johann encheu o copo: bebeu-o, mas estremeceu.)

Quando eu ia sair, topei um vulto à porta.

— Boa noite, cavalheiro, eu vos esperava há muito.

Essa voz pareceu-me conhecida. Porém eu tinha a cabeça desvairada...
Não respondi; o caso era singular.

Continuei a descer, o vulto acompanhou-me. Quando chegamos à porta vi luzir a folha de uma faca. Fiz um movimento e a lâmina resvalou-me no ombro. A luta fez-se terrível na escuridão. Eram dous homens que se não conheciam; que não pensavam talvez se terem visto um dia à luz, e que não haviam mais se ver porventura ambos vivos.

O punhal escapou-lhe das mãos, perdeu-se no escuro; subjuguei-o. Era um quadro infernal, um homem na escuridão abafando a boca do outro com a mão, sufocando-lhe a garganta com o joelho, e a outra mão a tatear na sombra procurando um ferro.

Nessa ocasião senti uma dor horrível; frio e dor me correram pela mão. O homem morrera sufocado, e na agonia me enterrara os dentes pela carne. Foi a custo que desprendi a mão sanguenta e descarnada da boca do cadáver.

Ergui-me.

Ao sair tropecei num objeto sonoro. Abaixei-me para ver o que era. Era uma lanterna furta-fogo. Quis ver quem era o homem. Ergui a lâmpada... O último clarão dela banhou a cabeça do defunto... e apagou-se...

Eu não podia crer; era um sonho fantástico toda aquela noite. Arrastei o cadáver pelos ombros... levei-o pela laje da calçada até ao lampião da rua, levantei-lhe os cabelos ensanguentados do rosto... (Um espasmo de medo contraiu horrivelmente a face do narrador — tomou o copo, foi beber; os dentes lhe batiam como de frio, o copo estalou-lhe nos lábios).

Aquele homem — sabei-lo! era do sangue do meu sangue, era filho das entranhas de minha mãe como eu — era meu irmão; uma ideia passou ante meus olhos como um anátema. Subi ansioso ao sobrado. Entrei. A moça desmaiara de susto ouvindo a luta. Tinha a face fria como o mármore. Os seios nus e virgens estavam parados e gélidos como os de uma estátua... A forma de neve eu a sentia meio nua entre os vestidos desfeitos, onde a infâmia asselara a nódoa de uma flor perdida.

Abri a janela, levei-a ate aí...

Na verdade que sou um maldito!

Olá, Archibald, dai-me um outro copo, enchei-o de *cognac*, enchei-o até a borda! Vede!... sinto frio, muito frio; tremo de calafrios e o suor me corre nas faces! Quero o fogo dos espíritos! a ardência do cérebro ao vapor que tonteia... quero esquecer!

— Que tens, Johann? tiritas como um velho centenário!

— O que tenho? o que tenho? Não o vedes, pois? Era minha irmã!...

VII
ÚLTIMO BEIJO DE AMOR

> *Well Juliet! I shall lie with thee to night!*[44]
> Romeu e Julieta. Shakespeare.

A noite ia alta; a orgia findara. Os convivas dormiam repletos, nas trevas.

Uma luz raiou súbito pelas fisgas da porta. A porta abriu-se. Entrou uma mulher vestida de negro. Era pálida, e a luz de uma lanterna, que trazia erguida na mão, se derramava macilenta nas faces dela e lhe dava um brilho singular aos olhos. Talvez que um dia fosse uma beleza típica, uma dessas imagens que fazem descorar de volúpia nos sonhos de mancebo. Mas agora com sua tez lívida, seus olhos acesos, seus lábios roxos, suas mãos de mármore, e a roupagem escura e gotejante da chuva, disséreis antes — o anjo perdido da loucura.

A mulher curvou-se; com a lanterna na mão procurava uma por uma entre essas faces dormidas um rosto conhecido.

---

44 "Bem, Julieta! Deitarei contigo esta noite."

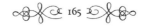

Quando a luz bateu em Arnold, ajoelhou-se. Quis dar-lhe um beijo, alongou os lábios... Mas uma ideia a susteve. Ergueu-se. Quando chegou a Johann, que dormia, um riso embranqueceu-lhe os beiços; o olhar tornou-se-lhe sombrio.

Abaixou-se junto dele, depôs a lâmpada no chão. O lume baço da lanterna dando nas roupas dela espalhava sombra sobre Johann. A fronte da mulher pendeu e sua mão passou na garganta dele. Um soluço, rouco e sufocado, ofegou daí. A desconhecida levantou-se. Tremia; e ao segurar na lanterna ressoou-lhe na mão um ferro... era um punhal... atirou-o ao chão. Viu que tinha as mãos vermelhas — enxugou-as nos longos cabelos de Johann...

Voltou a Arnold, sacudiu-o.

— Acorda e levanta-te!

— Que me queres?

— Olha-me, não me conheces?

— Tu! e não é um sonho? És tu! oh! deixa que eu te aperte ainda! Cinco anos sem ver-te! E como mudaste!

— Sim; já não sou bela como há cinco anos! É verdade, meu louro amante! É que a flor de beleza é como todas as flores. Alentai-as ao orvalho da virgindade, ao vento da pureza, e serão belas... Revolvei-as no lodo — e, como os frutos que caem, mergulham nas águas do mar, cobrem-se de um invólucro impuro e salobro! Outrora era Giorgia, a virgem, mas hoje é Giorgia, a prostituta!

— Meu Deus! meu Deus!

E o moço sumiu a fronte nas mãos.

— Não me amaldiçoes, não!

— Oh! deixa que me lembre; estes cinco anos que passaram foram um sonho. Aquele homem do bilhar, o duelo à queima-roupa, meu acordar num hospital, essa vida devassa onde me lançou a desesperação, isto é um sonho! oh! lembremo-nos do passado!

Quando o inverno escurece o céu, cerremos os olhos; pobres andorinhas moribundas, lembremo-nos da primavera!...

— Tuas palavras me doem... É um adeus, é um beijo de adeus e separação que venho pedir-te: na terra nosso leito seria impuro, o mundo manchou nossos corpos. O amor do libertino e da prostituta! Satã riria de nós. É no céu, quando o túmulo nos lavar em seu banho, que se levantará nossa manhã de amor...

— Oh! ver-te, e para deixar-te ainda uma vez! E não pensaste, Giorgia, que me fora melhor ter morrido devorado pelos cães na rua deserta, onde me levantaram cheio de sangue? Que fora-te melhor assassinar-me no dormir do ébrio, do que apontar-me a estrela errante da ventura e apagar-me a do céu? Não pensaste que, após cinco anos, cinco anos de febre e de insônias, de esperar e desesperar, de vida por ti, de saudades e agonias, fora o inferno ver-te para te deixar?

— Compaixão, Arnold! É preciso que esse adeus seja longo como a vida. Vês, minha sina é negra; nas minhas lembranças há uma nódoa torpe... hoje! é o leito venal... Amanhã... só espero no leito do túmulo! Arnold! Arnold!

— Não me chames Arnold! chama-me Arthur, como dantes. Arthur! não ouves? Chama-me assim! Há tanto tempo que não ouço me chamarem por esse nome!... Eu era um louco; quis afogar meus pensamentos e vaguei pelas cidades e pelas montanhas deixando em toda a parte lágrimas — nas cavernas solitárias, nos campos silenciosos, e nas mesas molhadas de vinho! Vem, Giorgia! senta-te aqui, senta-te nos meus joelhos, bem chegada a meu coração... tua cabeça no meu ombro! Vem! um beijo! Quero sentir ainda uma vez o perfume que respirava outrora nos teus lábios. Respire-o eu e morra depois!... Cinco anos! oh! tanto tempo a esperar-te, a desejar uma hora no teu seio!... Depois... escuta... tenho tanto a dizer-te! tantas lágrimas a derramar no teu colo! Vem! e dir-te-ei toda a minha história! Minhas ilusões de amante e as noites malditas da crápula e o tédio que me inspiravam aqueles beiços frios das vendidas que me beijavam! Vem! contar-te-ei tudo isto; dir-te-ei como profanei minh'alma e meu passado... e choraremos juntos — e nossas lágrimas nos lavarão como a chuva lava as folhas do lodo!

— Obrigada, Arthur! obrigada!

A mulher sufocava-se nas lágrimas, e o mancebo murmurava entre beijos palavras de amor.

— Escuta, Arthur! Eu vinha só dizer-te adeus! da borda do meu túmulo; e depois contente fecharia eu mesma a porta dele... Arthur, eu vou morrer!

Ambos choravam.

— Agora vê, continuou ela. Acompanha-me; vês aquele homem?

Arnold tomou a lanterna.

— Johann! morto! sangue de Deus! quem o matou?

— Giorgia. Era ele um infame. Foi ele quem deixou por morto um mancebo a quem esbofeteara numa casa de jogo. Giorgia prostituta vingou nele Giorgia, a virgem. Esse homem foi quem a desonrou! desonrou-a, a ela que era sua... irmã!

— Horror! horror!

E o moço virou a cara e cobriu-a com as mãos.

A mulher ajoelhou-se a seus pés.

— E agora adeus! adeus que morro! Não vês que fico lívida, que meus olhos se empanam e tremo... e desfaleço?

— Não! eu não partirei. Se eu vivesse amanhã haveria uma lembrança horrível em meu passado...

— E não tens medo? Olha! é a morte que vem! é a vida que crepuscula em minha fronte. Não vês esse arrepio entre minhas sobrancelhas?

— E que me importa o sonho da morte? Meu porvir amanhã seria terrível; e à cabeça apodrecida do cadáver não ressoam lembranças; seus lábios gruda-os a morte; a campa é silenciosa. Morrerei!

A mulher recuava... recuava. O moço tomou-a nos braços, pregou os lábios nos dela... Ela deu um grito e caiu-lhe das mãos. Era horrível de se ver. O moço tomou o punhal, fechou os olhos, apertou-o no peito, e caiu sobre ela. Dois gemidos sufocaram-se no estrondo do baque de um corpo...

A lâmpada apagou-se.

FIM

INTRODUÇÃO

BERNARDO GUIMARÃES

1825–1884

Leôncio, um cruel dono de terras obcecado por sua escrava branca, Isaura, formam a dupla de personagens brasileiros que é muito provavelmente a mais conhecida em todo o planeta. Eles já eram um sucesso literário considerável no Brasil no ano de 1875, quando foram criados por Bernardo Guimarães (1825-1884), mas se tornaram de fato um fenômeno mundial um século depois, quando a adaptação para a televisão do romance *Escrava Isaura* foi exportada para mais de cem países, tornando-se um elemento de nossa cultura tão reconhecível quanto o samba e a bossa nova. A novela produzida pela Rede Globo fez tamanha sensação em países que formavam o então bloco comunista que os intérpretes daqueles personagens eram recebidos como celebridades em países como Cuba, China e Polônia. A novela fez a palavra "fazenda" ser incorporada ao vocabulário russo, para se ter ideia do impacto gerado por sua trama no imaginário local.

Mineiro de Ouro Preto, o criador dessa história não chegou a viver para ver nem o ideal abolicionista defendido em seu livro ser finalmente alcançado no país em 1888, nem para ver seu nome ser escolhido como patrono da cadeira número 5 da Academia Brasileira de Letras em 1897. Certamente ele teria apreciado a homenagem, ainda mais por ela também ter sido concedida a seu amigo de juventude Álvares de Azevedo, com quem cursou a Faculdade de Direito de São Paulo e ao lado de quem criou, em 1845, a Sociedade Epicureia. Aquela organização estudantil havia sido inspirada no ídolo de ambos, o poeta britânico George Gordon, mais conhecido como Lorde Byron. Nesta época, Guimarães chegou a cometer algumas poesias bestialógicas e pornográficas, a maioria da qual se perdeu.

Depois de formado, ele se tornou juiz na cidade goiana de Catalão e começou de fato sua carreira literária, publicando tanto poesia quanto prosa. Seu romance mais bem avaliado pela crítica é de 1872, *O Seminarista*, também uma história realista, assim como *Escrava Isaura*, que questiona o celibato dos padres. Mas aquela influência byroniana dos tempos universitários o acompanharia, como demonstra a poesia "A Orgia dos Duendes", com sua descrição de uma bacanal diabólica com vários seres mitológicos. O crítico Antonio Candido (1918-2017) comparava esse trabalho poético à novela *Noite da Taverna* por seu "diabolismo, luxúria desenfreada e pecaminosa". Segue um trecho da primeira parte do longo poema:

> Meia-noite soou na floresta
> No relógio de sino de pau;
> E a velhinha, rainha da festa,
> Se assentou sobre o grande jirau.
>
> Lobisome apanhava os gravetos
> E a fogueira no chão acendia,
> Revirando os compridos espetos,
> Para a ceia da grande folia.

> Junto dele um vermelho diabo
> Que saíra do antro das focas,
> Pendurado num pau pelo rabo,
> No borralho torrava pipocas.
>
> Taturana, uma bruxa amarela,
> Resmungando com ar carrancudo,
> Se ocupava em frigir na panela
> Um menino com tripas e tudo.

No texto em prosa essa tendência também pode ser sentida, principalmente no registro de causos sobrenaturais. Acontece no romance *A Ilha Maldita*, de 1879, e em algumas histórias curtas, como a que apresentamos a seguir, "A Dança dos Ossos". O conto de caráter regionalista fez parte originalmente de um livro lançado em 1871 chamado *Lendas e Romances*. É a história de uma ossada que assombra a população de uma pequena cidade, lenda contada pelo barqueiro Cirino a um viajante que cruza uma região bem conhecida do autor, a divisa entre as então províncias de Minas Gerais e de Goiás, vindo ele justamente da cidade de Catalão.

O causo foi estudado em um artigo da pesquisadora Fabianna Simão Bellizzi Carneiro, apresentado em 2014 nos anais do II Congresso Internacional Vertentes do Insólito Ficcional. Em *Expressões do Gótico no Sertão Brasileiro: Morbidez e Necrofilia no Conto "A Dança dos Ossos", de Bernardo Guimarães*, ela apontou:

> Podemos considerar que o conto ressalta a fase romântica nacionalista, porém apresentando o sertão tal qual ele era à época. Também não se pode deixar de mencionar que o traço mórbido está presente em toda teia que conduz a narrativa de Cirino — narrativa esta que compõe o conto de Bernardo Guimarães: a metalinguagem nos aponta para aquilo que nós, moradores das cidades e metrópoles, não conseguimos acreditar: por trás dos ossos que dançam, da caveira que procura o esqueleto ou dos bichos que comem carne humana, há um Brasil escondido que tem muito a nos dizer.

A DANÇA
dos
OSSOS

1871

I

A noite, límpida e calma, tinha sucedido a uma tarde de pavorosa tormenta, nas profundas e vastas florestas que bordam as margens do Parnaíba, nos limites entre as províncias de Minas e de Goiás.[1]

Eu viajava por esses lugares, e acabava de chegar ao porto, ou recebedoria, que há entre as duas províncias. Antes de entrar na mata, a tempestade tinha-me surpreendido nas vastas e risonhas campinas, que se estendem até a pequena cidade de Catalão, donde eu havia partido.

Seriam nove a dez horas da noite; junto a um fogo aceso defronte da porta da pequena casa da recebedoria, estava eu, com mais algumas pessoas, aquecendo os membros resfriados pelo terrível banho que a meu pesar tomara. A alguns passos de nós se desdobrava o largo veio

---

1 Publicado originalmente no livro *Lendas e Romances*, de 1871.

do rio, refletindo em uma chispa retorcida, como uma serpente de fogo, o clarão avermelhado da fogueira. Por trás de nós estavam os cercados e as casinhas dos poucos habitantes desse lugar, e, por trás dessas casinhas, estendiam-se as florestas sem fim.

No meio do silêncio geral e profundo sobressaía o rugido monótono de uma cachoeira próxima, que ora estrugia como se estivesse a alguns passos de distância, ora quase se esvaecia em abafados murmúrios, conforme o correr da viração.

No sertão, ao cair da noite, todos tratam de dormir, como os passarinhos. As trevas e o silêncio são sagrados ao sono, que é o silêncio da alma.

Só o homem nas grandes cidades, o tigre nas florestas e o mocho nas ruínas, as estrelas no céu e o gênio na solidão do gabinete costumam velar nessas horas que a natureza consagra ao repouso.

Entretanto, eu e meus companheiros, sem pertencermos a nenhuma dessas classes, por uma exceção de regra estávamos acordados a essas horas.

Meus companheiros eram bons e robustos caboclos, dessa raça semisselvática e nômade, de origem dúbia entre o indígena e o africano, que vagueia pelas infindas florestas que correm ao longo do Parnaíba, e cujos nomes, decerto, não se acham inscritos nos assentos das freguesias e nem figuram nas estatísticas que dão ao império... não sei quantos milhões de habitantes.

O mais velho deles, de nome Cirino, era o mestre da barca que dava passagem aos viandantes.

De bom grado eu o compararia a Caronte, barqueiro do Averno, se as ondas turbulentas e ruidosas do Parnaíba, que vão quebrando o silêncio dessas risonhas solidões cobertas da mais vigorosa e luxuriante vegetação, pudessem ser comparadas às águas silenciosas e letárgicas do Aqueronte.

— Meu amo decerto saiu hoje muito tarde da cidade, perguntou-me ele.

— Não, era apenas meio-dia. O que me atrasou foi o aguaceiro, que me pilhou em caminho. A chuva era tanta e tão forte o vento que meu cavalo quase não podia andar. Se não fosse isso, ao pôr do sol eu estava aqui.

— Então, quando entrou na mata, já era noite?...

— Oh, se era!... já tinha anoitecido havia mais de uma hora.

— E Vm.² não viu aí, no caminho, nada que o incomodasse?...

— Nada, Cirino, a não ser às vezes o mau caminho, e o frio, pois eu vinha ensopado da cabeça aos pés.

— Deveras, não viu nada, nada? é o primeiro!... pois hoje que dia é?...

— Hoje é sábado.

— Sábado!... que me diz? e eu, na mente que hoje era sexta-feira!... oh! senhorinha!... eu tinha precisão de ir hoje ao campo buscar umas linhas que encomendei para meus anzóis, e não fui, porque esta minha gentinha de casa me disse que hoje era sexta-feira... e esta!... e hoje, com esta chuva, era dia de pegar muito peixe... Oh! senhorinha!... gritou o velho com mais força.

A este grito apareceu, saindo de um casebre vizinho, uma menina de oito a dez anos, fusca e bronzeada, quase nua, bocejando e esfregando os olhos; mas que me mostrava ser uma criaturinha esperta e viva como uma capivara.

— Então, senhorinha, como é que tu vais-me dizer que hoje era sexta-feira?... ah! cachorrinha! deixa-te estar, que amanhã tu me pagas... então hoje que dia é?...

— Eu também não sei, papai, foi a mamãe que me mandou que falasse que hoje era sexta...

— É o que tua mãe sabe ensinar-te; é a mentir!... deixa, que vocês outra vez não me enganam mais. Sai daqui: vai-te embora dormir, velhaquinha!

Depois que a menina, assim enxotada, se retirou, lançando um olhar cobiçoso sobre umas espigas de milho verde que os caboclos estavam a assar, o velho continuou:

— Veja o que são artes de mulher! a minha velha é muito ciumenta, e inventa todos os modos de não me deixar um passo fora daqui.

---

2   Abreviação de Vossa Mercê, forma de tratamento dada a pessoas que não tinham senhoria e às quais não se tratava por tu; origem dos pronomes "vosmecê" e "você".

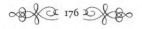

Agora não me resta um só anzol com linha, o último lá se foi esta noite, na boca de um dourado; e, por culpa dessa gente, não tenho maneiras de ir matar um peixe para meu amo almoçar amanhã!...

— Não te dê isso cuidado, Cirino; mas conta-me que te importava que hoje fosse sexta ou sábado, para ires ao campo buscar as tuas linhas?...

— O quê!... meu amo? Eu atravessar o caminho dessa mata em dia de sexta-feira?!... é mais fácil eu descer por esse rio abaixo em uma canoa sem remo!... não era à toa que eu estava perguntando se não lhe aconteceu nada no caminho.

— Mas o que há nesse caminho?... conta-me, eu não vi nada.

— E nem podia ver: o que lhe valeu foi não ser hoje sexta-feira, senão havia de ver como eu vi...

— Mas ver o que, Cirino?...

— Vm. não viu, daqui a obra de três quartos de légua, à mão direita de quem vem, um meio claro na beirada do caminho, e uma cova meio aberta com uma cruz de pau?

— Não reparei; mas sei que há por aí uma sepultura de que se contam muitas histórias.

— Pois muito bem! aí nessa cova é que foi enterrado o defunto Joaquim Paulista. Mas é a alma dele só que mora aí: o corpo mesmo, esse anda espatifado aí por essas matas, que ninguém mais sabe dele.

— Ora valha-te Deus, Cirino! não te posso entender. Até aqui eu acreditava que, quando se morre, o corpo vai para a sepultura, e a alma para o céu, ou para o inferno, conforme as suas boas ou más obras. Mas, com o teu defunto, vejo agora, pela primeira vez, que se trocaram os papéis: a alma fica enterrada e o corpo vai passear.

— Vm. não quer acreditar!... pois é coisa sabida aqui, em toda esta redondeza, que os ossos de Joaquim Paulista não estão dentro dessa cova e que só vão lá nas sextas-feiras para assombrar os viventes; e desgraçado daquele que passar aí em noite de sexta-feira!...

— Que acontece?...

— Aconteceu o que já me aconteceu, como vou lhe contar.

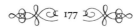

II

Um dia, há de haver coisa de dez anos, eu tinha ido ao campo, à casa de um meu compadre que mora daqui a três léguas.

Era uma sexta-feira, ainda me lembro, como se fosse hoje.

Quando montei no meu burro para vir-me embora, já o sol estava baixinho; quando cheguei na mata, já estava escuro; fazia um luar manhoso, que ainda atrapalhava mais a vista da gente.

Já eu ia entrando na mata, quando me lembrei que era sexta-feira. Meu coração deu uma pancada e a modo que estava me pedindo que não fosse para diante. Mas fiquei com vergonha de voltar. Pois um homem, já de idade como eu, que desde criança estou acostumado a varar por esses matos a toda hora do dia ou da noite, hei de agora ter medo? de quê?

Encomendei-me de todo o coração à Nossa Senhora da Abadia, tomei um bom trago na guampa que trazia sortida na garupa, joguei uma masca de fumo na boca, e toquei o burro para diante. Fui andando, mas sempre cismado; todas as histórias que eu tinha ouvido contar da cova de Joaquim Paulista estavam-se-me representando na ideia: e ainda, por meus pecados, o diabo do burro não sei o que tinha nas tripas que estava a refugar e a passarinhar numa toada.

Mas, a poder de esporas, sempre vim varando. À proporção que ia chegando perto do lugar onde está a sepultura, meu coração ia ficando pequenino. Tomei mais um trago, rezei o Creio em Deus Padre, e toquei para diante. No momento mesmo em que eu ia passar pela sepultura, que eu queria passar de galope e voando se fosse possível, aí é que o diabo do burro dos meus pecados empaca de uma vez, que não houve força de esporas que o fizesse mover.

Eu já estava decidido a me apear, largar no meio do caminho burro com sela e tudo, e correr para a casa; mas não tive tempo. O que eu vi, talvez Vm. não acredite; mas eu vi como estou vendo este fogo: vi com estes olhos, que a terra há de comer, como comeu os do pobre Joaquim Paulista... mas os dele nem foi a terra que comeu, coitado! foram os urubus, e os bichos do mato. Dessa feita acabei de acreditar que ninguém morre de medo; se morresse, eu

lá estaria até hoje fazendo companhia ao Joaquim Paulista. Cruz!...
Ave Maria!...

Aqui o velho fincou os cotovelos nos nós dos joelhos, escondeu a cabeça entre as mãos e pareceu-me que resmungou uma Ave-Maria. Depois, acendeu o cachimbo, e continuou:

— Vm. se reparasse, havia de ver que aí o mato faz uma pequena aberta da banda, em que está a sepultura do Joaquim Paulista.

A lua batia de chapa na areia branca do meio da estrada. Enquanto eu estou esporeando com toda a força a barriga do burro, salta lá, no meio do caminho, uma cambada de ossinhos brancos, pulando, esbarrando uns nos outros, e estalando numa toada certa, como gente que está dançando ao toque de viola. Depois, de todos os lados, vieram vindo outros ossos maiores, saltando e dançando da mesma maneira.

Por fim de contas, veio vindo lá, de dentro da sepultura, uma caveira branca como papel, e com os olhos de fogo; e dando pulos como sapo, foi-se chegando para o meio da roda. Daí começam aqueles ossos todos a dançar em roda da caveira, que estava quieta no meio, dando de vez em quando pulos no ar, e caindo no mesmo lugar, enquanto os ossos giravam num corrupio, estalando uns nos outros, como fogo da queimada, quando pega forte num sapezal.

Eu bem queria fugir, mas não podia; meu corpo estava como estátua, meus olhos estavam pregados naquela dança dos ossos, como sapo quando enxerga cobra; meu cabelo, enroscado como Vm. está vendo, ficou em pé como espetos.

Daí a pouco os ossinhos mais miúdos, dançando, dançando sempre e batendo uns nos outros, foram-se ajuntando e formando dois pés de defunto.

Estes pés não ficam quietos, não; e começam a sapatear com os outros ossos numa roda viva. Agora são os ossos das canelas, que lá vêm saltando atrás dos pés, e de um pulo, trás...! se encaixaram em cima dos pés. Daí a um nada vêm os ossos das coxas, dançando em roda das canelas, até que, também de um pulo, foram-se encaixar direitinho nas juntas dos joelhos. Toca agora as duas pernas que já estão prontas a dançar com os outros ossos.

Os ossos dos quadris, as costelas, os braços, todos esses ossos que ainda agora saltavam espalhados no caminho, a dançar, a dançar, foram pouco a pouco se ajuntando e embutindo uns nos outros, até que o esqueleto se apresentou inteiro, faltando só a cabeça. Pensei que nada mais teria que ver; mas ainda me faltava o mais feio. O esqueleto pega na caveira e começa a fazê-la rolar pela estrada, e a fazer mil artes e piruetas; depois entra a jogar peteca com ela, e a atirá-la pelos ares mais alto, mais alto, até o ponto de fazê-la sumir-se lá pelas nuvens; a caveira gemia zunindo pelos ares, e vinha estalar nos ossos da mão do esqueleto, como uma espoleta que rebenta. Afinal o esqueleto escanchou as pernas e os braços, tomando toda a largura do caminho, e esperou a cabeça, que veio cair direito no meio dos ombros, como uma cabaça oca que se rebenta em uma pedra, e olhando para mim com os olhos de fogo!...

Ah! meu amo!... eu não sei o que era feito de mim!... eu estava sem fôlego, com a boca aberta querendo gritar e sem poder, com os cabelos espetados; meu coração não batia, meus olhos não pestanejavam. O meu burro mesmo estava a tremer e encolhia-se todo, como quem queria sumir-se debaixo da terra. Oh! se eu pudesse fugir naquela hora, eu fugia ainda que tivesse de entrar pela goela de uma sucuri adentro.

Mas ainda não contei tudo. O maldito esqueleto do inferno — Deus me perdoe! — não tendo mais nem um ossinho com quem dançar, assentou de divertir-se comigo, que ali estava sem pingo de sangue, e mais morto do que vivo, e começa a dançar defronte de mim, como essas figurinhas de papelão que as crianças, com uma cordinha, fazem dar de mão e de pernas; vai-se chegando cada vez mais para perto, dá três voltas em roda de mim, dançando e estalando as ossadas, e por fim de contas, de um pulo, encaixa-se na minha garupa...

Eu não vi mais nada depois; fiquei atordoado. Pareceu-me que o burro saiu comigo e com o maldito fantasma, zunindo pelos ares, e nos arrebatava por cima das mais altas árvores.

Valha-me Nossa Senhora da Abadia e todos os santos da corte celeste! gritava eu dentro do coração, porque a boca essa nem podia piar. Era à toa; desacorçoei, e pensando que ia por esses ares nas unhas de

Satanás, esperava a cada instante ir estourar nos infernos. Meus olhos se cobriam de uma nuvem de fogo, minha cabeça começou a andar à roda, e não sei mais o que foi feito de mim.

Quando dei acordo de mim, foi no outro dia, na minha cama, a sol alto.

Quando a minha velha, de manhã cedo, foi abrir a porta, me encontrou no terreiro, estendido no chão, desacordado, e o burro selado perto de mim.

A porteira da manga estava fechada; como é que esse burro pôde entrar comigo para dentro, é que não sei. Portanto ninguém me tira da cabeça que o burro veio comigo pelos ares.

Acordei como o corpo todo moído, e com os miolos pesando como se fossem de chumbo, e sempre com aquele maldito estalar de ossos nos ouvidos, que me perseguiu por mais de um mês.

Mandei dizer duas missas pela alma de Joaquim Paulista, e jurei que nunca mais havia de pôr meus pés fora de casa em dia de sexta-feira.

III

O velho barqueiro contava esta tremenda história de modo mais tosco, porém muito mais vivo do que eu acabo de escrevê-lo, e acompanhava a narração de uma gesticulação selvática e expressiva e de sons imitativos que não podem ser representados por sinais escritos. A hora avançada, o silêncio e solidão daqueles sítios, teatro desses assombrosos acontecimentos, contribuíram também grandemente para torná-los quase visíveis e palpáveis. Os caboclos, de boca aberta, o escutavam com olhos e ouvidos transidos de pavor, e de vez em quando, estremecendo, olhavam em derredor pela mata, como que receando ver surgir o temível esqueleto a empolgar e levar pelos ares alguns deles.

— Com efeito, Cirino! disse-lhe eu, foste vítima da mais pavorosa assombração de que há exemplo, desde que andam por este mundo as almas do outro. Mas quem sabe se não foi a força do medo que te fez ver tudo isso? Além disso, tinhas ido muitas vezes à guampa, e talvez ficasse com a vista turva e a cabeça um tanto desarranjada...

— Mas, meu amo, não era a primeira vez que eu tomava o meu gole, nem que andava de noite por esses matos, e como é que eu nunca vi ossos de gente dançando no meio do caminho?...

— Os teus miolos é que estavam dançando, Cirino; disso estou eu certo. Tua imaginação, exaltada a um tempo pelo medo e pelos repetidos beijos que davas na tua guampa, é que te fez ir voando pelos ares nas garras de Satanás. Escuta; vou te explicar como tudo isso te aconteceu muito naturalmente. Como tu mesmo disseste, entraste na mata com bastante medo, e, portanto, disposto a transformar em coisas do outro mundo tudo quanto confusamente vias no meio de uma floresta frouxamente alumiada por um luar escasso. Acontece ainda para teu mal que, no momento mais crítico, quando ias passando pela sepultura, empaca-te o maldito burro. Faço ideia de como ficaria essa pobre alma, e até me admiro de que não visses coisas piores!

— Mas então que diabo eram aqueles ossos a dançarem, dançarem tão certo, como se fosse a toque de música, e aquele esqueleto branco, que trepou na garupa, e me levou por esses ares?

— Eu te digo. Os ossinhos que dançavam, não eram mais do que os raios da lua, que vinham peneirados por entre os ramos dos arvoredos balançados pela viração, brincar e dançar na areia branca do caminho. Os estalos, que ouvias, eram sem dúvida de alguns porcos do mato, ou qualquer outro qualquer bicho, que andavam ali por perto a quebrar nos dentes cocos de baguaçu, o que, como bem sabes, faz uma estralada dos diabos.

— E a caveira, meu amo?... decerto era alguma cabaça velha que um rato do campo vinha rolando pela estrada...

— Não era preciso tanto; uma grande folha seca, uma pedra, um toco, tudo te podia parecer uma caveira naquela ocasião.

Tudo isto te fez andar à roda a cabeça azoinada, e o mais tudo que viste foi obra de tua imaginação e de teus sentidos perturbados. Depois, qualquer coisa, talvez um maribondo que o picou.

— Maribondo de noite!... ora, meu amo!... exclamou o velho com uma gargalhada.

— Pois bem!... fosse o que fosse; qualquer outra coisa ou capricho de burro, o certo é que o teu macho saiu contigo aos corcovos; ainda que atordoado, o instinto da conservação fez que te agarrasses bem à sela, e tiveste a felicidade de vir dar contigo em terra mesmo à porta de tua casa, e eis aí tudo.

O velho barqueiro ria com a melhor vontade, zombando de minhas explicações.

— Qual, meu amo, disse ele, réstia de luar não tem parecença nenhuma com osso de defunto, e bicho do mato, de noite, está dormindo na toca, e não anda roendo coco.

E pode Vm. ficar certo de que, quando eu tomo um gole, ali é que minha vista fica mais limpa e o ouvido mais afiado.

— É verdade, e, a tal ponto, que até chegas a ver e ouvir o que não existe.

— Meu amo tem razão; eu também, quando era moço, não acreditava em nada disso por mais que me jurassem. Foi-me preciso ver para crer; e Deus o livre a Vm. de ver o que eu já vi.

— Eu já vi, Cirino; já vi, mas nem assim acreditei.

— Como assim, meu amo?...

— É que nesses casos eu não acredito nem nos meus próprios olhos, senão depois de estar bem convencido, por todos os modos, de que eles não enganam.

Eu te conto um caso que me aconteceu.

Eu ia viajando sozinho — por onde não importa — de noite, por um caminho estreito, em cerradão fechado, e vejo ir, andando a alguma distância diante de mim, qualquer coisa, que na escuridão não pude distinguir. Aperto um pouco o passo para reconhecer o que era, e vi clara e perfeitamente dois pretos carregando um defunto dentro de uma rede.

Bem poderia ser também qualquer criatura viva, que estivesse doente ou mesmo em perfeita saúde; mas, nessas ocasiões, a imaginação, não sei por que, não nos representa senão defuntos. Uma aparição daquelas, em lugar tão ermo e longe de povoação, não deixou de me causar terror.

Contudo o caso não era extraordinário; carregar um cadáver em rede, para ir sepultá-lo em algum cemitério vizinho, é coisa que se vê muito nesses sertões, ainda que àquelas horas o negócio não deixasse de tornar bastante suspeito.

Piquei o cavalo para passar adiante daquela sinistra visão que me estava incomodando o espírito, mas os condutores da rede também apressaram o passo, e se conservavam sempre na mesma distância.

Pus o cavalo a trote; os pretos começaram também a correr com a rede. O negócio ia-se tornando mais feio. Retardei o passo para deixá-los adiantarem-se: também foram indo mais devagar. Parei; também pararam. De novo marchei para eles; também se puseram a caminho.

Assim andei por mais de meia hora, cada vez mais aterrado, tendo sempre diante dos olhos aquela sinistra aparição que parecia apostada em não me querer deixar, até que, exasperado, gritei-lhes que me deixassem passar ou ficar atrás, que eu não estava disposto a fazer-lhes companhia. Nada de resposta!... o meu terror subiu de ponto, e confesso que estive por um nada a dar de rédea para trás a bom fugir.

Mas negócios urgentes me chamavam para diante: revesti-me de um pouco de coragem que ainda me restava, cravei as esporas no cavalo e investi para o sinistro vulto a todo galope. Em poucos instantes o alcancei de perto e vi... adivinhem o que era?... nem que deem volta ao miolo um ano inteiro, não são capazes de atinar com o que era. Pois era uma vaca!...

— Uma vaca!... como!...

— Sim, senhores, uma vaca malhada, que tinha a barriga toda branca — era a rede — e os quartos traseiros e dianteiros inteiramente pretos; era os dois negros que a carregavam. Pilhada por mim naquele caminho estreito, sem poder desviar nem para uma banda nem para outra, porque o mato era um cerradão tapado o pobre animal ia fugindo diante de mim, se eu parava, também parava, porque não tinha necessidade de viajar; se eu apertava o passo lá ia ela também para diante, fugindo de mim. Entretanto se eu não fosse reconhecer de perto o que era aquilo, ainda hoje havia de jurar que tinha visto naquela noite dois pretos carregando um defunto em uma rede, tão completa era a ilusão. E depois se quisesse indagar mais do negócio, como era natural, sabendo que nenhum cadáver se tinha enterrado em toda aquela redondeza, havia de ficar acreditando de duas uma: ou que aquilo era coisa do outro mundo, ou, o que era mais natural, que algum assassinato horrível e misterioso tinha sido cometido por aquelas criaturas.

A minha história nem de leve abalou as crenças do velho barqueiro que abanou a cabeça, e disse-me, chasqueando:

— A sua história está muito bonita; mas, perdoe que lhe diga, eu por mais escuro que estivesse a noite e por mais que eu tivesse entrado no gole, não podia ver uma rede onde havia uma vaca; só pelo faro eu conhecia. Meu amo decerto tinha poeira nos olhos.

Mas vamos que Vm., quando investiu para os vultos, em vez de esbarrar com uma vaca, topasse mesmo uma rede carregando um defunto, que este defunto saltando fora da rede lhe pulasse na garupa e o levasse pelos ares com cavalo e tudo, de modo que Vm., não desse acordo de si, senão no outro dia em sua casa e sem saber como?... havia de pensar, ainda, que eram abusões?

— Esse não era o meu medo: o que eu temia, era que aqueles negros acabassem ali comigo, e, em vez de um, carregassem na mesma rede dois defuntos para a mesma cova! O que dizes era impossível.

— Impossível!... e como é que me aconteceu?... Se não fosse tão tarde, para Vm. acabar de crer, eu lhe contava por que motivo a sepultura de Joaquim Paulista ficou sendo assim mal-assombrada. Mas meu amo viajou; há de estar cansado da jornada e com sono.

— Qual sono!... conta-me; vamos a isso.

— Pois vá escutando.

IV

O tal Joaquim Paulista era um cabo do destacamento que naquele tempo havia aqui no Porto. Era bom rapaz e ninguém tinha queixa dele.

Havia aqui, também, por este tempo, uma rapariga, por nome Carolina, que era o desassossego de toda a rapaziada.

Era uma caboclinha escura, mas bonita e sacudida como ela aqui ainda não pisou outra; com uma viola na mão, a rapariga tocava e

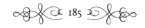

cantava que dava gosto; quando saía para o meio de uma sala, tudo ficava de queixo caído; a rapariga sabia fazer requebrados e sapateados, que era um feitiço. Em casa dela, que era um ranchinho ali da outra banda, era súcias todos os dias; também todos os dias havia soldados de castigo por amor de barulhos e desordens.

Joaquim Paulista tinha uma paixão louca pela Carolina; mas ela anda de amizade com um outro camarada, de nome Timóteo, que a tinha trazido de Goiás, ao qual queria muito bem. Vai um dia, não sei que diabo de dúvida tiveram os dois, que a Carolina se desapartou do Timóteo e fugiu para a casa de uma amiga, aqui no campo. Joaquim Paulista, que há muito tempo bebia os ares por ela, achou que a ocasião era boa, e tais artes armou, tais agrados fez à rapariga, que tomou conta dela. Ah! pobre rapaz!... se ele adivinhasse nem nunca teria olhado para aquela rapariga. O Timóteo, quando soube do caso, urrou de raiva e de ciúme; ele estava esperando que, passados os primeiros arrufos da briga, ela o viria procurar se ele não fosse buscá-la, como já de outras vezes tinha acontecido. Mas desta vez tinha-se enganado.

A rapariga estava por tal sorte embeiçada com o Joaquim Paulista, que de modo nenhum quis saber do outro, por mais que esse rogasse, teimasse, chorasse e ameaçasse mesmo de matar uma ou outro. O Timóteo desenganou-se, mas ficou calado e guardou seu ódio no coração.

Estava esperando uma ocasião.

Assim passaram-se meses, sem que houvesse novidade. O Timóteo vivia em muito boa paz com o Joaquim Paulista, que, tendo muito bom coração, nem de leve cismava que seu camarada lhe guardasse ódio.

Um dia, porém, Joaquim Paulista teve ordem do comandante do destacamento para marchar para a cidade de Goiás. Carolina, que era capaz de dar a vida por ele, jurou que havia de acompanhá-lo. O Timóteo danou. Viu que não era possível guardar para mais tarde o cumprimento de sua tenção danada, jurou que ele havia de acabar desgraçado, mas que Joaquim Paulista e Carolina não haviam de ir viver sossegados longe dele, e assim combinou, com outro camarada, tão bom ou pior do que ele, para dar cabo do pobre rapaz.

Nas vésperas da partida, os dois convidaram ao Joaquim para irem ao mato caçar. Joaquim Paulista, que não maliciava nada, aceitou o convite, e no outro dia, de manhã, saíram os três a caçar pelo mato. Só voltaram no outro dia de manhã, mais dois somente; Joaquim Paulista, esse tinha ficado, Deus sabe onde.

Vieram contando, com lágrimas nos olhos, que uma cascavel tinha mordido Joaquim Paulista em duas partes, e que o pobre rapaz, sem que eles pudessem valer-lhe, em poucas horas tinha expirado, no meio do mato; que não podendo carregar o corpo, porque era muito longe, e temendo que o não pudessem encontrar mais, e que os bichos o comessem, o tinham enterrado lá mesmo; e, para prova disso, mostravam a camisa do desgraçado, toda manchada de sangue preto e envenenado.

Mentira tudo!... O caso foi este, como depois se soube.

Quando os dois malvados já estavam bem longe por essa mata abaixo, deitaram a mão no Joaquim Paulista, o agarraram, e amarraram em uma árvore. Enquanto estavam nesta lida, o coitado do rapaz, que não podia resistir àqueles dois ursos, pedia por quantos santos há que não judiassem com ele, que não sabia que mal tinha feito a seus camaradas, que se era por causa da Carolina ele jurava nunca mais pôr os olhos nela, e iria embora para Goiás, sem ao menos dizer-lhe adeus. Era à toa. Os dois malvados nem ao menos lhe davam resposta.

O camarada de Timóteo era mandingueiro e curado de cobra, pegava aí no mais grosso jaracuçu ou cascavel, as enrolava no braço, no pescoço, metia a cabeça, delas dentro da boca, brincava e judiava com elas de toda a maneira, sem que lhe fizessem mal algum. Na hora em que ele enxergava uma cobra, bastava pregar os olhos nela, a cobra não se mexia do lugar. Em cima de tudo, o diabo do soldado sabia um assovio com que chamava cobra, quando queria.

A hora que ele dava esse assovio, se havia por ali perto alguma cobra, havia de aparecer por força. Dizem que ele tinha parte com o diabo, e todo mundo tinha medo dele como do próprio capeta.

Depois que amarraram bem amarrado o pobre Joaquim Paulista, o camarada do Timóteo desceu pelas furnas de uns grotões abaixo, e andou por lá muito tempo, assoviando o tal assovio que ele conhecia. O Timóteo ficou de sentinela ao Joaquim Paulista, que estava caladinho, coitado! encomendando sua alma a Deus. Quando o soldado voltou, trazia em cada uma das mãos, apertada pela garganta, uma cascavel mais grossa do que esta minha perna. Os bichos desesperados batiam e se enrolavam pelo corpo do soldado, que nessa hora devia estar medonho que nem o diabo.

Então Joaquim Paulista compreendeu que qualidade de morte lhe iam dar aqueles dois desalmados. Pediu, rogou, mas debalde, que, se queriam matá-lo, pregassem-lhe uma bala na cabeça, ou enterrassem-lhe uma faca no coração por piedade, mas não o fizeram morrer de um modo tão cruel.

— Isso querias tu, disse o soldado, para nós irmos para a forca! nada! estas duas meninas é que hão de carregar com a culpa de tua morte; para isso é que fui buscá-las; nós não somos carrascos.

— Joaquim, disse o Timóteo, faze teu ato de contrição e deixa-te de histórias.

— Não tenhas medo, rapaz!... continua o outro. Estas meninas são muito boazinhas; olha como elas estão me abraçando!.. Faze de conta que são os dois braços da Carolina, que vão te apertar num gostoso abraço...

Aqui o Joaquim põe-se a gritar com quanta força tinha, a ver se alguém, acaso, podia ouvi-lo e acudir-lhe. Mas, sem perder tempo, o Timóteo pega num lenço e atocha-lhe na boca; mais que depressa o outro atira-lhe por cima os dois bichos, que no mesmo instante o picaram por todo o corpo. Imediatamente mataram as duas cobras, antes que fugissem. Não levou muito tempo, o pobre rapaz estrebuchava, dando gemidos de cortar o coração, e deitava sangue pelo nariz, pelos ouvidos e por todo o corpo.

Quando viram que o Joaquim já quase não podia falar, nem mover-se, e que não tardava a dar o último suspiro, desamarraram-no, tiraram-lhe a camisa, e o deixaram aí perto das duas cobras mortas.

Saíram e andaram todo o dia, dando voltas pelo campo. Quando foi anoitecendo, embocaram pela estrada da mata, e vieram descendo para o porto. Teriam andado obra de uma légua, quando enxergaram um vulto, que ia andando adiante deles, devagarinho, encostado num pau e gemendo.

— É ele, disse um deles espantado; não pode ser outro.
— Ele!... é impossível... só por um milagre.
— Pois eu juro em como não é outro, e nesse caso toca a dar cabo dele já.
— Que dúvida!
Nisto adiantaram-se e alcançaram o vulto
Era o próprio Joaquim Paulista!
Sem mais demora, socaram-lhe a faca no coração, e deram-lhe cabo dele.
— Agora como há de ser?, diz um deles, não há remédio senão fugir, senão estamos perdidos...
— Qual fugir! o comandante talvez não cisme nada; e no caso que haja alguma cousa, estas cadeiazinhas desta terra são nada para mim!... Portanto vai tu escondido, lá embaixo no porto, e traz uma enxada; enterremos o corpo aí no mato; e depois diremos que morreu picado de cobra.

Isto dizia o Timóteo, que, com o sentido na Carolina, não queria perder o fruto do sangue que derramou.

Com efeito assim fizeram; levaram toda a noite a abrir a sepultura para o corpo, no meio do mato, de uma banda do caminho que, nesse tempo, não era por aí, passava mais arredado. Por isso não chegaram, senão no outro dia de manhã.

— Mas, Cirino, como é que Joaquim pôde escapar das mordeduras das cobras, e como se veio a saber de tudo isso?...
— Eu já lhe conto, disse o velho.
E depois de fazer uma pausa para acender o cachimbo, continuou:
— Deus não queria que o crime daqueles amaldiçoados ficasse escondido. Quando os dois soldados deixaram por morto o Joaquim Paulista, andava por aquelas alturas um caboclo velho, cortando palmitos. Aconteceu que, passando por aí não muito longe, ouviu voz de gente, e veio vindo com cautela a ver o que era; quando chegou a descobrir o que se estava passando, frio e tremendo de susto, o pobre velho ficou espiando de longe, bem escondido numa moita, e viu tudo, desde a hora em que o soldado veio da furna com as cobras na mão. Se aqueles malditos o tivessem visto ali, tinham dado cabo dele também.

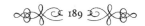

Quando os dois se foram embora, então o caboclo, com muito cuidado, saiu da moita, e veio ver o pobre rapaz, que estava morre não morre!... O velho era mesinheiro muito mestre, e benzedor, que tinha fama em toda a redondeza.

Depois que olhou bem o rapaz, que já com a língua perra não podia falar, e já estava cego, andou catando pelo mato umas folhas que ele lá conhecia, mascou-as bem, cuspiu a saliva nas feridas do rapaz, e depois benzeu bem benzidas elas todas, uma por uma.

Quando foi daí a uma hora, já o rapaz estava mais aliviado, e foi ficando cada vez a melhor, até que, enfim, pôde ficar em pé, já enxergando alguma cousa.

Quando foi podendo andar um pouco, o caboclo cortou um pau, botou na mão dele, e veio com ele, muito devagar, ajudando-o a caminhar até que, a muito custo, chegaram na estrada.

Aí o velho disse:

— Agora você está na estrada, pode ir indo sozinho com seu vagar, que daqui a nada você está em casa.

Amanhã, querendo Deus, eu lá vou vê-lo outra vez. Adeus, camarada; Nossa Senhora te acompanhe.

O bom velho mal pensava, que, fazendo aquela obra de caridade, ia entregar outra vez à morte aquele infeliz a quem acabava de dar a vida. Um quarto de hora mais que se demorasse, Joaquim Paulista estava escapo. Mas o que tinha de acontecer estava escrito lá em cima.

Não bastava ao coitado do Joaquim Paulista ter sido tão infeliz em vida, a infelicidade o perseguiu até depois de morto.

O comandante do destacamento, que não era nenhum samora, desconfiou do caso. Mandou prender os dois soldados, e deu parte na vila ao juiz, que daí a dois dias veio com o escrivão para mandar desenterrar o corpo. Vamos agora saber onde é que ele estava enterrado. Os dois soldados, que eram os únicos que podiam saber, andavam guiando a gente para uns rumos muito diferentes, e como nada se achava, fingiam que tinham perdido o lugar.

Bateu-se mato um dia inteiro sem se achar nada.

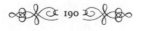

Afinal de contas os urubus é que vieram mostrar onde estava a sepultura. Os dois soldados tinha enterrado mal o corpo. Os urubus pressentiram o fétido da carniça e vieram-se ajuntar nas árvores em redor. Desenterrou-se o corpo, e via-se então uma grande facada no peito, do lado esquerdo. O corpo já estava apodrecendo e com muito mau cheiro. Os que o foram enterrar de novo, aflitos por se verem livres daquela fedentina, mal apenas jogaram à pressa alguns punhados de terra na cova, e deixaram o corpo ainda mais mal enterrado do que estava.

Vieram depois os porcos, os tatus, e outros bichos, cavoucaram a cova, espatifaram o cadáver, e andaram espalhando os ossos do defunto aí por toda essa mata.

Só a cabeça é que dizem que ficou na sepultura.

Uma alma caridosa, que um dia encontrou um braço do defunto no meio da estrada, levou-o para a sepultura, encheu a cova da terra, socou bem, e fincou aí uma cruz. Foi tempo perdido; no outro dia a cova estava aberta tal qual como estava dantes. Ainda outras pessoas depois teimavam em ajuntar os ossos e enterrá-los bem. Mas no outro dia a cova estava aberta, assim como até hoje está.

Diz o povo que enquanto não se ajuntar na sepultura até o último ossinho do corpo de Joaquim Paulista, essa cova não se fecha. Se é assim, já se sabe que tem de ficar aberta para sempre. Quem é que há de achar esses ossos que, levados pelas enxurradas, já lá foram talvez rodando por esse Parnaíba abaixo?

Outros dizem que, enquanto os matadores de Joaquim Paulista estivessem vivos neste mundo, a sua sepultura havia de andar sempre aberta, nunca os seus ossos teriam sossego, e haviam de andar sempre assombrando os viventes cá neste mundo.

Mas esses dois malvados já há de muito tempo foram dar contas ao diabo do que andavam fazendo por este mundo, e a cousa continua na mesma.

O antigo camarada da Carolina, esse morreu no caminho de Goiás; a escolta que o levava, para cumprir sentença de galés por toda a vida, com medo que ele fugisse, pois o rapaz tinha artes do diabo, assentou de acabar com ele; depois contaram uma história de resistência, e não tiveram nada.

O outro, que era curado de cobra, tinha fugido; mas como ganhava a vida brincando com cobras e matava gente com elas, veio também a morrer na boca de uma delas.

Um dia em que estava brincando com um grande urutu preto, à vista de muita gente que estava a olhar de queixo caído, a bicha perdeu-lhe o respeito, e em tal parte e em tão má hora lhe deu um bote, que o maldito caiu logo estrebuchando, e em poucos instantes deu a alma ao diabo. Deus me perdoe, mas aquela fera não podia ir para o céu. O povo não quis por maneira nenhuma que ele fosse enterrado no sagrado, e mandou atirar o corpo no campo para os urubus.

Enfim eu fui à vila pedir ao vigário velho, que era o defunto padre Carmelo, para vir bendizer a sepultura de Joaquim Paulista, e tirar dela essa assombração que aterra todo este povo. Mas o vigário disse que isso não valia de nada; que enquanto não se dissessem pela alma do defunto tantas missas quantos ossos tinha ele no corpo, contando dedos, unhas, dentes e tudo, nem os ossos teriam sossego, nem a assombração acabaria, nem a cova se havia de fechar nunca.

Mas se os povos quisessem, e aprontassem as esmolas, que ele dizia as missas, e tudo ficaria acabado. Agora quem há de contar quantos ossos a gente tem no corpo, e quando é que esses moradores, que não são todos pobres como eu, hão de aprontar dinheiro para dizer tanta missa?...

Portanto já se vê, meu amo, que o que lhe contei não é nenhum abusão; é cousa certa e sabida em toda esta redondeza. Todo esse povo aí está que não me há de deixar ficar mentiroso.

À vista de tão valentes provas, dei pleno crédito a tudo quanto o barqueiro me contou, e espero que meus leitores acreditarão comigo, piamente, que o velho barqueiro do Parnaíba, uma bela noite, andou pelos ares montado em um burro, com um esqueleto na garupa.

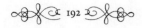

INTRODUÇÃO

FAGUNDES VARELA

1841–1875

O patrono da décima primeira cadeira da Academia Brasileira de Letras é outro pilar de inspiração byroniana daquela instituição centenária. Luís Nicolau Fagundes Varela nasceu no dia 17 de agosto de 1841 na fazenda Santa Clara, que pertencia a seu pai, juiz na vila de São Marcos, parte da então província do Rio de Janeiro. Vindo de uma família bem-sucedida na alta sociedade fluminense, seu destino parecia estar decidido desde o berço, não fosse uma sucessão de tragédias que se atravessaram em seu caminho até a ocasião de sua morte, no dia 17 de fevereiro de 1875, em decorrência de um derrame cerebral e após vários anos de abuso do álcool.

A profissão do pai obrigou a família a constantes mudanças de cidade. A primeira delas, em 1851, foi para o município de Catalão, em Goiás, onde o jovem Fagundes Varela iria conhecer o magistrado local, e também futuro patrono da ABL, Bernardo Guimarães. Ocasionalmente, os Varela retornaram ao Rio de Janeiro, com passagens por Angra dos Reis e Petrópolis, onde o rapaz iniciou os estudos do primário e do secundário. A conclusão dessa primeira fase da vida de estudante se deu em São Paulo, já em 1859. Em 1861, ele publicou seu primeiro livro de poemas, *Noturnas*, e apenas no ano seguinte é que deu início ao inevitável curso de Direito, faculdade que logo largaria para dar prioridade à vida de escritor e à boemia.

Naquele mesmo ano de 1862, para desgosto da família que o abandonou financeiramente, ele se casou com a filha de um dono de circo, instalado na cidade paulista de Sorocaba. O filho do casal, Emiliano, morre com apenas três meses de idade, o que inspira Varela a escrever aquele que é seu trabalho mais conhecido, o longo e triste poema "Cântico do Calvário". Seguem os primeiros versos:

> Eras na vida a pomba predileta
> Que sobre um mar de angústias conduzia
> O ramo da esperança. — Eras a estrela
> Que entre as névoas do inverno cintilava
> Apontando o caminho ao pegureiro.
> Eras a messe de um dourado estio.
> Eras o idílio de um amor sublime.
> Eras a glória, — a inspiração, — a pátria,
> O porvir de teu pai! — Ah! no entanto,
> Pomba, — varou-te a flecha do destino!
> Astro, — engoliu-te o temporal do norte!
> Teto, caíste! — Crença, já não vives!

Começa então a fase mais criativa e a mais boêmia do escritor. Ao mesmo tempo em que lança novas coletâneas de poesias, ele também passa a beber cada vez mais. Estava morando em Recife quando se tornou viúvo, o que o levou à decisão de voltar a São Paulo e tentar novamente cursar a universidade. Logo desiste mais uma vez, voltando então a morar com o pai, na fazenda onde nasceu. Casou-se uma segunda vez, com uma prima, teve duas filhas e um filho. Porém, o menino, chamado Emiliano como o primogênito, também morreu precocemente. Varela terminou a vida se mudando para Niterói, acompanhado do pai, e com passagens diversas pelas casas de parentes e muitas recaídas na noite da cidade.

Sem dúvida, Fagundes Varela é mais conhecido por sua produção lírica, sobretudo a de exaltação da natureza do país e da crítica social, com forte influência abolicionista em seus versos. Bem menos conhecida é sua produção em prosa, mas é dela que extraímos o conto presente nesta antologia. "A Guarida de Pedra" fez parte de uma curta experiência da publicação de contos por parte de Varela em um jornal de São Paulo no início dos anos 1860. Quem comenta a respeito é o pesquisador João Pedro Bellas, da Universidade Federal Fluminense, no ensaio que publicou no livro de ensaios das Jornadas Fantásticas, de 2017. Em *Terror e Deleite: O Sublime Terrível em "A Guarida de Pedra" de Fagundes Varela*, Bellas escreveu:

> A obra em prosa de Luís Nicolau Fagundes Varela (1841-1875) ainda é pouco estudada. O que parece explicar o pouco interesse por seus contos nos estudos literários brasileiros é, em primeiro lugar, o fato de que o autor dedicou-se majoritariamente à poesia. Contudo, outro fator que pode ter contribuído para isso é a tradição literária a que se filiam as narrativas do escritor. As narrativas de Varela, publicadas em 1861 no *Correio Paulistano*, viriam a integrar o projeto inacabado "Crenças populares", e apresentavam um teor antes "imaginativo" do que realista. Mais ainda, esses contos, segundo Péricles Ramos, teriam sido inspirados por *Noite na Taverna*, podendo ser descritos como exemplares de "terror gótico". As narrativas tanto de Fagundes Varela como de Álvares de Azevedo estariam, portanto, afinadas com o Romantismo de influxos góticos, sobretudo o inglês.

Ambientado no litoral paulista, a narrativa explora explicitamente o sobrenatural, com descrições vívidas de elementos fantasmagóricos. Além desse exemplar semidesconhecido da prosa gótica brasileira, trazemos nas páginas que seguem uma amostra da poesia deste patrono da ABL. Escolhemos o poema "A Cruz", não apenas por seu conteúdo de pesadas conotações sombrias, mas também pela preocupação de seu autor com a forma. O experimentalismo que Fagundes Varela imprimiu nele antecipou em quase um século muito do trabalho dos poetas concretos brasileiros que surgiriam na década de 1950.

FAGUNDES VARELA

A GUARIDA
de
PEDRA

1861

Eu tinha chegado a Santos no vapor Josephina, essa pobre Josephina que já cansada de sua mísera existência, e alquebrada pelos fardos imensos que de contínuo suportava, disse adeus à luz do sol, e foi dormir nos palácios de coral junto às ossadas do Leviatã e do Mastodonte, arrebatando consigo grande número de exemplares das primeiras obras de um jovem poeta muito meu conhecido. Estávamos no mês de novembro; o calor era insuportável, os mosquitos nos perseguiam atrozmente, a mim e mais dois companheiros, que me olvidei de mencionar, como se fôssemos outros tantos faraós, e o resto desse enjoo tão amaldiçoado por D. Juan nos torturava o estômago horrivelmente. Tínhamo-nos hospedado no Hotel D., onde passamos um dia inteiro a apreciar o novo Batel que representava um inglês discutindo com dois franceses e três alemães; as monótonas tacadas de um bilhar sempre ocupado, e o aroma gastronômico dos camarões e lagostas que não estava muito em harmonia nesses momentos com o estado despótico de nossos buchos doentes.

À tarde, meus dois amigos vestiram-se cuidadosamente, e, acendendo os indispensáveis charutos, cada um tomou para seu lado. Eu porém que me achava horrivelmente *spleenético*[1] peguei em um volume de J. Sand — As cartas de um viajante, julgo eu, e dirigindo-me para a praia aluguei uma canoa e ordenei que me conduzissem à Bertioga, onde tinha um pescador meu conhecido, homem de oitenta anos, agradável ao último ponto, e excelente narrador de legendas.

Era já bastante tarde quando cheguei. Saltei à praia e dirigi-me à casa do meu velho amigo; bati, o octogenário recebeu-me com vivas demonstrações de alegria e puxando um escabelo fez-me sentar.

O calor era intenso, mas, entretanto, um grande fogo de ramos secos ardia no meio da cabana, e alumiava, com seus clarões, vermelhos e trêmulos, as denegridas paredes donde pendiam arpões de ferro; redes de finas malhas, e mais outros arranjos que só empregam-se nas pescarias.

Como estava inundado de suor lancei minha sobrecasaca e chapéu a um lado, desapertei a gravata, e depois de haver conversado algum tempo com o pescador, sobre coisas gerais, pedi-lhe que me contasse alguma história desses lugares. Por alguns minutos concentrou-se o ancião como para folhear o livro das recordações de sua longa existência, depois disse-me:

— Vou vos contar uma triste história sucedida bem perto de nós, na fortaleza da Bertioga. Eu era muito pequenino quando ouvi o barulho que produziu este acontecimento, ouvi-me. E unindo os tições da fogueira, deu começo à narração. Eis pouco mais ou menos o que me contou ele:

"Havia há muitos anos, no fim da muralha principal que protege a fortificação de São João da Bertioga, uma guarida feita de uma só pedra, onde nas noites de chuva e tempestade se abrigavam os soldados que faziam sentinela. Tinha essa guarida duas janelinhas gradeadas de ferro, em forma de cruz, que davam ambas para o mar, e no chão bem no fundo, uma espécie de respiradouro ou buraco que servia para deixar sair as águas que porventura a invadissem. Por baixo

---

[1] Esplênico, com problema no baço. Na literatura romântica, refere-se a um estado de ânimo de tédio e melancolia.

levantavam-se grandes e escarpados rochedos onde as vagas se arrojavam, soltando continuados borrifos de refervente escuma, e desprendendo lamentosos rugidos.

No tempo em que o Tenente R. era comandante da Fortaleza, os habitantes das imediações falavam de visões e espectros medonhos, que justamente quando o brônzeo relógio acabava de soar a última pancada de meia-noite, apareciam junto à guarida de pedra horrorizando e assombrando tudo. Os soldados tinham-se tornado escravos de um terror sem limites; pediam de contínuo ao comandante que tivesse compaixão deles, que os poupasse às cenas diabólicas que soíam acontecer todas as noites, que mandasse enfim benzer por um padre aquela guarida maldita; porém ele sorria-se desdenhosamente, chamava-os de medrosos e covardes e os obrigava a tomar seu posto.

Uma noite distribuindo as sentinelas mandou para a guarida de pedra o soldado André. O pobre homem lançou-se aos pés do seu superior, pediu em nome de quantos Santos existem que o dispensasse por aquela vez; porém, severo e inflexível, o comandante disse-lhe duras palavras, fez-lhe rísperas ameaças e o mísero soldado não teve remédio senão resignar-se e ir para o posto tremendo, onde lhe era dado velar até que outro o fosse substituir. Quando tinha decorrido o tempo marcado para a vigia de André, e um seu camarada vinha tomar-lhe o lugar, encontrou-o este de bruços, lívido e sem sentidos, a espingarda e o capote lançados a um lado. Recolheram-no à enfermaria e no outro dia ele principiou a contar aos companheiros a visão que tivera durante a noite.

O comandante entrava nesse momento.

— Então, André, como vais? — perguntou ele.

— Melhor um pouco melhor, meu comandante — respondeu o soldado —, o susto quase me matou.

— Que história de susto estás a dizer?

— Meu comandante eu vi, eu...

— Então o que foi que viste? Conta-me isso deve ser divertido — disse R. com voz motejadora.

O soldado olhou algum tempo fixamente para o comandante e calou-se.

— Porém tu não dizes o que viste? — perguntou este.

— Se eu contar não o acreditareis, pensareis que é uma mentira, ou que foi o medo que me enganou, entretanto ali está Guilherme que também viu.

— É verdade, disse um soldado corpulento adiantando-se, foi no sábado quando eu estava de sentinela, por sinal que quando Francisco me veio substituir eu estava trêmulo e branco como um defunto.

— É verdade, atestou Francisco saindo também de seu canto.

Enfim a guarda toda tinha por experiência própria conhecimento da aparição das almas do outro mundo na fortaleza, exceto o velho Gustavo e o pequeno Joaquim que só o sabiam por ouvir falar.

— Bem, disse o comandante, silêncio; agora tu, André, conta-me minuciosamente o que viste.

O soldado levantou-se um pouco sobre o cotovelo, passou a mão pela testa, e falou desta maneira:

— Eu estava encostado à guarida com minha espingarda ao lado e assobiava para distrair-me do medo que se tinha apoderado de mim. Sem uma estrela acordada, o céu era negro como uma furna, o vento corria desesperado, e o mar empolado batia com tal fúria sobre as pedras que até fazia a escuma entrar pelas janelinhas da guarida. De repente o relógio principiou a tocar; contei até onze pancadas, quando chegou às doze, ouvi uma gargalhada tão estridente, tão medonha, que os cabelos se me arrepiaram na cabeça, e a espingarda caiu de minhas mãos trêmulas; a gargalhada tinha soado perto, bem perto, a quatro passos de mim!... Nossa Senhora agora mesmo parece-me que ainda a tenho nos ouvidos!...

André interrompeu-se, os camaradas benzeram-se, e o comandante disse com interesse:

— Continua, meu rapaz, continua.

O soldado prosseguiu nestes termos:

— Inda bem a gargalhada não tinha acabado de soar, que eu escutei o som lúgubre e funerário de uma sineta, era toque lento e compassado como o que anuncia um enterro. O suor corria-me em bagas

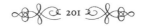

pela testa, meus dentes rangiam com força e minhas pernas tremiam como varas verdes. Voltei o rosto para o lado... Oh, meu Deus! era horrível o que vi!...

— Então cala-te!... — gritou o comandante já um pouco impressionado.

— Eu vi, continuou André lentamente, eu vi uma figura sombria e medonha! Era um frade; o capuz cobria-lhe a cabeça, e lá dentro, à luz amarelenta de um círio que trazia na mão, divisei um rosto lívido e esverdeado como o de um cadáver, e dois olhos que ardentes e inflamados me faziam correr calafrios nas veias. Atrás dele vinham quatro vultos todos mais alvos do que a neve, e seguravam com uma mão um chicote fumarento, enquanto a outra sustinha um caixão mortuário. Eles caminhavam lentos que parecia gastar uma hora para mover um pé; e cantavam com voz tumular e cavernosa a encomendação dos defuntos. Um vento gelado e furioso corria por todos os lados, as aves da morte piavam desoladamente, as ondas exalavam soluços frenéticos, batendo-se umas contra as outras. Entretanto, a diabólica procissão caminhava sempre. O frade que ia na frente estava já perto, e estendia seu braço de esqueleto para me agarrar.

— Valha-me, Nossa Senhora! — gritei eu, então tudo sumiu-se: frade, espectros, caixão mortuário, e eu caí sem sentidos no chão!

Os soldados estavam pasmos e horrorizados e o comandante pensava.

— Entretanto eu não sonhava, nem estou agora mentindo — disse André —, vi com estes dois olhos que a terra há de comer, e...

— Qual viste! Qual viste!... Não existe coisa alguma — gritou uma voz fora da porta e um soldado corpulento e trigueiro entrou arrebatadamente.

— Perdão, meu comandante, perdão — disse ele surpreendido deparando com seu superior.

— Vem cá — disse este —, então tu não crês no que contou teu companheiro?

— Eu não, senhor — respondeu o soldado —, essas coisas só aparecem aos medrosos e covardes e eu nada tenho disso.

— Então eu sou medroso, sou covarde, Jorge? — disse André, olhando fixamente para o rosto bronzeado de um seu camarada.

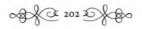

— Tu? tu és mais poltrão do que uma galinha!

— Pois olha — retorquiu André —, se estivesses no meu lugar, talvez te custasse mais caro.

— Ah! Ah! Ah! — gargalhou Jorge; para te mostrar que tudo isso não passa de asneiras — e voltou-se para o comandante — eu peço licença, meu comandante, para ficar hoje de sentinela na guarida de pedra.

Os soldados olharam todos espantados para Jorge, julgavam impossível que depois da narração de André alguém se lembrasse mais disso. Sabiam, é verdade, que o soldado era valente e destemido, que seu corpo estava coberto de cicatrizes, que nunca recuara ante o número dos inimigos fosse ele qual fosse, porém achavam temeridade, loucura, o tentar ele combater com espíritos.

A licença foi concedida. Quando chegou a hora Jorge escorvou a espingarda, carregou duas pistolas, e foi-se postar cantarolando na guarida. Seus companheiros viram-no preparar-se espantados de tanto sangue-frio, e foi com uma espécie de terror que o viram descuidosamente meter-se no seu abrigo de pedra, à espera dos tremendos inimigos. Depois retiraram-se todos e puseram-se a conversar junto do fogo, com o ouvido alerta.

A noite era negra e tempestuosa, os ventos rugiam pela floresta, lúgubres e desenfreados como os sombrios demônios de Ramayan[2] — as ondas referventes de ardentias[3] agitavam-se com espantosos rugidos como se defendessem o misterioso tesouro dos Nubelungen,[4] o trovão retumbava pelo espaço como o ronco de uma população de titãs adormecidos.

Quando o relógio principiou a soar lenta e lugubremente as badaladas de meia-noite, Jorge aprontou suas armas, e pôs-se à espera do que viesse.

Quando, porém, a décima segunda pancada acabou de soar, o soldado sentiu uma ventania tremenda, devastadora como o simum[5]

---

2   Antigo poema épico indiano formado por 24 mil versos.
3   Fosforescência presente no mar revolto.
4   Nibelungos, povo mítico das lendas nórdicas.
5   Vento muito quente que sopra no centro do continente africano, em direção norte, provocando tempestades de areia no deserto do Saara.

asiático, que parecia derribar tudo em sua passagem, e o dobre longínquo das sinetas dos mortos acompanhada de uma salmodia[6] chegou a seus ouvidos. O valente soldado estremeceu um pouco, mas reavendo depois todo o sangue-frio, riu-se consigo mesmo e murmurou: "É o vento, é a tempestade que ruge". Entretanto, o toque aproximava-se cada vez mais, e o coro medonhamente solene ressurgia abafando o bramido das vagas.

— Dir-se-ia que tenho medo? — falou Jorge — porém não, é preciso ver; e deu um passo fora da guarida.

Lá vinha o medonho frade na frente, com sua face esverdeada e sinistra, seu olhar de Satã debaixo do capuz; atrás dele, à luz macilenta dos círios, seguia-se o caixão conduzido pelos quatro espectros alvos como a neve. Jorge sentiu os cabelos se arrepiarem e o frio do terror correr-lhe pelo corpo, porque a estranha procissão aproximava-se mais e mais, e vinha em sua direção. Avançou mais um passo e gritou com a voz alterada preparando a espingarda:

— Para aí!... senão faço fogo!

Os fantasmas, porém, caminhavam sempre, e já estavam a poucos passos. Então Jorge levou a espingarda ao rosto e fez fogo.

Nesse momento, um vento glacial e empestado passou-lhe pela fronte e tomou-lhe a respiração; o soldado caiu como se sentisse o peito despedaçar-se debaixo de garras de bronze. Os companheiros ouviram o tiro e benzeram-se, mas possuídos pelo terror não ousaram ver o que era.

No outro dia, a guarida estava deserta.

Pelas janelinhas, viam-se fragmentos de roupa ensanguentada e pedaços de carne humana, agarrados à grade de ferro. À entrada, no chão, estava um capote militar ensopado de sangue escuro e coalhado pelos frios da noite, e uma espingarda a poucos passos com o cano quebrado e torcido como se fosse de cera!

Não foi possível achar-se os restos do mísero soldado; uma mão terrível e misteriosa cobria de sombras todo este drama de horrores e de sangue.

---

6   A maneira própria de cantar ou de recitar os salmos bíblicos.

Algum tempo depois benzeram a guarida, novos soldados vieram à fortaleza e de Jorge e seu fim trágico só ficou a tradição."

Aqui o ancião acabou a sua narração e calou-se, eu pus-me a meditar.

No outro dia, pela madrugada, despedi-me do pescador. A aurora era bela e suave, um bando de alvos pássaros rastejava o mar quedo com as asas levianas, uma brisa matinal carregada de eflúvios marinhos batia-me pelo rosto. Entrei na canoa e parti.

Chegando, contei a meus amigos a triste legenda do soldado, e entre uma xícara de café e a prosa escrevi-a como aí está.

FAGUNDES VARELA

A CRUZ
1926

Estrelas
Singelas,
Luzeiros
Fagueiros,
Esplêndidos orbes, que o mundo aclarais!
Desertos e mares, — florestas vivazes!
Montanhas audazes que o céu topetais!
Abismos
Profundos!
Cavernas
E t e r nas!
Extensos,
Imensos
Espaços
A z u i s!
Altares e tronos,
Humildes e sábios, soberbos e grandes!
Dobrai-vos ao vulto sublime da cruz!
Só ela nos mostra da glória o caminho,
Só ela nos fala das leis de — Jesus!

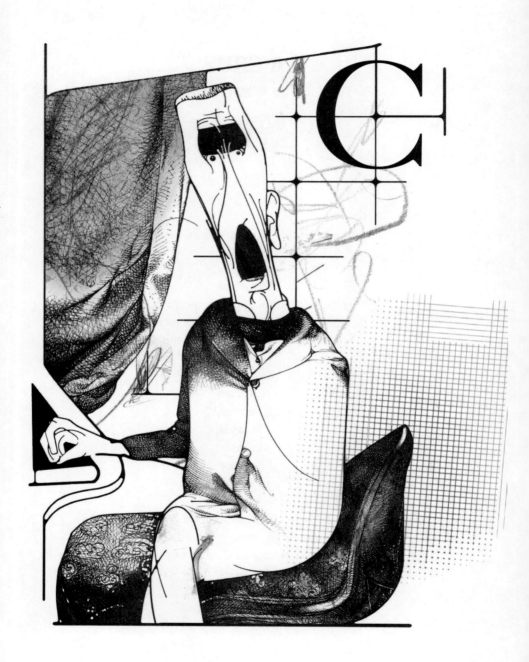

INTRODUÇÃO

COELHO NETO

1864-1934

Se existe um imortal que merece a fama de maldito é Henrique Maximiano Coelho Neto, pelo menos após a completa desconstrução de sua obra realizada pelos modernistas. Antes do surgimento na cena cultural brasileira dos então jovens intelectuais da Semana de Arte Moderna de 22, este filho de pai português com mãe índia, nascido no Maranhão e criado no Rio de Janeiro, era reputado como um dos maiores escritores do país, somente rivalizado por seu colega fundador da Academia Brasileira de Letras Machado de Assis.

Aliás, ele dispunha do título de papel passado, uma vez que, em 1928, venceu uma eleição promovida pela revista *O Malho* entre seus eleitores para decidir quem seria o Príncipe dos Prosadores Brasileiros. Autor de uma vastíssima obra que se desdobrava por mais de cem títulos, entre romances, livros de contos, crônicas, fábulas, registros folclóricos, peças de teatro, memórias, seu prestígio era tão grande que quando marcou seu casamento, logo após a Proclamação da República, teve como padrinho o próprio presidente Deodoro da Fonseca (1827-1892).

Essa trajetória de sucesso comercial e de crítica começou a desabar quando seu estilo literário, fortemente influenciado pelo parnasianismo, passou a ser atacado por uma nova geração de escritores que se identificavam com um modo menos formal e pomposo de utilização da língua portuguesa. Coelho Neto, até por sua visibilidade, foi escolhido como o principal alvo dos constantes artigos e entrevistas de iconoclastas incendiários como Oswald de Andrade (1890-1954). No prefácio de seu romance de 1933, *Serafim Ponte Grande*, o modernista deixou registrado logo na primeira frase: "O mal foi eu ter medido o meu avanço sobre o cabresto metrificado e nacionalista de duas remotas alimárias — Bilac e Coelho Neto". Para não deixar dúvidas, alimária é o mesmo que quadrúpede, besta de carga.

Autor de uma prosa por vezes tão arcaica e erudita quanto, por exemplo, os contos e a poesia escritos pelo americano H.P. Lovecraft, seu contemporâneo, o fato é que atualmente o ostracismo cultural a que foi relegado Coelho Neto é tamanho, que se tornou praticamente impossível encontrar a maior parte de sua vasta bibliografia nas bibliotecas públicas espalhadas por nosso país, ou mesmo nos rincões virtuais e supostamente infinitos da internet.

Se por um lado é bem verdade que seu estilo torna hoje muito difícil ler um romance como *A Esfinge*, de 1908 — uma autêntica releitura do mito de *Frankenstein* em terras brasileiras, lançado exatamente noventa anos depois da primeira edição do clássico de Mary Shelley —, tal exclusão também deixa de fora do acesso de leitores atuais muitas excelentes contribuições do maranhense à literatura de terror. Contribuições essas que são perfeitamente compreensíveis pelo público de hoje, ao menos tão compreensíveis quanto as descrições do indescritível lovecraftianas.

Um exemplo que destacamos nas páginas a seguir é o de um conto curto publicado em 1926 chamado "A Sombra", que embaralha as percepções entre o que é ciência e o que é sobrenatural. É uma narrativa que, a exemplo do romance *A Esfinge*, conversa diretamente com a obra de outro autor, este dos Estados Unidos. Tal conversação foi justamente o tema do ensaio *O Gótico de Coelho Neto: Um Diálogo Entre as Literaturas Brasileira e Anglo-Americana*, publicado nos anais do V Congresso de Letras da UERJ pelo doutor em literatura comparada Alexander Meireles da Silva.

> Nesta narrativa, estruturada da mesma forma que "O conto do coração denunciador", de Poe, o protagonista relata como o ciúme que sentia pela esposa, de nome Celuta, o levou a matá-la por envenenamento. No entanto, o elemento fantástico do conto está no fato de que, ao contrário do que Avellar esperava, ou seja, uma morte rápida provocada por bacilos de tuberculose inoculados em frutos, Celuta se tornava cada vez mais vigorosa: "[...] o que eu via, e todos o apregoavam em louvores, era o reviçamento da vítima, mais robustez, aspecto magnífico, apetite, sono tranquilo, higidez absoluta". Mesmo após aumentar a dose de todos os microorganismos ao seu alcance, o cientista percebe que nada acontece. [...] O cientista passa então a encarar a esposa como um "depósito de vírus", passando a temer o seu suor e a sua saliva.

Como aponta o pesquisador, o curioso na abordagem do conto, que tem ainda uma virada mais ligada ao sobrenatural, é que seu protagonista não assume sua culpa, preferindo, isso, sim, atacar um ente abstrato.

> Mas, o que chama a atenção na narrativa, é que, ao invés de assumir responsabilidade pelos seus atos, Avellar coloca a culpa na ciência, como se esta fosse uma entidade que fomentou a sua desconfiança em relação à esposa para assim poder incorporar o cientista de forma plena e exclusiva. Esta posição presente em "A sombra" atesta a maneira como a Literatura Gótica em particular, desde *Frankenstein*, sempre apresentou um relacionamento ambíguo em relação à ciência e aos seus produtos.

A
SOMBRA

1926

Ao ver-lhe o retrato ilustrando a trágica confissão do crime, amarfanhei o jornal, indignado. "Não! Não era possível! Só se ele houvesse enlouquecido..." Imediatamente resolvi visitá-lo no Quartel da Brigada, onde o haviam recolhido em atenção ao seu título de médico.

Não era possível. Celuta sucumbira a uma septicemia aguda, segundo o diagnóstico dos médicos que a examinaram.

Ao entrar na sala em que se achava Avelar logo o avistei sentado à beira de estreita cama de ferro, em mangas de camisa, fumando, visivelmente acabrunhado.

Ao ver-me fez um gesto de contrariedade como se lhe desagradasse a minha visita. Atirou longe o cigarro e, baixando a cabeça, inclinou-se, com os cotovelos fincados nas coxas. Estendi-lhe a mão. Não respondeu ao meu gesto. Chamei-o. Deu de ombros, mal-humorado.

— Então, o que é isto, Avelar? Que história é essa?

— É isso... — levantou a cabeça e encarou-me sobrecenho. A face refranzia-se-lhe em crispações fulgurantes. — Estás espantado, não? Pois é assim...

Olhou-me de esguelha, sacudindo a perna. Acendeu outro cigarro e pôs-se a fumar. Insisti.

— Mas Avelar... que há de verdade nessa história?
— Não leste a minha confissão? Pois é aquilo. Matei-a.
— Tu!?
— Eu, sim! Eu! E então? Por que havia eu de denunciar-me se estivesse inocente? Por quê? Para quê? Matei-a.
— E por quê? Que razões tiveste para isso...?
— Ah! razões...

Atirou a cabeça para trás e ficou a olhar perdidamente, com um estranho sorriso no rosto pálido. De repente, levantando-se, plantou-se diante de mim, impôs-me pesadamente as mãos aos ombros e disse-me em voz surda, rouca, voz que lhe saía difícil, como arrancada:

— Suspeita, sabes? o tal micróbio do ciúme. Porque há também micróbios no mundo moral, oh! se os há! São as tais palavras vagas que nos entram n'alma e lá se desenvolvem e proliferam em desconfianças. Foi uma de tais palavras, entendes? e certos risinhos, certos olhares, cochichos... Um dia... Sei lá!

— E como foi?
— Como foi? Pouco a pouco — retesando os braços, repeliu-me de si e, cravando-me o olhar que rebrilhava, disse: — A ciência... uma história! Tudo falha. Nada se pode afirmar, nada! E, queres que te diga? a mais culpada em tudo isso foi a Ciência. Foi ela que me levou ao crime, porque o ciúme... o ciúme... Não havia motivo para ciúme. Celuta era honesta.
— E então?
— Então... Eu te digo. Já sabes como a matei, não?
— Envenenada.
— Envenenada? Pois seja. Matei-a com bacilos de tuberculose, esses e outros germes letais. Propinando-lhe as primeiras doses, inoculadas em frutos — (tratava-se, então, da vingança da minha honra... Pobre Celuta!) esperei as manifestações do mal e... nada! Em vez do

deperecimento, dos sinais característicos da ação destrutiva do bacilo de Koch, o que eu via, e todos os apregoavam em louvores, era o reviçamento da vítima, mais robustez, aspecto magnífico, apetite, sono tranquilo, higidez absoluta. A própria enxaqueca que, de vez em quando, a atormentava, desapareceu. Tu mesmo a felicitaste, uma noite, no Municipal.

— É verdade.

— Pois aí tens o que me desvairou. Não foi o marido o assassino, foi o bacteriologista, o homem de ciência, o prático de laboratório, entendes? o profissional que não podia compreender que um organismo, frágil como o de Celuta, resistisse ao ataque insistente de tantos vibriões. Era um corpo inçado de elementos mortíferos; cada qual mais violento e nada! nada! O que então se deu foi horrível. Desanimado da ação dos bacilos de Koch, lancei mão de tudo o que tinha no meu arsenal e... aquele corpo sempre refratário, carne como de Aquiles. Era de enlouquecer! E o pior é que comecei a temê-la, a evitá-la, sabendo, como sabia, que toda ela era um depósito de vírus, que um pouco de sua saliva, do seu suor, do seu sangue, o mais leve contato com o seu corpo poderia transmitir-me a morte. Desconfiando do meu retraimento ela tornou-se mais meiga, mais assídua em carinhos. Horrível! Contemplando-a acordada à mesa, na sala, nos teatros, em festas ou adormecida, ao meu lado, no leito, eu não via, a ela, Celuta, não! o que eu via era uma incubadora de morte, uma figura sinistra que encarnava todas as pestes, não lhes sofrendo as consequências, como as serpentes não se envenenam com a peçonha que trazem.

"O marido desapareceu ficando apenas o observador apaixonado por uma experiência. E, encerrando-me no meu laboratório horas e horas, dias e dias, eu estudava aquele caso estranho, fenômeno, sem dúvida, mais belo do que a fagocitose, porque era a luta tremenda de germes letais, uma batalha formidável de legiões pestíferas no organismo débil de uma mulher. Um dia, porém, uma de tais hostes venceu... a morte foi rápida. Arrependido, quis intervir, era tarde e a pobrezinha... Aí tens. Os médicos não atinaram, nem poderiam atinar com a causa mortis. Septicemia aguda... é um nome para a cova, posto no rótulo do cadáver. Ninguém poderia saber. Ninguém!"

— Se ninguém poderia saber, por que te denunciaste? Por que não ficaste com o teu segredo terrível, tu só?

— Por quê? Por causa da sombra.

— Sombra?!

— Sim. A sombra de Celuta. No dia do enterro, ao voltar do cemitério, notei que, em vez de uma, duas sombras me acompanhavam. Onde quer que eu fosse tinha-as sempre comigo: uma, era a minha; outra, era a da morte. Fiz tudo para livrar-me dela, tudo! Nada consegui. Agora sim...

Adiantou-se para o meio do salão, onde o sol batia em cheio, e disse-me:

— Vês? Há aqui apenas uma sombra, a minha, a outra, a de Celuta, desapareceu ontem. Quando entrei na delegacia ela ainda me acompanhava. Subiu comigo, ficou a meu lado enquanto depus, logo, porém, que assinei a confissão, desapareceu. Não imaginas o horror que é ser um homem seguido por uma sombra que não é a sua, sombra de outro, de um morto. Preso, condenado, perdido para o mundo... que importa! mas estou só, a minha consciência já se não projeta diante de mim, a sombra da morta deixou-me em paz. Foi melhor assim. Confessei o crime, estou livre. Quantas sombras vês aqui ao sol?

— Uma apenas.

— É isso: uma apenas. A outra, tendo conseguido a minha confissão, recolheu-se ao túmulo, satisfeita. Por que me olhas assim? Julgas-me louco, com certeza. Não, meu amigo. O que te digo é a pura verdade. Os médicos, quando não acertam com as enfermidades, escrevem um nome qualquer na certidão de óbito: septicemia, por exemplo. Assim certas verdades quando ultrapassam os limites do conhecimento são chamadas loucuras. Portas de evasão da inteligência humana. Viste apenas uma sombra ao sol, se me houvesses encontrado ontem terias visto duas... ou talvez não visses porque, enfim, o perseguido era apenas eu. É isto...

. . .

Haverá juízes que condenem esse pobre louco?

COELHO NETO

A CASA
"SEM SONO"

1923

A rua, em alameda, toda de prédios novos, com a montanha ao fundo, alta e frondosa, agradou-me logo de entrada.[1]

Aprazível e quieta com seus jardins cuidados, fresca e trescalando fortemente as silvas, realizava o meu ideal de serenidade bucólica: silêncio para o espírito e recreio para os olhos fatigados, como se achavam dos rumores atordoantes da cidade e da vista das avenidas e das ruas, com o casario denso, sempre atravancadas de veículos e transeuntes.

Ali eram chilreios de pássaros, ziar de insetos, de longe sons dormentes de piano. Aquela hora não havia viv'alma. Os meus passos soavam estrepitosos.

Guiado pelo anúncio fui ver a casa. A primeira impressão foi de espanto.

Através do gradil escalavrado avistei o terreno que fora, outrora, jardim. Tudo era mato, de relva alta, recortado por uma vereda sinuosa.

---

[1] Publicado em *Contos da Vida e da Morte*, 1927.

Mamoneiros, carregados de frutos híspidos, fechavam uma das passagens laterais. Os muros, cobertos de trepadeiras selvagens, tinham o aspecto intonso de altas sebes.

Abri o portão e foi um trabalho para levá-lo para dentro, escarvando a terra. Caminhando era-me preciso parar, por vezes, para afastar galharias espinhosas, ramos; o solo úmido era balofo, em alguns pontos meus pés topavam com bordos de antigos canteiros afogados pela vegetação agreste.

A casa, cuja pintura externa descascava, era triste, com uma varanda enxadrezada em ladrilhos, alguns já descolados, oscilando ao piso. Para abrir a porta tive de forçar a chave, martirizando os dedos. A muito custo consegui dar volta e, com forte impulso, fazendo estalar crepitantemente a madeira, abri-a recebendo no rosto úmido bafio, hálito nidoroso de casa despertada.

Que esforço para abrir as janelas, todas perras! Conseguindo luz bastante para o exame, pus-me a percorrer os aposentos amplos.

O soalho começava a apodrecer em certos pontos, fechando em frinchas; a barra cobria-se de tisne de umidade, manchas esparralhavam-se nas paredes. Toda a casa tresandava o bolor. Entretanto, com o sol que entrava pelas janelas, que eu conseguira abrir, pareceu-me alegre.

Pus-me a notar a construção — havia até capricho: o salão nobre, pintado a óleo, com floreios de estuque, era rico, a sala de jantar, com o teto de madeira envernizada, frisa para cerâmica e louça, soalho encerado, ampla cozinha, banheiro magnífico.

Os dormitórios fastos e arejados, e, embaixo, dois salões, nos quais logo imaginei instalar-me, trabalhando em um e arranjando em outro a biblioteca.

Ainda que tal "tapera", para tornar-se habitável, exigisse obras de certa monta, decidi-me a falar ao proprietário, propondo-lhe um acordo razoável. O ponto agradava-me e os cômodos satisfaziam-me. Com algumas reformas e substituição de madeiramento, pintura, papel novo em certas peças e refeito o jardim ficaria um paraíso.

No terreno ao fundo, que percorri, espantando lagartos, havia árvores pomareiras, algumas em flor, uma delícia para as crianças.

Ao tornar com a chave ao taverneiro da esquina, informei-me das condições de aluguel e da residência do proprietário.

Junto ao poste, à espera do bonde, compunha eu mentalmente os arranjos da casa, quando ouvi meu nome em exclamação alegre. Voltei-me.

Era o Dimas, antigo colega de academia, que abandonara o curso no terceiro ano para dedicar-se ao comércio, onde chegara a construir uma das mais importantes firmas, decaindo, porém, com sucessivos desastres durante a guerra. Em todo o caso sempre lhe ficara o bastante para viver folgado, e até com alguma representação.

— Tu por aqui, no subúrbio! Que é isso? *Amore*...?

— Casa, meu amigo, suspirei. Ando à procura de casa, a minha está a cair e o senhorio todos os meses aumenta uns tantos por cento. Demais, quero justamente o que me oferece essa rua — largueza e silêncio. Achei aqui uma casa que me convém. Está um pouco estragada, mas com alguns consertos ficará um brinco.

— Casa! Nesta rua!

— Sim lá em cima. Dei-lhe o número.

Dimas recuou encarando-me d'olhos muito abertos, com tal espanto na fisionomia, que deveras me impressionou.

— Quê? Naquela casa! Tu?!

— Então? Que tem?

— Que tem? Ora essa! Bem se vê que não frequentas o bairro. Sabes como é conhecida aquela casa, em que morei uma semana, uma semana! Entendes? E fincou o indicador. É conhecida pelo nome de casa "sem sono". Nunca ouviste falar?

— Não.

— Pois os jornais já trataram do caso até com fotografias.

— Não vi. Mas casa "sem sono" por quê? Assombramentos? Fantasma...?

— Não, apenas isto: ali não se dorme.

— Como não se dorme?

— É como eu te digo. O sono não entra naquela casa. Passei uma semana. Pois meu caro, nem eu, nem pessoa alguma da família, nem animais, ninguém consegue pregar o olho.

— Mas por quê?

— Sei lá, diz que é sina da casa.

— Lenda?

— Lenda ou não, a verdade é que eu posso dar testemunho de fato. Essa casa pertencia a uma viúva doente, foi por ela hipotecada a um tal Silva, tipo de avarento, que segundo é voz pública, fez fortuna à custa de sangue e lágrimas. Esperto e trapaceiro, como todos da sua laia, enredou a pobre senhora em tais dificuldades que acabou ficando-lhe com a propriedade. Começou então o fadário do prédio. O primeiro que o habitou foi um engenheiro da Central. Não esteve ali quinze dias. Vieram outros. O que mais se demorou não chegou a completar um mês. O último fui eu. Resisti uma semana. Mudei-me há quase dois anos e ela está vazia até hoje.

— Mas, afinal, que viste? Por que te mudaste?

— Ora porque... Porque ninguém dormia. Passávamos as noites em claro. A princípio atribuímos aos cansaço dos trabalhos de mudança e arranjos da casa. Passaram-se dias e a insônia persistiu. Recorremos a calmantes, consultamos médicos. Nada!

Ah! Meu amigo, não imaginas o suplício de toda uma semana de vigília, todos acordados, desde minha mãe, com oitenta anos, a andejar arrastadamente pela casa, até meu caçula de oito meses, resmungando, choramingando no berço. Os próprios animais — era o cão no jardim farejando os canteiros, a uivar lamentosamente, eram os pássaros nas gaiolas.

Às vezes deitávamo-nos com a casa toda apagada. De repente ouvíamos passos, vislumbrávamos claridade: era alguém que levantara, acendera luz e andava à toa, a fazer sono. Pouco depois estávamos todos de pé e víamos nascer a manhã. Sabes lá o que é isso?

Sentir a gente o sono em volta de si, todas as casas em silêncio, a rua inteira quieta, a natureza adormecida e nós... É horrível! Podes compreender que, em noite plena, e escura, haja algum ponto iluminado pelo sol? Pois era a impressão que tínhamos, impressão de que o dia não nos deixava, sempre conosco, sempre!

Anoitecia. Pouco a pouco ia-se fazendo o silêncio, fechavam-se as casas. De quando em quando um rumor longínquo e as vozes noturnas: coaxos de sapos, latido de cães, até o primeiro cantar dos galos, o amiudar dos poleiros, os ruídos espertos da madrugada, a claridade, o sol... E nós com luz lívida das lâmpadas, acordados, olhando-nos sem compreender aquele desvelar que nos consumia.

Ao cabo de seis dias parecíamos espectros. Andávamos aos cambaleios, tontos, atordoados, mas sem sono. Foi minha mãe que descobriu o mistério, e uma manhã denunciou-o: "O sono não entra nesta casa, não entra. É alguma maldição". Ainda insisti dois dias. Nada. Então veio o pavor. Uma tarde — e foi a última — eu fui para a casa de um cunhado.

— E dormiste?

— Se dormi? Dormimos todos, quase vinte horas, e, se não nos despertassem, creio que teríamos enfiado dois dias e duas noites. Estávamos atrasadíssimos. Só lá tornei para fazer a mudança. E eis por que uma casa como aquela, neste tempo, nesta rua, e por preço relativamente módico, está vazia há dois anos. É que todos a conhecem, é a casa "sem sono", onde não se dorme.

— E a que atribuis essa história?

— Sei lá. Essas coisas não se explicam. Olha o bonde. Vamos. É pena que não venha a ser meu vizinho, mas por tal preço, não quero. Isso não! Sem sono não se vive e ali nunca o terias, juro!

INTRODUÇÃO

ALUÍSIO AZEVEDO

1857–1913

O nome de Aluísio Azevedo (1857-1913) — também maranhense, assim como seu colega fundador da ABL Coelho Neto — está umbilicalmente ligado ao gênero chamado Naturalismo, uma forma ainda mais radical de se buscar, na literatura, ser ainda mais fiel aos acontecimentos do cotidiano que o próprio Realismo, enfatizando a ideia de que o indivíduo é fruto do meio em que vive. Praticamente a unanimidade dos pesquisadores concorda que essa escola literária, fundada pelo libertário francês Émile Zola (1840-1902), chegou ao Brasil pelas mãos de Azevedo com *O Mulato*, de 1881, romance fortemente abolicionista que denunciava as questões raciais em seu estado natal.

A polêmica em relação aos relatos crus daquele livro foi tamanha que o autor mudou-se de vez para a então Capital Federal e lá concluiu sua trilogia naturalista com *Casa de Pensão*, de 1883, e *O Cortiço*, de 1890, sendo esta última sua obra mais famosa e a mais estudada, além de ser o primeiro livro nacional, por exemplo, a abordar abertamente a homossexualidade de algumas de suas personagens.

Com um currículo desses, enfatizado em boa parte das aulas de literatura das escolas de nosso país, fica até difícil de imaginar que o mesmo escritor tenha criado uma história de ambientação fantástica em que ocorre a sucessão de bizarrices de "Demônios", a começar pelo mundo de trevas e de silêncio que, de forma inexplicável, toma conta do Rio de Janeiro. O texto, em uma jogada de metalinguagem, é narrado por um escritor anônimo, que vê seu trabalho de escritório interrompido por uma torrente de catástrofes.

> Era a morte geral! a morte completa! uma tragédia silenciosa e terrível com um único espectador, que era eu. Em cada quarto havia um cadáver pelo menos! Vi mães apertando contra o seio sem vida os filhinhos mortos; vi casais abraçados, dormindo aquele derradeiro sono, enleados ainda pelo último delírio de seus amores; vi brancas figuras de mulher esteladas no chão, decompostas na impudência da morte; estudantes cor de cera debruçados sobre a mesa de estudo, os braços dobrados sobre o compêndio aberto, defronte da lâmpada para sempre extinta. E tudo frio, e tudo imóvel, como se aquelas vidas fossem de improviso apagadas pelo mesmo sopro; ou como se a terra, sentindo de repente uma grande fome, enlouquecesse e devorasse de uma só vez todos os seus filhos.

Segundo a pesquisadora Patrícia Alves Carvalho, no ensaio *"Demônios": o Fantástico em Aluísio Azevedo*, "Demônios" na verdade seria um ponto de convergência entre vários estilos literários empregados pelo autor:

> A ideia que guia o conto é romântica, mas também reconhecemos o naturalismo, na descrição de ambientes insalubres e corpos putrefatos, bem como o fantástico, embora seu efeito seja comprometido, em certa altura da narrativa, pelo exagero. O desfecho de "Demônios", quando o autor se

coloca diante de uma escolha entre estéticas/estilos, ressalta mais uma vez a coexistência do fantástico, do romantismo e do realismo no conto. [...] É curioso observar como Aluísio tomou por matéria-prima elementos opostos à estética realista, como o devaneio, os sonhos, o vertiginoso mundo das imagens que povoam o imaginário do universo gótico e da fantasia, fazendo de tudo isso matéria literária que se assume deliberadamente como ficção. Assim sendo, o fantástico possibilita o deslocamento do conceito de verossimilhança e instaura o espaço da literatura assumida enquanto ficção, em oposição à estratégia discursiva realista.

O conto foi originalmente escrito na forma de folhetins publicados nos primeiros 11 dias de 1891 no jornal *Gazeta de Notícias*. Mais tarde, foi reeditado em livros duas vezes, a primeira em uma coletânea que levou o mesmo nome do texto, de 1893; e por fim em 1898, no livro *Pegadas*. Ao longo dessas republicações, o autor foi impondo alguns cortes em sua narrativa. Na primeira delas, eliminou o encontro do narrador e sua noiva com as almas sofredoras (um trecho explicitamente inspirado em *A Divina Comédia*, de Dante). Na derradeira, cortou várias menções sexuais da trama, principalmente as de insinuações necrófilas.

Estudiosos da obra do escritor sugerem que a causa mais provável dessa mudança que procurou tornar a história menos chocante tenha sido o ingresso de Aluísio Azevedo na mesma carreira do falecido pai, que havia sido vice-cônsul de Portugal no Brasil. Em 1895, o acadêmico se tornou diplomata e começou uma atuação que o levaria a exercer o cargo de cônsul em países como Japão, Espanha, Inglaterra, Itália e Argentina, deixando de vez de publicar novos textos literários.

Talvez preocupado com possíveis repercussões desse lado mais maldito de sua produção artística, nosso imortal fez esforços para diminuir a cada republicação em vida o teor espetaculoso de "Demônios". Não é preciso dizer que a **Darkside® Books** traz a seus leitores nas próximas páginas a versão integral da história, conforme escrita em 1891.

ALUÍSIO AZEVEDO

DEMÔNIOS

1891

I

O meu quarto de rapaz solteiro era bem no alto; um mirante isolado, por cima do terceiro andar de uma grande e sombria casa de pensão da rua do Riachuelo, com uma larga varanda de duas portas, aberta contra o nascente, e meia dúzia de janelas desafrontadas, que davam para os outros pontos, dominando os telhados da vizinhança.

Um pobre quarto, mas uma vista esplêndida! Da varanda, em que eu tinha as minhas queridas violetas, as minhas begônias e os meus tinhorões, únicos companheiros animados daquele meu isolamento e daquela minha triste vida de escritor, descortinava-se amplamente, nas encantadoras nuanças da perspectiva, uma grande parte da cidade, que se estendia por ali afora, com a sua pitoresca acumulação de árvores e telhados, palmeiras e chaminés, torres de igreja e perfis de montanhas tortuosas, donde o sol, através da atmosfera, tirava, nos seus sonhos dourados, os mais belos efeitos de luz. Os morros, mais perto, mais longe, erguiam-se alegres e verdejantes, ponteados de casinhas brancas, e lá se iam desdobrando, a fazer-se cada vez mais azuis e vaporosos, até que se perdiam de todo, muito além, nos segredos do horizonte, confundidos com as nuvens, numa só coloração de tintas ideais e castas.

Meu prazer era trabalhar aí, de manhã bem cedo, depois do café, olhando tudo aquilo pelas janelas abertas defronte da minha velha e singela mesa de carvalho, bebendo pelos olhos a alma dessa natureza inocente e namoradora, que me sorria, sem fatigar-me jamais o espírito, com a sua graça ingênua e com a sua virgindade sensual.

E ninguém me viesse falar em quadros e estatuetas; não! queria as paredes nuas, totalmente nuas, e os móveis sem adornos, porque a arte me parecia mesquinha e banal em confronto com aquela fascinadora realidade, tão simples, tão despretensiosa, mas tão rica e tão completa. O único desenho que eu conservava à vista, pendurado à cabeceira da cama, era um retrato de Laura, minha noiva prometida, e esse feito por mim mesmo, a pastel, representando-a com a roupa de andar em casa, o pescoço nu e o cabelo preso ao alto da cabeça por um laço de fita cor-de-rosa.

• • •

Quase nunca trabalhava à noite; às vezes, porém, quando me sucedia acordar fora d'horas, sem vontade de continuar a dormir, ia para a mesa e esperava, lendo ou escrevendo, que amanhecesse.

Uma ocasião acordei assim, mas sem consciência de nada, como se viesse de um desses longos sonos de doente a decidir; desses profundos e silenciosos, em que não há sonhos, e dos quais, ou se desperta vitorioso para entrar em ampla convalescença, ou se sai apenas um instante para mergulhar logo nesse outro sono, ainda mais profundo, donde nunca mais se volta.

Olhei em torno de mim, admirado do longo espaço que me separava da vida e, logo que me senti mais senhor das minhas faculdades, estranhei não perceber o dia através das cortinas do quarto, e não ouvir, como de costume, pipilarem as cambaxirras defronte das janelas por cima dos telhados.

— É que naturalmente ainda não amanheceu. Também não deve tardar muito... calculei, saltando da cama e enfiando o roupão de banho, disposto a esperar sua alteza o sol, assentado à varanda a fumar um cigarro.

Entretanto, cousa singular! parecia-me ter dormido em demasia; ter dormido muito mais da minha conta habitual. Sentia-me estranhamente farto de sono; tinha a impressão lassa de quem passou da sua hora de acordar e foi entrando, a dormir, pelo dia e pela tarde, como só nos acontece tendo anteriormente perdido muitas noites seguidas.

Ora, comigo não havia razão para semelhante cousa, porque, justamente naqueles últimos tempos, desde que estava noivo, recolhia-me sempre cedo, e cedo, me deitava. Ainda na véspera — lembro-me bem, depois do jantar saíra apenas a dar um pequeno passeio, fizera à família de Laura a minha visita de todos os dias, e às dez horas já estava de volta, estendido na cama, com um livro aberto sobre o peito, a bocejar. Não passariam de onze e meia quando peguei no sono.

Sim! não havia dúvida que era bem singular não ter amanhecido!... pensei — indo abrir uma das janelas da varanda.

Qual não foi, porém, a minha decepção quando, interrogando o nascente, dei com ele ainda completamente fechado e negro, e, baixando o olhar, vi a cidade afogada em trevas e sucumbida no mais profundo silêncio!

Oh! Era singular, muito singular!

No céu as estrelas pareciam amortecidas, de um bruxulear difuso e pálido; nas ruas os lampiões mal se acusavam por longas reticências de uma luz deslavada e triste. Nenhum operário passava para o trabalho; não se ouvia o cantarolar de um ébrio, o rodar de um carro, nem o ladrar de um cão.

Singular! muito singular!

Acendi a vela e corri ao meu relógio de algibeira. Marcava meia-noite. Levei-o ao ouvido, com avidez de quem consulta o coração de um moribundo; já não pulsava: tinha esgotado toda a corda. Fi-lo começar a trabalhar de novo, mas as suas pulsações eram tão fracas, que só com extrema dificuldade conseguia distingui-las.

— É singular! muito singular! — repetia, calculando que, se o relógio esgotara toda a corda, era porque eu então havia dormido muito mais ainda do que supunha! eu então atravessara um dia inteiro sem acordar e entrara do mesmo modo pela noite seguinte.

Mas, afinal, que horas seriam?...

Tornei à varanda, para consultar de novo aquela estranha noite, em que as estrelas desmaiavam antes de chegar a aurora. E a noite nada me respondeu, fechada no seu egoísmo surdo e tenebroso.

Que horas seriam?... Se eu ouvisse algum relógio da vizinhança!... Ouvir?... Mas se em torno de mim tudo parecia entorpecido e morto?...

E veio-me a dúvida de que eu tivesse ficado surdo, durante aquele maldito sono de tantas horas; e, fulminado por essa ideia, precipitei-me sobre o tímpano da mesa e vibrei-o com toda a força.

O som fez-se, porém, abafado e lento, como se lutasse com grande resistência para vencer o peso do ar.

E só então notei que a luz da vela, à semelhança do som do tímpano, também não era intensa e clara como de ordinário e parecia oprimida por uma atmosfera de catacumbas.

Que significaria isto?... que estranho cataclismo abalaria o mundo?... Que teria acontecido de tão transcendente durante aquela minha ausência da vida, para que eu, à volta, viesse encontrar o som e a luz, as duas expressões mais impressionadoras do mundo físico, assim trôpegas e assim vacilantes, nem que toda a natureza envelhecesse maravilhosamente enquanto eu tinha os olhos fechados e o cérebro entorpecido?!...

— Ilusão minha, com certeza! que louca és tu, minha pobre fantasia! Daqui a nada estará amanhecendo, e todos estes teus caprichos, teus ou da noite, essa outra doida, desaparecerão aos primeiros raios do sol. O melhor é trabalharmos! Sinto-me até bem disposto para escrever! Trabalhemos! trabalhemos, que daqui a pouco tudo reviverá como nos outros dias! de novo os vales e as montanhas se farão esmeraldinas e alegres; e o céu transbordará da sua refulgente concha de turquesa a opulência das cores e das luzes; e de novo ondulará no espaço a música dos ventos; e as aves acordarão as rosas dos campos com os seus melodiosos duetos de amor! Trabalhemos! Trabalhemos!

Acendi mais duas velas, porque só com a primeira quase que me era impossível enxergar; arranjei-me ao lavatório; fiz uma xícara de café bem forte, tomei-a, e fui para a mesa de trabalho.

II

Daí a um instante, vergado defronte do tinteiro, com o cigarro fumegando entre os dedos, não pensava absolutamente em mais nada, senão no que o bico da minha pena ia desfiando caprichoso do meu cérebro para lançar, linha a linha, sobre o papel.

Estava de veia, com efeito! As primeiras folhas encheram-se logo. Minha mão, a princípio lenta, começou, pouco a pouco, a fazer-se nervosa, a não querer parar, e afinal abriu a correr, a correr, cada vez mais depressa; disparando por fim às cegas, como um cavalo que se esquenta e se inflama na vertigem do galope.

Depois, tal febre de concepção se apoderou de mim, que perdi a consciência de tudo e deixei-me arrebatar por ela, arquejante e sem fôlego, num voo febril, num arranco violento, que me levava de rastros pelo ideal, aos tropeções com as minhas doudas fantasias de poeta.

E páginas e páginas se sucederam. E as ideias, que nem um bando de demônios, vinham-me em borbotão, devorando-as umas às outras, num delírio de chegar primeiro; e as frases e as imagens acudiam-me como relâmpagos, fuzilando, já prontas e armadas da cabeça aos pés. E eu, sem tempo de molhar a pena, nem tempo de desviar os olhos do campo de combate, ia arremessando para trás de mim, uma após outra, as tiras escritas, suando, arfando, sucumbido nas garras daquele feroz inimigo que se aniquilava.

E lutei! e lutei! e lutei!

De repente, acordo desta vertigem, como se voltasse de um pesadelo estonteado, com o sobressalto de quem, por uma briga de momento, se esquece do grande perigo que o espera. Dei um salto da cadeira;

varri inquieto o olhar em derredor. Ao lado da minha mesa havia um monte de folhas de papel cobertas de tinta; as velas bruxuleavam a extinguir-se; o meu cinzeiro estava pejado de pontas de cigarros.

Oh! muitas horas deviam ter decorrido durante essa minha nova ausência, na qual o sono agora não fora cúmplice. Parecia-me impossível haver trabalhado tanto, sem dar o menor acordo do que se passava em torno de mim.

Corri à janela.

Meu Deus! o nascente continuava fechado e negro; a cidade deserta e muda. As estrelas tinham empalidecido ainda mais, e as luzes dos lampiões transpareciam apenas, através da espessura da noite, como sinistros olhos que me piscavam da treva.

Meu Deus! meu Deus, que teria acontecido?!...

Acendi novas velas, e notei que as suas chamas eram mais lívidas que o fogo fátuo das sepulturas. Conchei a mão contra o ouvido e fiquei longo tempo a esperar inutilmente que do profundo e gelado silêncio lá de fora me viesse um sinal de vida.

Nada! Nada!

Fui à varanda; apalpei as minhas queridas plantas; estavam fanadas, e as suas tristes folhas pendiam molemente para fora dos vasos, como embevecidos membros de um cadáver ainda quente. Debrucei-me sobre as minhas estremecidas violetas e procurei respirar-lhes a alma embalsamada. Já não tinham perfume!

Atônito e ansioso volvi os olhos para o espaço. As estrelas, já sem contornos, derramavam-se na tinta negra do céu, como indecisas nódoas luminosas que fugiam lentamente.

Meu Deus! meu Deus, que iria acontecer ainda?

Voltei ao quarto e consultei o relógio. Marcava dez horas.

Oh! Pois já dez horas se tinham passado depois que eu abrira os olhos?... Por que então não amanhecera em todo esse tempo?... Teria eu enlouquecido?...

Já trêmulo, apanhei do chão as folhas de papel, uma por uma; eram muitas, muitas! E por melhor esforço que fizesse, não conseguia lembrar-me do que eu próprio nelas escrevera.

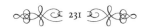

Apalpei as fontes; latejavam. Passei as mãos pelos olhos, depois consultei o coração; batia forte.

E só então notei que estava com muita fome e estava com muita sede.

Tomei a bilha d'água e esgotei-a de uma assentada. Assanhou-se-me a fome.

Abri todas as janelas do quarto, em seguida a porta, e chamei pelo criado. Mas a minha voz, apesar do esforço que fiz para gritar, saía frouxa e abafada, quase indistinguível.

Ninguém me respondeu, nem mesmo o eco.

Meu Deus! Meu Deus!

E um violento calafrio percorreu-me o corpo. Principiei a ter medo de tudo; principiei a não querer saber o que se tinha passado em torno de mim durante aquele maldito sono traiçoeiro; desejei não pensar, não sentir, não ter consciência de nada. O meu cérebro, todavia, continuava a trabalhar com a precisão do meu relógio, que ia desfiando os segundos inalteravelmente, enchendo minutos e formando horas.

E o céu era cada vez mais negro, e as estrelas cada vez mais apagadas, como derradeiros e tristes lampejos de uma pobre natureza que morre!

Meu Deus! meu Deus! o que seria?...

Enchi-me de coragem; tomei uma das velas e, com mil precauções para impedir que ela se apagasse, desci o primeiro lance de escadas.

A casa tinha muitos cômodos e poucos desocupados. Eu conhecia quase todos os hóspedes. No segundo andar morava um médico; resolvi bater de preferência à porta dele.

Fui e bati; mas ninguém me respondeu.

Bati mais forte. Ainda nada.

Bati então desesperadamente, com as mãos e com os pés. A porta tremia, abalava, mas nem o eco respondia.

Meti ombros contra ela e arrombei-a. O mesmo silêncio. Espichei o pescoço, espiei lá para dentro. Nada consegui ver; a luz da minha vela iluminava menos que a brasa de um cigarro.

Esperei um instante.

Ainda nada.

Entrei.

III

O médico estava estendido na sua cama, embrulhado no lençol. Tinha contraída a boca e os olhos meio abertos.

Chamei-o; segurei-lhe o braço com violência e recuei aterrado, porque lhe senti o corpo rígido e frio. Aproximei, trêmulo, a minha vela contra o seu rosto imóvel; ele não abriu os olhos; não fez o menor gesto. E na palidez das faces notei-lhe as manchas esverdeadas da carne que vai entrar em decomposição.

Afastei-me.

E o meu terror cresceu. E apoderou-se de mim o medo do incompreensível; o medo do que se não explica; o medo do que se não acredita. E saí do quarto querendo pedir socorro, sem conseguir ter voz para gritar e apenas resbunando uns vagidos guturais de agonizante.

E corri aos outros quartos, e já sem bater fui arrombando as portas que encontrei fechadas. A luz da minha vela, cada vez mais lívida, parecia, como eu, tiritar de medo.

Oh! que terrível momento! que terrível momento! Era como se em torno de mim o nada insondável e tenebroso escancarasse, para devorar-me, a sua enorme boca viscosa e sôfrega. Por todas aquelas camas, que eu percorria como um louco, só tateava corpos enregelados e hirtos.

Não encontrava ninguém com vida; ninguém!

Era a morte geral! a morte completa! uma tragédia silenciosa e terrível com um único espectador, que era eu. Em cada quarto havia um cadáver pelo menos! Vi mães apertando contra o seio sem vida os filhinhos mortos; vi casais abraçados, dormindo aquele derradeiro sono, enleados ainda pelo último delírio de seus amores; vi brancas figuras de mulher estateladas no chão, decompostas na impudência da morte; estudantes cor de cera debruçados sobre a mesa de estudo, os braços dobrados sobre o compêndio aberto, defronte da lâmpada para sempre extinta. E tudo frio, e tudo imóvel, como se aquelas vidas fossem de improviso apagadas pelo mesmo sopro; ou como se a terra, sentindo de repente uma grande fome, enlouquecesse e devorasse de uma só vez todos os seus filhos.

Percorri os outros andares da casa; sempre o mesmo abominável espetáculo!

Não havia mais ninguém! não havia mais ninguém! Tinham todos desertado em massa!

E por quê? E para onde tinham fugido aquelas almas, num só voo, arribadas como um bando de aves forasteiras?...

Estranha greve!

Mas por que não me chamaram, a mim também, antes de partir?... Por que me abandonaram sozinho entre aquele pavoroso despojo nauseabundo?...

Que teria sido, meu Deus? que teria sido tudo aquilo?... Por que toda aquela gente fugia em segredo, silenciosamente, sem a extrema despedida dos moribundos, sem os gritos de agonia?... E eu, execrável exceção! por que continuava a existir, acotovelando os mortos e fechado com eles dentro da mesma catacumba?...

Então, uma ideia fuzilou rápida no meu espírito, pondo-me no coração um sobressalto horrível.

Lembrei-me de Laura. Naquele momento estaria ela, como os outros, também inanimada e gélida; ou, triste retardatária! ficaria à minha espera, impaciente por desferir o misterioso voo... Em todo o caso era para lá, para junto dessa adorada e virginal criatura, que eu devia ir sem perda de tempo; junto dela, viva ou morta, é que eu devia esperar a minha vez de mergulhar também no tenebroso pélago!

Morta?! Mas por que morta?... se eu vivia era bem possível que ela também vivesse ainda!...

E que me importava o resto, que me importavam os outros todos, contanto que eu a tivesse viva e palpitante nos meus braços?!...

Meu Deus! e se nós ficássemos os dois sozinhos na terra, sem mais ninguém, ninguém?... Se nos víssemos a sós, ela e eu, estreitados um contra o outro, num eterno egoísmo paradisíaco, assistindo recomeçar a criação em torno do nosso isolamento?... assistindo ao som dos nossos beijos de amor, formar-se de novo o mundo, brotar de novo a vida, acordando toda a natureza, estrela por estrela, asa por asa, pétala por pétala?...

Sim! Sim! Era preciso correr para junto dela!

IV

Mas a fome torturava-me cada vez com mais fúria. Era impossível levar mais tempo sem comer. Antes de socorrer o coração era preciso socorrer o estômago.

A fome! O amor! Mas, como todos os outros morriam em volta de mim e eu pensava em amor e eu tinha fome!... A fome, que é a voz mais poderosa do instinto da conservação pessoal, como o amor e a voz do instinto da conservação da espécie! A fome e o amor, que são a garantia da vida; os dois inalteráveis polos do eixo em que, há milhões de séculos, gira misteriosamente o mundo orgânico!

E, no entanto, não podia deixar de comer antes de mais nada. Quantas horas teriam decorrido depois da minha última refeição? Não sabia. Não conseguia calcular sequer. O meu relógio, agora inútil, marcava estupidamente doze horas. Doze horas de quê? Doze horas!... isto que vinha a ser?... Doze horas?... Que significaria esta palavra?...

Arremessei o relógio para longe de mim, despedaçando-o contra a parede.

Ó meu Deus! se continuasse para sempre aquela incompreensível noite, como poderia eu saber os dias que se passavam?... Como poderia marcar as semanas e os meses?... O tempo é o sol; se o sol nunca mais voltasse o tempo deixaria de existir; só haveria eternidade!

E eu me senti perdido num grande nada indefinido, vago, sem fundo e sem contornos.

Meu Deus! meu Deus! quando terminaria aquele suplício?!

Desci ao andar térreo da casa, apressando-me agora para aproveitar a mesquinha luz da vela que, pouco a pouco, me abandonava também.

Oh! só a ideia de que era aquela a derradeira luz que me restava!... A ideia da escuridão completa que seria depois, fazia-me gelar o sangue. Trevas e mortos, que horror!

Penetrei na sala de jantar. À porta tropecei no cadáver de um cão; passei adiante. O criado jazia estendido junto à mesa, espumando pela boca e pelas ventas; não fiz caso. Do fundo dos quartos vinha já um bafo enjoativo de putrefação ainda recente.

Arrombei o armário, apoderei-me da comida que lá havia e devorei-a, como um animal, sem procurar talher. Depois bebi, sem copo, uma garrafa de vinho. E, logo que senti o estômago reconfortado e, logo que o vinho me alegrou o corpo, foi-se-me enfraquecendo a ideia de morrer com os outros e foi-me nascendo a esperança de encontrar vivos lá fora, na rua. O diabo era que a luz da vela minguava tanto que agora brilhava menos que um pirilampo. Tentei acender outras. Vão esforço! a luz ia deixar de existir.

E, antes que ela me fugisse para sempre, comecei a encher as algibeiras com o que sobrou da minha fome.

Era tempo! era tempo porque a miserável chama, depois de espreguiçar-se um instante, foi-se contraindo, a tremer, a tremer, bruxuleando, até sumir-se de todo, como o extremo lampejo do olhar de um moribundo.

E fez-se então a mais completa e a mais cerrada escuridão que é possível conceber. Era a treva absoluta; treva de morte; treva de caos; treva que só compreende quem tiver os olhos arrancados e as órbitas completamente vazias; treva, como devia ter sido antes de existir no firmamento a primeira nebulosa.

Foi terrível o meu abalo, fiquei espavorido, como se ela me apanhasse de surpresa. Inchou-me por dentro o coração, sufocando-me a garganta; gelou-se-me a medula e secou-se-me a língua. Senti-me como entalado ainda vivo no fundo de um túmulo estreito; senti desabar sobre minha pobre alma, com todo o seu peso de maldição, aquela imensa noite negra e devoradora.

Imóvel, arquejei por algum tempo nesta agonia.

Depois estendi os braços e, arrastando os pés, procurei tirar-me dali às apalpadelas.

Atravessei o longo corredor, esbarrando em tudo, como um cego sem guia. E conduzi-me lentamente até ao portão de entrada.

Saí.

Lá fora, na rua, o meu primeiro impulso foi olhar para o espaço. Estava tão negro e tão mudo como a terra. A luz dos lampiões apagara-se de todo, e no céu já não havia o mais tênue vestígio de uma estrela.

Treva! Treva! Treva e só treva!

Mas eu conhecia muito bem o caminho da casa de minha noiva, e havia de lá chegar, custasse o que custasse!

Dispus-me a partir, tenteando o chão com os pés, sem despregar das paredes as minhas duas mãos abertas na altura do rosto.

Passo a passo venci até a primeira esquina. Esbarrei com um cadáver encostado às grades de um jardim; apalpei-o: era um polícia. Não me detive; segui adiante, dobrando para a rua transversal.

Começava a sentir frio. Uma densa umidade saía da terra, tornando aquela maldita noite ainda mais dolorosa. Mas não desanimei, prossegui pacientemente, medindo o meu caminho, palmo a palmo, e procurando reconhecer pelo tato o lugar em que me achava.

E seguia, seguia lentamente.

Já me não abalavam os cadáveres com que eu topava pelas calçadas. Todo o meu sentido se me concentrava nas mãos; a minha única preocupação era me não desorientar e me perder na viagem.

E lá ia, lá ia, arrastando-me de porta em porta, de casa em casa, de rua em rua, com a silenciosa resignação dos cegos desamparados.

De vez em quando, era preciso deter-me um instante, para respirar mais à vontade. Doíam-me os braços de os ter continuamente erguidos. Secava-se-me a boca. Um enorme cansaço invadia-me o corpo inteiro. Há quanto tempo durava já esta tortura? Não sei; apenas sentia claramente que, pelas paredes, o bolor principiava a formar altas camadas de uma vegetação aquosa, e que meus pés se encharcavam cada vez mais no lodo que o solo ressumbrava.

Veio-me então o receio de que eu, daí a pouco, não pudesse reconhecer o caminho e não lograsse por conseguinte chegar ao meu destino. Era preciso, pois, não perder um segundo; não dar tempo ao bolor e à lama de esconderem de todo o chão e as paredes.

E procurei, numa aflição, aligeirar o passo, a despeito da fadiga que me acabrunhava. Mas, ah! era impossível conseguir mais do que arrastar-me penosamente, como um verme ferido.

E o meu desespero crescia com a minha impotência e com o meu sobressalto.

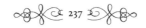

Miséria! Agora já me custava até distinguir o que meus dedos tateavam, porque o frio os tornara dormentes e sem tato.

Mas arrastava-me, arquejante, sequioso, coberto de suor, sem fôlego; mas arrastava-me.

Arrastava-me.

Afinal, uma alegria agitou-me o coração; minhas mãos acabavam de reconhecer as grades do jardim de Laura. Reanimou-se-me a alma. Mais alguns passos somente, e estaria à sua porta!

Fiz um extremo esforço e rastejei até lá.

Enfim!

E deixei-me cair prostrado, naquele mesmo patamar, que eu, dantes, tantas vezes atravessava ligeiro e alegre, com o peito a estalar-me de felicidade.

A casa estava aberta. Procurei o primeiro degrau da escada, e aí caí de rojo, sem forças ainda para galgá-la.

E resfoleguei, com a cabeça pendida, os braços abandonados ao descanso, as pernas entorpecidas pela umidade. E, todavia, ai de mim! as minhas esperanças feneciam ao frio sopro de morte que vinha lá de dentro.

Nem um rumor! Nem o mais leve murmúrio! Nem o mais ligeiro sinal de vida! Terrível desilusão aquele silêncio pressagiava!

As lágrimas começaram a correr-me pelo rosto, também silenciosas.

Descansei longo tempo; depois ergui-me e pus-me a subir a escada, lentamente, lentamente.

V

Ah! Quantas recordações aquela escada me trazia!... Era aí, nos seus últimos degraus, junto às grades de madeira polida, que eu, todos os dias, ao despedir-me de Laura, trocava com esta o silencioso juramento de nosso olhar. Foi aí que eu pela primeira vez lhe beijei a sua formosa e pequenina mão de brasileira.

Estaquei, todo vergado lá para dentro, escutando.

Nada!

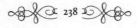

Entrei na sala de visitas, vagarosamente, abrindo caminho com os braços abertos, como se nadasse na escuridão.

Reconheci lá os primeiros objetos em que tropecei; reconheci o velho piano de armário, onde ela costumava tocar as suas peças favoritas; reconheci as estantes, pejadas de partituras, onde nossas mãos muitas vezes se encontraram, procurando a mesma música; e depois, avançando alguns passos de sonâmbulo, dei com a poltrona, a mesma poltrona em que ela, reclinada, de olhos baixos e chorosos, ouviu corando o meu protesto de amor, quando, também pela primeira vez, me animei a confessar-lho.

Oh! como tudo isso agora me acabrunhava de saudade!... Conhecemo-nos havia cousa de cinco anos; Laura então era ainda quase uma criança e eu ainda não era bem um homem. Vimo-nos um domingo, pela manhã, ao sairmos da missa. Eu ia ao lado de minha mãe, que nesse tempo ainda existia e...

Ah! mas, para que reviver semelhantes recordações?...

Acaso tinha eu o direito de pensar em amor?... Pensar em amor, quando em torno de mim o mundo inteiro se transformava em lodo?...

Esbarrei contra uma mesinha redonda, tateei-a, achei sobre ela, entre outras cousas, uma bilha d'água; bebi sequiosamente. Em seguida procurei achar a porta, que comunicava com o interior da casa; mas vacilei. Tremiam-me as pernas e arquejava-me o peito.

Oh! Já não podia haver o menor vislumbre de esperança!... Aquele canto sagrado e tranquilo, aquela habitação da honestidade e do pudor, também foram varridos pelo implacável sopro da morte!

Mas era preciso decidir-me a entrar. Quis chamar por alguém; não consegui articular mais do que o murmúrio de um segredo indistinguível.

Fiz-me forte; avancei às apalpadelas. Encontrei uma porta; abri-a. Penetrei numa saleta; não encontrei ninguém. Caminhei para diante; entrei na primeira alcova, tateei o primeiro cadáver.

Pelas barbas reconheci logo o pai de Laura. Estava deitado no seu leito; tinha a boca úmida e viscosa, e o muco que me sujou os dedos cheirava mal.

Limpei as mãos à roupa e continuei a minha tenebrosa revista.

No quarto imediato a mãe de minha noiva jazia ajoelhada defronte do seu oratório; ainda com as mãos postas, mas o rosto já pendido para a terra. Corri-lhe os dedos pela cabeça; ela desabou para o lado, dura como uma estátua. A queda não produziu ruído.

Continuei a andar.

O quarto que se seguia era o de Laura; sabia-o perfeitamente. O coração agitou-se-me sobressaltado; mas fui caminhando sempre, com os braços estendidos e a respiração convulsa.

Nunca houvera ousado penetrar naquela casta alcova de donzela, e um respeito profundo imobilizou-me junto à porta, como se pesasse profanar, com a minha presença, tão puro e religioso asilo do pudor.

Era, porém, indispensável que eu me convencesse de que Laura também me havia abandonado como os outros; que me convencesse de que ela consentira que a sua alma, que era só minha, partisse com as outras almas desertoras; que eu disso me convencesse, para então cair ali mesmo a seus pés, fulminado, amaldiçoando a Deus e à sua loucura!

E havia de ser assim! Havia de ser assim, porque antes, mil vezes antes, morto com ela do que vivo sem a possuir! Que me importava o resto, contanto que ela vivesse?...

Entrei no quarto. Apalpei as trevas. Não havia sequer o rumor da asa de uma mosca.

Adiantei-me.

Achei uma estreita cama, castamente velada por ligeiro cortinado de cambraia. Afastei-o e, continuando a tatear, encontrei um corpo mimoso, e franzino, todo fechado num roupão de flanela. Reconheci aqueles formosos cabelos setinosos; reconheci aquela carne delicada e virgem; aquela pequenina mão, e também reconheci a aliança, que eu mesmo lhe colocara num dos dedos.

Mas oh! Laura, a minha estremecida Laura, estava tão fria e tão inanimada como os outros!

E um fluxo de soluços, abafados e sem eco, saiu-me do coração.

Ajoelhei-me junto à cama e, tal como fizera com as minhas violetas, debrucei-me sobre aquele pudibundo rosto já sem vida, para respirar-lhe o bálsamo da alma. Longo tempo meus lábios, que as lágrimas ensopavam, àqueles frios lábios se colaram, no mais sentido, no mais terno e profundo beijo que se deu sobre a terra.

— Laura! balbuciei tremente. — Ó minha Laura! Pois será possível que tu, pobre e querida flor, casta companheira das minhas esperanças! será possível que tu também me abandonasses... sem uma palavra ao menos... indiferente e alheia como os outros?... Para onde tão longe e tão precipitadamente partiste, doce amiga, que do nosso mísero amor nem a mais ligeira lembrança me deixaste?...

E, cingindo-a nos meus braços, tomei-a contra o peito, a soluçar de dor e de saudade.

— Não; não! — disse-lhe sem voz. — Não me separarei de ti, adorável despojo! Não te deixarei aqui sozinha, minha Laura! Viva, eras tu que me conduzias às mais altas regiões do ideal e do amor; viva, eras tu que davas asas ao meu espírito, energia ao meu coração e garras ao meu talento! Eras tu, luz de minha alma, que me fazias ambicionar futuro, glória, imortalidade! Morta, hás de arrastar-me contigo ao insondável pélago do nada! Sim! Desceremos ao abismo, os dois, abraçados, eternamente unidos, e lá ficaremos para sempre, como duas raízes mortas, entretecidas e petrificadas no fundo da terra!

Sim!, sim, minha esposa e minha sombra querida, se tua alma impaciente não esperou por minha alma, teu corpo será na morte o companheiro inseparável do meu corpo! Meus braços não te deixarão nunca mais! nunca mais! Aqui, neste peito, onde repousas agora o teu formoso rosto já sem vida, tens tu o teu túmulo! Meus últimos pensamentos e meus últimos beijos serão as flores de tua sepultura!

E, em vão tentando falar assim, chamei-a de todo contra meu corpo, entre soluços, osculando-lhe os cabelos.

Ó meu Deus! Estaria sonhando?... Dir-se-ia que a sua cabeça levemente se movera para melhor repousar sobre meu ombro!... Não seria ilusão do meu próprio amor despedaçado?...

— Laura! — tentei dizer, mas a voz não me passava da garganta.

E colei de novo os meus lábios contra os lábios dela.

— Laura! Laura!

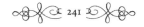

Oh! Agora sentira perfeitamente. Sim! sim! não me enganava! Ela vivia! Ela vivia ainda, meu Deus!

VI

E comecei a bater-lhe na palma das mãos, a soprar-lhe os olhos, e agitar-lhe o corpo entre meus braços, procurando chamá-la à vida.

E não haver uma luz! E eu não poder articular palavra! E não dispor de recurso algum para lhe poupar ao menos o sobressalto que a esperava quando recuperasse os sentidos!

Que ansiedade! Que terrível tormento!

E, com ela recolhida ao colo, assim prostrada e muda, continuei a murmurar-lhe ao ouvido as palavras mais doces que toda a minha ternura conseguia descobrir nos segredos do meu pobre amor.

Ela começou a reanimar-se; seu corpo foi a pouco e pouco procurando o calor perdido.

Seus lábios entreabriam-se já, respirando de leve.

— Laura! Laura!

Afinal, senti as suas pestanas roçarem-se na face. Ela abria os olhos.

— Laura!

Não me respondeu de nenhum modo, nem tampouco se mostrou sobressaltada com a minha presença. Parecia sonâmbula, indiferente à escuridão e ao fedor nauseabundo que vinha dos outros quartos.

Meu Deus! Laura teria enlouquecido?...

— Laura! minha Laura!

Aproximei os lábios de seus lábios ainda frios, e senti um murmúrio suave e medroso exprimir o meu nome.

Oh! ninguém, ninguém pode calcular a comoção que se apossou de mim! Todo aquele tenebroso inferno por um instante se alegrou e sorriu.

E, nesse transporte de todo o meu ser não entrava, todavia, o menor contingente da sensualidade. Nesse momento todo eu pertencia a um delicioso estado místico, alheio completamente à vida animal. Era como se me transportasse para outro mundo, reduzido a uma essência ideal e indissolúvel, feita de amor e bem-aventurança. Compreendi então esse voo etéreo de duas almas aladas na mesma fé, deslizando juntas pelo espaço em busca do paraíso. Senti a terra mesquinha para nós, tão grandes e tão alevantados no nosso sentimento. Compreendi a divinal e suprema volúpia do noivado de dois espíritos que se unem para sempre. Compreendi o dulcíssimo enlevo de Eloísa; compreendi o êxtase das virginais esposas de Jesus, quando, queimadas em vida, sorriam tranquilamente para o céu.

— Minha Laura! Minha Laura!

Ela passou-me os braços em volta do pescoço e uniu sua boca à minha, para dizer que tinha sede.

Lembrei-me da bilha d'água. Ergui-me e fui, às apalpadelas, buscá-la onde estava.

Depois de beber, Laura perguntou-me se a luz e o som nunca mais voltariam. Respondi vagamente, sem compreender como podia ser que ela se não assustava naquelas trevas e não me repelia do seu leito de donzela.

Era bem estranho o nosso modo de conversar. Não falávamos, apenas movíamos com os lábios. Havia um mistério de sugestão no comércio das nossas ideias; tanto que, para nos entendermos melhor, precisávamos às vezes unir as cabeças fronte com fronte.

E semelhante processo de dialogar em silêncio fatigava-nos, a ambos, em extremo. Eu sentia distintamente, com a testa colada à testa de Laura, o esforço que ela fazia para compreender bem o meu pensamento.

Por esse meio deu-me conta dos últimos sucessos de sua vida; disse-me que, ao despertar aquela interminável noite, encontrara o pai já morto; pusera-se então a rezar ao lado de sua mãe, defronte do oratório; e que, ao cabo de muitas horas, quando saiu da concentração da súplica, notou que estava ao lado de um cadáver. Quis pedir socorro; sair à rua para chamar alguém, mas fora detida por uma vertigem que a prostrara no leito.

Entretanto, não me parecia revoltada contra tamanhos infortúnios. E a sua tranquila resignação fez-me corar do meu desespero tão cerrado até ali.

Mais calmo, contei-lhe por minha vez o que presenciara. Disse-lhe que todos, todos, à exceção de nós dois somente, tinham morrido.

E interrogamos um ao outro, ao mesmo tempo, o que seria então de nós, perdidos e abandonados no meio daquele tenebroso campo de mortos? Como poderíamos sobreviver a todos os nossos semelhantes?... Como poderíamos existir sem luz, sem voz e sem ter o que comer?...

Emudecemos por longo espaço, de mãos dadas e com as frontes unidas.

Resolvemos morrer juntos.

Sim! Era tudo que nos restava! Mas, de que modo realizar esse intento?... Que morte descobriríamos capaz de arrebatar-nos aos dois de uma só vez?...

Calamo-nos de novo, ajustando melhor as frontes, cada qual mais absorto pela mesma preocupação.

Ela, por fim, lembrou o mar. Sairíamos juntos à procura dele, e abraçados pereceríamos no fundo das águas.

Concordei, mas disse-lhe quanto seria difícil andar agora pelas ruas. Descrevi-lhe a luta que tive para conseguir chegar até ali. Era tudo lodo e era tudo trevas!

Mas também não podíamos ficar naquela casa por mais tempo. Os cadáveres tresandavam peste.

Em todo caso, era preferível ir procurar morte lá fora.

Laura ajoelhou-se e rezou, pedindo a Deus por toda aquela humanidade que partira antes de nós; depois ergueu-se, passou-me o braço na cintura e começamos juntos a tatear a escuridão, dispostos a cumprir o nosso derradeiro voto.

Ao atravessarmos um dos quartos, nossos olhos tiveram uma grande surpresa: viram alguma coisa.

Sim! Vimos! Vimos, ali mesmo, a alguns passos de nós, um estranho e belo objeto luminoso, cercado de flama azul e verde, e com uma linda luz de pedras preciosas. Dir-se-ia uma caprichosa baixela refulgente, de prata e ouro, toda cravejada de diamantes, safiras e rubis.

Aproximando-nos avidamente para observar de mais perto o que seria aquilo tão bonito que assim resplandecia nas trevas. Mas, ao tocar-lhe levantou-se um mortífero fedor de podridão e fez-se defronte de nós um nodular de fogos fátuos com todas as gamas do verde luminoso.

Enorme esmeralda flamejante, cuja fulguração oscilava em ondas fosforescentes, derramando uma lívida claridade, em que nós contemplamos os dois, aterrados e trêmulos.

Era, que horror! O cadáver do pai de Laura, resplandecendo no auge da sua decomposição. Aqueles lindos fogos cambiantes saíam-lhe do ventre espocado.

Fugimos espavoridos, sem desprender os braços um do outro, a correr, tropeçando em tudo, e alumiados, como dois demônios, por aquela pira da podridão, numa infernal apoteose de sabá.

E, atropeladamente, ganhamos a escada, cujos degraus a lama e o bolor, vitoriosos, tinham já invadido por tal modo, que nos depenhamos juntos, rolando até cair lá fora, na rua, abraçados e arquejantes.

VII

Lá fora a umidade crescia, liquefazendo a crosta da terra. O chão tinha já uma sorvedora acumulação de lodo, em que o pé se atolava como num tujucal de mangues. As ruas estreitavam-se entre duas florestas de bolor que nasciam de cada lado das paredes.

Laura e eu, presos um ao outro pela cintura, arriscamos os primeiros passos e pusemo-nos a andar com extrema dificuldade, procurando a direção do mar, tristes e mudos, como os dois enxotados do paraíso.

Pouco a pouco foi-nos ganhando uma profunda indiferença por toda aquela treva e por toda aquela lama, em cujo ventre, nós, pobres vermes, penosamente nos movíamos. E deixamos que os nossos espíritos, desarmados da faculdade de falar, se procurassem e se entendessem por conta própria, num misterioso idílio em que as nossas almas se estreitavam e se confundiam.

Agora, já não nos era preciso unir as frontes ou os lábios para trocar ideias e pensamentos. Nossos cérebros travavam entre si um contínuo e silencioso diálogo, que em parte nos adoçava as penas daquela triste viagem para a morte; enquanto os nossos corpos esquecidos, iam maquinalmente prosseguindo, passo a passo, por entre o limo pegajoso e úmido.

Lembrei-me das provisões que trazia na algibeira; ofereci-lhas; Laura recusou-as, afirmando que não tinha fome.

Reparei então que eu também não sentia agora a menor vontade de comer e, o que era mais singular, não sentia frio.

E continuamos a nossa peregrinação e o nosso diálogo. Ela, de vez em quando, repousava a cabeça no meu ombro, e parávamos para descansar.

Mas o lodo crescia, crescia, e o bolor condensava-se de um lado e de outro lado, mal nos deixando uma estreita vereda, por onde no entanto prosseguíamos sempre, arrastando-nos abraçados. Já não tateávamos o caminho, nem era preciso, porque não havia que recear o menor choque. Por entre a densa vegetação do mofo, nasciam agora da direita e da esquerda, almofadando a nossa passagem, enormes cogumelos e fungões, penugentos e veludados, contra os quais escorregávamos como por sobre arminhos podres.

Àquela absoluta ausência do sol e do calor, formavam-se e cresciam esses monstros da treva, disformes seres úmidos e moles; tortulhos gigantescos, cujas polpas esponjosas, como imensos tubérculos de tísico, nossos braços não podiam abarcar.

Era horrível essa fungosa essa fungosa e peganhenta família de gordos agáricos de todos os feitios e dimensões, já bojudos e abaulados; já côncavos e chatos; já piramidais, afunilados, redondos, calvos e cabeludos. Era horrível senti-los crescer assim fantasticamente, inchando ao lado e defronte uns dos outros como se toda a atividade molecular e toda a força agregativa e atômica que povoava a terra, os céus e as águas, viesse concentrar-se neles, para neles resumir a vida inteira. Era horrível, para nós, que nada mais ouvíamos, senti-los inspirar e respirar, como animais sorvendo gulosamente o oxigênio daquela infindável noite.

Ai! desgraçados de nós, minha querida Laura! De tudo que vivia à luz do sol só eles persistiam; só eles e nós dous. Tristes privilegiados naquela fria e tenebrosa desorganização do mundo!

Meu Deus! Era nesse nojento viveiro, borbulhante de lodo e da treva que refugiara a grande alma do mal, depois de repelida por todos os infernos. Era aí que se aninhavam todos os vícios e todas as ruins paixões, que o coração dos homens havia concebido e cultivado para tormento de seus irmãos, ou talvez, se a tanto chegou o orgulho desses míseros répteis, para opor alguma coisa, alguma obra, ao que de bom a generosa natureza lhes franqueara na terra.

E continuamos a caminhar por entre aqueles monturos vivos, oprimidos pelo aflitivo resfolegar de almas cansadas.

De repente, Laura tremeu toda e cingiu-se medrosa contra meu corpo.

— Que tens tu, minha pobre flor?...

Ela me respondeu que dentre o respirar daqueles monstros, distinguira um gemido de dor.

— Um gemido? E era humano?

— Sim, sim! Disse ela, sem falar.

E, nesse instante, outro longo e doloroso gemido veio confirmar as palavras da minha companheira.

Paramos os dois.

— Quem és tu? Interroguei por fim, sem proferir meu pensamento. Quem és tu, meu desgraçado semelhante, que assim, tão lamentosamente, suspiras na treva e no lodo?...

— Não! Respondeu-me a sombra de uma voz, que parecia vir dos limbos da eternidade. Não! não sou teu semelhante, porque nunca poderás ser meu igual...

— Não és homem?...

— Sou mais, muito mais que um homem!

— Um deus?...

— Um pouco menos que um deus...

— Quem és então?...

— Sou, ou fui, o maior entre os maiores da terra!

— Orgulhoso!

— Sim, e com direito.

— Por quê?

— Porque tive todos os poderes sobre os outros filhos da minha infeliz pátria; porque desfrutei todos os privilégios e todas as prerrogativas, conferidas por eles mesmos, os imbecis! Porque, sem empregar o menor esforço intelectual e sem cometer o ato mais insignificante de coragem, deram-me o primeiro posto e o primeiro lugar em todas as classes sociais, fazendo de mim até o primeiro sábio! Ah, sim! sim! Eu já fui um grande sábio!

— Pobre louco!

— Hoje, não sei por que maldição, talvez para castigo da minha própria grandeza, invejas do céu! vejo-me convertido neste imundo tortulho, em que vegeto na treva e no esquecimento! maldito! mil vezes maldito! seja aquele ambicioso temerário que me perdeu! Insensato! querendo arrancar-me a coroa para colocá-la na própria cabeça, nada mais fez, com as mãos de barro, do que tirar-me para dar a outro! Traidor! chore tua alma, como a minha alma chora, neste pesado lodo dos proscritos!

E um novo gemido, ainda mais doloroso que o primeiro partiu dentre aquela lama viva que assim me falava.

— Não creias em tais palavras! segredou-me do lado oposto uma outra voz. Não são sinceras!

Voltei-me para escutar o novo agárico que deste modo interferia contra o seu companheiro de maldição.

— Não lhes dês ouvidos, prosseguiu ele, não lhe dês ouvidos, que esse feiticeiro, agora transformado, como eu, no mais obscuro dos vegetais, nunca a ninguém falou sinceramente! Ah! ele tem bem clara consciência de que não foi a sua suposta grandeza que o lançou neste frio abismo de trevas, mas sim o grande mal por ele cometido na outra vida! O acaso, e só o acaso, atirou-lhe às mãos um povo ingênuo e bem, ainda palpitante dos seus primeiros arroubos de liberdade; e o néscio cruzou os braços para que o mísero lhe caísse aos pés, reduzido a um rebanho de servis escravos! governou corrompendo e prostituindo! A mim, um dos seus inimigos mais poderosos nos tempos da sua melhor prosperidade, venceu o maldito, como a tantos outros que encontrarás por este doloroso caminho, amordaçando-me o caráter com as falsas honras da sua corte. Fui fraco, e bem mereço a lama em que agora me reduzo! Aos que de todo não se rendiam, aos fortes, ai deles! a esses inutilizava para sempre o celerado com um simples traço do seu lápis fatídico; e, para sempre os perseguia com tal raiva, mas ao mesmo tempo com tal manha, que jamais ninguém no mundo foi tão dissimulado e tão perverso! Esse monstro chegou a ter um livro negro, um livro inferno, onde resvalando alguém, perdia para sempre a esperança de voltar à vida! Esse monstro fez-se celebrar alto sacerdote da ciência, e no entanto, banal e pequenino de alma, procurava inutilizar todo aquele que, por ela, se esquecia dele! Guerreou com inveja os triunfadores das letras e das artes do seu país, e todavia fez-se coroar protetor da literatura, da música e da pintura! Apaixonado e consumido por mesquinhos ódios pessoais, queria, apesar disso, que o decantassem como filósofo e como poeta! E assim logrou viver e dominar por mais de meio século, até que um dia a revolta dos mais fortes do que ele, e a justiça que protege os fracos e os oprimidos, baqueou-lhe com trono e o atirou para longe!

Rolou do seu poder como um fantasma arrastado pela própria sombra! Caiu sozinho, abandonado e repelido por todos; nem uma só mão amiga procurou enfraquecer-lhe a queda, porque ele nunca tivera amigos! Desabou acompanhado pela maldição e pela indiferença de um povo inteiro, e afinal sumiu-se no nada, cambaleando, a vozear uns desvairados versos de rei louco!

E a voz calou-se, trêmula e arquejante de ódio.

— E tu, quem és? perguntei-lhe então. Quem és, que assim te mostras tão indignado pelo teu companheiro de treva e de lodo?

— Quem sou?... Uma das vítimas desse fantasma maldito.

Se queres saber meu nome, procura-o no célebre manifesto revolucionário, assinado no bom tempo em que eu ainda tinha uma alma pura de patriota republicano. Mas ai de mim! o mágico traiçoeiro trocou a cruz, então pesada, dos meus sonhos de liberdade, por um agaloada mortalha, em que desceu envolto o meu cadáver, à vala comum dos perjúrios políticos!

— Infeliz!

— Vai! Segue o teu caminho! Não te detenhas neste inferno de paixões humanas; nem dês ouvidos aos que gemem e blasfemam nesta venenosa vereda dos maus e dos réprobos!

— Vamos! disse-me Laura, puxando-me pela cintura.

E ouvimos em torno de nós um longo e plangente coro de suspiros lancinantes.

Ela então parou e, de mãos postas, volveu para Deus todo o seu pensamento, suplicando misericórdia para aquelas míseras almas condenadas.

E depois, mudos e comovidos, pusemo-nos a caminhar, por entre o murmúrio de chorosas vozes que erguia em torno de nossa tristeza.

VIII

Mas uma voz, untuosa e ao mesmo tempo escarninha, fez-nos parar de novo. Esta agora falava de Deus e dos anjos, rindo-se, porém, dos homens e dos demônios.

No fim de algum silêncio, em que a escutamos os dois, cabisbaixos e comovidos, perguntei-lhe mentalmente quem era; quem era que daquele estranho modo glorificava a Deus e escarnecia dos homens?

— Sou a ironia piedosa! respondeu ela. Sei rezar e sei rir!

— És um sacerdote religioso?...

— Não, nem acredito em padres; como não acredito nos homens; como não acredito nas crenças alheias, nem na virtude dos outros; nem na ciência, nem na justiça, nem no talento, nem no amor, nem na lealdade!

— Então em que acreditas tu, demônio?

— Em Deus, para não ser como os outros, que só acreditam em si!

— E no entanto foi ele quem te lançou nesta lodosa cadeia de almas penadas! Algum mal fizeste tu aos teus semelhantes!

— Nenhum! Juro pela Imaculada Nossa Senhora da Conceição que nunca fiz mal a ninguém! Verdade seja que igualmente jamais fiz bem de espécie alguma, porque jamais acreditei nas dores e dissabores do próximo!

— Egoísta!

— Egoísmo, não! simples modéstia. Diziam-me muito talentoso e erudito. Não sei! Nada produzi da minha ciência nem do meu engenho. Fiz alguns discursos humorísticos, ou melhor: alguns sermões jocosos, mas com o fim inocente de divertir-me um pouco à custa dos engraçados políticos e devotos do meu país. No fundo sou uma boa alma; um pouquinho cético talvez; talvez um pouco pândego; mas, com um milhão de virgens! não merecia ver-me agora, reduzido a cogumelo, ao lado de sujeitos de maus bofes e mulheres de má vida! Tinha direito a estar noutro lugar! O grande crime que me atirou aqui, vê lá isto! foi nunca ter tomado nada a sério!

— Nem Deus?!

— Não admito a interpelação. Deus não se discute.

— E o amor da pátria?

— Ora!

— Não foi então o patriotismo que te fez político?

— Qual! Foi a necessidade de distração, quando os frades, que me divertiam, tinham já esgotados o seu repertório de anedotas. Ah! é todo o meu fraco: uma boa facécia! Sabes alguma coisa espirituosa? Conta-me.

Laura puxou-me pelo braço, indignada.

— Vamos! Fujamos daqui! suplicou-me ela. Faz-me mal ouvir esta voz!

— Não! Esperem! Venham cá! insistia o piedoso escaninho, no auge do interesse.

Nós, porém, não o atendemos e prosseguimos em silêncio.

Ele, então, soltou-nos na pista dois assovios de escárnio, vaiando-nos.

E os outros assovios estridularam com o exemplo dos primeiros.

Continuamos, entretanto, continuamos a derivar penosamente por aquele tenebroso labirinto de lodo soluçante. Aqui, era alguém que chorava as mortes por ele próprio cometidas; ali, já outro, carpia lágrimas alheias que os seus feitos perversos provocaram; mais adiante destacavam-se os soluços raivosos do orgulho, os gemidos da avareza e da usura, confundidos com os tredos suspiros da mentira e da hipocrisia e com ou uivos bestiais da luxúria e do vício.

E afinal tudo era já um clamor aflitivo de agonizantes, envenenados pelo próprio coração; um convulso e revolto estortegar de almas desesperadas, que se estrangulavam, curtindo as próprias fezes.

Sem mais querermos escutá-las, fugimos estarrecidos, precipitando-nos, de mão dada, pela treva. Mas agora, já não era dos lados que nos chamavam, mas de dentro do chão de dentro da lama palpitante, donde um gemido saía de cada lugar em que púnhamos o pé.

E as falas e os soluços subterrâneos não se calavam; e as palavras borbulhavam à flor do lodo, fervilhando como se viessem expelidas por um vulcão de cóleras humanas.

Uma voz, mais acerba e danada que as outras, fez-nos estacar, nem que se nos queimassem os pés. Tão carregada vinha de veneno e de ódio que me doeu o espírito quando ela chegou até lá.

Laura procurou meu peito para esconder o rosto.

A voz disse então rosnando a nossos calcanhares:

— Maldito seja o mundo inteiro, maldita seja minha pátria! maldito sejam meus pais! malditos os que me odeiam! malditos os que algum dia me amaram. Todos! Todos sejam malditos!

Abaixei-me para perguntar-lhe quem era e donde provinha tão grande e tão negro rancor contra tudo e contra todos.

— Quem sou? sou o homem de mais talento que existiu até hoje!

— E de onde procede o teu desespero?

— Ainda o perguntas?! Pois não vês que neste nojento estado de urupê, a que me acho reduzido, não tenho dentes e não tenho garras, para continuar a morder e agatanhar essa cousa execrável que se chama o homem?!

— Mas por que tamanho ódio contra os homens?...

— Não sei! Amaldiçoei-os sempre! Meu destino é odiar! Aos brancos odiei porque eram brancos; aos negros odiei porque eram negros! Aos estúpidos guerreei com a indiferença e com o desprezo; aos de talento, grande ou pequeno, persegui por todos os meios e com todas as armas. Intriguei, caluniei, inutilizei-os quanto pude. Se algum conseguiu viver, não foi porque eu não empregasse todos os esforços para matá-lo!

— És invejoso!

— Sou. A inveja é uma das mais belas manifestações do egoísmo. E o egoísmo é uma força inquebrantável. Fui um forte!

— Não! Foste simplesmente um ambicioso vulgar, guiado por um coração daninho e fraco. Caíste, tropeçando nos farrapos da tua própria obra, enlameada e rota; e nunca mais te ergueste, porque o peso dos teus crimes e dos teus vícios era superior às tuas forças! No entanto, podias ter sido um bom patriota, abençoado por esse mesmo povo que traíste com a guarda negra! Não te faltou ocasião para isso; o que faltou foi caráter!

— Mentes! Não sabes quem eu sou!

— Engana-tes. Reconheço-te, demônio! Reconheço-te bem! Foste o pirata do talento de teus iludidos companheiros! Não podes estranhar a lama a que te condenaram, porque tu também és lama; e a seiva, que te alimenta o cérebro e a que chamas gênio, nada mais é do que o húmus feito com os detritos de tua própria alma apodrecida!

Sê maldito, embusteiro!

E, enojado, afastei-me, arrastando Laura comigo. Aquele infeliz tinha-nos enchido o coração de trevas.

Mais uma boca se abriu no lodo, falando com uma voz dura e roufenha contra o suposto roubo de que fora vítima na abolição dos cativos; e, como reconheci que era um escravocrata que apostrofava, abaixei-me e cortei-lhe a palavra com um punhado de lama que apanhei do chão.

E logo outra voz brotou a nossos pés, súplice e triste. Era voz de mulher e, com tal ânsia amaldiçoava as próprias culpas, que ela mesma nos pediu para não nos determos ali um só momento a escutá-las.

— Adiante! adiante, caminheiros! chorava a desgraçada. Por quem sois, não vos demoreis neste lugar donde vos falo, que isto aqui já não é simples lama, é pus, é pus venéreo, que envenena a quem lhe toca como a quem o pisa! Fugi, fechando o espírito às minhas palavras e aos meus pensamentos, porque eles queimam e nodoam tudo aquilo que encontram na passagem!

— Quem és tu, pústula?

— Sou a prostituição! Foge da minha dor, que é imunda!

— Desgraçada!

— Muito desgraçada! Ah! não podes imaginar o quanto sofro, porque não podes conceber quão mefítica e danosa foi a influência exercida por mim sobre a pobre capital que me abrigara. Deitei-me ao comprido sobre ela e suguei-a com a minha nudez desavergonhada. Meu corpo era um arsenal de vícios destruidores e fortes, que eu trouxe da velha crápula rejeitada pela França. Ai, meu Deus! corrompi uma geração inteira! sufoquei com beijos assassinos muitas e muitas almas que ainda mal se abriam na aurora da adolescência!

Fui o negro terror de todas as famílias desta cidade extinta e agonizante! Profanei as coisas mais puras e sagradas! Pisei sobre as tradições e os costumes mais honestos; escarrei na moral; chicoteei a justiça! Ai, ai! sou muito desgraçada! Maldita seja eu!

E, com um profundo e verdadeiro grito de agonia, calou-se a voz, mergulhando de súbito no lodo. E, ainda por muito tempo, lhe ouvimos o eco dos soluços, gemendo e galopando debaixo de nossos pés.

IX

De súbito, calou-se tudo, tudo! Apagaram-se todas as vozes e todos os soluços, e o grande silêncio voltou, mais negro, mais compacto e mais cerrado. Não saía do chão a sombra orvalhada de um gemido; não passava no ar a asa fugitiva de um suspiro.

E nos sentimos ainda mais sós e mais acabrunhados do que dantes. Ah! o inferno seria muito mais pavoroso se fosse um lugar ermo! O paraíso devia ser bem triste antes do pecado original!

Respiramos um momento, sem trocar uma ideia, depois, resignados, continuamos a caminhar para diante, presos à cintura um do outro, como dois míseros criminosos condenados a viver eternamente.

Era-nos já de todo impossível reconhecer o lugar por onde andávamos, nem calcular o tempo que havia decorrido depois que estávamos juntos. Às vezes se nos afigurava que muitos e muitos anos nos separavam do último sol; outras vezes parecia-nos a ambos que aquelas trevas tinham-se fechado em torno de nós apenas alguns momentos antes.

O que sentíamos bem claro era que os nossos pés cada vez mais se entranhavam no lodo, e que toda aquela umidade grossa, da lama e do ar espesso, já não nos repugnava como a princípio e dava-nos agora, ao contrário, certa satisfação voluptuosa embeber-nos nela, como se por todos os nossos poros a sorvêssemos para nos alimentar.

Os sapatos foram-se-nos a pouco e pouco desfazendo, até nos abandonarem descalços completamente. E as nossas vestimentas reduziram-se a farrapos imundos.

Laura estremeceu de pudor com a ideia de que em breve estaria totalmente despida e descomposta; soltou os cabelos para se abrigar com eles e pediu-me que apressássemos a viagem, a ver se alcançávamos o mar, antes que as roupas a deixassem de todo.

Depois calou-se por muito tempo.

Comecei a notar que os pensamentos dela iam progressivamente rareando, tal qual sucedia aliás comigo mesmo.

Minha memória embotava-se.

Afinal, já não era só a palavra falada que nos fugia; era também a palavra concebida. Nossos cérebros principiavam a bestializar-se.

As luzes da nossa inteligência desmaiavam lentamente, como no céu as trêmulas estrelas, que pouco a pouco se apagaram para sempre.

Já não víamos; já não falávamos; íamos também deixar de pensar.

Meu Deus! era a treva que nos invadia! Era a treva, bem o sentíamos! que começava, gota a gota, a cair dentro de nós.

Só uma ideia, uma só, nos restava por fim: descobrir o mar, para pedir-lhe o termo daquela horrível agonia. Laura passou-me os braços em volta do pescoço, suplicando com o seu derradeiro pensamento que eu não a deixasse viver por muito tempo ainda.

E avançamos com maior coragem, na esperança de morrer.

Mas, à proporção que o nosso espírito por tal estranho modo se neutralizava, fortalecia-se-nos o corpo maravilhosamente, a refazer-se da seiva no meio nutritivo e fertilizante daquela decomposição geral.

Sentíamos perfeitamente o misterioso trabalho de revisceração que se travava dentro de nós; sentíamos o sangue enriquecer de fluidos vitais e ativar-se nos nossos vasos, circulando vertiginosamente a martelar por todo o corpo. Nosso organismo transformava-se num laboratório, revolucionado por uma chusma de demônios.

E nossos músculos robusteceram-se por encanto, e os nossos membros avultaram num contínuo desenvolvimento. E sentimos crescer os ossos, e sentimos a medula polular engrossando e aumentando dentro deles. E sentimos as nossas mãos e os nossos pés tornarem-se fortes, como os de um gigante; e as nossas pernas encorparem, mais consistentes e mais ágeis; e os nossos braços se estenderem, maciços e poderosos.

E todo o nosso sistema muscular se desenvolveu de súbito, em prejuízo do sistema nervoso que se amesquinhava progressivamente.

Fizemo-nos hercúleos, de uma pujança de animais ferozes, sentindo-nos capazes cada qual de afrontar impávidos todos os elementos do globo e todas as lutas pela vida física.

Depois de apalpar-me surpreso, tateei o pescoço, o tronco e os quadris de Laura. Parecia-me ter debaixo das minhas mãos de gigante a estátua colossal de uma deusa pagã. Seus peitos eram fecundos e opulentos; suas ilhargas cheias e grossas como as de um animal bravio; sua cabeça pequena e redonda, como as das Vênus da Grécia Antiga.

E assim refeitos pusemo-nos a andar familiarmente naquele lodo, como se fôramos criados nele. Também já não podíamos ficar um instante no mesmo lugar, inativos; uma irresistível necessidade de exercício arrastava-nos, a despeito da nossa vontade, agora fraca e mal segura. E, quanto mais se nos embrutecia o cérebro, tanto mais os nossos membros reclamavam atividade e ação; sentíamos gosto em correr, correr muito, cabriolando por ali afora, e sentíamos ímpetos de lutar, de vencer, de dominar alguém com a nossa força.

Laura atirava-se contra mim, numa carícia selvagem e pletórica, apanhando-me a boca com os seus lábios fortes de mulher irracional e estreitando-se comigo sensualmente, a morder-me os ombros e os braços, como se me quisesse acordar os desejos da carne.

E lá íamos, continuando inseparáveis naquela nossa nova maneira de existir, sem memória de outra vida, amando-nos com toda a força dos nossos impulsos; para sempre esquecidos um no outro, como os dois últimos parasitas do cadáver de um mundo.

Certa vez, de surpresa, nossos olhos tiveram a alegria de ver.

Uma enorme e difusa claridade fosforescente estendia-se defronte de nós, a perder de vista.

Era o mar.

Estava morto e quieto. Um triste mar, sem ondas e sem soluços, chumbado à terra na sua profunda imobilidade de orgulhoso monstro abatido.

Fazia dó vê-lo assim, concentrado e mudo, saudoso das estrelas, viúvo do luar.

Sua grande alma branca, de antigo lutador, parecia debruçar-se ainda sobre o resfriado cadáver daquelas águas silenciosas, chorando as extintas noites, claras e felizes, em que elas, como um bando de náiades alegres, vinham aos saltos, tontas de alegria, quebrar na praia as suas risadas de prata.

Pobre mar! Pobre atleta! Nada mais lhe restava agora sobre o plúmbeo dorso fosforescente do que tristes esqueletos dos últimos navios, ali fincados, espectrais e negros, como inúteis e partidas cruzes de um velho cemitério abandonado.

X

Aproximamo-nos daquele pobre oceano morto. Tentei invadi-lo, mas meus pés não acharam que distinguir entre a sua fosforescente gelatina e a lama negra da terra. Tudo era igualmente lodo.

Laura conservava-se imóvel como que aterrada defronte do imenso cadáver luminoso. Agora, assim contra a embaciada lâmina das águas, nossos perfis se destacavam tão bem, como, ao longe, se destacavam as ruínas dos navios. Já nos não lembrávamos absolutamente da intenção de afogar-nos juntos.

Com um gesto chamei-a para meu lado. Laura, sem dar um passo, encarou-me com espanto, estranhando-me. Tornei a chamá-la; não veio. Fui ter então com ela.

Mas Laura, ao ver-me aproximar, deu medrosa um ligeiro salto para trás e pôs-se a correr pela extensão da praia, como se fugisse a um monstro desconhecido.

Precipitei-me também, para alcançá-la.

Vendo-se perseguida, atirou-se ao chão, a galopar, quadrupedando que nem um animal. Eu fiz o mesmo, e cousa singular! notei que me sentia muito mais à vontade nessa posição de quadrúpede do que na minha natural posição de homem.

Assim galopamos longo tempo à beira do mar; mas, percebendo que a minha companheira me fugia assustada para o lado das trevas, tentei detê-la, soltei um grito, soprando com toda a força o ar dos meus pulmões de gigante. Nada mais consegui do que dar um ronco de besta. Laura, todavia, respondeu com outro. Corri para ela, e os nossos berros ferozes perderam-se longamente por aquele mundo vazio e morto.

Alcancei-a por fim; ela havia caído por terra, prostrada de fadiga. Deitei-me ao seu lado, rosnando ofegante de cansaço.

Na escuridão reconheceu-me logo; tomou-me contra o seu corpo e afagou-me instintivamente.

Quando resolvemos continuar a nossa peregrinação, foi de quatro pés que nos pusemos a andar ao lado um do outro, naturalmente sem dar por isso.

Então meu corpo principiou a revestir-se de um pelo espesso. Apalpei as costas de Laura e observei que com ela acontecia a mesma cousa.

Assim era melhor, porque ficaríamos perfeitamente abrigados do frio, que agora aumentava.

Depois, senti que os meus maxilares se dilatavam de modo estranho, e que as minhas presas cresciam, tornando-se mais fortes, mais adequadas ao ataque, e que, lentamente, se afastavam dos dentes queixais; e que meu crânio se achatava; e que a parte inferior do meu rosto se alongava para a frente, afilando como um focinho de cão; e que meu nariz deixava de ser aquilino e perdia a linha vertical, para acompanhar o alongamento da mandíbula; e que enfim as minhas ventas se patenteavam, arregaçadas para o ar, úmidas e frias.

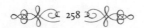

Laura, ao meu lado, sofria iguais transformações.

E notamos que, à medida que se nos apagavam uns restos de inteligência e nosso tato se perdia, apurava-se-nos o olfato de um modo admirável, tomando as proporções de um faro certeiro e sutil, que alcançava léguas.

E galopávamos contentes ao lado um do outro, grunhindo e sorvendo o ar, satisfeitos de existir assim. Agora, o fartum da terra encharcada e das matérias em decomposição, longe de enjoarnos, chamava-nos a vontade de comer. E os bigodes, cujos fios se inteiriçavam como cerdas de porco, serviam-me para sondar o caminho, porque as minhas mãos haviam afinal perdido de todo a delicadeza do tato.

Já não me lembrava, por melhor esforço que empregasse, uma só palavra do meu idioma, como se eu nunca tivera falado em minha vida. Agora, para entender-me com Laura era preciso uivar; e ela me respondia do mesmo modo.

Não conseguia também lembrar-me nitidamente de como fora o mundo antes daquelas trevas e daquelas nossas metamorfoses, e até já não me recordava bem de como tinha sido a minha própria fisionomia primitiva, nem a de Laura.

Entretanto, meu cérebro funcionava ainda, lá a seu modo, porque, afinal, tinha eu consciência de que existia e preocupava-me em conservar junto de mim a minha companheira, a quem agora só com os dentes afagava, mordendo-lhe o pescoço e as ancas.

Quanto tempo se passou assim para nós, nesse estado de irracionais, é o que não posso dizer; apenas sei que, sem saudades de outra vida, trotando ao lado um do outro, percorríamos então o mundo, perfeitamente familiarizados com a treva e com a lama, esfocinhando no chão, à procura de raízes, que devorávamos com prazer; e sei que, ao sentir-nos cansados, nos estendíamos por terra, juntos e tranquilos, perfeitamente felizes, porque não pensávamos e porque não sofríamos.

XI

Uma ocasião, porém, em que nos levantávamos de um desses sonos, senti os pés trôpegos, pesados, e como que propensos a entranhar-se pelo chão. Apalpei-os e encontrei as unhas moles e abaladas, a despregarem-se. Laura, junto de mim, observou em si a mesma cousa. Começamos logo a arrancá-las com os dentes, sem experimentarmos a menor dor; saíam-nos como cascas de feridas já saradas. Depois passamos a fazer o mesmo com as das mãos; as pontas dos nossos dedos, logo que se acharam despojadas das unhas, transformaram-se numa espécie de ventosa de polvo, numas bocas de sanguessuga que se dilatavam e contraíam incessantemente, sorvendo gulosas o ar e a umidade.

Os pés começaram-nos a radiar em longos e ávidos tentáculos de pólipo; e os seus filamentos e as suas radículas minhocaram pelo lodo fresco do chão, procurando sôfregos internar-se bem na terra, para ir lá dentro beber-lhes o húmus azotado e nutriente. Enquanto os dedos das mãos esgalhavam, um a um, ganhando pelo espaço e chupando o ar voluptuosamente pelos seus respiradores, fuçando e fungando, irrequietos e morosos, como trombas de elefantes.

Desesperado, ergui-me em toda a minha longa estatura de gigante e sacudi os braços, tentando dar um arranco, para soltar-me do solo.

Foi inútil. Nem só não consegui despregar meus pés enraizados no chão, como fiquei de mãos atiradas para o alto, numa postura mística de brama, arrebatado no êxtase religioso.

Laura, igualmente presa à terra, ergueu-se rente comigo, peito a peito, entrelaçando nos meus braços esgalhados e procurando unir sua boca à minha boca.

E assim nos quedamos para sempre, aí plantados e seguros, sem nunca mais nos soltarmos um do outro, nem mais podermos mover os nossos duros membros contraídos.

E, pouco a pouco, nossos cabelos e nossos pelos se nos foram desprendendo e caindo lentamente pelo corpo abaixo. E cada poro que eles deixavam era um novo respiradouro que se abria, para beber a noite tenebrosa. Então sentimos que o nosso sangue ia-se a mais e mais se arrefecendo e desfibrinando, até ficar de todo transformado numa seiva linfática e fria. Nossa medula começou a endurecer e revestir-se de camadas lenhosas, que substituíam os ossos e os músculos; e nós fomos surdamente nos lignificando, nos encascando, a fazer-nos fibrosos desde o tronco até às hastes e às estipulas.

E os nossos pés, num misterioso trabalho subterrâneo, continuavam a lançar pelas entranhas da terra as suas longas e insaciáveis raízes; e os dedos das nossas mãos continuavam a multiplicar-se, a crescer, e a esfolhar, como galhos de uma árvore que reverdece.

Nossos olhos desfizeram-se em goma espessa e escorreram-nos pela crosta da cara, secando depois como resina; e das suas órbitas vazias começaram a brotar muitos rebentões viçosos. Os dentes despregaram-se, um por um, caindo de per si, e as nossas bocas murcharam-se inúteis, vindo, tanto delas, como de nossas ventas já sem faro, novas vergônteas e renovos que abriam novas folhas brácteas.

E agora só por estas e pelas extensas raízes de nossos pés é que nos alimentávamos para viver.

E vivíamos.

Uma existência tranquila, doce, profundamente feliz, em que não havia desejos, nem saudades; uma vida imperturbável e surda, em que os nossos braços iam por si mesmos se estendendo preguiçosamente para o céu, a reproduzirem novos galhos, donde outros rebentavam, cada vez mais copados e verdejantes. Ao passo que as nossas pernas, entrelaçadas num só caule, cresciam e engrossavam, cobertas de armaduras corticais, fazendo-se imponentes e nodosas, como os estalados troncos desses velhos gigantes das florestas primitivas.

XII

Quietos e abraçados na nossa silenciosa felicidade, bebendo longamente aquela inabalável noite, em cujo ventre dormiam mortas as estrelas, que nós dantes tantas vezes contemplávamos embevecidos e amorosos, crescemos juntos e juntos estendemos os nossos galhos, e as nossas raízes, não sei por quanto tempo.

Não sei também se demos flor ou se demos frutos; tenho apenas consciência de que depois, muito depois, uma nova imobilidade, ainda mais profunda, veio enrijar-nos de todo. E sei que as nossas fibras e os nossos tecidos endureceram, a ponto de cortar a circulação dos fluidos que nos nutriam; e que o nosso polposo âmago e a nossa medula se foi alcalinando, até de todo se converter em grés siliciosa e calcária; e que afinal fomos perdendo gradualmente a natureza de matéria orgânica para assumirmos os caracteres do mineral.

Nossos gigantescos membros, agora completamente desprovidos da sua folhagem, contraíram-se hirtos, sufocando os nossos poros; e nós dois, sempre abraçados, nos inteiriçamos numa só mole informe, sonora e maciça, onde as nossas veias primitivas, já secas e tolhidas, formavam sulcos ferruginosos, feitos como que do nosso velho sangue petrificado.

E, século a século, a sensibilidade foi-se-nos perdendo numa sombria indiferença de rocha. E, século a século, fomos de grés, de xisto, ao supremo estado de cristalização.

E vivemos, vivemos, e vivemos, até que a lama que nos cercava principiou a dissolver-se numa substância líquida, que tendia a fazer-se gasosa e a desagregar-se, perdendo o seu centro de equilíbrio; uma gaseificação geral, como devia ter sido antes do primeiro matrimônio entre as duas primeiras moléculas que se encontraram e se uniram e se fecundaram, para começar a interminável cadeia da vida, desde o ar atmosférico até ao sílex, desde o eozoon[1] até ao bípede.

E oscilamos indolentemente naquele oceano fluido.

Mas, por fim, sentimos faltar-nos o apoio, e resvalamos no vácuo, e precipitamo-nos pelo éter.

E, abraçados a princípio soltamo-nos depois e começamos a percorrer o firmamento, girando em volta um do outro, como um casal de estrelas errantes e amorosas, que vão espaço afora em busca do ideal.

---

[1] Rocha metamórfica, constituída de camadas intercaladas de calcita e de serpentina, e considerada um pseudofóssil, descoberta arqueológica feita no Canadá, no começo do século XIX.

XIII

Ora aí fica, leitor paciente, nessa dúzia de capítulos desenxabidos, o que eu, naquela maldita noite de insônia, escrevi no meu quarto de rapaz solteiro, esperando que Sua Alteza, o Sol, se dignasse de abrir a sua audiência matutina com os pássaros e com as flores.

INTRODUÇÃO

AFONSO CELSO

1860–1938

Afonso Celso de Assis Figueiredo Júnior (1860-1938) foi o responsável pela introdução do neologismo "ufanista" em nosso vocabulário, palavra que define quem se vangloria de maneira excessiva — e pouco crítica — sobre seu próprio país. A expressão surgiu a partir do livro mais famoso e mais polêmico deste mineiro de Ouro Preto, um dos intelectuais que fundaram a Academia Brasileira de Letras: *Por Que me Ufano do Meu País*, de 1900. Na obra o autor exaltava não só as qualidades, mas a superioridade do Brasil em relação a outras nações, por conta da imensidão do território, das belezas naturais, do clima ameno e da mistura racial de nosso povo.

    A polêmica em relação ao livro sobreviveu a passagem dos séculos e sempre é relembrada quando algum grupo político procura usar uma noção de patriotismo para encobrir os problemas do país. A encarnação mais famosa do ufanismo foi o lema "Brasil, Ame-o ou Deixe-o", criado pela ditadura militar da década de 1960 para calar e intimidar quem se atrevesse a fazer oposição ao regime. A mesma atmosfera pode ser percebida nos hinos cantados pela torcida em épocas de Copa do Mundo, como o mais popular de todos, de 1970, quando nossa população era bem menor: "Noventa milhões em ação, pra frente Brasil do meu coração...".

Para além das polêmicas ultranacionalistas, o acadêmico se formou em direito em São Paulo em 1880, com a tese "Direito da Revolução", e foi eleito quatro vezes seguidas deputado-geral por Minas Gerais. Quando ocorreu a Proclamação da República — tese que ele defendia, bem como a abolição da escravatura —, em 1889, partiu brevemente para o exílio em solidariedade ao pai, o Visconde de Ouro Preto, último presidente do Conselho de Ministros do Império. De volta ao Brasil, ele abandonou a carreira política, mas fez a defesa do pai durante a implantação do novo regime republicano em vigência no país.

Mesmo sendo republicano, curiosamente ele entrou para a história como conde Afonso Celso. O título não foi herdado do pai, visconde, tampouco foi concedido durante a monarquia. Católico fervoroso, ele recebeu a distinção de conde papal da Santa Sé em 1905, pelos vários serviços que prestou à Igreja. Depois de se afastar da política, Afonso Celso dedicou seu tempo à advocacia, ao magistério — chegou a ser reitor da Universidade do Rio de Janeiro —, ao jornalismo — colaborou durante trinta anos com o *Jornal do Brasil* —, e ao Instituto Histórico e Geográfico Brasileiro (IHGB), instituição na qual ingressou como sócio efetivo em 1892 e da qual, depois da morte do célebre Barão do Rio Branco (1845-1912), foi eleito presidente perpétuo. Como uma derradeira curiosidade sobre sua árvore genealógica, Afonso Celso é bisavô do músico Dinho Ouro Preto, vocalista da banda Capital Inicial.

Quanto ao tema que mais interessa a *Medo Imortal*, nosso conde ufanista também manteve a carreira de escritor. O exemplo que destacamos foi publicado meia década antes da fundação da Academia, no livro *Vultos e Fatos*, de 1892. O narrador do conto "Valsa Fantástica" é um homem urbano que por forças das circunstâncias encontra-se numa aldeia na divisa entre Minas Gerais e Bahia. Um morador dessa localidade estava desaparecido na ocasião, para desespero de sua mãe. O personagem-narrador então parte com alguns homens da aldeia até as proximidades de uma cachoeira, com fama de assombrada, que desaba suas águas num rio próximo. Quando ele avista o corpo do desaparecido, "valsando" com o movimento da correnteza, ocorre um mórbido encanto, como o do abismo nietzchiano que nos olha de volta...

A pesquisadora Marina Sena, da UERJ, analisou essa narrativa em comparação a uma obra clássica do terror inglês, o conto "O Salgueiro". Publicado quinze anos depois do texto de Afonso Celso, seu autor é Algernon Blackwood (1869-1951), um escritor que arrancou de H.P. Lovecraft elogios entusiasmados feitos em seu clássico ensaio "O Horror Sobrenatural na Literatura".

> A qualidade do gênio de Blackwood não pode ser posta em dúvida, pois ninguém sequer chegou perto do talento, seriedade e minudente exatidão com que ele registra as sugestões de estranheza em objetos e experiências ordinárias, ou o discernimento preternatural com que ele constrói, detalhe por detalhe as sensações e percepções que levam da realidade à existência ou a visão supranatural.

No artigo de Marina Sena, "A Natureza Como Fonte do Medo: O Efeito Sublime em 'Os Salgueiros' e 'Valsa Fantástica'", as narrativas são comparadas pelo que têm em comum e no que as distinguem. No primeiro caso, chama a atenção que os textos descrevem rios que os escritores conheceram e sobre os quais escreveram crônicas: "Down the Danube in a Canadian Canoe", de 1901, no caso de Blackwood, e "Subindo o Jequetinhonha", de 1892, no caso do brasileiro. Quanto às diferenças, elas apontam para uma tendência menos sobrenatural no terror feito no Brasil:

Parte-se da percepção de que a descrição do sublime natural é presente nos dois textos, mas com desdobramentos diversos: no conto do escritor brasileiro, o sublime se constrói a partir de causas estritamente naturais. Porém, na obra do escritor inglês, o sublime desdobra-se em uma série de eventos que são inicialmente tomados como naturais, mas que se revelam, ao decorrer da narrativa, ambíguos e, por fim, francamente sobrenaturais. Tal comparação permitirá exemplificar a tendência ao real da literatura do medo brasileira.

Antes de deixar os leitores com "Valsa Fantástica", separamos dois poemas de temática provocativa, publicados pelo conde Afonso Celso em 1902, no livro *Poesias Escolhidas*.

AFONSO CELSO

FANTASMAS

1902

"Não há fantasmas" diz muita gente,
"Parvas crendices do imaginar..."
Mas quem fantasmas vê, toca, sente,
"Sim, há fantasmas!" deve afirmar.

Quando, alta noite, medito e estudo,
Ei-los que em bandos cercar-me vêm.
Mistério exalam... Que ar frio e mudo!
Queridos traços confusos têm.

Atravessam cerradas portas,
Pairam no espaço, como balões,
Sudários vestem... São coisas mortas,
Tristes, estranhas aparições!

Oh, reconheço-as... Outroras vivas,
Me acarinhavam... Quanto as amei!
Hoje amedrontam, são aflitivas,
Por que me turbam a paz?... Não sei...

Crença, Esperança, Glória, Virtude,
Cobiça, a um tempo, divina e atroz;
Sócias, princesas... (Oh, juventude!)
Musas, amantes... Sois vós... Sois vós...

Das eras idas volvei ao fundo,
Por que tornardes? Já bem sofri...
Almas penadas, sois do outro mundo,
Sombras ingratas, fugi... fugi...

AFONSO CELSO

MORTO-VIVO

1902

Mais pavoroso fado
Não sonha a fantasia;
Por morto ser tomado
Alguém que inda vivia;

Sentindo-se gelado
Do susto na agonia,
No féretro pregado
Baixar à terra fria!

Mas oh! inda é mais triste
(Porém eu sou altivo,
Não peço compaixão!)

Sentir que o corpo existe
Mas é sepulcro vivo
De um morto coração.

AFONSO CELSO

VALSA FANTÁSTICA

1892

I

No arraial do Salto Grande, Bahia e Minas se extremam.

Pequena e triste a povoação. Três ruas acanhadas — casas baixas, caiadas de tabatinga, telhas à mostra, nuas de forro e de assoalho, raquíticas —, lembrando, vistas de longe, pontos de giz em lousa escura.

Raros transeuntes vagueiam. A trechos, pastam bois fulvos — grandes e impassíveis —, abanando a cauda com tédio, circunspectamente.

Amarradas aos portais, mulas seladas esperam os cavaleiros.

Zumbem-lhes moscas amareladas (motucas) em torno do pescoço, das orelhas, das ancas, às tontas, num sussurro morno, pulverizando o ar de pequeninas manchas movediças.

Surge um vaqueiro: — monta a cavalgadura de um salto.

Veste de couro, pistola à cinta, nos pés largas esporas tintilantes.

Soa o estalo do rebenque.

E o animal se afasta, pausado, grave, ritmicamente.

Ecos de palestras lânguidas vibram com moleza.

Bandos de pintainhos felpudos, guiados por galinhas obesas, faíscam no lixo, soltando pios frouxos.

Paira um silêncio sonolento e tépido...

Mas, dominando tudo, soturnamente vaga, rola pelo ambiente a voz distante de uma espécie de rugido, lúgubre e rouco.

Toada surda, cortada de uivos, que se propaga, esmorece, avoluma, murmura, morre, consoante o rumo do vento.

É do Tombo Grande do Jequitinhonha, a uns dois quilômetros do arraial.

Os habitantes têm-lhe medo. Alguns, vivendo de há muito no povoado nunca de atreveram a ir vê-lo.

Contam-se dele histórias terríveis.

Fantasmas, à meia-noite, passeiam-lhe as ribanceiras.

Engole por ano dez a doze pessoas, número avultado para a população.

Três dias antes, um bom canoeiro, o José, fora arrastado pela correnteza e desaparecera. Coitado! Filho único, 23 anos, rixoso, alegre, esforçado rapagão!

A mãe chorava, rezando. O povo repisava o fato em conversas baixas, lamentando, com conselhos prudentes e comentários trágicos, grifados de gestos de terror.

II

Chovia e ventava quando fui, com três camaradas, visitar o Tombo.

Chuvisco esguio, em cordões diamantinos, gradeando a atmosfera opaca...

No fio elástico que me prendia o chapéu ao paletó, assoviava o vento, finíssimo.

Fôramos obrigados a fechar os guarda-sóis. O orvalho nos pontilhava o fato de miúda escama cintilante. No caminho pedregoso, um limo pardo fazia escorregar. Andávamos de gatinhas às vezes.

Rochas à direita, rochas à esquerda, rochas no fundo, rochas em cima, rochas em baixo e na frente de nós, rochas sem fim.

Um cárcere de granito, um labirinto de pedras. O próprio firmamento parecia enorme rocha cor de cinza.

E eram rochas de um bizarro escuro carregado: — pedaços de noite tempestuosa petrificados.

Caminhávamos havia meia hora. O rugido se aproximava e crescia.

Já mal nos podíamos ouvir. Tiritávamos.

A espaço, perdíamos o pé em côncavos cheios d'água, semelhante a bílis. Dentro, animais viscosos mexiam-se lentos.

Pássaros agoureiros se erguiam a nossos passos, num voo preguiçoso, sumindo-se de pronto entre as arestas. Asas plúmbeas: — despendiam, batendo-as, rumor triste.

Galgamos, a custo, íngreme ladeira. Resvalavam-nos os pés. Dávamo-nos a mão uns aos outros, cautelosamente.

O estrondo se tornara poderoso, pleno, tumbante, com repercussões profundas.

À neblina da altura casara-se outra, vinda de abismo invisível. Dir-se-iam batalhões de diamantes pequeninos, cruzando-se, emaranhando-se, à desfilada, em refrega intensa.

Nevoeiro úmido subia também, enovelando. Pingos grossos se nos vinham esborrachar na face. Seguíamos silenciosos, indecisos, entre ansiedade e medo.

De repente, a uns trinta passos, avistamos a catadupa.

Imponente e horrível! A água toda do Jequitinhonha, depois de um percurso de centenas de léguas, engrossada de milhares de torrentes, espumejante do despenhamento de trezentas cachoeiras, após se haver precipitado pelos cinco enormes degraus de uma escada de gigantes, arremessava-se, enfim, do Grande Tombo, alucinada, atroadora, formidável, entre muralhas negras, quebrando-se torcendo-se como acrobata titânico, crivado de rendas e de ouropéis argênteos, a deslocar-se em exercícios de ginástica assombrosa!

III

Chama-se Tombo da Fumaça. Estreito e alto. Rodeiam-no, como sentinelas, revestidas de armadura, paredes elevadíssimas, carcomidas na base, de formas fantásticas.

Promontórios longos, como braços secos, adiantam-se a espaços, mergulhando no abismo. Em alguns pontos, arredondam-se buracos escuros, lembrando grande órbitas vazias. Quando molhados, ou através a bruma, semelham olhos vítreos de monstros — fixos e espantados.

Mais além, levantam-se para o ar grimpas agudas, num gesto de ameaça hirta.

Perpétuo véu de névoa envolve tudo, esgarçado aqui e ali por esguichos violentos.

Sente-se a emanação da profundeza. Há anfractuosidades, recôncavos, jatos de pedra, rochas retorcidas numa convulsão imóvel, como se surpreendesse a paralisia em contorção espasmódica de dor.

Medo incerto nos penetra. A vista torvelinha. No ouvido já não ribomba o estrépido, mas ruído perfurante, que sacode o cérebro e desafina os nervos.

A montanha d'água desmorona pesada, rapidamente bruta, volumosa e ampla.

Tomba no vórtice com ímpeto pujantemente elástico. Engolfa-se em cachões, incha em estouros. Comprimida pelas rochas, fechada em parênteses, ferve e pula, entrançada, arquejante, com espuma lívida e uns ofegos de cansaço irritado, que a levantam desesperadamente.

Depois, corre voraginosa. Surge novo obstáculo. Como que medrosas, as rochas se retraem, opondo-lhe barreira semicircular.

Arremete contra elas furiosa; e, colhida de súbito, revoluteia, turbilhonando em rebolo. É o sorvedouro, o rodopio, o redemoinho.

Só de o fitar, vêm vertigens. A caudal reboca-se aí com rapidez incalculável, estuando girando, rolando, rodando, em espirais — cuspindo espuma sobre as ancas das mulheres pretas. Nem um peixe pode ali viver.

Exala fumaça úmida, como o hálito salivoso de enorme fera.

Não sei qual mais belamente horrível: se a catadupa, despenhando formidavelmente, se aquele movimento circular, contínuo e tonto, que atrapalha a visão, encadeia os olhos, atraente e irresistível, com magnetismo que anestesia e puxa para a morte.

IV

De repente notei uma coisa a se debater no remoinho.

Apontei. Fitamos a vista e vimos distintamente um corpo humano que girava com a água.

Era o cadáver do canoeiro, do José, arrastado para ali pela correnteza. Rolara pelo Tombo e fora cair no sorvedouro de onde o movimento rotatório o impedia de sair.

Aos poucos, fomos-lhe observando os traços. Tinha os braços arqueados, o busto inclinado, ventre para baixo, na posição de quem cinge alguém.

Trajava calça de ganga. Nu da cintura para cima, ensanguentavam-lhe o tronco manchas rubras de feridas.

As oscilações bruscas da corrente davam-lhe estremecimentos de vida. Não se lhe distinguia o rosto. Entumescera. De onde estávamos, se nos afigurava enorme.

Ao estrépito do Tombo, desvairado por aquela música possante e estranha, dir-se-ia que valsava uma valsa macabra.

Era-lhe par a água flexível. Cingidos em estreito abraço, abraçavam unidos. O valsista ora descrevia círculos longos e frementes, enquanto a cauda de rendas brancas da dama — a espuma — se espalhava em franjas, roçando nas rochas — ora num frenesi louco, partia mais rápido, em círculos mais curtos, a ofegar, em delírio, valsando sempre.

Às vezes batia com a cabeça nas pedras. Recuava de pronto, ágil e leve, e recomeçava a valsar, sem perder o compasso fantástico.

Na música, a sons entorpecedores seguiam notas agudas, de estremecer. Escorriam no ritmo morbidezas letais.

A onda apresentava meneios lascivos e lânguidos, ou tremores repentinos de comoções histéricas. Serpenteava-lhe a cauda longa e donairosa, acompanhando os volteios, lambendo a voragem.

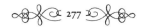

Calafrios corriam. Percebiam-se arquejos e soluços na dança insensata. Num passo arrojado, o valsista abalroou mais de rijo na pedra.

Afastou-se destramente até ao centro, onde o abismo se afunda em funil. Os pés decaíram-lhe e ele pôs-se a prumo. Grave, sério, correto, fez-nos elegante mesura, sacudindo a cabeça. Depois, saudoso do par, que continuava a valsar sozinho, atirou-se apaixonadamente sobre ele e desatou de novo a valsar.

Vimos-lhe então perfeitamente o rosto. Olhos consideravelmente abertos e parados, escancarada a boca, na expressão desesperada de quem se apresta para morder. Esboçava, entretanto, um largo riso sarcástico. E, a orquestra infernal prosseguia, cada vez mais furiosa, a valsa sem fim.

O cumprimento pareceu-me um convite. Veio-me vontade de imitar o valsista, de apertar igualmente nos braços a sua dama untuosa e pérfida.

A música ensurdecera. Suavizara-se agora em cadências aveludadas que infiltravam suave letargia. Notas acetinadas produziam arrepios de etérea sensualidade. As pálpebras fechavam-se sob a pressão de sono macio. Tudo em torno valsava: — as montanhas, as pedras, as nuvens, a chuva, a própria catadupa.

Como resistir? Tremia-me o corpo, os ouvidos zuniam-me, cambaleavam-me as pernas: — suava, apesar do frio.

Dei um passo para a frente, disposto a ceder. Meus companheiros olharam-me e compreenderam.

A atração do abismo atuava energicamente sobre mim.

Carregaram-me. Mais um minuto e estaria perdido.

V

Na volta ao povoado, o Pantaleão — homenzinho magro, franzino, de voz rachada — ouvindo-me contar onde se achava o cadáver:

— Vou tirá-lo para o enterrar — disse com simplicidade.

— Impossível — retorqui.

— Fui seu amigo. Não o posso deixar sem sepultura.

— Mas arrisca-se a morrer também.

Levantou os ombros e despediu-se.

Pensei não passasse aquilo de bravata imprudente e que o Pantaleão renunciasse ao temerário projeto.

Horas depois, tocava o sino na capela do alto. A população se movia curiosa. O Pantaleão cumprira a palavra!

Descendo as muralhas quase a pique, amarrado a uma corda presa em cima, apoiando os pés nas concavidades, exposto mil vezes a tombar no vórtice, conseguira, após insano labor, laçar o corpo do amigo por uma perna. Depois, com longa vara, impeli-lo para fora do rodopio. Fê-lo cair na correnteza, e, segurando o comprido liame, foi pescá-lo abaixo, num pequeno remanso.

Chamou-o a si, colocou-o numa rede, e, solicitando então auxílio de companheiros, conduzindo-o para a igreja.

Fui abraçar o Pantaleão. Encontrei-o impassível a cavar a cova para o José.

— Ora — disse a sorrir ante os meus cumprimentos, o senhor em meu lugar faria o mesmo.

Senti-me pequenino, diante daquele homem tão pequenino.

VI

E corri à igreja para ver de perto o valsista.

Estava cheia a modestíssima nave. Grupos consternados mexiam os lábios devagarinho, cochichando orações. Crianças pálidas e seminuas andavam soltas, balbuciando palavras de terror.

Exalava-se o sino em fúnebres arrancos, despedindo notas breves e pausadas, como reticências sonoras.

Nos intervalos, ouvia-se a enxada do Pantaleão, baqueando, ao lado, surdamente no solo.

Ninguém se aproximava do centro, onde, numa penumbra, o corpo imóvel destacava.

Horroroso! Já não tinha forma humana. O crânio se fendera, gotejando aguadilha verde. No sítio dos olhos, buracos escuros e sem fundo.

Da boca, enormemente dilatada, pendia um mulambo de carne

gangrenada. Não seria mais asqueroso o cadáver de uma víbora hidrópica.

O ventre abaulado e redondo fazia proeminência como um bolo.

Os tecidos dos braços se desprendiam rachados. Placas violáceas marchetavam o tronco.

Moscas tontas zuniam em roda.

Fétido insuportável saía daquela coisa infecta e informe que fora um homem. Miasmara-se o ambiente.

Todos cuspiam enjoados, com a mão no nariz.

De repente, afastando os grupos, desesperada, uma mulher idosa se precipitou sobre aquilo. Caiu de joelhos, tomou uma das mãos do cadáver, e, chorando, soluçando, cobriu de beijos carinhosos a massa dos membros apodrecidos.

Achegaram-se todos com respeito, chorando também.

Era a mãe!

INTRODUÇÃO

INGLÊS
de
SOUSA

1853–1918

A região amazônica é um território tão rico que não poderia deixar de atrair o interesse de escritores brasileiros dispostos a contar histórias fantásticas. Foi o caso de um clássico da ficção científica nacional, por exemplo, o romance *Amazônia Misteriosa*, de 1925, escrito pelo médico carioca Gastão Cruls (1888–1959) que praticamente tropicalizou *A Ilha do Dr. Moreau*, de H.G. Wells, para que coubesse no cenário da maior floresta do mundo. Antes do carioca, um dos fundadores da Academia Brasileira de Letras usou a mesma região para ambientar um livro de narrativas curtas com algumas histórias que valem a pena ser trazidas para este nosso estudo sobre o terror clássico brasileiro.

Inglês de Sousa (1853–1918), primeiro tesoureiro da entidade, já não era um escritor tão conhecido mesmo em sua época. Também muito influenciado pelo Naturalismo de Zola, reivindicava o título de introdutor do gênero no Brasil com seu romance *O Coronel Sangrado*, de 1877, mas a crítica, como já dissemos, sempre reconheceu este feito como sendo de seu colega acadêmico Aluísio Azevedo, com *O Mulato*, escrito quatro anos depois. Neste sentido, o livro mais aclamado de nosso segundo naturalista acabou sendo *O Missionário*, de 1891.

O livro de contos deste paraense também foi idealizado como sendo uma série de relatos naturalistas e acabou sendo a última obra que ele lançou antes de se dedicar exclusivamente ao mundo jurídico, mesmo depois de ingressar na ABL. *Contos Amazônicos*, de 1893, que em algumas ocasiões chega a citar a cidade natal do autor, Óbidos, de fato em muitos momentos apresenta um olhar mais realista mesmo para mitos e costumes da região Norte do país. "Amor de Maria", por exemplo, conta a história da protagonista que tenta conquistar um certo Lourenço usando para isso a raiz do tajá, planta que segundo a crença local serviria para enfeitiçar o interesse romântico. Ao beber um café batizado com o ingrediente supostamente mágico, o pobre homem acaba morrendo. O narrador ainda faz uma advertência ao final:

> Custa-me a acabar esta triste história, que prova quão perniciosa é a crença do nosso povo em feitiços e feiticeiras. O tajá inculcado à pobre moça, como infalível elixir amoroso, é um dos mais terríveis venenos vegetais do Amazonas.

Porém, não foram todas as histórias presentes na antologia que trouxeram tamanha visão cética dos mitos amazônicos. Em alguns casos, Inglês de Sousa mesmo com a intenção de apenas reproduzir o imaginário do Norte, acabou criando relatos que alguns pesquisadores especializados em literatura de terror estão se esforçando para resgatar e trazer definitivamente para o cânone nacional, ao lado de *Noite da Taverna*, "Demônios", "A Causa Secreta" e outras histórias que estamos reapresentando aqui.

É o caso do Grupo de Estudos do Gótico no Brasil, da UERJ. O pesquisador Raphael da Silva Camara enfrentou esta questão do ser ou não ser naturalista no ensaio *O Insólito em Contos Amazônicos: Inglês de Sousa sob a Perspectiva da Literatura do Medo*:

> Por mais que o autor desejasse "apenas" representar o imaginário fantasioso da região amazônica (como diz parte da

crítica), todos os elementos sobrenaturais deveriam receber uma explicação racional para que a obra fosse considerada tipicamente Naturalista, o que, em absoluto, não ocorre. O racionalismo e o cientificismo, fundamentais para a construção de uma obra dentro deste estilo de época, não se fazem presentes na maioria dos casos.

Faz-se necessário, portanto, realizar uma nova leitura da obra, em que a manifestação do sobrenatural não seja neutralizada ou deixada de lado.

Raphael Camara escreveu um segundo ensaio, *Um Convite ao Excesso: Monstruosidade e Perversão em "O Baile do Judeu", de Inglês de Sousa*, esmiuçando um dos contos presentes na coletânea:

> "O Baile do Judeu", sétimo conto da obra, é uma narrativa marcada pelo seu caráter sobrenatural, apresentando em sua composição uma personagem muito comum nas lendas amazônicas: o Boto. Sua aparição como um monstro que adverte e pune aqueles que praticam transgressões morais e que, ao mesmo tempo, provoca atração e repulsão, é assaz interessante. Não se trata, precisamente, da figura mítica presente no imaginário popular, pois seus atributos são mesclados a outras superstições e crendices populares, o que contribui para tornar a narrativa densa e assustadora e abre possibilidades para uma leitura sob o viés do que chamamos de literatura do medo — termo que empregamos para designar as narrativas ficcionais que são nomeadas por termos variados, tais como "horror", "gótico", "dark fantasy", "sobrenatural", "terror", entre outros, mas que manteriam, como elemento comum, uma reconhecida capacidade e/ou intenção de produzir a emoção do medo (físico ou psicológico) no leitor.

Além do conto citado, vamos ver outros dois exemplos em *Medo Imortal*. "Acauã", baseado na fama de ave agourenta que o gavião acauã (*Herpetotheres cachinnans*) possui na região Norte do país, e a original história "O Gado de Valha-Me Deus".

INGLÊS DE SOUSA

ACAUÃ

1893

O capitão Jerônimo Ferreira, morador da antiga vila de S. João Batista de Faro, voltava de uma caçada a que fora para distrair-se do profundo pesar causado pela morte da mulher, que o deixara subitamente só com uma filhinha de dois anos de idade.

Perdida a calma habitual de velho caçador, Jerônimo Ferreira transviou-se e só conseguiu chegar às vizinhanças da vila quando já era noite fechada.

Felizmente, a sua habitação era a primeira, ao entrar na povoação pelo lado de cima, por onde vinha caminhando, e por isso não o impressionaram muito o silêncio e a solidão que a modo se tornavam mais profundos à medida que se aproximava da vila. Ele já estava habituado à melancolia de Faro, talvez o mais triste e abandonado dos povoados do vale do Amazonas, posto que se mire nas águas do Nhamundá, o mais belo curso d'água de toda a região. Faro é sempre deserta. A menos que não seja algum dia de festa, em que a gente das vizinhas fazendas venha ao povoado, quase não se encontra viva alma nas ruas. Mas se isso acontece à luz do sol, às horas de trabalho e de passeio, à noite a solidão aumenta. As ruas, quando não sai a lua, são de uma escuridão pavorosa. Desde às sete horas da tarde, só se ouve na povoação o pio agoureiro do murucututu ou o lúgubre uivar de algum cão vagabundo, apostando queixumes com as águas múrmuras do rio.

Fecham-se todas as portas. Recolhem-se todos, com um terror vago e incerto que procuram esconjurar, invocando:

— Jesus, Maria, José!

Vinha, pois, caminhando o capitão Jerônimo a solitária estrada, pensando no bom agasalho da sua fresca rede de algodão trançado e lastimando-se de não chegar a tempo de encontrar o sorriso encantador da filha, que já estaria dormindo. Da caçada nada trazia, fora um dia infeliz, nada pudera encontrar, nem ave nem bicho, e ainda em cima perdera-se e chegava tarde, faminto e cansado. Também quem lhe mandara sair à caça em sexta-feira? Sim, era uma sexta-feira, e quando depois de uma noite de insônia se resolvera a tomar a espingarda e a partir para a caça, não se lembrara que estava num dia por todos conhecido como aziago, e especialmente temido em Faro, sobre que pesa o fado de terríveis malefícios.

Com esses pensamentos, o capitão começou a achar o caminho muito comprido, por lhe parecer que já havia muito passara o marco da jurisdição da vila. Levantou os olhos para o céu a ver se se orientava pelas estrelas sobre o tempo decorrido. Mas não viu estrelas. Tendo andado muito tempo por baixo de um arvoredo, não notara que o tempo se transtornava e achou-se de repente numa dessas terríveis noites do Amazonas, em que o céu parece ameaçar a terra com todo o furor da sua cólera divina.

Súbito, o clarão vivo de um relâmpago, rasgando o céu, mostrou ao caçador que se achava a pequena distância da vila, cujas casas, caiadas de branco, lhe apareceram numa visão efêmera. Mas pareceu-lhe que errara de novo o caminho, pois não vira a sua casinha abençoada, que devia ser a primeira a avistar. Com poucos passos mais, achou-se numa rua, mas não era a sua. Parou e pôs o ouvido à escuta, abrindo também os olhos para não perder a orientação de um novo relâmpago.

Nenhuma voz humana se fazia ouvir em toda a vila; nenhuma luz se via; nada que indicasse a existência de um ser vivente em toda a redondeza. Faro parecia morta.

Trovões furibundos começaram a atroar os ares. Relâmpagos amiudavam-se, inundando de luz rápida e viva as matas e os grupos de habitações, que logo depois ficavam mais sombrios.

Raios caíram com fragor enorme, prostrando cedros grandes, velhos de cem anos. O capitão Jerônimo não podia mais dar um passo, nem já sabia onde estava. Mas tudo isso não era nada. Do fundo do rio, das profundezas da lagoa formada pelo Nhamundá, levantava-se um ruído que foi crescendo, crescendo e se tornou um clamor horrível, insano, uma voz sem nome que dominava todos os ruídos da tempestade. Era um clamor só comparável ao brado imenso que hão de soltar os condenados no dia do Juízo Final.

Os cabelos do capitão Ferreira puseram-se de pé e duros como estacas.

Ele bem sabia o que aquilo era. Aquela voz era a voz da cobra grande, da colossal sucuriju que reside no fundo dos rios e dos lagos. Eram os lamentos do monstro em laborioso parto.

O capitão levou a mão à testa para benzer-se, mas os dedos trêmulos de medo não conseguiram fazer o sinal-da-cruz. Invocando o santo do seu nome, Jerônimo Ferreira deitou a correr na direção em que supunha dever estar a sua desejada casa. Mas a voz, a terrível voz aumentava de volume. Cresceu mais, cresceu tanto afinal, que os ouvidos do capitão zumbiram, tremeram-lhe as pernas e caiu no limiar de uma porta.

Com a queda, espantou um grande pássaro escuro que ali parecia pousado, e que voou cantando:

—Acauã, acauã!

Muito tempo esteve o capitão caído sem sentidos. Quando tornou a si, a noite estava ainda escura, mas a tempestade cessara. Um silêncio tumular reinava; Jerônimo, procurando orientar-se, olhou para a lagoa e viu que a superfície das águas tinha um brilho estranho como se a tivessem untado de fósforo. Deixou errar o olhar sobre a toalha do rio, e um objeto estranho, afetando a forma de uma canoa, chamou-lhe a atenção. O objeto vinha impelido por uma força desconhecida em direção à praia para o lado em que se achava Jerônimo. Este, tomado de uma curiosidade invencível, adiantou-se, meteu os pés na água e puxou para si o estranho objeto. Era com efeito uma pequena canoa, e no fundo dela estava uma criança que parecia dormir. O capitão tomou-a nos braços. Nesse momento, rompeu o sol por entre os animais de uma ilha vizinha, cantaram os galos da vila, ladraram os cães, correu rápido o rio perdendo o brilho desusado. Abriram-se algumas portas. À luz da manhã, o capitão Jerônimo Ferreira reconheceu que caíra desmaiado justamente no limiar da sua casa.

No dia seguinte, toda a vila de Faro dizia que o capitão adotara uma linda criança, achada à beira do rio, e que se dispunha a criá-la, como própria, conjuntamente com a sua legítima Aninha.

Tratada efetivamente como filha da casa, cresceu a estranha criança, que foi batizada com o nome de Vitória.

Educada da mesma forma que Aninha, participava da mesa, dos carinhos e afagos do capitão, esquecido do modo por que a recebera.

Eram ambas moças bonitas aos 14 anos, mas tinham tipo diferente.

Ana fora uma criança robusta e sã, era agora franzina e pálida. Os anelados cabelos castanhos caíam-lhe sobre as alvas e magras espáduas. Os olhos tinham uma languidez doentia. A boca andava sempre contraída, numa constante vontade de chorar. Raras rugas divisavam-se-lhe nos cantos da boca e na fronte baixa, algum tanto cavada. Sem que nunca a tivessem visto verter uma lágrima, Aninha tinha um ar tristonho, que a todos impressionava, e se ia tomando cada dia mais visível.

Na vila dizia toda a gente:

— Como está magra e abatida a Aninha Ferreira que prometia ser robusta e alegre.

Vitória era alta e magra, de compleição forte, com músculos de aço. A tez era morena, quase escura, as sobrancelhas negras e arqueadas; o queixo fino e pontudo, as narinas dilatadas, os olhos negros, rasgados, de um brilho estranho. Apesar da incontestável formosura, tinha alguma coisa de masculino nas feições e nos modos. A boca, ornada de magníficos dentes, tinha um sorriso de gelo. Fitava com arrogância os homens até obrigá-los a baixar os olhos.

As duas companheiras afetavam a maior intimidade e ternura recíproca, mas o observador atento notaria que Aninha evitava a companhia da outra ao passo que esta a não deixava. A filha do Jerônimo era meiga para com a companheira, mas havia nessa meiguice um certo acanhamento, uma espécie de sofrimento, uma repulsão, alguma coisa como um terror vago, quando a outra cravava-lhe nos olhos dúbios e amortecidos os seus grandes olho negros.

Nas relações de todos os dias, a voz da filha da casa era mal segura e trêmula; a de Vitória, áspera e dura. Aninha, ao pé de Vitória, parecia uma escrava junto da senhora.

Tudo, porém, correu sem novidade, até ao dia em que completaram 15 anos, pois se dizia que eram da mesma idade. Desse dia em diante, Jerônimo Ferreira começou a notar que a sua filha adotiva ausentava-se da casa frequentemente, em horas impróprias e suspeitas, sem nunca querer dizer por onde andava. Ao mesmo tempo que isso sucedia, Aninha ficava mais fraca e abatida. Não falava, não sorria, dois círculos arroxeados salientavam-lhe a morbidez dos grandes olhos pardos. Uma espécie de cansaço geral dos órgãos parecia que lhe ia tirando pouco a pouco a energia da vida.

Quando o pai chegava-se a ela e lhe perguntava carinhosamente:

— Que tens, Aninha?

A menina, olhando assustada para os cantos, respondia em voz cortada de soluços:

— Nada, papai.

A outra, quando Jerônimo a repreendia pelas inexplicáveis ausências, dizia com altivez e pronunciado desdém:

— E que tem vosmecê com isso?

Em julho desse mesmo ano, o filho de um fazendeiro do Salé, que viera passar o S. João em Faro, enamorou-se da filha de Jerônimo e pediu-a em casamento. O rapaz era bem-apessoado, tinha alguma coisa de seu e gozava de reputação de sério. Pai e filha anuíram gostosamente ao pedido e trataram dos preparativos do noivado. Um vago sorriso iluminava as feições delicadas de Aninha. Mas um dia em que o capitão Jerônimo fumava tranquilamente o seu cigarro de tauari à porta da rua, olhando para as águas serenas do Nhamundá, a Aninha veio se aproximando dele a passos trôpegos, hesitante e trêmula, e, como se cedesse a uma ordem irresistível, disse, balbuciando, que não queria mais casar.

— Por quê? — foi a palavra que veio naturalmente aos lábios do pai tomado de surpresa.

Por nada, porque não queria. E, juntando as mãos, a pobre menina pediu com tal expressão de sentimento, que o pai enleado, confuso, dolorosamente agitado por um pressentimento negro, aquiesceu, vivamente contrariado.

— Pois não falemos mais nisso.

Em Faro, não se falou em outra coisa durante muito tempo, senão na inconstância da Aninha Ferreira. Somente Vitória nada dizia. O fazendeiro do Salé voltou para as suas terras, prometendo vingar-se da desfeita que lhe haviam feito.

E a desconhecida moléstia da Aninha se agravava a ponto de impressionar seriamente o capitão Jerônimo e toda a gente da vila.

Aquilo é paixão recalcada, diziam alguns. Mas a opinião mais aceita era que a filha do Ferreira estava enfeitiçada.

No ano seguinte, o coletor apresentou-se pretendente à filha do abastado Jerônimo Ferreira.

— Olhe, seu Ribeirinho, disse-lhe o capitão, é se ela muito bem quiser, porque não a quero obrigar. Mas eu já lhe dou uma resposta nesta meia hora.

Foi ter com a filha e achou-a nas melhores disposições para o casamento. Mandou chamar o coletor, que se retirara discretamente, e disse-lhe muito contente:

— Toque lá, seu Ribeirinho, é negócio arranjado.

Mas, daí alguns dias, Aninha foi dizer ao pai que não queria casar com o Ribeirinho.

O pai deu um pulo da rede em que se deitara havia minutos para dormir a sesta.

— Temos tolice?

E como a moça dissesse que nada era, nada tinha, mas não queria casar, terminou em voz de quem manda:

— Pois agora há de casar que o quero eu.

Aninha foi para o seu quarto e lá ficou encerrada até ao dia do casamento, sem que nem pedidos nem ameaças a obrigassem a sair.

Entretanto, a agitação de Vitória era extrema.

Entrava a todo o momento no quarto da companheira e saía logo depois com as feições contraídas pela ira.

Ausentava-se da casa durante muitas horas, metia-se pelos matos, dando gargalhadas que assustavam os passarinhos. Já não dirigia a palavra a seu protetor nem a pessoa alguma da casa.

Chegou, porém, o dia da celebração do casamento. Os noivos, acompanhados pelo capitão, pelos padrinhos e por quase toda a população da vila, dirigiram-se para a matriz. Notava-se com espanto a ausência da irmã adotiva da noiva. Desaparecera, e, por maiores que fossem os esforços tentados para a encontrar, não lhe puderam descobrir o paradeiro. Toda a gente indagava, surpresa:

— Onde estará Vitória?

— Como não vem assistir ao casamento da Aninha?

O capitão franzia o sobrolho, mas a filha parecia aliviada e contente. Afinal como ia ficando tarde, o cortejo penetrou na matriz, e deu-se começo à cerimônia.

Mas eis que na ocasião em que o vigário lhe perguntava se casava por seu gosto, a noiva põe-se a tremer como varas verdes, com o olhar fixo na porta lateral da sacristia. O pai, ansioso, acompanhou a direção daquele olhar e ficou com o coração do tamanho de um grão de milho.

De pé, à porta da sacristia, hirta como uma defunta, com uma cabeleira feita de cobras, com as narinas dilatadas e a tez verde-negra, Vitória, a sua filha adotiva, fixava em Aninha um olhar horrível, olhar de demônio, olhar frio que parecia querer pregá-la imóvel no chão. A boca entreaberta mostrava a língua fina, bipartida como língua de serpente. Um leve fumo azulado saía-lhe da boca, e ia subindo até ao teto da igreja. Era um espetáculo sem nome!

Aninha soltou um grito de agonia e caiu com estrondo sobre os degraus do altar. Uma confusão fez-se entre os assistentes. Todos queriam acudir-lhe, mas não sabiam o que fazer. Só o capitão Jerônimo, em cuja memória aparecia de súbito a lembrança da noite em que encontrara a estranha criança, não podia despegar os olhos da pessoa de Vitória, até que esta, dando um horrível brado, desapareceu, sem se saber como.

Voltou-se então para a filha e uma comoção profunda abalou-lhe o coração. A pobre noiva, toda vestida de branco, deitada sobre os degraus do altar-mor, estava hirta e pálida. Dois grandes fios de lágrimas, como contas de um colar desfeito, corriam-lhe pela face. E ela nunca chorara, nunca desde que nascera se lhe vira uma lágrima nos olhos!

— Lágrimas! — exclamou o capitão, ajoelhando ao pé da filha.

— Lágrimas! — clamou a multidão tomada de espanto.

Então convulsões terríveis se apoderaram do corpo de Aninha. Retorcia-se como se fora de borracha. O seio agitava-se dolorosamente. Os dentes rangiam em fúria. Arrancava com as mãos o lindo cabelo. Os pés batiam no soalho. Os olhos reviravam-se nas órbitas, escondendo a pupila. Toda ela se maltratava, rolando como uma frenética, uivando dolorosamente.

Todos os que assistiam a esta cena estavam comovidos. O pai, debruçado sobre o corpo da filha, chorava como uma criança.

De repente, a moça pareceu sossegar um pouco, mas não foi senão o princípio de uma nova crise.

Inteiriçou-se. Ficou imóvel. Encolheu depois os braços, dobrou-os a modo de asas de pássaro, bateu-o por vezes nas ilhargas, e, entreabrindo a boca, deixou sair um longo grito que nada tinha de humano, um grito que ecoou lugubremente pela igreja:

— Acauã!

— Jesus! — bradaram todos caindo de joelhos.

E a moça, cerrando os olhos como em êxtase, com o corpo imóvel, à exceção dos braços, continuou aquele canto lúgubre:

— Acauã! Acauã!

Por cima do telhado, uma voz respondeu à de Aninha:

— Acauã! Acauã!

Um silêncio tumular reinou entre os assistentes. Todos compreendiam a horrível desgraça. Era o Acauã!

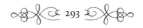

O GADO *do* VALHA-ME DEUS

1893

Sim, para além da grande Serra do Valha-me Deus, há muito gado perdido nos campos que, tenho para mim, se estendem desde o Rio Branco até as bocas do Amazonas! Já houve quem o visse nos campos que ficam pra lá da margem esquerda do Trombetas, de que nos deu a primeira notícia o padre Nicolino, coisa de que alguns ainda duvidam, mas todos entendem que, a existir tal gado, nessas paragens, são reses fugidas das fazendas nacionais do Rio Branco. Cá, o tio Domingos tem outra ideia, e não é nenhuma maluquice dos seus setenta anos puxados até o dia de S. Bartolomeu, que é isso a causa de todos os meus pecados, ainda que mal discorra; tanto que se querem saber a razão desta minha teima, lá vai a história tão certa como se ela passou, que nem contada em letra de forma, ou pregada do púlpito, salvo seja em dia de sexta-feira maior. O tio Domingos Espalha chegou à casa dos setenta sem que jamais as unhas lhe criassem pintas brancas, e os dentes lhe caíram todos sem nunca haverem mastigado um carapetão, isso o digo sem medo de que traste nenhum se atreva a chimpar-me o contrário na lata.

Pois foi, já vão bons quarenta anos ou talvez quarenta e cinco, que nisto de contagem de anos não sou nenhum sábio da Grécia, tinha morrido de fresco o defunto padre Geraldo, que Deus haja na sua santa glória, e cá na terra foi o dono da fazenda Paraíso, em Faro, e possuía também os campos do Jamari, onde bem bons tucumãs-açus eu comi no tempo em que ainda tinha mobília na sala, ou, salvo seja, dentes esta boca que nunca mentiu, e que a terra fria há de comer.

Padre Geraldo fez no seu testamento uma deixa da fazenda ao Amaro Pais que levava toda a vida de pagode em Faro, e aqui em Óbidos, e nunca pôde contar as milhares de cabeças que o defunto padre havia criado no Paraíso, e que passavam pelas mais gordas e pesadas de toda esta redondeza.

Não que o visse, não senhores, eu não vi; mas todos gabavam o asseio com que o padre criava aquele gado, que era mesmo a menina dos seus olhos, a ponto de passar quinze anos de sua vida sem comer carne fresca, por não ter ânimo de mandar sangrar uma rês. Quando fui contratado para a fazenda, já o defunto havia dado a alma a Deus por causa dumas friagens que apanhara embarcado e de que lhe nascera um pão de frio, bem por baixo das costelas direitas, não havendo lambedor, nem mezinha que lhe valesse, porque, enfim, já chegara a sua hora, lá isso é que é verdade.

Havia um ano que a fazenda Paraíso estava, por assim dizer, abandonada, porque o Amaro nunca lá aparecia, senão para se divertir, atirando ao gado, como quem atira a onças e fazendo-se valente na caçada dos pobres bois, criaturas de Deus, que a ninguém ofendem, porque, enfim, isso lá duma pequena marrada de vez em quando é para se defenderem e experimentarem o peito do vaqueiro, porque o boi sempre é animalzinho que embirra com gente maricas. As proezas do Amaro Pais tinham feito embravecer o gado, que, por fim, já ninguém era capaz de o levar para a malhada, e ainda menos de o meter no curral, o que era pena para um gadinho tão amimado pelo padre Geraldo, um verdadeiro rebanho de carneiros pela mansidão, que era mesmo de se lavar com um bochecho para não dizer mais, e a alma do padre lá em cima havia de estar se mordendo de zanga, vendo as suas reses postas naquele estado pelo estrompa do herdeiro, que fazia dor de coração.

Não pensem que eu agora digo isto para me gabar, pois quem pensar o contrário não tem mais do que perguntar aos moleques do meu tempo a razão por que me deram o apelido de Domingos Espalha, que era porque nenhum vaqueiro da terra, do Rio Grande, ou de Caiena me aguentava no repuxo da vaqueação; eu era molecote ainda, mas quando se tratava de alguma fera difícil, era o Domingos Espalha que se ia buscar onde estivesse, porque ninguém melhor do que ele conhecia as manhas do gadinho, e segurava-se melhor na sela sem estribos nem esporas, à moda da minha terra, donde vim pequeno mas já entendido nestes assados.

Pois para a festa de S. João, que o Amaro Pais ia passar na vila, queria ele uma vaca bem gorda para comer, e me incumbia a mim e ao Chico Pitanga de tomarmos conta da fazenda, assinalar o gado orelhudo, e remeter a vaca a tempo de chegar descansada nas vésperas da festa, o que me parecia a mim que era a tarefa mais à toa de que me encarregara até então, embora os outros vaqueiros me dissessem que havia de perder o meu latim com o tal gadinho de uma figa.

O Chico Pitanga e eu entramos na montaria, levando um par de cordas de couro feitas por mim mesmo com corredeiras de ferro, um paneiro de farinha e um frasco de cachaça da boa, feita de farinha de mandioca, que era de queimar as goelas e consolar a um filho de Deus.

Abicamos ao porto do Paraíso às seis horas da tarde, recolhemo-nos à casa por ser já tarde para procurar o gado, que, entretanto, ouvíamos mugir a pequena distância, e parecia estar encoberto por um capão de mato. Fizemos a nossa janta de pirarucu assado e farinha, não mostramos cara feia à aguardente de beiju e ferramos num bom sono toda a noite até que pela madrugada saímos em busca do gado, montando em pelo dois cavalos da fazenda que encontramos pastando perto do curral. Qual gado, nem pera gado! Batemos tudo em roda, caminhamos todo o santo dia, e eu já dizia pra o Chico Pitanga que a fama do Espalha tinha espalhado a boiama, quando lá pelo cair da tarde fomos parar à ilha da Pacova-Sororoca, que fica bem no meio do campo, a umas duas léguas da casa grande. Bonita ilha, sim senhores, é mesmo de alegrar a gente aquele imenso pacoval no meio do campo baixo, que parece um enfeite que Deus Nosso Senhor botou ali para se não dizer que quis fazer campo, campo e mais nada. Bonita ilha, sim senhores, porém muito mais bonita era a vaca que lá encontramos, deitada debaixo de uma árvore, mastigando, olhando pra gente muito senhora de si, sem se afligir com a nossa presença, parecia uma rainha no seu palácio, tomando conta daquela ilha toda, com um jeito bonzinho de quem gosta de receber uma visita, e tem prazer em que a visita se assente debaixo da mesma árvore, goze da mesma sombra, e descanse como está descansando. Não, senhores, não tinha nada de gado bravo a tal vaquinha, grande, gorda, roliça de fazer sela, negra da cor da noite, com um ar de tão boa carne que o diacho do Chico Pitanga ficou logo de água da boca, e vai não vai prepara laço para lhe botar nos madeiros, com perdão da palavra. Me bateu uma pancada no coração, dura como acapu, de não sei que me parecia ofender aquela vaca tão gorda e lisa, que ali estava tão a seu gosto, querendo meter a gente no coração com os olhos brandos e amigos, sem cerimônia nenhuma e muito senhora de si, e disse pra o Chico que aquilo era uma vergonha pra mim ser mandado como o vaqueiro mais sacudido a amansar aquele gado bravo, e por fim de contas segurar a primeira vaca maninha que encontrava, como qualquer curumim sem prática da arte; mas o tinhoso falou na alma de meu companheiro, que sem mais aquela atirou o laço e segurou os cornos da vaca. Ela, coitadinha, se empinou toda, deixando ver o peito branco, com umas tetinhas de moça, palavra de honra! E eu para não parecer que receava o lance, botei-lhe a minha corda também. Olhem que corda tecida por mim é dura de arrebentar, pois arrebentaram ambas como se fossem linha de coser, só com um puxão que a tal vaquinha lhes deu, e vai senão quando, com a força, cai a vaca no chão e fica espichada que nem um defunto.

Cá pra mim, que conheço as manhas do povo com que lido, disse logo que aquilo era fingimento, e botei-me pra ela pra a sujeitar pelos chifres, que para isso pulso tinha eu, não é por me gabar. Mas qual fingimento, nem meio fingimento! A vaca estava morta e bem morta, como se a queda lhe tivesse arrebentado os bofes, apesar de eu a ter visto, havia tão pouco tempo, viva e sã como nós aqui estamos, mal comparando, o que mostra que o homem não é nada neste mundo.

Mas era tão nova a morte, e havia já mais de uma semana que não comíamos senão pirarucu seco, que aquela gordura toda me fez ferver o sangue, me deu uma fome de carne fresca, que parecia que já tinha o sal na boca, da baba que me caía pelos beiços abaixo; trepei acima da vaca, e sangrei-a na veia do pescoço, e logo o Chico Pitanga lhe furou a barriga, rasgando-a dos peitos até as maminhas, com perdão de vosmecês. O diacho da vaca, dando um estouro, arrebentou como uma bexiga cheia de vento, e em vez de aparecer a carne fresca, era espuma e mais espuma, uma espuma branca como algodão em rama, que saía da barriga, dos peitos, dos quartos, do lombo, de toda parte enfim, pois que a vaca não era senão ossos, espuma e couro por fora, e acabou-se; e logo (me disse depois o Chico Pitanga) o demônio da rês começou a escorrer choro pelos olhos, como se lhe doesse muito aquela nossa ingratidão.

Largamos a rês no campo, e como já se ia fazendo tarde, voltamos de corrida para a casa, onde dormimos sabe Deus como, sem cear, é verdade, porque a malvada espuma me tinha revirado as tripas, que tudo me fedia.

Mal veio a madrugada, fomos a caminho da ilha da Pacova-Sororoca, à procura da vacada, levando cada um o seu saquinho cheio de farinha d'água, e outro de sal, para a demora que houvesse, e vimos uma grande batida de gado, em roda do lugar onde havíamos deixado na véspera o corpo da vaca preta, mostrando que eram talvez para cima de cinco mil cabeças, mas não achamos uma só rês, nem mesmo a tal vaquinha assassinada por nós.

Me ferveu o sangue, e eu disse pra o Chico Pitanga:

— Isto também já é demais. Ou eu hei de encontrar os diabos das reses, ou não me chame Domingos Espalha.

E botando-nos no campo, busca daqui, bate de lá, vira dali, corre pra cá, até que pela volta do meio-dia descobrimos o rastro, uma imensa batida, com as pegadas no chão, que se estava vendo que o gado passara ali naquele instantinho, e tivemos certeza de que eram mais de cinco mil cabeças, pois a estrada era larga como o Amazonas aqui defronte, e as pegadas unidas miúdo, miúdo, de gado muito apertado que foge a toda a pressa, com os cornos no rabo uns dos outros: e vosmecês desculpem esta minha franqueza, que eu nunca andei na escola. A batida ia direito, direito para o centro das terras, e vai o Chico Pitanga disse: "Seu Espalha, a bicharia passou ainda agorinha". E nos botamos a toda a brida, seguindo o rastro, sempre vendo sinais certos da passagem da vacada, mas sem encontrar vivalma no caminho.

Já estávamos cansados da vida, mais mortos do que outra coisa, nos apeamos e sentamos à beira do Igarapé dos Macacos para nos refrescarmos com um pouco de chibé. Vinha caindo a noite, e do outro lado do Igarapé, no meio de um capinzal de dez palmos de altura, ouvíamos mugir o gado, tão certo como estarem vosmecês me ouvindo a mim, com a diferença que nós tivemos um alegrão, e tratamos de dormir depressa para acordarmos cedo, bem cedinho, e irmos cercar os bois do Amaro Pais que daquele feito não nos haviam de escapar, ainda que tivesse eu de botar os bofes pela boca fora, ficando estirado ali no meio do campo.

Eu nunca na minha vida passei nem hei de passar, com perdão de Deus, uma noite tão feia como aquela! Começou a chover uma chuvinha miúda, que não tardou em varar as folhas do ingazeiro que nos cobria, de forma que era o mesmo que estarmos na rua; os pingos d'água, rufando no arvoredo, caíam duros e frios nas nossas roupas já úmidas de suor, e punham-nos a bater queixo, como se tivéssemos sezões; logo logo começou a boiada a uivar, paresque chorando a morte da maninha, que fazia um berreiro dos meus pecados, com a diferença que era um choro que parecia de gente humana, e nos dava cada sacudidela no estômago que só por vergonha não solucei, ao passo que o maricas do Chico Pitanga chorava como um bezerro, que metia dó. Aquilo estava bem claro que a vaca preta era a mãe do rebanho, e como nós a tínhamos assassinado, havíamos de aguentar toda aquela choradeira.

Por maior castigo ainda os cavalos pegaram medo daquele barulho, romperam as cordas, e fugiram tão atordoados que nos deram grande canseira para os agarrar, e nisso levamos a noite toda, sem pregar olho nem descansar um bocado. Quando vinha a madrugada, passamos o Igarapé dos Macacos e entramos no capinzal, que era a primeira vez que avistávamos aquelas paragens, que já nem sabíamos quantas e quantas léguas estávamos da fazenda Paraíso, navegando naquele sertão central. Era um campo muito grande que se estendia a perder de vista, quase despido de árvores, distanciando-se apenas de longe em longe no meio do capinzal verde as folhas brancas das embaúbas, balançadas pelo vento para refrescar a gente no meio daquela soalheira terrível, capaz de assar um frango vivo.

Vimos perfeitamente o lugar onde o gado passara a noite, um grande largo, com o capim todo machucado, mas nem uma cabecinha pra remédio! Já tinham os diachos seguido seu caminho sempre deixando atrás de si uma rua larga, aberta no capinzal, em direção à Serra do Valha-me Deus, que depois de duas horas de viagem começamos a ver muito ao longe, espetando no céu as suas pontas azuis. Galopamos, galopamos atrás deles, mas qual gado, nem pera gado, só víamos diante da cara dos cavalos aquele imenso mar de capim com as pontas torradas por um sol de brasa, parecendo sujas de sangue, e no fundo a Serra do Valha-me Deus, que parecia fugir de nós a toda a pressa. Ainda dormimos aquela noite no campo, a outra e a outra, sempre seguindo durante o dia as pegadas dos bois, e ouvindo à noite a grande choradeira que faziam a alguns passos de distância de nós, mas sem nunca lhes pormos a vista em cima, nem um bezerro desgarrado, nem uma vaquinha preguiçosa! Eu já estava mesmo levado da carepa, anojado, triste, desesperado da vida, cansado na alma de ouvir aquela prantina desenfreada todas as noites, sem me deixar pregar o olho, e o Chico Pitanga cada vez mais pateta, dizendo que aquilo era castigo por termos assassinado a mãe do gado; ambos com fome, já não podíamos mover os braços e as pernas, galopando, galopando por cima do rasto da boiada, e nada de vermos coisa que se parecesse com boi nem vaca, e só campo e céu, céu e campo, e de vez em quando bandos e bandos de marrecas, colhereiras, nambus, maguaris, garças, tuiuiús, guarás, carões, gaivotas, maçaricos e arapapas que levantam o voo debaixo das patas dos cavalos, soltando gritos agudos, verdadeiras gargalhadas por se estarem rindo do nosso vexame lá na sua língua deles. E os cavalos cansados, trocando a andadura, nós com pena deles, a farinha acabada, de pirarucu nem uma isca, sem arma para atirar nos pássaros, nem vontade para isso, sem uma pinga da aguardente, sem uma rodela de tabaco, e a batida do gado espichando diante de nós, cada vez mais comprida, para nunca mais acabar, até que uma tarde, já de todo sem coragem, fomos dar com os peitos bem na encosta da Serra do Valha-me Deus, onde nunca sonhei chegar, e bem raros são os que se têm atrevido a aproximar-se dela.

Mas o diacho das pegadas do gado subiam pela serra acima, trepavam em riba uma das outras até se perder de vista, por um caminho estreito que volteava no monte e parecia sem fim. Ali paramos, quando vimos aquele mundo da Serra do Valha-me Deus, que ninguém subiu até hoje, nos tapando o caminho, que era mesmo uma maldição; pois se não fosse o diacho da serra, eu cumpriria a minha promessa ainda que tivesse de largar a alma no campo.

Nunca vi cachorro mais danado do que eu fiquei. Voltamos para trás, moídos que nem mandioca puba em tipiti, curtindo oito dias de fome da farinha e sede de aguardente, até chegarmos à fazenda Paraíso, e só o que eu digo é que: nunca encontrei gado que me desse tanta canseira.

O BAILE
do
JUDEU

1893

Ora, um dia, lembrou-se, o Judeu, de dar um baile e atreveu-se a convidar a gente da terra, a modo de escárnio pela verdadeira religião de Deus Crucificado, não esquecendo, no convite, família alguma das mais importantes de toda a redondeza da vila. Só não convidou o vigário, o sacristão, nem o andador das almas, e menos ainda o Juiz de Direito; a este, por medo de se meter com a Justiça, e aqueles, pela certeza de que o mandariam pentear macacos.

Era de supor que ninguém acudisse ao convite do homem que havia pregado as bentas mãos e os pés de Nosso Senhor Jesus Cristo numa cruz, mas, às oito horas da noite daquele famoso dia, a casa do Judeu, que fica na rua da frente, a umas dez braças, quando muito, da barranca do rio, já não podia conter o povo que lhe entrava pela porta adentro; coisa digna de admirar-se, hoje que se prendem bispos e por toda parte se desmascaram lojas maçônicas, mas muito de assombrar naqueles tempos em que havia sempre algum temor de Deus e dos mandamentos de Sua Santa Madre Igreja Católica Apostólica Romana.

Lá estavam, em plena judiaria, pois assim se pode chamar a casa de um malvado Judeu, o tenente-coronel Bento de Arruda, comandante da guarda nacional, o capitão Coutinho, comissário das terras, o Dr. Filgueiras, o delegado de polícia, o coletor, o agente da companhia do Amazonas; toda a gente grada, enfim, pretextando uma curiosidade desesperada de saber se, de fato, o Judeu adorava uma cabeça de cavalo mas, na realidade, movida da notícia da excelente cerveja Bass e dos sequilhos que o Isaac arranjara para aquela noite, entrava alegremente no covil de um inimigo da Igreja, com a mesma frescura com que iria visitar um bom cristão.

Era em junho, num dos anos de maior enchente do Amazonas. As águas do rio, tendo crescido muito, haviam engolido a praia e iam pela ribanceira acima, parecendo querer inundar a rua da frente e ameaçando com um abismo de vinte pés de profundidade os incautos transeuntes que se aproximavam do barranco.

O povo que não obtivera convite, isto é, a gente de pouco mais ou menos, apinhava-se em frente à casa do Judeu, brilhante de luzes, graças aos lampiões de querosene tirados da sua loja, que é bem sortida. De torcidas e óleo é que ele devia ter gasto suas patacas nessa noite, pois quantos lampiões bem lavadinhos, esfregados com cinza, hão de ter voltado para as prateleiras da bodega.

Começou o baile às oito horas, logo que chegou a orquestra composta do Chico Carapana, que tocava violão; do Pedro Rabequinha e do Raimundo Penaforte, um tocador de flauta de que o Amazonas se orgulha. Muito pode o amor ao dinheiro, pois que esses pobres homens não duvidaram tocar na festa do Judeu com os mesmos instrumentos com que acompanhavam a missa aos domingos na Matriz. Por isso dois deles já foram severamente castigados, tendo o Chico Carapana morrido afogado um ano depois do baile e o Pedro Rabequinha sofrido quatro meses de cadeia por uma descompostura que passou ao capitão Coutinho a propósito de uma questão de terras. O Penaforte, que se acautele!

Muito se dançou naquela noite e, a falar a verdade, muito se bebeu também, porque em todos os intervalos da dança lá corriam pela sala os copos da tal cerveja Bass, que fizera muita gente boa esquecer os seus deveres. O contentamento era geral e alguns tolos chegavam mesmo a dizer que na vila nunca se vira um baile igual!

A rainha do baile era, incontestavelmente, a D. Mariquinhas, a mulher do tenente-coronel Bento de Arruda, casadinha de três semanas, alta, gorda, tão rosada que parecia uma portuguesa. A D. Mariquinhas tinha uns olhos pretos que tinham transtornado a cabeça de muita gente; o que mais nela encantava era a faceirice com que sorria a todos, parecendo não conhecer maior prazer do que ser agradável a quem lhe falava. O seu casamento fora por muitos lastimado, embora o tenente-coronel não fosse propriamente um velho, pois não passava ainda dos cinquenta; diziam todos que uma moça nas condições daquela tinha onde escolher melhor e falava-se muito de um certo Lulu Valente, rapaz dado a caçoadas de bom gosto, que morrera pela moça e ficara fora de si com o casamento do tenente-coronel; mas a mãe era pobre, uma simples professora régia!

O tenente-coronel era rico, viúvo e sem filhos e tantos foram os conselhos, os rogos e agrados e, segundo outros, ameaças da velha, que D. Mariquinhas não teve outro remédio que mandar o Lulu às favas e casar com o Bento de Arruda. Mas, nem por isso perdeu a alegria e a amabilidade e, na noite do baile do Judeu, estava deslumbrante de formosura. Com seu vestido de nobreza azul-celeste, as suas pulseiras de esmeraldas e rubis, os seus belos braços brancos e roliços de uma carnadura rija, e alegre como um passarinho em manhã de verão. Se havia, porém, nesse baile, alguém alegre e satisfeito de sua sorte, era o tenente-coronel Bento de Arruda, que, sem dançar, encostado aos umbrais de uma porta, seguia com o olhar apaixonado todos os movimentos da mulher, cujo vestido, às vezes, no rodopiar da valsa, vinha roçar-lhe as calças brancas, causando-lhe calafrios de contentamento e de amor.

Às onze horas da noite, quando mais animado ia o baile, entrou um sujeito baixo, feio, de casacão comprido e chapéu desabado, que não deixava ver o rosto, escondido também pela gola levantada do casaco. Foi direto a D. Mariquinhas, deu-lhe a mão, tirando-a para uma contradança que ia começar.

Foi muito grande a surpresa de todos, vendo aquele sujeito de chapéu na cabeça e mal-amanhado, atrever-se a tirar uma senhora para dançar, mas logo cuidaram que aquilo era uma troça e puseram-se a rir, com vontade, acercando-se do recém-chegado para ver o que faria. A própria mulher do Bento de Arruda ria-se a bandeiras despregadas e, ao começar a música, lá se pôs o sujeito a dançar, fazendo muitas macaquices, segurando a dama pela mão, pela cintura, pelas espáduas, nos quase abraços lascivos, parecendo muito entusiasmado. Toda a gente ria, inclusive o tenente-coronel, que achava uma graça imensa naquele desconhecido a dar-se ao desfrute com sua mulher, cujos encantos, no pensar dele, mais se mostravam naquelas circunstâncias.

— Já viram que tipo? Já viram que gaiatice? É mesmo muito engraçado, pois não é? Mas quem será o diacho do homem? E essa de não tirar o chapéu? Ele parece ter medo de mostrar a cara... Isto é alguma troça do Manduca Alfaiate ou do Lulu Valente! Ora, não é! Pois não se está vendo que é o imediato do vapor que chegou hoje! E um moço muito engraçado, apesar de português! Eu, outro dia, o vi fazer uma em Óbidos, que foi de fazer rir as pedras! Aguente, dona Mariquinhas, o seu par é um decidido! Toque para diante, seu Rabequinha, não deixe parar a música no melhor da história!

No meio de estas e outras exclamações semelhantes, o original cavalheiro saltava, fazia trejeitos sinistros, dava guinchos estúrdios, dançava desordenadamente, agarrando a dona Mariquinhas, que já começava a perder o fôlego e parara de rir. O Rabequinha friccionava com força o instrumento e sacudia nervosamente a cabeça. O Carapana dobrava-se sobre o violão e calejava os dedos para tirar sons mais fortes que dominassem o vozerio; o Penaforte, mal contendo o riso, perdera a embocadura e só conseguia tirar da flauta uns estrídulos sons desafinados, que aumentavam o burlesco do episódio. Os três músicos, eletrizados pelos aplausos dos circunstantes e pela originalidade do caso, faziam um supremo esforço, enchendo o ar de uma confusão de notas agudas, roucas e estridentes, que dilaceravam os ouvidos, irritavam os nervos e aumentavam a excitação cerebral de que eles mesmos e os convidados estavam possuídos.

As risadas e exclamações ruidosas dos convidados, o tropel dos novos espectadores, que chegavam em chusma do interior da casa e da rua, acotovelando-se para ver por sobre a cabeça dos outros; sonatas discordantes do violão, da rabeca e da flauta e, sobretudo, os grunhidos sinistramente burlescos do sujeito de chapéu desabado, abafavam os gemidos surdos da esposa de Bento de Arruda, que começava a desfalecer de cansaço e parecia já não experimentar prazer algum naquela dança desenfreada que alegrava tanta gente.

Farto de repetir pela sexta vez o motivo da quinta parte da quadrilha, o Rabequinha fez aos companheiros um sinal de convenção e, bruscamente, a orquestra passou, sem transição, a tocar a dança da moda.

Um bravo geral aplaudiu a melodia cadenciada e monótona da Varsoviana, a cujos primeiros compassos correspondeu um viva prolongado. Os pares que ainda dançavam retiraram-se, para melhor poder apreciar o engraçado cavalheiro de chapéu desabado que, estreitando então a dama contra o côncavo peito, rompeu numa valsa vertiginosa, num verdadeiro turbilhão, a ponto de se não distinguirem quase os dois vultos que rodopiavam entrelaçados, espalhando toda a gente e derrubando tudo quanto encontravam. A moça não sentiu mais o soalho sob os pés, milhares de luzes ofuscavam-lhe a vista, tudo rodava em torno dela; o seu rosto exprimia uma angústia suprema, em que alguns maliciosos sonharam ver um êxtase de amor.

No meio dessa estupenda valsa, o homem deixa cair o chapéu e o tenente-coronel, que o seguiu assustado, para pedir que parassem, viu, com horror, que o tal sujeito tinha a cabeça furada. Em vez de ser homem, era um boto, sim, um grande boto, ou o demônio por ele, mas um senhor boto que afetava, por um maior escárnio, uma vaga semelhança com o Lulu Valente. O monstro, arrastando a desgraçada dama pela porta fora, espavorido com o sinal da cruz feito pelo Bento de Arruda, atravessou a rua, sempre valsando ao som da Varsoviana e, chegando à ribanceira do rio, atirou-se lá de cima com a moça imprudente e com ela se atufou nas águas.

Desde essa vez, ninguém quis voltar aos bailes do Judeu.

INTRODUÇÃO

MEDEIROS *de* ALBUQUERQUE

1867–1934

"Liberdade! Liberdade!
Abre as asas sobre nós!
Das lutas na tempestade
Dá que ouçamos tua voz!"

O refrão do hino da Proclamação da República — que em 1989, ano das comemorações do centenário do evento, foi parcialmente citado em um célebre samba enredo no desfile da Imperatriz Leopoldinense — é sem dúvida a parte mais lembrada da extensa obra do fundador da Academia Brasileira de Letras José Joaquim de Campos da Costa de Medeiros e Albuquerque (1867-1934).

Pernambucano nascido em Recife e educado primeiramente no Rio de Janeiro e em seguida em Portugal, Medeiros e Albuquerque esteve à frente da primeira iniciativa da ABL a de fato impactar a vida de milhões de brasileiros: a reforma ortográfica proposta pela entidade no começo do século XX na tentativa de simplificar as regras cultas do português praticado no Brasil, então baseadas em uma escrita pseudoetimológica. A proposta dele era fortemente baseada na fonética, portanto palavras com sons semelhantes deveriam ser escritas de maneira semelhante, não importando a origem ancestral de cada termo. Claro que esse debate não teve fim naquele primeiro projeto, tanto que vários outros se seguiram a ele desde então.

Em termos literários, o acadêmico foi um pioneiro no país em relação a histórias policiais, chegando a recriar tramas do mais famoso personagem do escocês Arthur Conan Doyle (1859-1930) no livro *Se Eu Fosse Sherlock Holmes*, de 1932. Também era um entusiasta de temas ligados ao ocultismo na virada do século XIX para o XX, tais como o magnetismo, como era chamado na época o hipnotismo. Na edição 77 da *Revista Brasileira*, disponível no acervo digital da Academia, podemos ler um artigo dele a respeito:

> Sou o primeiro a não saber bem onde ponha neste livro um capítulo sobre hipnotismo e ocultismo. Mas que esse capítulo deve nele figurar parece-me indiscutível. Poucos estudos me ocuparam tanto.
>
> Na Escola Acadêmica, em Lisboa, li o primeiro trabalho a esse respeito, um livrinho a que já aludi, intitulado *Tratado de Magnetologia*. O livro não valia nada; mas como nessa época eu não conhecia coisa alguma a respeito de magnetismo, a obra me fez uma impressão profunda. Tão profunda que resolvi ficar com o volume.

> O colégio não vendia os livros de sua biblioteca; mas quando os alunos perdiam ou estragavam algum, tinham de indenizá-lo. Declarei que perdera o volume — e assim, sem nenhuma desonestidade, pagando, guardei a obra, que me parecia preciosa.
>
> Depois, em 1888, no Brasil, vivendo, como eu vivia, em uma roda de futuros médicos, aí se discutiam frequentemente as experiências de Paris e Nancy sobre o hipnotismo.
>
> Tomei-me de entusiasmo pela questão e comecei a ler o que se publicava na França a esse respeito. A Casa Garnier tinha de fato ordem de me remeter tudo o que aparecesse sobre o assunto. Absolutamente tudo.
>
> E comecei a hipnotizar a torto e a direito. Tinha quase vontade de deter os transeuntes na rua para os adormecer.

Este estudante do oculto também escreveu algumas narrativas que interessam aos leitores de *Medo Imortal*. Nas próximas páginas, um exemplo foi extraído de um livro de 1900: *Mãe Tapuia*. Nele, aparece o interesse do autor por conhecimentos da área médica que extrapolem os limites da sociedade. O texto foi analisado pela então doutoranda da UERJ Marina Sena, em um ensaio publicado nos anais do XV Congresso Internacional da Associação Brasileira de Literatura Comparada. No artigo *A Temática da Ciência em "Palestras a Horas Mortas" (1900)*, o interesse está nesta aproximação entre a ciência e a ficção brasileira de influência gótica:

> Este tipo de ficção aborda, entre outros temas, as consequências dos avanços científicos e tecnológicos sobre o homem do fim de século. Em suas narrativas, porém, a fronteira entre o científico e o pseudocientífico não é clara: a frenologia, o mesmerismo e até mesmo o espiritismo, o ocultismo e a alquimia podem coexistir, nas tramas, com discursos que hoje reconhecemos como efetivamente científicos. É observável a recorrência, por exemplo, da influência dos avanços das ciências naturais nas ciências sociais — como a evolução de Charles Darwin que ganha um caráter social com as reflexões de Herbert Spencer.

Assim, ela se manifesta, no plano diegético, na relação da ciência com atos transgressivos e na figura de protagonistas médicos, estudantes e cientistas. Além disso, também é possível notar uma escolha vocabular a um só tempo tétrica e com termos próprios da ciência da época.

Tais características também podem ser vistas no segundo conto. "O Soldado Jacob", publicado originalmente em *Um Homem Prático*, de 1898, traz até mesmo um personagem que tem interesses em comum com seu autor:

> O Hospital da "Charité" é dirigido pelo célebre psiquiatra Dr. Luys, cujos estudos recentes sobre o magnetismo, tanta discussão têm provocado. De fato, o ilustre médico tem ressuscitado, com o patrocínio do seu alto valor científico, teorias que pareciam definitivamente sepultadas.

PALESTRA
a
HORAS MORTAS

1900

Ao Dr. Bricio Filho

Estávamos no quarto cinco rapazes atentos e silenciosos. O que se deitara no sofá, os olhos no teto, tirando beatamente fumacinhas curtas e pardacentas do charuto coroado de um zimbório de cinza alvíssima, era o Lúcio, um gorducho, estudante de medicina. De vez em quando, tinha alguma pilhéria para cortar a narração dos outros.

No quarto, onde as palavras, ora escorregavam, monótonas, ora explodiam sonoras, dos lábios dos narradores, havia por momentos interrupções de gargalhadas, aplaudindo as graçolas do Lúcio. Verdade seja que o patife as tinha excelentes!

O Heitor, um da Politécnica, que, montado em uma cadeira austríaca, se divertia a fazê-la balouçar sobre os dois pés posteriores, era sempre dos primeiros a abrir em formidáveis explosões de riso, logo seguidas pelas do Andrade e do Carlos, dois outros de medicina.

Eram onze horas da noite. Desde as nove ali estávamos. Tínhamos projetado um passeio de barco pela baía de Botafogo, em grande troça, mas o luar — um luar esplêndido que nos entrava nos cálculos — desfizera-se em enorme aguaceiro.

Assegurava o Andrade que as onze mil virgens deviam estar tomando banho. E o *cavaignac* negro — mais do que negro, lutuoso e trágico — corroborava de tal forma a asserção, que a pilhéria soava com um clangor sibilino de dogma. Dir-se-ia que um apêndice daqueles tinha alguma coisa de pontifício, de infalível.

Como a chuva ameaçasse reeditar o dilúvio, o Lúcio propôs que, abrigados àquela arca, esperássemos o fim dos quarenta dias e das quarenta noites, ouvindo e contando histórias.

E de passagem foi aproveitando a ocasião para abandalhar umas alusões à pomba, que nos devia trazer o ramo da oliveira... Muito riso, muita galhofa. E ele iniciou a série, contando uma boa anedota, que afirmou ter lido em Armand Sylvestre.

Pura mentira. Era fértil o maroto naquele gênero *grivois*. Ninguém como ele para sublinhar qualquer malícia. Ia do conto apimentado à narração lasciva, dando vigor e colorido às mínimas coisas.

Teve um êxito enorme. E, como houvesse pago o seu tributo, estirou-se de papo para cima, enquanto se discutia a quem tocava falar.

Nisto, o Heitor anunciou que ia ler uma poesia.

Houve protestos...

— É um crime, revestido de circunstâncias agravantes: lugar ermo, premeditação, alta noite...

— Que era preferível a morfina, regougou por cima do *cavaignac* o Andrade...

— Havia casos de princesas, que se ficaram a dormir anos sem conta por causa disso; a *Belle au bois dormant* adormecera ouvindo um soneto...

Mas o Heitor humilhou-se. Deixou passar a fuzilaria de epigramas, e disse que aquilo devia ter a gravidade de um sacramento. Pecara; queria confessar-se. Tinha preparado cinco quadras, com um trabalhão de mil diabos, e pretendia impingi-las como improviso. Mas para isto era preciso que tivesse havido luar, pois que a ele se aludia nas mencionadas quadras. Conformando-se, porém, à fatalidade, já agora queria, por castigo de "sua culpa, sua culpa, sua máxima culpa" abeirar-se do tribunal da penitência...

E afinal leu as quadras. Solene, o *cavaignac* do Andrade deixou cair-lhe em cima a absolvição, coando as palavras em vibrações de *De Profundis*.

Aproveitando a ocasião, o Caldas anunciou que tinha uma história curiosa e verdadeira, a do Lucas: um rapaz que todos eles tinham conhecido.

Vozes pediram o Caldas: "À cena o Caldas!".

Dois minutos de vozeria. O Lúcio perguntou, interessado, se a história era alegre e salgadinha...

O Caldas, um sujeito alto e magro, declarou solenemente que não. Era um acontecimento triste e verdadeiro, embora inverossímil.

— Quanto ao personagem, vocês o conheceram.

— O Lucas, aquele que morreu o ano passado, um da turma de 87?

— Exatamente.

A narração começou. O Caldas tinha pretensões a literato. Isto fazia com que alambicasse demais as frases, imprimindo-lhes um estilo de mau gosto, avesso à naturalidade. Assegurava, porém, que era aquele o seu modo de exprimir-se. E foi contando quem era o Lucas: um romântico, um sonhador de ideais. Viera estudar medicina forçado pelo pai, que o não deixou ir para S. Paulo, temendo que o rapaz se perdesse na vida de boemia, acervejada e livre. Os cinco primeiros anos na Faculdade nada ofereciam de interessante: estudante regular, comportamento regular...

— Eu sei, atalhou o Lúcio; como o passaporte com que vim de Lisboa e em que todos os sinais foram preenchidos com esse monótono adjetivo, chegando até a dizer: cor dos olhos: — regular!

O Caldas prosseguiu. No sexto ano contou como o Lucas se apaixonara pela Virgínia Barros, filha do Barão de Souza Barros. E aos poucos a voz do narrador, que começara rouca, foi ganhando ênfase e sonoridade:

"... Era alta e magra, de uma magreza aristocrática. Piso de garça real: flexível e garboso. Meneios de castelã vaporosa, comandando pelos gestos a admiração e o respeito à sua estranha beleza — beleza, em que, se não bastasse o perfil correto e amadonado, a boca pequenina e rubra, seria de sobra o olhar.

Conheceu-a o Lucas em um baile, vendo-a dançar freneticamente polcas e quadrilhas, quadrilhas e valsas — e desde o primeiro passo até o rodopio último do galope final — sem que um riso pudesse desanuviar-lhe a densa camada de tristeza, que visivelmente a assoberbava. Fez-lhe aquilo uma impressão extrema e, encontrando-a de novo, dias depois, em uma récita dos *Puritanos*, teve-a nas objetivas do binóculo durante toda a noite.

Era tão clara e tão sincera a manifestação do seu exaltado sentimento que sob a cútis finíssima parecia sentir-se a vibração doentia dos nervos excitados pela música. Os olhos chispavam e, sem que tivessem uma só lágrima, irradiavam tão estranhamente que cada raio deles parecia impelir legiões de soluços e de preces, clamando alto, alto chorando... A batuta do regente da orquestra, como um bastão elétrico, a cuja passagem se levantam em revoada pequenas coisas atraídas, tangia-lhe da alma voos loucos de mágoas e tristezas, de queixas de uma dor tão profunda, que se diria porejar lágrimas no deslumbramento da sala. Nem voz de contralto e tenores, nem harmonias quérulas de violoncelos tinham a intensidade daquele olhar, misto talvez — por uma extravagância indefinível — de luz, de som e de perfume. Mas por todo o teatro, pompeando sedas e brilhantes, maciez de veludos e de colos formosos e nus, sopitando um momento sob os atrativos da música e da vaidade as demais paixões humanas — por todo o teatro, só houve no seu caminho um coração capaz de entendê-lo: o do Lucas.

Uma semana depois, ele encontrava-a novamente em um baile e nunca declaração de amor tão estranha e tão ardente soou entre o frufru das caudas roçagantes das valsistas...

A sala da festa voltava-se para a baía de Botafogo. O mar plangia, lambendo, no desânimo da vazante, as pedras limosas do sopé do paredão. Longe — como luzeiro de vaga-lumes — batiam pálpebras trementes os lampiões da cidade. O céu, varrera-o alguém de nuvens.

Havia, como a poeira esquecida por um criado descuidoso, o esbranquiçado da Via Láctea, enquanto ao derredor um anjo pródigo atirara inconsideradamente punhados de astros, chispando fagulhas...

Ele e ela, duas almas de românticos, pareciam aurir no ambiente uma pulverização de sonhos e devaneios. Estavam debruçados à varanda e expandiam-se longamente em confissões.

O Lucas saiu dali cambaleante, não sabia bem se de tristeza, se de ventura. De um desses sentimentos deliciosamente martirizantes, que são sofrimento e são gozo, que são gozo e são sofrimento. Conquistara uma alma de eleição: alma branca, alma de arminho. Mas arminho ensopado em pranto.

Tinha, enfim, compreendido a tristeza que minava aquela existência de donzela. Sabia-se irremissivelmente condenada: era uma tuberculosa.

E, a pé, ao longo do cais, ele foi seguindo... Uma brisa muito fresca vinha do mar. A areia alvejava em larga fita. As ondas não tinham força. A besta marinha resfolegava de manso, como exausta ao cabo de um delíquio de amor. Chegavam de longe os sons dolentes de um canto: de tão longe que ninguém saberia se eram ouvidos, se eram apenas recordados...

A moça lhe havia contado que o seu médico declarara ao pai que ela teria somente um ou dois anos de vida. O velho barão não queria acreditar. Talvez com um tratamento enérgico, dizia ele, se conseguisse alguma coisa.

— Qual, meu amigo? replicava o médico. A avó morreu com vinte e nove anos, a mãe com vinte e cinco: ela está fadada a morrer muito moça. Você fez-me jurar que lhe diria a verdade inteira, sem atenuações nem enganos: esta é a verdade.

— Mas...

— Não há mas... O micróbio da tuberculose é implacável... Tudo tem sido em vão. Tentativas sobre tentativas, todas se têm frustrado. Sua filha já quase não tem o pulmão esquerdo. Mesmo do direito resta-lhe também muito pouco... O micróbio é implacável...

E, repetindo aquele estribilho de fatalidade, o velho facultativo saiu lentamente. O ouvido da moça colado à fechadura de um quarto vizinho para não perder-lhe uma só palavra, percebeu o rumor dos passos afastando-se...

O pai, depois que o médico saiu, voltou à sala, ajoelhou-se no tapete e debruçado sobre o sofá, segurando com as velhas mãos trêmulas a cabeça branca, ficou chorando, chorando como uma criança...

De então em diante uma tristeza dolorosa e pungitiva encheu-lhe toda a alma, vestindo de crepe as explosões mais brilhantes das alegrias que a cercavam. E, como todos se apercebessem do seu desânimo e o aumentassem, perguntando sempre por sua saúde, ela, na obsessão da ideia que a dominava, supôs que os olhos estranhos viam claramente o seu estado. Parecia que dos seus gestos, da sua voz, dos seus olhares saía um rumor de cantochão, um cheiro de cemitério, uma visão de espectros... Se a olhavam muito, era como se dissessem, gritando por toda a parte, no rasto de seus passos: *"Esta é a que vai morrer!"*. E que volúpia, que apetite excitado por cada dia de espera, o dos vermes que a tinham de devorar!

Resolveu lutar. Aquilo que lhe parecia tão claramente escrito no seu rosto jurou que ninguém o veria.

E dançou e folgou loucamente, acelerando a hora fatal, mas encobrindo o seu tormento, o seu naufrágio irremissível. Queria ser como um navio a afundar-se, sem que na tolda a marinhagem, rindo e festejando, desse por isso.

Como César, ao morrer apunhalado, cobrira o rosto com o manto, ocultando por um instinto de grandeza a miséria dos esgares de dor — ela queria cair enrolada em estendais de flores, em músicas de galanteios, em perfumes capitosos de salas de bailes...

Isto tudo, desde a conversa do médico, fielmente conservada, até os seus mais íntimos pensamentos, ela dissera ao Lucas. E o Lucas — sonhador, em cuja alma o fermento do misticismo católico dormia, não de todo extinto, sentia uma grandeza extrema nesse amor quase etéreo, quase irreal, com um toque religioso.

Amaram-se, exaltando mutuamente tudo o que havia de pouco comum em semelhante afeição.

O velho médico da casa, por descargo de consciência, continuava a receitar fazendo a moça ingerir umas drogas nauseantes.

Julgando-a ignorante, assegurava de cada vez que ela ia melhor, muito melhor...

Ela sorria. Triste, como um dobre de finados, soava-lhe aos ouvidos a frase surpreendida: "O micróbio da tuberculose é implacável".

O micróbio! Ninguém sabia que desejo intenso tinha ela de o ver! Era aquele o seu adversário, era aquele o sapador terrível do seu organismo — e ela não o conheceria?!

Figurava-se às vezes, quando em silêncio, na solidão do seu quarto, ver a legião dos animálculos, pululando, formigando, rastejando sobre a massa rubra dos pulmões. E por um grotesco sinistro de imaginação, na sua ignorância, o que a ideia lhe lembrava era um queijo coberto de bichos.

O pulmão seria como um queijo vermelho e sangrento, roído pelos micróbios... Da primeira hemoptise colheu com cuidado o sangue e apurou debalde a vista, julgando infantilmente que poderia distinguir qualquer coisa.

A decepção aumentou o desejo. Uma tarde, entre a crítica de uma festa e uma anedota graciosa, expôs ao Lucas a sua vontade. Sorrindo, com o sorriso desolador de uma ironia de mártir resignada, contou-lhe de outra vez, um pensamento fantástico que lhe acudira: — Ela parecia uma mina. Por uma das galerias — a dos pulmões — mineiros ativíssimos trabalhavam incessantemente. Breve estaria morta. Novas turmas de operários, os vermes, se abateriam sobre o seu corpo. Que alegria — como nas minas de carvão ou gesso — quando as duas turmas de mineiros se encontrassem, uma seguindo de dentro para fora, outra de fora para dentro. Aleluia! Aleluia! A sua carcaça podre vibraria com a festa dos vermes tripudiando sobre as carnes decompostas!

O Lucas saiu aterrado. Que imaginação sinistra a daquela pobre vítima! Nada lhe prometeu. Iludiu-lhe as instâncias assegurando que era muito difícil, que era preciso um microscópio muito aperfeiçoado, impossível para ele de obter. Além de tudo, tornava-se necessário um preparo químico especial para colorir os micróbios e ele não o sabia fazer. Mil outras dificuldades...

A moça deixava passar algum tempo e voltava a insistir. O Lucas teve de prometer. Não bastava, porém, que fosse qualquer sangue.

Ela queria do seu. Queria ver, não outros, mas os seus próprios inimigos. Lucas conformou-se. Levou o sangue, preparou a cultura especial, coloriu à violeta e ficou de trazê-la na quinta-feira. Precisamente era a véspera da colação do seu grau de médico.

O microscópio veio sob um pretexto qualquer. O barão devia ignorar o capricho da filha.

Quando o Lucas entrou, achou-a de cama. Tinha tido uma grande hemoptise, mas ocultou-lhe.

Era uma pontinha de febre — assegurava a sorrir. As maçãs do rosto, queimando, protestavam contra aquela alegria. O Lucas, ao apertar-lhe a mão, sentiu que abrasava. O olhar tinha uma vivacidade fantástica e alucinada. Fez que chamassem o velho médico, apesar dos protestos dela, sempre risonha.

Isso não impedia que ele mostrasse a preparação, dizia a moça. Foi necessário ceder. Armou o instrumento, focalizou com cuidado, voltando o espelhinho para a janela aberta e mandou-lhe olhar. O microscópio estava sobre uma cadeira, à direita da cama. Mesmo deitada, debruçando-se um pouco, ela colou a vista à ocular.

O quê! era aquilo!? Uns bastõezinhos roxos, alguns mesmo figurando antes uma sucessão de pontos do que um todo contínuo — ali mesmo, com um aumento de mil e quinhentos diâmetros, quase imperceptíveis! Era aquilo?! Admirava-se que ele o afirmasse: "os micróbios da tuberculose são assim".

Parecia-lhe uma humilhação morrer vencida por aqueles infinitesimais! Não pôde olhar muito tempo. A febre crescia. Chegou a quarenta, a quarenta e um, a quase quarenta e dois graus... O médico veio. Chamou o Lucas à parte e disse-lhe com muitos rodeios que a noiva morreria infalivelmente, nessa noite, ou na manhã seguinte... Ele não teve uma só lágrima, não articulou um som: a angústia tolhia-lhe a garganta como um guante de ferro. Ficou à cabeceira do leito com uma obstinação feroz e sombria.

A moça delirava.

Via-se noiva. Ia entrar na igreja. Quando dava os primeiros passos, o órgão imenso, com um trovão de apocalipse, fazia-a parar aterrorizada. A música assombrosa cantava: *"Esta é a que vai morrer! Esta é a que vai morrer!"*.

Apesar de tudo, um padre celebrava a missa. Quando ele ergueu a hóstia — a hóstia, iluminada vivamente, reproduzia a objetiva do microscópio, cheia de traços roxos: os micróbios da tuberculose. As linhas do missal eram cordões negros de vermes. Cada vez mais forte, o órgão clamava ensurdecedoramente: *"Esta é a que vai morrer"* — Então, como uma surdina, como a visão dos que do inferno enxergam o céu aberto, mas irreparavelmente perdido, surgiam-lhe reminiscências de festas: valsas languescendo ao compasso da música em espirais tortuosas... voo estonteante de perfumes... hinos de ventura, hinos de amor... hosanas de glória e mocidade e vida... galanteios ouvidos outrora: *"Como V. Ex. está formosa!... Posso merecer à sua distinção de rainha a honra desta valsa?"*... E as flores pareciam despeitadas da sua beleza!... Bailes, festas, pompas de teatro, sedas e veludos, rubis, diamantes...

Mas agora, dominando tudo, os tubos do órgão mugiam o estribilho formidável: *"Esta é a que vai morrer! Esta é a que vai morrer!"*.

De súbito uma onda de sangue espumou-lhe aos lábios, como à boca ferida de um cavalo, após a carreira. O sangue jorrou, púrpuro e claro, cantando a sinfonia alegre do vermelho. A febre cedeu um pouco. Ela pareceu descansar.

Passara a noite. Vieram procurar o Lucas para ir tomar o grau. A mãe e a irmã, que haviam chegado de Minas expressamente para a cerimônia, apareceram-lhe já vestidas de sedas caras, tendo à porta a esperá-las uma berlinda puxada a cavalos brancos. Ele, completamente doido, mandou-as embora com uma brutalidade de alucinado. E, em um instante, na vertigem de um caleidoscópio elétrico, todos os seus longos estudos de seis anos, os melhores da mocidade, apareceram-lhe de uma esterilidade desoladora. A Ciência? A Ciência que se orgulha de marcar o volume de Júpiter, de determinar a órbita de um cometa que voltará daqui a centenas de anos — a Ciência como se lhe representou miserável! A torre dos volumes cresce todos os dias, mais alta que as pirâmides, mais alta que a Babel dos sonhos antigos... São livros doutos, cheios de observações... Quando um volume novo se acrescenta à coluna, parece dizer: *"Aqui o verme não chegará!"*. Mas, a desafiá-lo, o *Infinitamente Pequeno* trepa-se lá em cima à cantoneira de marroquim, ao dourado das páginas. E o seu rasto pegajoso e visguento é como a baba de uma boca que ri muito, que ri às escâncaras... Ri do esforço humano, ri da Ciência, ri da Vida... — E pensou que, amanhã talvez, fosse arrancar à morte um ser, inútil ou perigoso, um bruto qualquer, um selvagem meio escondido sob a máscara de homem civilizado, enquanto ela, a sua pobre noiva, tão boa e tão formosa, apodreceria na frieza do sepulcro, dando ao pasto das larvas tacos da sua carne, hoje rósea, amanhã verde-negra... Gritou de novo à mãe e à irmã que não ia, que não se doutorava em nada...

O médico receitara injeções de éter. Era a hora marcada. Fez com que as duas mulheres saíssem, fechou a porta violentamente e veio fazer a injeção com uma delicadeza infinita. Apenas as mãos tremiam-lhe um pouco.

Nisto, uma nova onda de sangue ressumou aos lábios da moça. Ele — como a primeira coisa que encontrou à mão — tomou do copo de cristal posto à cabeceira e aparou aí a hemoptise. Era um líquido puro, de uma cor sonora e triunfal, um vermelho cantante, de saúde e mocidade. Com o copo em punho, cheio de sangue, teve de súbito uma ideia: — bebeu-o! Morreria da mesma morte que ela, roído dos mesmos vermes....

O velho barão com os olhos estupidamente fitos em tudo aquilo, aniquilado pela dor, teve um salto vigoroso, apesar dos jarretes entorpecidos pela idade e pelas moléstias. Era tarde. Restava o copo, sujo de um desses vinhos cheios de borra, toldados e maus, que mancham o vidro... Ao bigode louro do Lucas coalhos pequenos de sangue tremiam, pendurados...

A moça moveu-se. As atenções voltaram-se para ela. Um bálsamo de paz ungia-lhe o rosto, agora sereno e beatifico. Os braços levantaram-se na intenção de um movimento, mas caíram logo... A arca emagrecida do peito pareceu erguer-se muito, mas baixou com um pequeno suspiro... Imobilidade absoluta. O Lucas precipitou-se alucinadamente a cobrir de beijos o rosto da noiva, deixando, onde os seus lábios pousavam, borrões sanguinolentos...

Morta, enterrou-se no dia seguinte, um dia esplêndido de sol. Menos de uma semana depois, o Lucas a seguia. A tuberculose tomara nele uma forma galopante, tendo rejeitado todo o tratamento e ardendo em uma febre louca.

O Caldas acabara a história. Meia-noite. A chuva passara. O luar, já então esplêndido, coando-se de um orifício da janela sobre o tapete junto ao sofá em que estava o Lúcio, parecia pendurar ao pescoço de leão, bordado a lã vermelha, um largo medalhão de prata...

O SOLDADO JACOB

1898

Paris, 3 de dezembro de...

Não lhes farei uma crônica de Paris, porque, enfastiado de rumor e movimento, tranquei-me no meu simples aposento de estudante e lá fiquei durante duas semanas. É verdade que esse tempo foi bastante para cair um ministério e subir outro. Mas, quer a queda, quer a subida, nada têm de interessante. Assim, limito-me a contar-lhes uma visita que fiz ao Hospital da "Charité", da qual me ficou pungente recordação.

O Hospital da "Charité" é dirigido pelo célebre psiquiatra Dr. Luys, cujos estudos recentes sobre o magnetismo, tanta discussão têm provocado. De fato, o ilustre médico tem ressuscitado, com o patrocínio do seu alto valor científico, teorias que pareciam definitivamente sepultadas. Não é delas, porém, que lhes quero falar.

Havia no hospital, há vinte e três anos, um velho soldado maníaco, que eu, como todos os médicos que frequentam o estabelecimento, conhecia bastante. Era um tipo alto, moreno, anguloso, de longos cabelos brancos. O que tornava extraordinária a sua fisionomia era o contraste entre a tez carregada, os dentes e os cabelos alvíssimos, de um branco de neve imaculada, e os indescritíveis olhos em fogo, ardentes, e profundos. A neve daqueles fios alvos derramados sobre os ombros e o calor daqueles olhos que porejavam brasas atraíam, invencíveis, a atenção para o rosto do velho.

Havia, porém, outra cousa para prendê-la mais. Constantemente, um gesto brusco e mecânico, andando ou parado, os seus braços encolhiam-se e estendiam-se, nervosos, repetindo alguma cousa que parecia constantemente querer cair para cima dele. Era um movimento de máquina, um solavanco rítmico de pistão, contraindo-se e distendendo-se, regular e automaticamente. Sentia-se bem, à mais simples inspeção, que o velho tinha diante de si um fantasma qualquer, qualquer, alucinação do seu cérebro demente — e forcejava por afastá-la. Às vezes quando os seus gestos eram mais bruscos, o rosto assumia um paroxismo tal de pavor, que ninguém se furtava à impressão terrificante de tal cena. Os cabelos ouriçavam-se sobre a sua cabeça (era um fenômeno tão francamente visível, que nós o seguíamos com os olhos) e de todas as rugas daquele rosto amorenado desprendia-se um tal influxo de pavor e a face lhe tremia de tal sorte, que, na sua passagem, bruscamente, fazia-se um silêncio de morte.

Os que entram pela primeira vez em uma clínica de moléstias mentais têm a pergunta fácil. Vendo fisionomias estranhas e curiosas, tiques e manias que julgam raras, multiplicam as interrogações, querendo tudo saber, tudo indagar. Geralmente as explicações são simples e parecem desarrazoadas. Uma mulher que se expande em longas frases de paixão e arrulha e geme soluços de amor, com grandes atitudes dramáticas, - todos calculam, ao vê-la, que houve talvez, como causa de sua loucura, algum drama pungentíssimo.

Indagado, vem-se a saber que o motivo da sua demência foi alguma queda que interessou o cérebro. E esse simples traumatismo teve a faculdade de desarranjar de um modo tão estranho a máquina intelectual, imprimindo-lhe a mais bizarra das direções.

Assim, os que frequentam clínicas psiquiátricas por simples necessidade de ofício, esquecem frequentemente este lado pitoresco das cenas a que assistem e, desde que o doente não lhes toca em estudo, desinteressam-se de multiplicar interrogações a seu respeito. Era isto o que me tinha sucedido, acerca do velho maníaco.

Ele tinha livre trânsito em todo o edifício; era visto a todo instante, ora aqui, ora ali, e ninguém lhe prestava grande atenção. Da sua história nunca me ocorrera indagar cousa alguma.

Uma vez, porém, eu vim a sabê-la involuntariamente.

Nós estávamos no curso. O professor Luys dissertava sobre a conveniência das intervenções cirúrgicas na idiotia e na epilepsia. Na sala estavam três idiotas: dois homens e uma mulher e cinco casos femininos de epilepsia. O ilustre médico discorria com a sua clareza e elevação habituais, prendendo-nos todos à sua palavra.

Nisto, entretanto, o velho maníaco, conseguindo iludir a atenção do porteiro, entrou. No seu gesto habitual de repulsa, cruzou a aula, afastando sempre o imaginário vulto do espectro, que a cada passo lhe parecia embargar o caminho. Houve, porém, um momento em que a sua fisionomia revelou um horror tão profundo, tão medonho, tão pavoroso, que de um arranco as cinco epiléticas ergueram-se do banco, uivando de terror, uivando lugubremente como cães, e logo após atiraram-se por terra, babando, escabujando, entremordendo-se com as bocas brancas de espuma, enquanto os membros, em espasmos, agitavam-se furiosamente.

Foi de uma dificuldade extrema separar aquele grupo demoníaco, de que, sem tê-lo visto, ninguém poderá fazer uma ideia exata.

Só, entretanto, os idiotas, de olhos serenos, acompanhavam tudo, fitando sem expressão o que se passava diante deles.

Um companheiro, ao sairmos nesse dia do curso, contou-me a história do maníaco, chamado em todo o hospital o "soldado Jacob". A história era simplíssima.

Em 1870, por ocasião da guerra franco-prussiana, sucedera-lhe, em uma das pelejas em que entrara, rolar, gravemente ferido, no fundo de um barranco. Caiu sem sentidos, com as pernas dilaceradas e todo o corpo chagado da queda. Caiu, deitado de costas, de frente para o alto, sem poder mover-se. Ao voltar a si, viu, porém, que tinha sobre si um cadáver, que, pela pior das circunstâncias, estava deitado justamente sobre seu corpo, rosto a rosto, frente a frente.

Era a vinte metros ou mais abaixo do nível da estrada. O barranco constituía um extremo afunilado, do qual não havia meio de fugir. Não se podia afastar o defunto. Por força ele havia de descansar ali. Demais, o soldado Jacob, semimorto, não conservava senão o movimento dos braços e esse mesmo muito fraco. O corpo — uma chaga imensa — não lhe obedecia à vontade: jazia inerte.

Como deve ter sido medonha aquela irremissível situação!

Ao princípio, cobrando um pouco de esperança, ele procurou ver se o outro não estaria apenas desmaiado; e sacudiu-o vigorosamente - com o fraco vigor dos seus pobres braços tão feridos. Depois, cansado, não os podendo mais mover, tentou ainda novo esforço, mordendo o soldado caído em plena face. Sentiu, com uma repugnância de nojo sem nome, a carne fria e viscosa do morto - e ficou com a boca cheia de fios grossos da barba do defunto, que se haviam desprendido. Um pânico enorme gelou-lhe então o corpo, ao passo que uma náusea terrível revolvia-lhe o estômago.

Desde esse instante, foi um suplício que não se escreve — nem mesmo, seja qual for a capacidade da imaginação —, se chega a compreender bem! O morto parecia enlaçar-se a ele; parecia abafá-lo com o peso, esmagá-lo debaixo de si, com uma crueldade deliberada. Os olhos vítreos abriam-se sobre os seus olhos, arregalados em uma expressão sem nome. A boca assentava-se sobre a sua boca, num beijo fétido, asqueroso...

Para lutar, ele só tinha um recurso: estender os braços, suspendendo a alguma distância o defunto. Mas os membros cediam ao cansaço e vinham, aos poucos, descendo, descendo, até que de novo as duas caras se tocavam. E o horrível era a duração dessa descida, o tempo que os braços vinham vergando de manso, sem que ele, cada vez sentindo mais a aproximação, pudesse evitá-la! Os olhos do cadáver pareciam ter uma expressão de mofa. Na boca, via-se a língua empastada, entre coalhos negros de sangue, e a boca parecia ter um sorriso hediondo de ironia...

• • •

Quanto durou esta peleja? Poucas horas talvez, para quem as pudesse contar friamente, longe dali. Para ele, foram eternidades.

O cadáver teve, entretanto, tempo de começar a sua decomposição. Da boca, primeiro às gotas e depois em fio, começou a escorrer uma baba esquálida, um líquido infecto e sufocante que molhava a barba, a face e os olhos do soldado, deitado sempre, e cada vez mais forçosamente imóvel, não só pelas feridas, como também pelo terror, de instante em instante mais profundo.

Como o salvaram? Por acaso. A cova em que ele estava era sombria e profunda. Soldados que passavam, suspeitosos de que houvesse ao fundo algum rio, atiraram uma vasilha amarrada a uma corda. Ele sentiu o objeto, puxou-o repetidas vezes, dando sinal da sua presença, e foi salvo.

Nos primeiros dias, durante o tratamento das feridas, pôde contar o suplício horroroso por que passara. Depois, a lembrança persistente da cena encheu-lhe todo o cérebro. Vivia a afastar diante de si o cadáver recalcitrante, que procurava sempre abafá-lo de novo sob o seu peso asqueroso.

• • •

Anteontem, porém, ao entrar no hospital achei o soldado Jacob preso num leito, com a camisola de força, procurando em vão agitar-se, mas com os olhos mais acesos do que nunca — e mais que nunca com a fisionomia contorcida por um terror inominado e louco.

Acabava de estrangular um velho guarda, apertando-o contra uma parede, com o seu gesto habitual de repulsa. Arrancaram-lhe a vítima das mãos assassinas, inteiramente inerte — morta sem que tivesse podido proferir uma só palavra.

INTRODUÇÃO

AFONSO ARINOS

1868–1916

Nascido no interior de Minas Gerais — em Paracatu, na divisa com o estado de Goiás —, Afonso Arinos de Melo Franco (1868–1916) recriou em sua literatura de cunho regionalista uma paisagem que conhecia bem: a dos sertões brasileiros. Eleito para a Academia no último dia de 1901, até mesmo em seu discurso de posse ele fez referência àquele mundo intermediário das grandes cidades e das nossas florestas:

> Lá vêm os homens, com o andar pesado e o ar inexpressivo de quem repete todos os dias, de sol a sol, a mesma fadigosa labuta, sem um incidente a quebrar-lhe o tédio.
> Esperais debalde ouvir esses cantos do crepúsculo, de que vos falaram decerto vossos livros bucólicos: debalde esperais bulício, papaguear, animação, rumores de grupos que, ao fim da tarefa, vêm para casa descansar.
> Essa gente mostra certo ar de recolhimento: ela marcha como quem está cumprindo um dever; oprime-a uma

preocupação; um pensamento assombreia-lhe os rostos — a Pátria distante: são os colonos que se recolhem.

Eis ali a fila de casas rústicas, com seus chiqueiros ao lado; no vasto terreno em comum, que é o logradouro da colônia, pasta o seu gado; junto das casas onde se vêem cercas entressachadas de madressilvas, retoiçam crianças, balbuciando uma língua estrangeira.

Não é a nossa volta da roça, em que o mulato pernóstico ou o caboclo imaginativo conta casos ao vivo, imitando as passagens com entusiasmo, acrescentando um ou mais pontos a cada conto.

É típico também dessas regiões do chamado Brasil profundo suas próprias histórias de assombrações. Afonso Arinos não deixou de documentar em sua ficção alguns desses causos sobrenaturais, como nos dois contos que veremos a seguir e que também mereceram estudos universitários. O primeiro deles, "A Garupa", conta a experiência de Benedito Pires, um tratador de éguas que determinado dia sai a trabalho com seu colega vaqueiro Quinca, para cuidar dos animais do patrão. Acontece que seu amigo e compadre cai morto e o contador do causo se vê obrigado a voltar para casa trazendo na garupa o defunto, o que espalha o medo pelo sertão. Mesmo na igreja local ele e sua carga são barrados.

O conto foi analisado no ensaio *"A Garupa": Face do Fantástico Tipicamente Brasileiro no Conto de Afonso Arinos*, publicado pelo doutorando da UFPR Bruno Dias, em 2017, na *Scripta Uniandrade*, revista da Pós-Graduação em Letras da Uniandrade, do Paraná:

> Em "A Garupa", vemos uma representação de um Brasil interiorano, afastado das grandes cidades, na qual situações que aparentemente não possuem explicação ocorrem. É na hesitação que reside o fantástico desse conto de Arinos [...] Percebemos que o fantástico e terror, nesse conto, se dão de forma subjetiva, não encontramos visões de fantasmas, monstros ou qualquer criatura que possa desafiar as leis do "mundo real". Entretanto, vemos o comportamento quase

> que desesperado do cavalo por motivo aparentemente inexistente, bufando e batendo os cascos, soprando com força e procurando com seu nariz algo que não se vê, ou que pelo menos Benedito não via. Além do mais, o simples fato de um defunto estar abraçado ao narrador já nos leva a imaginar a atmosfera amedrontadora da cena.

Sobre o segundo conto, "Assombramento", que explora a temática da casa mal-assombrada em um ambiente fora das grandes cidades, quem escreveu a respeito foi Pedro Sasse, da UERJ, no artigo *Um Passeio Pelo Sertão: As Fronteiras do Medo na Literatura Nacional*. O especialista comparou a ficção de Afonso Arinos com os relatos registrados pelo sociólogo Gilberto Freyre (1900-1987) em seu famoso livro *Assombrações do Recife Velho*, de 1955, um registro documental dos casos sobrenaturais em sua cidade natal.

> Afonso Arinos, nascido no interior de Minas Gerais, vivenciou a cultura sertaneja, sendo um grande apreciador desse ambiente, visto que, mesmo depois de mudar-se para cidades maiores, voltava constantemente à pequena cidade onde nasceu. Tal é o impacto desse ambiente no autor que suas obras mais famosas giram em torno do espaço do sertão, não deixando nunca de lado elementos do imaginário sobrenatural.
>
> Tal aspecto se revela em alguns de seus contos, servindo de elemento comparativo aos estudos de Freyre. O espaço típico das assombrações do Recife aparece como ambiente de um conto chamado "Assombramento". O protagonista deseja testar a casa que dizem ser mal-assombrada, vencer os medos. Manuel Alves, tropeiro veterano, decide então passar a noite em tal local, indo contra os conselhos de seus companheiros. A casa reúne muitos dos aspectos cruciais para uma descrição de ambiente de medo, marcado pela escuridão, pela degradação estrutural e pela podridão.

A
GARUPA

1921

A João Rodrigues Guião

Saímos para o campeio com a fresca da madrugada.[1]

Tínhamos de ir longe e de pousar no campo. Eu tomava conta da eguada, ele era vaqueiro. Vizinhos de retiro na fazenda de meu amo, companheiros de muitos anos, não largávamos um do outro. Sempre que havia uma folgazinha, ou ele vinha para o meu rancho, ou eu ia para o rancho dele.

Às vezes, quando meu amo queria perguntar por nós aos outros vaqueiros e camaradas, dizia:

— Onde estão a corda e a caçamba?

— Vancê bem pode imaginar, patrão, que tábua eu não carrego, que dor me não dói bem no fundo do coração, desde aquele triste dia.

---

[1] Publicado no livro póstumo *Histórias e Paisagens*, de 1921.

Como eu lhe ia dizendo, nós saímos com a fresca. Por sinal que, naquele dia, compadre Quinca estava alegre, animado como poucas vezes. Ainda me lembra que o cavalo dele, um castanho estrelo calçado dos quatro pés, a modo que não queria sair do terreiro. Quando nós fomos passando perto do cocho da porta, ou ele viu alguma coisa lá dentro ou que, o diacho do cavalinho virou nos pés.

O defunto Joaquim — coitado! Deus lhe dê o céu! juntou o bicho nas esporas, jogou-o para a frente e, num galão, quase ralou a perna no rebuço do telhado de mei'água dos bezerros.

Saímos.

Quando fomos confrontando com a lagoa da Caiçara ele ganhou o trilho para umas barrocas, lá embaixo, onde diziam que duas novilhas tinham dado cria e que um dos bezerros estava com bicheira no umbigo.

Eu torci para o logradouro das éguas, cá para a banda do cerrado de cima.

— Está bom. Então, até, compadre!

— Se Deus quiser, meu compadre!

Não sei o que falou por dentro dele, porque, naquele mesmo soflagrante, ele virou para mim e disse:

— Qual, compadre! Vamos juntos. Assim como assim, a gente não pode chegar à casa hoje. Pois então, a gente viageia junto, e da Água Limpa eu torço lá para Fundão, para pegar as novilhas; vancê apanha lá adiante o caminho do logradouro.

Eu já ia indo um pedaço, quando dei de rédeas para trás e ajuntei-me outra vez com o compadre. Parece que ele estava adivinhando!

E fomos indo, conversa tira conversa, caso puxa caso.

Eta, dia grande de meu Deus!

Ainda na beira de um corguinho, lá adiante, eu tirei dos alforjes um embornal com farinha, fiz um foguinho e assamos um naco de carne-seca, bem gorda e bem gostosa, louvado seja Deus! Bebemos um gole d'água e tocamos.

Aí, já na virada do dia, o compadre me disse:

— Compadre, vancê vai andando, que eu vou descer àquele buraco. Pode ter alguma rês ali. A modo que eu vi relampear o lombo daquela novilha chumbadinha, que anda sumida faz muito tempo.

Ele foi descendo para o buraco e eu segui meu caminho pelos altos. Com pouca dúvida, ouvi um grito grande e doído:

— Aiiii!

Acudi logo:

— Que é lá, compadre! — e apertei nas esporas o meu queimado.

Não le conto nada, patrãozinho! Quando cheguei lá, o castanho galopava com os arreios e meu compadre estava estendido numa moita de capim, com a cabeça meio para baixo e a mão apertada no peito.

— Que é isto, meu compadre? Não há de ser nada, com o favor de Deus!

Apalpei o homem, levantei-lhe a cabeça, arrastei-o para um capim, encostei-o ali, chamei por ele, esfreguei-lhe o corpo, corri lá embaixo, num olho-d'água, enchi o chapéu, quis dar-lhe de beber, sacudi-o, virei, mexi: nada!

Estava tudo acabado! O compadre morrera de repente; só Deus foi testemunha.

E agora, como é, Benedito Pires? Peguei a imaginar como era, como não era: eu sozinho e Deus, ou melhor, abaixo de Deus, o pobre do Benedito Pires; afora eu, o defunto e os dois bichos, o meu cavalo e o dele. Imaginei, imaginei... Dali à casa era um pedaço de chão, umas cinco léguas boas; ao arraial, também cinco léguas. Tanto fazia ir à casa, como ao arraial. Mais perto, nenhum morador, nem sinal de gente!

Largar meu compadre, eu não podia: amigo é amigo! Demais, estava ficando tarde. Até eu ir buscar gente e voltar, o corpo ficava entregue aos bichos do mato, onça, ariranha, tatu-peba, tatu-canastra... Nem é bom falar! Levar o corpo para a casa e de lá para o arraial, era andar dez léguas, não contando o tempo de ajuntar gente em casa para carregar a rede. Assim, assentei que o melhor era fazer o que eu fiz. Distância por distância, decidi levar o compadre direito para o arraial onde há igreja e cemitério.

Mas, ir como? Aí é que estava a coisa. Pobre do compadre!

Banzei um pedacinho e tirei o laço da garupa. Nós, campeiros, não largamos o nosso laço. Antes de ficar duro o defunto, passei o laço embaixo dos braços dele — coitado! — joguei a ponta por cima do galho de um jatobá e suspendi o corpo no ar. Então, montei a cavalo e fiquei bem debaixo dos pés do defunto. Fui descendo o corpo devagarinho, abrindo-lhe as pernas e escarranchando-o na garupa.

Quando vi que estava bem engarupado, passei-lhe os braços por baixo dos meus e amarrei-lhe as mãos diante do meu peito. Assim ficou, grudado comigo. O cavalo dele atufou-se no cerrado.

— Lá se avenha! — pensei. — Tomara eu tempo para cuidar do pobre do dono!

Caminho para o arraial era um modo de falar. Estrada mesmo não havia: mal-mal uns trilhos de gado, uns cortando os outros, trançando-se pelos campos e sumindo-se nos cerradões.

Tomei as alturas e corri as esporas no meu queimado, que, louvado Deus, era bicho de fiança; nunca me deixou a pé e andou sempre bem arreadinho.

O sol já estava some-não-some atrás dos morros; a barra do céu, cor de açafrão; as jaós cantavam de lá, as perdizes respondiam de cá, tão triste!

Quando eu ganhei o espinhaço da serra, lá em cima, as nossas sombras, muito compridas, estendiam as cabeças até ao fundo do boqueirão.

Era tempo de escuro. O que ainda me valeu, abaixo de Deus, foi que estava chegando o meio do ano, e nessa ocasião, a estrela do pastor nasce de tarde e alumia pela noite adentro.

Enquanto foi dia, ainda que bem; mas, quando a noite fechou deveras e eu não tinha no meio daquele campo outra claridade senão a da estrela, só Noss'enhor sabe por que não acompanhei o compadre para o outro mundo, rodando por alguma perambeira, ou caindo com o seu corpo no fundo de algum grotão.

Nos cerradões, ou nos matos, como no da beira do ribeirão, eu não enxergava, às vezes, nem as orelhas do meu queimado, que descia os topes gemendo. O compadre, aí rente. O que vale é que "macho que geme, a carga não teme", lá diz o ditado.

Toquei para diante: sobe morro, desce morro, vara chapada, fura mato, corta cerradão, salta córrego — eu fui andando sempre. O defunto vinha com o chapéu de couro preso no pescoço pela barbela e caído para a carcunda. Quando o queimado trotava um pouco mais depressa, o chapéu fazia pum, pum, pum. O compadre a modo que estava esfriando demais.

Não sei se era porque fosse mesmo tempo de frio, eu peguei a sentir nas costas uma coisa que me gelava os ossos e chegava a me esfriar o coração. Jesus! que friúra aquela!

A noite ia fechando, fechando. Eu já seguia não sei como, pois tinha de andar só pelo rumo. O queimado, às vezes, refugava aqui, fugia dacolá, cheirava as moitas e bufava. Pelo barulho d'água, eu vi que nós íamos chegando à beira do ribeirão. Tinha aí de atravessar uma mataria braba, por um trilho de gado. Insensivelmente, eu fugia de um galho, negava o corpo a outro, virando na sela campeira. A cabeça do compadre, que, no princípio, batia de lá para cá e, às vezes, escangotava, endureceu, e o queixo dele, com a marcha do animal, me martelava a apá.

Fui tocando. Dentro da mataria, passava um ou outro vaga-lume, e havia uma voz triste, grossa, vagarosa, de algum pássaro da noite que eu não conheço e que cantava num tom só, muito compassado, zoando, zoando...

Em certa hora parecia que meu cavalo marchava num terreno oco: ao baque das passadas respondia lá no fundo outro baque e o som rolava como um trovão longe. A ramaria estava cerrada por cima de minha cabeça, que nem a coberta do meu rancho. O trilho a modo que ia ficando esconso, porque o queimado não sabia onde pisar; chegou uma horinha em que ele pegou; a patinhar para cima, para baixo, de uma banda e de outra, sem adiantar um passo.

O bicho parecia que estava ganhando força para fazer alguma.

Não levou muito tempo, ele mergulhou aqui para sair lá adiante, descendo ao fundo de um buraco e galgando um tope aos arrancos, escorrega aqui, firma acolá.

Nesse vaivém, nesse balanço dos diabos, o corpo do compadre pendia pra lá, pra cá. Uma vez ou outra, ele ia arcando, arcando; a cara dele chegava mais perto da minha e — Deus me perdoe! — pensei até que ele queria me olhar no rosto.

Eu ia tocando toda-vida. Mas, aquele frio, ih! aquele frio foi crescendo, foi me descendo para os pés, subindo para os ombros, estendendo-se para os braços e encarangando-me os dedos. Eu já quase não senti as rédeas, nem os estribos.

Aí, por Deus! eu não enxergava nem as pontas das orelhas do queimado; a escuridão fechou de todo e o cavalo não pôde romper. Corri-lhe as esporas; o bicho era de espírito, eu bem sabia; mas bufava, bufava, cheirando alguma coisa na frente e refugava... Tanto apertei o bicho nas esporas, que, de repente, ele suspendeu as mãos no ar... O corpo do compadre me puxou para trás, mas eu não perdi o tino. Tinha confiança no cavalo e debrucei-me para a frente... Senti que o casco do queimado batia numa torada de pau atravessada por cima do trilho.

E agora, Benedito? Entreguei a alma a Deus e bambeei as rédeas. O cavalo parou, tremendo... Mas, o focinho dele andava de um lado para o outro, cheirando o chão e soprando com força... Com pouca dúvida, ele foi se encostando devagarinho, bem rente do mato; minhas pernas roçavam nos troncos e nas folhas do arvoredo miúdo. Senti um arranco e, com a ajuda de Deus, caí do outro lado, firme nos arreios: o queimado achou jeito de saltar a barreira nalgum lugar favorável.

Toquei para diante. Ah! patrão! não gosto de falar no que foi a passagem do ribeirão aquela noite! Não gosto de lembrar a descida do barranco, a correnteza, as pedras roliças do fundo d'água, aquele vau que a gente só passa de dia e com muito jeito, sabendo muito bem os lugares. Basta dizer que a água me chegou quase às borrainas da sela, e do outro lado, cavalo, cavaleiro e defunto — tudo pingava!

Eu já não sentia mais o meu corpo: o meu, o do defunto e o do cavalo misturaram-se num mesmo frio bem frio; eu não sabia mais qual era a minha perna, qual a dele... Eram três corpos num só corpo, três cabeças numa cabeça, porque só a minha pensava... Mas, quem sabe também se o defunto não estava pensando? Quem sabe se não era eu o defunto e se não era ele que me vinha carregando na frente dos arreios?

Peguei a imaginar nisso, meu patrão, porque — medo não era, tomo a Deus por testemunha! — eu não sentia mais nada, nem sela, nem rédea, nem estribos. Parecia que eu era o ar, mas um ar muito frio, que andava sutil, sem tocar no chão, ouvindo — porque ouvir eu ouvia — de longe, do alto, as passadas do cavalo, e vendo — eu ainda enxergava também — as sombras do arvoredo no cerrado e, por cima de mim, a boiada das estrelas no pastoreio lá do céu!

Só este medo eu tive, meu patrão — de não poder falar.

Quis chamar por meu nome, para ver se eu era eu mesmo; quis lembrar alguma coisa desta vida, mas não tive coragem de experimentar...

Aí já não posso dizer que marchei para diante: fui levado nessa dúvida, pensando que bem podia ser eu alguma alma perdida naquela noite, zanzando pelos campos e cerrados da terra onde assisti de menino...

E quem sabe também se a noite era só noite para meus olhos, olhos vidrados de defunto? Bem podia ser que fosse dia claro...

Haverá dia e noite para as almas, ou será o dia das almas essa noite em que vou andando?

Essa dúvida, patrão, foi crescendo... E uma hora chegou em que eu não acreditava em mim mesmo, nem punha mais fé no que eu tinha visto antes... Peguei a pensar que era minha alma quem ia acompanhando pela noite fora aqueles três vultos...

Minha alma era um vento, um vento frio, avoando como um curiango arriba das nossas cabeças.

Daí, patrão, enfim, entendi que aquilo tudo por ali em roda era algum logradouro da gente que já morreu, alguma repartição de Noss'enhor, por onde a gente passa depois da morte. Mas, aquele escuro e aquele frio! Sim, era muito estúrdio aquilo. Ou quem sabe se aquilo era um pouso no caminho do outro mundo? Numa comparação, podia bem ser o estradão assombreado por onde a alma, depois de separada do corpo, caminha para onde Deus é servido.

Ah! patrão! o que minh'alma imaginou aquele tempo todo eu não lhe posso contar, não! Sei que fomos embora, aqueles três vultos, um carregando dois e todos três irmanados da mesma escuridão.

Tocamos.

De repente, peguei a ouvir galo cantar. Uai! Era bem o canto do galo; com pouca dúvida, um cachorro latiu lá adiante. Gente, que é isso? Que trapalhada era essa? Era o compadre que estava ouvindo, ou era eu? Pois, então, Benedito virou de novo Benedito?

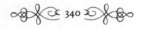

Ou é que as coisas por lá são tal e qual as nossas de cá, com pouca diferença? Galo e cachorro eu ouvi. Estive assuntando mais e ouvi o mugido de uma vaca e o berro de um bezerro... Com um tiquinho de tempo mais, eu vi, e vi bem, uma casa e outra e outra ainda! Gente, isso é o arraial: olha a igreja ali!

Não havia dúvida mais: estávamos no arraial e o queimado batia o casco numa calçadinha da rua.

Era eu mesmo, era o meu queimado e o compadre aí rente, na garupa!

Toquei para a casa do sacristão e bati. Custou muito a responder, mas uma janela abriu e uma cabeça apareceu a modo muito assustada.

— Abre a igreja, que tem defunto aqui!

— Cruz, cruz, cruz, Ave Maria! — gritou o sacristão assombrado, e bateu a janela, correndo para dentro da casa.

Eu não insisti mais. Toquei para a porta da igreja, de onde correram assustados uns cabritos. Defronte, o cruzeiro abria os braços para nós. Como havia de ser?

Quem me podia ajudar a descer aquele corpo?

Parei um pedaço, olhando para o tempo.

Aí o frio pegou a apertar outra vez, e uma coisa me fazia uma zoeira nos ouvidos, que nem um lote de cigarras num dia de sol quente. Que frio, que frio! Meu queixo pegou a bater feito uma vara de canelas-ruivas. Turrr! turrr! O compadre, atracado na minha carcunda, ficou feito um casco de tatu; quando meu calcanhar batia no pé dele, o baque respondia no corpo todo e o queixo dele me fincava com mais força na apá. A porta da igreja pegou a rodar, principiando muito devagarinho; e o cruzeiro a modo que saía do lugar, vinha para mim, subia lá em cima, descia cá embaixo, como uma gangorra, mal comparando.

Peguei a sentir, não sei se na cabeça, não sei mesmo onde, um fogo, que era fogo lá dentro e cá fora, no meu corpo, nas minhas pernas, nas mãos, nos pés, nas costas era uma friúra, que ninguém nunca viu tão grande!...

Meu braço não mexia, minhas mãos não mexiam, meus pés não saíam do lugar; e, calado como defunto, eu fiquei ali, de olhos arregalados, olhando a escuridão, ouvidos alertas, ouvindo as coisas caladas!

Meu cavalo, entresilhado também de fome, de cansaço e de frio, vendo que a carga não era de cavaleiro, desandou a andar à toa, pra baixo, pra cima, catando aqui-acolá uns fiapos de capim...

Quando eu passava por perto da porta de alguma casa, fazia força e podia gritar:

— Ô de casa! Gente, vem ajudar um cristão! Vem dar uma demão aqui!

Ninguém respondia!

Numa porta em que o cavalo parou mais tempo — porque uma hora meu queimado parecia cavalo de aleijado parando nas portas para receber esmola — apareceu uma cara... E quando eu disse:

— "É um defunto..." — a pessoa soltou um grito e correu para dentro esconjurando...

Mas, as casas todas pegaram a embalançar outra vez, e eu estava como em cima d'água, boiando, boiando..

Parece que o queimado cansou de andar. Lá nos pés do cruzeiro, onde havia um gramado, ele parou...

E foi aí que vieram me achar, de manhãzinha, com os olhos arregalados, todo frio, todo encarangado e duro no cavalo, com o compadre à garupa!

Ah! patrão! amigo é amigo!

Daí para cá eu andei bem doente...

Quantos anos já lá se vão, nem eu sei mais.

O que eu sei, só o que eu sei, é que nunca mais, nunca mais aquele friúme das costas me largou!

Nem chás, nem mezinha, nem fogo, nem nada!

E quando eu ando pelo campo, quando eu deito na minha cama, quando eu vou a uma festa, me acompanha sempre, por toda a parte, de dia e de noite, aquele friúme, que não é mais deste mundo!

Coitado do compadre! Deus lhe dê o céu!

ASSOMBRAMENTO

1898

HISTÓRIA DO SERTÃO

À beira do caminho das tropas, num tabuleiro grande, onde cresciam a canela-d'ema e o pau-santo, havia uma tapera.[1] A velha casa assombrada, com grande escadaria de pedra levando ao alpendre, não parecia desamparada. O viandante a avistava de longe, com a capela ao lado e a cruz de pedra lavrada, enegrecida, de braços abertos, em prece contrita para o céu. Naquele escampado onde não ria ao sol o verde escuro das matas, a cor embaçada da casa suavizava ainda mais o verde esmaiado dos campos.

E quem não fosse vaqueano naqueles sítios iria, sem dúvida, estacar diante da grande porteira escancarada, inquirindo qual o motivo por que a gente da fazenda era tão esquiva que nem ao menos aparecia

---

[1] Publicado no livro *Pelo Sertão*, de 1898.

à janela quando a cabeçada da madrinha da tropa, carrilhonando à frente dos lotes, guiava os cargueiros pelo caminho afora.

Entestando com a estrada, o largo rancho de telha, com grandes esteios de aroeira e mourões cheios de argolas de ferro, abria-se ainda distante da casa, convidando o viandante a abrigar-se nele. No chão havia ainda uma trempe de pedra com vestígios de fogo e, daqui e dacolá, no terreno acamado e liso, espojadouros de animais vagabundos.

Muitas vezes os cargueiros das tropas, ao darem com o rancho, trotavam para lá, esperançados de pouso, bufando, atropelando-se, batendo uns contra os outros as cobertas de couro cru; entravam pelo rancho adentro, apinhavam-se, giravam impacientes à espera da descarga até que os tocadores a pé, com as longas toalhas de crivo enfiadas no pescoço, falavam à mulada, obrigando-a a ganhar o caminho.

Por que seria que os tropeiros, ainda em risco de forçarem as marchas e aguarem a tropa, não pousavam aí? Eles bem sabiam que, à noite, teriam de despertar, quando as almas perdidas, em penitência, cantassem com voz fanhosa a encomendação. Mas o cuiabano Manuel Alves, arrieiro atrevido, não estava por essas abusões e quis tirar a cisma da casa mal-assombrada.

Montado em sua mula queimada frontaberta, levando adestro seu macho crioulo por nome "Fidalgo" — dizia ele que tinha corrido todo este mundo, sem topar coisa alguma, em dias de sua vida, que lhe fizesse o coração bater apressado de medo. Havia de dormir sozinho na tapera e ver até onde chegavam os receios do povo.

Dito e feito.

Passando por aí de uma vez, com sua tropa, mandou descarregar no rancho com ar decidido. E enquanto a camaradagem, meio obtusa com aquela resolução inesperada, saltava das selas ao guizalhar das rosetas no ferro batido das esporas; e os tocadores, acudindo de cá e de lá, iam amarrando nas estacas os burros, divididos em lotes de dez, Manuel Alves, o primeiro em desmontar, quedava-se de pé, recostado a um mourão de braúna, chapéu na coroa da cabeça, cenho carregado, faca nua aparelhada de prata, cortando vagarosamente fumo para o cigarro.

Os tropeiros, em vaivém, empilhavam as cargas, resfolegando ao peso. Contra o costume, não proferiram uma jura, uma exclamação; só, às vezes, uma palmada forte na anca de algum macho teimoso. No mais, o serviço ia-se fazendo e o Manuel Alves continuava quieto.

As sobrecargas e os arrochos, os buçais e a penca de ferraduras, espalhados aos montes; o surrão da ferramenta aberto e para fora o martelo, o puxavante e a bigorna; os embornais dependurados; as bruacas abertas e o trem de cozinha em cima de um couro; a fila de cangalhas de suadouro para o ar, à beira do rancho — denunciaram ao arrieiro que a descarga fora feita com a ordem do costume, mostrando também que à rapaziada não repugnava acompanhá-lo na aventura.

Então, o arrieiro percorreu a tropa, correndo o lombo dos animais para examinar as pisaduras; mandou atalhar à sovela algumas cangalhas, assistiu à raspagem da mulada e mandou, por fim, encostar a tropa acolá, fora da beira do capão onde costumam crescer as ervas venenosas.

Dos camaradas, o Venâncio lhe fora malungo de sempre. Conheciam-se a fundo os dois tropeiros, desde o tempo em que puseram o pé na estrada pela primeira vez, na era da fumaça, em trinta e três. Davam de língua às vezes, nos serões de pouso, um pedação de tempo, enquanto os outros tropeiros, sentados nos fardos ou estendidos sobre os couros, faziam chorar a tirana com a toada doída de uma cantilena saudosa.

Venâncio queria puxar a conversa para as coisas da tapera, pois viu logo que o Manuel Alves, ficando aí, tramava alguma das dele.

— O macho lunanco está meio sentido da viagem, só Manuel.

— Nem por isso. Aquele é couro n'água. Não é com duas distâncias desta que ele afrouxa.

— Pois olhe, não dou muito para ele urrar na subida do morro.

— Este? Não fale!

— Inda malhando nesses carrascos cheios de pedra, então é que ele se entrega de todo.

— Ora!

— Vossemecê bem sabe: por aqui não há boa pastaria; acresce mais que a tropa deve andar amilhada. Nem pasto, nem milho na redondeza desta tapera. Tudo que sairmos daqui, topamos logo um catingal verde. Este pouso não presta; a tropa amanhece desbarrigada que é um Deus nos acuda.

— Deixe de poetagens, Venâncio! Eu sei cá.

— Vossemecê pode saber, eu não duvido; mas na hora da coisa feia, quando a tropa pegar a arriar a carga pela estrada, é um vira-tem-mão e — Venâncio p'r'aqui, Venâncio p'r'acolá.

Manuel deu um muxoxo. Em seguida levantou-se de um surrão onde estivera assentado durante a conversa e chegou à beira do rancho, olhando para fora. Cantarolou umas trovas e, voltando-se de repente para o Venâncio, disse:

— Vou dormir na tapera. Sempre quero ver se a boca do povo fala verdade uma vez.

— Hum, hum! Está aí! Eia, eia, eia!

— Não temos eia nem peia. Puxe para fora minha rede.

— Já vou, patrão. Não precisa falar duas vezes.

E daí a pouco, veio com a rede cuiabana bem tecida, bem rematada por longas franjas pendentes.

— Que é que vossemecê determina agora?

— Vá lá à tapera enquanto é dia e arme a rede na sala da frente. Enquanto isso, aqui também se vai cuidando do jantar.

O caldeirão preso à rabicha grugrulhava ao fogo; a carne-seca no espeto e a camaradagem, rondando à beira do fogo lançava à vasilha olhares ávidos e cheios de angústias, na ansiosa expectativa do jantar. Um, de passagem atiçava o fogo, outro carregava o ancorote cheio de água fresca; qual corria a lavar os pratos de estanho, qual indagava pressuroso se era preciso mais lenha.

Houve um momento em que o cozinheiro, atucanado com tamanha oficiosidade, arremangou aos parceiros dizendo-lhes:

— Arre! Tem tempo, gente! Parece que vocês nuca viram feijão. Cuidem de seu que fazer, se não querem sair daqui a poder de tição de fogo!

Os camaradas se afastaram, não querendo turrar com cozinheiro em momento assim melindroso.

Pouco depois chegava o Venâncio, ainda a tempo de servir o jantar ao Manuel Alves.

Os tropeiros formavam roda, agachados, com os pratos acima dos joelhos e comiam valentemente.

— Então? perguntou Manuel Alves ao seu malungo.

— Nada, nada, nada! Aquilo por lá, nem sinal de gente!

— Uai! É estúrdio!

— E vossemecê pousa lá mesmo?

— Querendo Deus, sozinho, com a franqueira e a garrucha, que nunca me atraiçoaram.

— Sua alma, sua palma, meu patrão. Mas... é o diabo!

— Ora! Pelo buraco da fechadura não entra gente, estando bem fechadas as portas. O resto, se for gente viva, antes dela me jantar eu hei de fazer por almoçá-la. Venâncio, defunto não levanta da cova. Você há de saber amanhã.

— Sua alma, sua palma, eu já disse, meu patrão; mas, olhe, eu já estou velho, tenho visto muita coisa e, com ajuda de Deus, tenho escapado de algumas. Agora, o que eu nunca quis foi saber de negócio com assombração. Isso de coisa do outro mundo p'r'aqui mais p'r'ali — terminou o Venâncio, sublinhando a última frase com um gesto de quem se benze.

Manuel Alves riu-se e, sentando-se numa albarda estendida, catou uns gravetos do chão e começou a riscar a terra, fazendo cruzinhas, traçando arabescos... A camaradagem, reconfortada com o jantar abundante, tagarelava e ria, bulindo de vez em quando no guampo de cachaça. Um deles ensaiava um rasgado na viola e outro — namorado, talvez, encostado ao esteio do rancho, olhava para longe, encarando a barra do céu, de um vermelho enfumaçado e, falando baixinho, co'a voz tremente, à sua amada distante...

II

Enoitara-se o escampado e, com ele, o rancho e a tapera. O rolo de cera, há pouco aceso e pregado ao pé direito do rancho, fazia uma luz fumarenta. Embaixo da tripeça, o fogo estalava ainda. De longe vinham aí morrer as vozes do sapo-cachorro que latia lá num brejo afastado, sobre o qual os vaga-lumes teciam uma trama de luz vacilante. De cá se ouvia o resfolegar da mulada pastando, espalhada pelo campo. E o cincerro da madrinha, badalando compassadamente aos movimentos do animal, sonorizava aquela grave extensão erma.

As estrelas, em divina faceirice, furtavam o brilho às miradas dos tropeiros que, tomados de langor, banzavam, estirados nas caronas, apoiadas as cabeças nos serigotes, com o rosto voltado para o céu.

Um dos tocadores, rapagão do Ceará, pegou a tirar uma cantiga. E pouco a pouco, todos aqueles homens errantes, filhos dos pontos mais afastados desta grande pátria, sufocados pelas mesmas saudades, unificados no mesmo sentimento de amor à independência, irmanados nas alegrias e nas dores da vida em comum, responderam em coro, cantando o estribilho. A princípio timidamente, as vozes meio veladas deixaram entreouvir os suspiros; mas, animando-se, animando-se, a solidão foi se enchendo de melodia, foi se povoando de sons dessa música espontânea e simples, tão bárbara e tão livre de regras, onde a alma sertaneja soluça ou geme, campeia vitoriosa ou ruge traiçoeira irmã gêmea das vozes das feras, dos roncos da cachoeira, do murmulho suave do arroio, do gorjeio delicado das aves e do tétrico fragor das tormentas. O idílio ou a luta, o romance ou a tragédia viveram no relevo extraordinário desses versos mutilados, dessa linguagem brutesca da tropeirada.

E, enquanto um deles, rufando um sapateado, gracejava com os companheiros, lembrando os perigos da noite nesse ermo consistório das almas penadas — outro, o Joaquim Pampa, lá das bandas do sul, interrompendo a narração de suas proezas na campanha, quando corria à cola da bagualada, girando as bolas no punho erguido, fez calar os últimos parceiros que ainda acompanhavam nas cantilenas o cearense peitudo, gritando-lhes:

— Ché, povo! Tá chegando a hora!

O último estribilho:

> Deixa estar o jacaré:
> A lagoa há de secar

expirou magoado na boca daqueles poucos, amantes resignados, que esperavam um tempo mais feliz, onde os corações duros das morenas ingratas amolecessem para seus namorados fiéis:

> Deixa estar o jacaré:
> A lagoa há de secar

O tropeiro apaixonado, rapazinho esguio, de olhos pretos e fundos, que contemplava absorto a barra do céu ao cair da tarde, estava entre estes. E quando emudeceu a voz dos companheiros ao lado, ele concluiu a quadra com estas palavras, ditas em tom de fé profunda, como se evocasse mágoas longo tempo padecidas:

> Rio Preto há de dar vau
> Té pra cachorro passar!

— Tá chegando a hora!
— Hora de que, Joaquim?
— De aparecerem as almas perdidas. Ih! Vamos acender fogueiras em roda do rancho. Nisto apareceu o Venâncio, cortando-lhes a conversa.
— Gente! O patrão já está na tapera. Deus permita que nada lhe aconteça. Mas vocês sabem: ninguém gosta deste pouso mal-assombrado.
— Escute, tio Venâncio. A rapaziada deve também vigiar a tapera. Pois nós havemos de deixar o patrão sozinho?
— Que se há de fazer? Ele disse que queria ver com os seus olhos e havia de ir só, porque assombração não aparece senão a uma pessoa só que mostre coragem.
— O povo diz que mais de um tropeiro animoso quis ver a coisa de perto; mas no dia seguinte, os companheiros tinham que trazer defunto para o rancho porque, dos que dormem lá, não escapa nenhum.

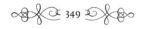

— Qual, homem! Isso também não! Quem conta um conto acrescenta um ponto. Eu cá não vou me fiando muito na boca do povo, por isso é que eu não gosto de pôr o sentido nessas coisas.

A conversa tornou-se geral e cada um contou um caso de coisa do outro mundo. O silêncio e a solidão da noite, realçando as cenas fantásticas das narrações de há pouco, filtraram nas almas dos parceiros menos corajosos um como terror pela iminência das aparições.

E foram-se amontoando a um canto do rancho, rentes uns aos outros, de armas aperradas alguns e olhos esbugalhados para o indeciso da treva; outros, destemidos e gabolas, diziam alto.

— Cá por mim, o defunto que me tentar morre duas vezes, isto tão certo como sem dúvida — e espreguiçavam-se nos couros estendidos, bocejando de sono.

Súbito, ouviu-se um gemido agudo, fortíssimo, atroando os ares como o último grito de um animal ferido de morte.

Os tropeiros pularam dos lugares, precipitando-se confusamente para a beira do rancho. Mas o Venâncio acudiu logo, dizendo:

— Até aí vou eu, gente! Dessas almas eu não tenho medo. Já sou vaqueano velho e posso contar. São as antas-sapateiras no cio. Disso a gente ouve poucas vezes, mas ouve. Vocês têm razão: faz medo.

E os paquidermes, ao darem com o fogo, dispararam, galopando pelo capão adentro.

III

Manuel Alves, ao cair da noite, sentindo-se refeito pelo jantar, endireitou para a tapera, caminhando vagarosamente.

Antes de sair, descarregou os dois canos da garrucha num cupim e carregou-a de novo, metendo em cada cano uma bala de cobre e muitos bagos de chumbo grosso. Sua franqueira aparelhada de prata, levou-a também enfiada no correão da cintura. Não lhe esqueceu o rolo de cera nem um maço de palhas. O arrieiro partira calado. Não queria provocar a curiosidade dos tropeiros. Lá chegando, penetrou no pátio pela grande porteira escancarada.

Era noite.

Tateando com o pé, reuniu um molho de gravetos secos e, servindo-se das palhas e da binga, fez fogo. Ajuntou mais lenha arrancando paus de cercas velhas, apanhando pedaços de tábua de peças em ruína, e com isso, formou uma grande fogueira. Assim alumiado o pátio, o arrieiro acendeu o rolo e começou a percorrer as estrebarias meio apodrecidas, os paióis, as senzalas em linha, uma velha oficina de ferreiro com o fole esburacado e a bigorna ainda em pé.

Quero ver se tem alguma coisa escondida por aqui. Talvez alguma cama de bicho do mato.

E andava pesquisando, escarafunchando por aquelas dependências de casa nobre, ora desbeiçadas, sítio preferido das lagartixas, dos ferozes lacraus e dos caranguejos cerdosos. Nada, nada: tudo abandonado!

— Senhor! Por que seria? — inquiriu de si para si o cuiabano e parou à porta de uma senzala, olhando para o meio do pátio onde uma caveira alvadia de boi-espáceo, fincada na ponta de uma estaca, parecia ameaçá-lo com a grande armação aberta.

Encaminhou para a escadaria que levava ao alpendre e que se abria em duas escadas, de um lado e de outro, como dois lados de um triângulo, fechando no alpendre, seu vértice. No meio da parede e erguida sobre a sapata, uma cruz de madeira negra avultava; aos pés desta, cavava-se um tanque de pedra, bebedouro do gado da porta, noutro tempo. Manuel subiu cauteloso e viu a porta aberta com a grande fechadura sem chave, uma tranca de ferro caída e um espeque de madeira atirado a dois passos no assoalho.

Entrou. Viu na sala da frente sua rede armada e no canto da parede, embutido na alvenaria, um grande oratório com portas de almofada entreabertas. Subiu a um banco de recosto alto, unido à parede e chegou o rosto perto do oratório, procurando examiná-lo por dentro, quando um morcego enorme, alvoroçado, tomou surto, ciciando, e foi pregar-se ao teto, donde os olhinhos redondos piscaram ameaçadores.

— Que é lá isso, bicho amaldiçoado? Com Deus adiante e com paz na guia, encomendando Deus e a virgem Maria...

O arrieiro voltou-se, depois de ter murmurado as palavras de esconjuro e, cerrando a porta de fora, especou-a com firmeza. Depois, penetrou na casa pelo corredor comprido, pelo qual o vento corria veloz, sendo-lhe preciso amparar com a mão espalmada a luz vacilante do rolo. Foi dar na sala de jantar, onde uma mesa escura e de rodapés torneados, cercada de bancos esculpidos, estendia-se, vazia e negra.

O teto de estuque, oblongo e escantilhado, rachara, descobrindo os caibros e rasgando uma nesga de céu por uma frincha de telhado. Por aí corria uma goteira no tempo da chuva e, embaixo, o assoalho podre ameaçava tragar quem se aproximasse despercebido. Manuel recuou e dirigiu-se para os cômodos do fundo. Enfiando por um corredor que parecia conduzir à cozinha, viu, ao lado, o teto abatido de um quarto, cujo assoalho tinha no meio um montículo de escombros. Olhou para o céu e viu, abafando a luz apenas adivinhada das estrelas, um bando de nuvens escuras, roldando. Um outro quarto havia junto desse e o olhar do arrieiro deteve-se, acompanhando a luz do rolo no braço esquerdo erguido, sondando as prateleiras fixas na parede, onde uma coisa branca luzia. Era um caco velho de prato antigo. Manuel Alves sorriu para uma figurinha de mulher, muito colorida, cuja cabeça aparecia ainda pintada ao vivo na porcelana alva.

Um zunido de vento impetuoso, constringido na fresta de uma janela que olhava para fora, fez o arrieiro voltar o rosto de repente e prosseguir o exame do casarão abandonado. Pareceu-lhe ouvir nesse instante a zoada plangente de um sino ao longe. Levantou a cabeça, estendeu o pescoço e inclinou o ouvido, alerta; o som continuava, zoando, zoando, parecendo ora morrer de todo, ora vibrar ainda, mas sempre ao longe.

— É o vento, talvez, no sino da capela.

E penetrou num salão enorme, escuro. A luz do rolo, tremendo, deixou no chão uma réstia avermelhada. Manuel foi adiante e esbarrou num tamborete de couro, tombado aí. O arrieiro foi seguindo, acompanhando uma das paredes. Chegou ao canto e entestou com a outra parede.

— Acaba aqui — murmurou.

Três grandes janelas no fundo estavam fechadas.

— Que haverá aqui atrás? Talvez o terreiro de dentro. Deixe ver...

Tentou abrir uma janela, que resistiu. O vento, fora, disparava, às vezes, reboando como uma vara de queixada em redemoinho no mato.

Manuel fez vibrar as bandeiras da janela a choques repetidos. Resistindo elas, o arrieiro recuou e, de braço direito estendido, deu-lhes um empurrão violento. A janela, num grito estardalhaçante, escancarou-se. Uma rajada rompeu por ela adentro, latindo qual matilha enfurecida; pela casa toda houve um tatalar de portas, um ruído de reboco que cai das paredes altas e se esfarinha no chão.

A chama do rolo apagou-se à lufada e o cuiabano ficou só, babatando na treva.

Lembrando-se da binga sacou-a do bolso da calça; colocou a pedra com jeito e bateu-lhe o fuzil; as centelhas saltavam para a frente impelidas pelo vento e apagavam-se logo. Então, o cuiabano deu uns passos para trás, apalpando até tocar a parede do fundo. Encostou-se nela e foi andando para os lados, roçando-lhe as costas procurando o entrevão das janelas. Aí, acocorou-se e tentou de novo tirar fogo: uma faiscazinha chamuscou o isqueiro e Manuel Alves soprou-a delicadamente, alentando-a com carinho; a principio, ela animou-se, quis alastrar-se, mas de repente sumiu-se. O arrieiro apalpou o isqueiro, virou-o nas mãos e achou-o úmido; tinha-o deixado no chão, exposto ao sereno, na hora em que fazia a fogueira no pátio e percorria as dependências deste.

Meteu a binga no bolso e disse:

— Espera, diaba, que tu hás de secar com o calor do corpo.

Nesse entremente a zoada do sino fez-se ouvir de novo, dolorosa e longínqua. Então o cuiabano pôs-se de gatinhas, atravessou a faca entre os dentes e marchou como um felino, sutilmente, vagarosamente, de olhos arregalados, querendo varar a treva. Súbito, um ruído estranho fê-lo estacar, arrepiado e encolhido como um jaguar que prepara o bote.

No teto soaram uns passos apressados de tamancos pracatando e uma voz rouquenha pareceu proferir uma imprecação. O arrieiro assentou-se nos calcanhares, apertou o ferro nos dentes e puxou da cinta a garrucha; bateu com o punho cerrado nos fechos da arma, chamando a pólvora aos ouvidos e esperou. O ruído cessara; só a zoada do sino continuava, intermitentemente.

Nada aparecendo, Manuel tocou para diante, sempre de gatinhas. Mas, desta vez, a garrucha, aperrada na mão direita, batia no chão a intervalos rítmicos, como a úngula de um quadrúpede manco. Ao passar junto ao quarto de teto esboroado, o cuiabano lobrigou o céu e orientou-se. Seguiu, então, pelo corredor afora, apalpando, cosendo-se com a parede. Novamente parou ouvindo um farfalhar distante, um sibilo como o da refega no buritizal.

Pouco depois, um estrépito medonho abalou o casarão escuro e a ventania — alcateia de lobos rafados — investiu uivando e passou à disparada, estrondando uma janela. Saindo por aí, voltaram de novo os austros furentes, perseguindo-se, precipitando-se, zunindo, gargalhando sarcasticamente, pelos salões vazios.

Ao mesmo tempo, o arrieiro sentiu no espaço um arfar de asas, um soído áspero de aço que ringe e, na cabeça, nas costas, umas pancadinhas assustadas... Pelo espaço todo ressoou um psiu, psiu, psiu... e um bando enorme de morcegos sinistros torvelinhou no meio da ventania.

Manuel foi impelido para a frente à corrimaça daqueles mensageiros do negrume e do assombramento. De músculos crispados num começo de reação selvagem contra a alucinação que o invadia, o arrieiro alapardava-se, eriçando-se-lhe os cabelos. Depois, seguia de manso, com o pescoço estendido e os olhos acesos, assim como um sabujo que negaceia.

E foi rompendo a escuridão à caça desse ente maldito que fazia o velho casarão falar ou gemer, ameaçá-lo ou repeti-lo, num conluio demoníaco com o vento, os morcegos e a treva.

Começou a sentir que tinha caído num laço armado talvez pelo maligno. De vez em quando, parecia-lhe que uma coisa lhe arrepelava os cabelos e uns animálculos desconhecidos perlustravam seu corpo em carreira vertiginosa. No mesmo tempo, um rir abafado, uns cochichos de escárnio pareciam acompanhá-lo de um lado e de outro.

— Ah! vocês não me hão de levar assim-assim, não — exclamava o arrieiro para o invisível. — Pode que eu seja onça presa na arataca. Mas eu mostro! Eu mostro!

E batia com força a coronha da garrucha no solo ecoante.

Súbito, uma luz indecisa, coada por alguma janela próxima, fê-lo vislumbrar um vulto branco, esguio, semelhante a uma grande serpente, coleando, sacudindo-se. O vento trazia vozes estranhas das socavas da terra, misturando-se com os lamentos do sino, mais acentuados agora.

Manuel estacou, com as fontes latejando, a goela constrita e a respiração curta. A boca semiaberta deixou cair a faca: o fôlego, a modo de um sedenho, penetrou-lhe na garganta seca, sarjando-a e o arrieiro roncou como um barrão acuado pela cachorrada. Correu a mão pelo assoalho e agarrou a faca; meteu-a de novo entre os dentes, que rangeram no ferro; engatilhou a garrucha e apontou para o monstro; uma pancada seca do cão no aço do ouvido mostrou-lhe que sua arma fiel o traia. A escorva caíra pelo chão e a garrucha negou fogo. O arrieiro arrojou contra o monstro a arma traidora e gaguejou em meia risada de louco:

— Mandingueiros do inferno! Botaram mandinga na minha arma de fiança! Tiveram medo dos dentes da minha garrucha! Mas vocês hão de conhecer homem, sombrações do demônio! De um salto, arremeteu contra o inimigo; a faca, vibrada com ímpeto feroz, ringiu numa coisa e foi enterrar a ponta na tábua do assoalho, onde o sertanejo, apanhado pelo meio do corpo num laço forte, tombou pesadamente.

A queda assanhou-lhe a fúria e o arrieiro, erguendo-se de um pulo, rasgou numa facada um farrapo branco que ondulava no ar. Deu-lhe um bote e estrincou nos dedos um como tecido grosso. Durante alguns momentos ficou no lugar, hirto, suando, rugindo.

Pouco a pouco foi correndo a mão cautelosamente, tateando aquele corpo estranho que seus dedos arrochavam! era um pano, de sua rede, talvez, que o Venâncio armara na sala da frente.

Neste instante, pareceu-lhe ouvir chascos de mofa nas vozes do vento e nos assovios dos morcegos; ao mesmo tempo, percebia que o chamavam lá dentro Manuel, Manuel, Manuel — em frases tartamudeadas. O arrieiro avançou como um possesso, dando pulos, esfaqueando sombras que fugiam.

Foi dar na sala de jantar onde, pelo rasgão do telhado, pareciam descer umas formas longas, esvoaçando, e uns vultos alvos, em que por vezes pastavam chamas rápidas, dançavam-lhe diante dos olhos incendidos.

O arrieiro não pensava mais. A respiração se lhe tornara estertorosa; horríveis contrações musculares repuxavam-lhe o rosto e ele, investindo as sombras, uivava:

— Traiçoeiras! Eu queria carne para rasgar com este ferro! Eu queria osso para esmigalhar num murro.

As sombras fugiam, esfloravam as paredes em ascensão rápida, iluminando-lhe subitamente o rosto, brincando-lhe um momento nos cabelos arrepiados ou dançando-lhe na frente. Era como uma chusma de meninos endemoniados a zombarem dele, puxando-o daqui, beliscando-o d'acolá, açulando-o como a um cão de rua.

O arrieiro dava saltos de tigre, arremetendo contra o inimigo nessa luta fantástica: rangia os dentes e parava depois, ganindo como a onça esfaimada a que se escapa a presa. Houve um momento em que uma coreia demoníaca se concertava ao redor dele, entre uivos, guinchos, risadas ou gemidos. Manuel ia recuando e aqueles círculos infernais o iam estringindo; as sombras giravam correndo, precipitando-se, entrando numa porta, saindo noutra, esvoaçando, rojando no chão ou saracoteando desenfreadamente.

Um longo soluço despedaçou-lhe a garganta num ai sentido e profundo e o arrieiro deixou cair pesadamente a mão esquerda espalmada num portal, justamente quando um morcego, que fugia amedrontado, lhe deu uma forte pancada no rosto. Então, Manuel pulou novamente para diante, apertando nos dedos o cabo da franqueira fiel; pelo rasgão do telhado novas sombras desciam e algumas, quedas, pareciam dispostas a esperar o embate.

O arrieiro rugiu:

— Eu mato! Eu mato! Mato! — e acometeu com de alucinado aqueles entes malditos. De um foi cair no meio das formas impalpáveis e vacilantes, fragor medonho se fez ouvir; o assoalho podre cedeu barrote, roído de cupins, baqueou sobre uma coisa e desmoronava embaixo da casa. O corpo de Manuel, tragado pelo buraco que se abriu, precipitou-se e tombou lá embaixo. Ao mesmo tempo, um som vibrante de metal, um tilintar como de moedas derramando-se pela fenda uma frasqueira que se racha, acompanhou o baque do corpo do arrieiro.

Manuel lá no fundo, ferido, ensanguentado, arrastou-se ainda, cravando as unhas na terra como um ururau golpeado de morte. Em todo o corpo estendido com o ventre na terra, perpassava-lhe ainda uma crispação de luta; sua boca proferiu ainda: — "Eu mato! Mato! Ma..." — e um silêncio trágico pesou sobre a tapera.

IV

O dia estava nasce-não-nasce e já os tropeiros tinham pegado na lida. Na meia-luz crepitava a labareda embaixo do caldeirão cuja tampa, impelida pelos vapores que subiam, rufava nos beiços de ferro batido. Um cheiro de mato e de terra orvalhada espalhava-se com a viração da madrugada.

Venâncio, dentro do rancho, juntava, ao lado de cada cangalha, o couro, o arrocho e a sobrecarga. Joaquim Pampa fazendo cruzes na boca aos bocejos frequentes, por impedir que o demônio lhe penetrasse no corpo, emparelhava os fardos, guiando-se pela cor dos topes cosidos àqueles. Os tocadores, pelo campo afora, ecavam um para o outro, avisando o encontro de algum macho fujão. Outros, em rodeio, detinham-se no lugar em que se achava a madrinha, vigiando a tropa.

Pouco depois ouviu-se o tropel dos animais demandando o rancho. O cincerro tilintava alegremente, espantando os passarinhos que se levantavam das touceiras de arbustos, voando apressados. Os urus, nos capões, solfejavam à aurora que principiava a tingir o céu e manchar de púrpura e ouro o capinzal verde.

— Eh, gente! o orvalho 'stá cortando, êta! Que tempão tive briquitando co'aquele macho "pelintra". Diabo o leve! Aquilo é próprio um gato: não faz bulha no mato e não procura as trilhas, por não deixar rastro.

— E a "Andorinha"? Isso é que é mula desabotinada! Sopra de longe que nem um bicho do mato e desanda na carreira. Ela me ojerizou tanto que eu soltei nela um matacão de pedra, de que ela havia de gostar pouco.

A rapaziada chegava à beira do rancho, tangendo a tropa.

— Que é da jeribita? Um trago é bom para cortar algum ar que a gente apanhe. Traze o guampo, Aleixo.

— Uma hora é frio, outra é calor, e vocês vão virando, cambada do diabo! — gritou o Venâncio.

— Largue da vida dos outros e vá cuidar da sua, tio Venâncio! Por força que havemos de querer esquentar o corpo: enquanto nós, nem bem o dia sonhava de nascer, já estávamos atolados no capinzal molhado, vossemecê tava aí na beira do fogo, feito um cachorro velho.

— Tá bom, tá bom, não quero muita conversa comigo não. Vão tratando de chegar os burros às estacas e de suspender as cangalhas. O tempo é pouco e o patrão chega de uma hora para a outra. Fica muito bonito se ele vem encontrar essa sinagoga aqui! E por falar nisso, é bom a gente ir lá. Deus é grande! Mas eu não pude fechar os olhos esta noite! Quando ia querendo pegar no sono, me vinha à mente alguma que pudesse suceder a sô Manuel. Deus é grande!

Logo-logo o Venâncio chamou pelo Joaquim Pampa, pelo Aleixo e mais o José Paulista.

— Deixemos esses meninos cuidando do serviço e nós vamos lá.

Nesse instante, um molecote chegou com o café. A rapaziada cercou-o. O Venâncio e seus companheiros, depois de terem emborcado os cuités, partiram para a tapera.

Logo à saída, o velho tropeiro refletiu um pouco alto:

— É bom ficar um aqui tomando conta do serviço. Fica você, Aleixo.

Seguiram os três, calados, pelo campo afora, na luz suave de antemanhã. Concentrados em conjeturas sobre a sorte do arrieiro, cada qual queria mostrar-se mais sereno, andando lépido e de rosto tranquilo; cada qual, escondia do outro a angústia do coração e a fealdade do prognóstico.

José Paulista entoou uma cantiga que acaba neste estribilho:

> A barra do dia ai vem!
> A barra do sol também,
> Ai!

E lá foram, cantando todos três, por espantar as mágoas.

Ao entrarem no grande pátio da frente, deram com os restos da fogueira que Manuel Alves tinha feito na véspera. Sem mais detença, foram-se barafustando pela escadaria do alpendre, em cujo topo a porta de fora lhes cortou o passo. Experimentaram-na primeiro. A porta, fortemente especada por dentro, rinchou e não cedeu.

Forcejaram os três e ela resistiu ainda. Então, José Paulista correu pela escada abaixo e trouxe ao ombro um cambão, no qual os três pegaram e, servindo-se dele como de um aríete, marraram com a porta. As ombreiras e a verga vibraram aos choques violentos cujo fragor se foi avolumando pelo casarão adentro em roncos profundos.

Em alguns instantes o espeque, escapulindo do lugar, foi arrojado no meio do solho. A caliça que caía encheu de pequenos torrões esbranquiçados os chapéus dos tropeiros — e a porta escancarou-se.

Na sala da frente deram com a rede toda estraçalhada.

— Mau, mau, mau! — exclamou Venâncio não podendo mais conter-se. Os outros tropeiros, de olhos esbugalhados, não ousavam proferir uma palavra. Apenas apalparam com cautela aqueles farrapos de pano, malsinados, com certeza, ao contato das almas do outro mundo.

Correram a casa toda juntos, arquejando, murmurando orações contra malefícios.

— Gente, onde estará sô Manuel? Vocês não me dirão pelo amor de Deus? — exclamou o Venâncio.

Joaquim Pampa e José Paulista calavam-se perdidos em conjeturas sinistras.

Na sala de jantar, mudos um frente do outro, pareciam ter um conciliábulo em que somente se lhes comunicassem os espíritos. Mas, de repente, creram ouvir, pelo buraco do assoalho, um gemido estertoroso. Curvaram-se todos; Venâncio debruçou-se, sondando o porão da casa.

A luz, mais diáfana, já alumiava o terreiro de dentro e entrava pelo porão: o tropeiro viu um vulto estendido.

— Nossa Senhora! Corre, gente, que sô Manuel está lá embaixo, estirado!

Precipitaram-se todos para a frente da casa, Venâncio adiante. Desceram as escadas e procuraram o portão que dava para o terreiro de dentro. Entraram por ele afora e, embaixo das janelas da sala de jantar, um espetáculo estranho deparou-se-lhes:

O arrieiro, ensanguentado, jazia no chão estirado; junto de seu corpo, de envolta com torrões desprendidos da abóbada de um forno desabado, um chuveiro de moedas de ouro luzia.

— Meu patrão! Sô Manuelzinho! Que foi isso? Olhe seus camaradas aqui. Meu Deus! Que mandinga foi esta? E a ourama que alumia diante dos nossos olhos?!

Os tropeiros acercaram-se do corpo do Manuel, por onde passavam tremores convulsos. Seus dedos encarangados estrincavam ainda o cabo da faca, cuja lâmina se enterrara no chão; perto da nuca e presa pela gola da camisa, uma moeda de ouro se lhe grudara na pele.

— Sô Manuelzinho! Ai meu Deus! P'ra que caçar histórias do outro mundo! Isso é mesmo obra do capeta, porque anda dinheiro no meio. Olha esse ouro, Joaquim! Deus me livre!

— Qual, tio Venâncio — disse por fim José Paulista. — Eu já sei a coisa. Já ouvi contar casos desses. Aqui havia dinheiro enterrado e, com certeza, nesse forno que com a boca virada para o terreiro. Aí é que está. Ou esse dinheiro foi mal ganho, ou porque o certo é que almas dos antigos donos desta fazenda não podiam sossegar enquanto não topassem um homem animoso para lhe darem o dinheiro, com a condição de cumprir, por intenção delas, alguma promessa, pagar alguma dívida, mandar dizer missas; foi isso, foi isso! E o patrão é homem mesmo! Na hora de ver a assombração, a gente precisa de atravessar a faca ou um ferro na boca, p'r'amor de não perder a fala. Não tem nada, Deus é grande!

E os tropeiros, certos de estarem diante de um fato sobrenatural, falavam baixo e em tom solene. Mais de uma vez persignaram-se e, fazendo cruzes no ar, mandavam quem quer que fosse — "para as ondas do mar" ou "para as profundas, onde não canta galo nem galinha".

Enquanto conversavam iam procurando levantar do chão o corpo do arrieiro, que continuava a tremer. Ás vezes batiam-se-lhe os queixos e um gemido entrecortado lhe arrebentava da garganta.

— Ah! Patrão! Patrão! Vossemecê, homem tão duro, hoje tombado assim! Valha-nos Deus! São Bom Jesus do Cuiabá! Olha sô Manuel, tão devoto seu! — gemia o Venâncio.

O velho tropeiro, auxiliado por Joaquim Pampa, procurava, com muito jeito, levantar do chão o corpo do arrieiro sem magoá-lo. Conseguiram levantá-lo nos braços trançados em cadeirinha e, antes de seguirem o rumo do rancho, Venâncio disse ao José Paulista:

— Eu não pego nessas moedas do capeta. Se você não tem medo, ajunta isso e traz. Paulista encarou algum tempo o forno esboroado, onde os antigos haviam enterrado seu tesouro. Era o velho forno para quitanda. A ponta do barrote que o desmoronara estava fincada no meio dos escombros. O tropeiro olhou para cima e viu, no alto, bem acima do forno o buraco do assoalho por onde caíra o Manuel.

— É alto deveras! Que tombo! — disse de si para si.

— Que há de ser do patrão? Quem viu sombração fica muito tempo sem poder encarar a luz do dia. Qual! Esse dinheiro há de ser de pouca serventia. Para mim, eu não quero: Deus me livre; então é que eu tava pegado com essas almas do outro mundo! Nem é bom pensar!

O forno estava levantado junto de um pilar de pedra sobre o qual uma viga de aroeira se erguia suportando a madre. De cá se via a fila dos barrotes estendendo-se para a direita até ao fundo escuro.

José Paulista começou a catar as moedas e encher os bolsos da calça; depois de cheios estes, tirou do pescoço seu grande lenço de cor e, estendendo-o no chão o foi enchendo também; dobrou as pontas em cruz e amarrou-as fortemente. Escarafunchando os escombros do forno achou mais moedas e com estas encheu o chapéu. Depois partiu, seguindo os companheiros que já iam longe, conduzindo vagarosamente o arrieiro.

As névoas volateantes fugiam impelidas pelas auras da manhã; sós, alguns capuchos pairavam, muito baixos, nas depressões do campo, ou adejavam nas cúpulas das árvores. As sombras dos dois homens que carregavam o ferido traçaram no chão uma figura estranha de monstro. José Paulista, estugando o passo, acompanhava com os olhos o grupo que o precedia de longe.

Houve um instante em que um pé-de-vento arrancou ao Venâncio o chapéu da cabeça. O velho tropeiro voltou-se vivamente; o grupo oscilou um pouco, concertando nos braços o ferido; depois, pareceu a José Paulista que o Venâncio lhe fazia um aceno: "apanhasse-lhe o chapéu".

Aí chegando, José Paulista arreou no chão o ouro, pôs na cabeça o chapéu de Venâncio e, levantando de novo a carga, seguiu caminho afora.

À beira do rancho, a tropa bufava escarvando a terra, abicando as orelhas, relinchando à espera do milho que não vinha. Alguns machos malcriados entravam pelo rancho adentro, de focinho estendido, cheirando os embornais.

Às vezes ouvia-se um grito: — Toma, diabo! — e um animal espirrava para o campo à tacada de um tropeiro.

Quando lá do rancho se avistou o grupo onde vinha o arrieiro, correram todos. O cozinheiro, que vinha do olho-d'água com o odre às costas, atirou com ele ao chão e disparou também. Os animais já amarrados, espantando-se escoravam nos cabrestos. Bem depressa a tropeirada cercou o grupo. Reuniram-se em mó, proferiram exclamações, benziam-se, mas logo alguém lhes impôs silêncio, porque voltaram todos, recolhidos, com os rostos consternados.

O Aleixo veio correndo na frente para armar a rede de tucum que ainda restava.

Foram chegando e José Paulista chegou por último. Os tropeiros olharam com estranheza a carga que este conduzia; ninguém teve, porém, coragem de fazer uma pergunta: contentaram-se com interrogações mudas. Era o sobrenatural, ou era obra dos demônios. Para que saber mais? Não estava naquele estado o pobre do patrão?

O ferido foi colocado na rede havia pouco armada. Um dos tropeiros chegou com uma bacia de salmoura; outro, correndo do campo com um molho de arnica, pisava a planta para extrair-lhe o suco.

Venâncio, com pano embebido, banhava as feridas do arrieiro cujo corpo vibrava, então, fortemente.

Os animais olhavam curiosamente para dentro do rancho, afilando as orelhas. Então Venâncio, com a fisionomia decomposta, numa apoiadura de lágrimas, exclamou aos parceiros:

— Minha gente! Aqui, neste deserto, só Deus Nosso Senhor! É hora, meu povo! — E ajoelhando-se de costas para o sol que nascia, começou a entoar um — "Senhor Deus, ouvi a minha oração e chegue a vós o meu clamor!" — E trechos de salmos que aprendera em menino, quando lhe ensinaram a ajudar a missa, afloram-lhe à boca.

Os outros tropeiros foram-se ajoelhando todos atrás do velho parceiro que parecia transfigurado. As vozes foram subindo, plangentes, desconcertadas, sem que ninguém compreendesse o que dizia. Entretanto, parecia haver uma ascensão de almas, um apelo fremente in excelsis, na fusão dos sentimentos desses filhos do deserto. Ou era, vez, a própria voz do deserto malferido com as feridas seu irmão e companheiro, o fogoso cuiabano.

De feito, não pareciam mais homens que cantavam: era um só grito de angústia, um apelo de socorro, que do seio largo do deserto às alturas infinitas: — "Meu coração está ferido e seco como a erva... Fiz-me como a coruja, que se esconde nas solidões!... Atendei propício à oração do desamparado e não desprezeis a sua súplica..."

E assim, em frases soltas, ditas por palavras não compreendidas, os homens errantes exalçaram sua prece com as vozes robustas de corredores dos escampados. Inclinados para a frente, com o rosto baixado para a terra, as mãos batendo nos peitos fortes, não pareciam dirigir uma oração humilde de pobrezinhos ao manso e compassivo Jesus, senão erguer um hino de glorificação ao *Agios Ischiros*, ao formidável *Sanctus, Sanctus, Dominus Deus Sabaoth*.

Os raios do sol nascente entravam quase horizontalmente no rancho, aclarando as costas dos tropeiros, esflorando-lhes as cabeças com fulgurações trêmulas. Parecia o próprio Deus formoso, o Deus forte das tribos e do deserto, aparecendo num fundo de apoteose e lançando uma mirada, do alto de um pórtico de ouro, lá muito longe, àqueles que, prostrados em terra, chamavam por Ele.

Os ventos matinais começaram a soprar mais fortemente, remexendo o arvoredo do capão, carregando feixes de folhas que se espalhavam do alto. Uma ema, abrindo as asas, galopava pelo campo... E os tropeiros, no meio de uma inundação de luz, entre o canto das aves despertadas e o resfolegar dos animais soltos que iam fugindo da beira do rancho, derramavam sua prece pela amplidão imensa. Súbito, Manuel, soerguendo-se num esforço desesperado, abriu os olhos vagos e incendidos de delírio. A mão direita contraiu-se, os dedos crisparam-se como se apertassem o cabo de uma arma pronta a ser brandida na luta... e seus lábios murmuraram ainda, em ameaça suprema:

— Eu mato!... Mato!... Ma...

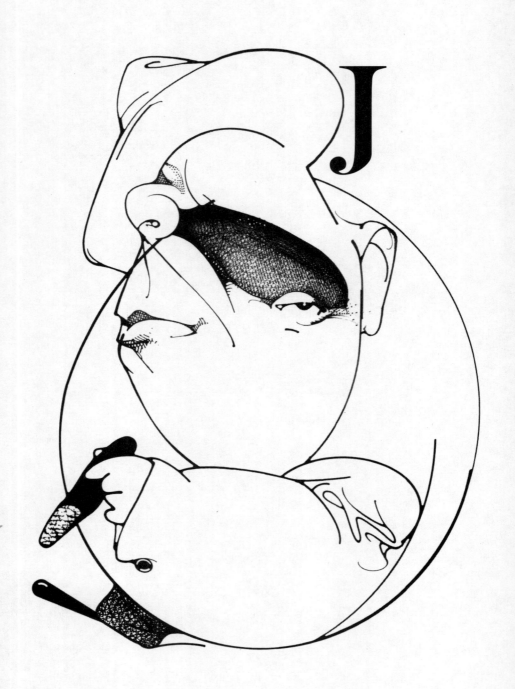

INTRODUÇÃO

JOÃO *do* RIO

1881–1921

Edgar Alan Poe teve uma relação de amor e ódio por Boston. Lovecraft chegou a afirmar "Eu sou Providence". Já João Paulo Emílio Cristóvão dos Santos Coelho Barreto teve uma vivência tão íntima com sua cidade que, entre a dúzia de pseudônimos que empregou em vida, ficou imortalizado na literatura como João do Rio (1881-1921). E São Sebastião do Rio de Janeiro de João era uma cidade que experimentava profundas transformações: reformas urbanas modificavam a geografia urbana e provocavam um aumento súbito do custo de vida; o alargamento da desigualdade social já fazia surgir naqueles tempos casos de criminalidade que destacavam a cidade, então Capital Federal, entre os piores exemplos nacionais; além de tudo isso, explodiam surtos epidêmicos de doenças graves como a febre amarela e o cólera.

Neste universo em ebulição, João do Rio surgiu primeiro inovando o jornalismo, com suas reportagens tanto em favelas e inferninhos quanto nos salões frequentados por políticos e pela intelectualidade.

Mulato, gordo e gay, ele levou técnicas vindas da literatura para a crônica jornalística tal como faria muito depois dele, nos Estados Unidos, com seu romance-reportagem Truman Capote (1924-1984). E o brasileiro fez também o caminho contrário, quando decidiu levar o produto das ruas para seus textos puramente ficcionais.

Se o pioneiro da literatura gótica nacional, Álvares de Azevedo, se identificava com a figura e a obra de Lorde Byron, este carioca se tornou um grande divulgador de uma figura vitoriana, Oscar Wilde (1854-1900). Ele se via como um dândi, flanando entre a rua e os gabinetes, registrando tudo o que via e ouvia em suas reportagens, crônicas e ficção.

Tal produção lhe valeu a eleição para a Academia Brasileira de Letras em 1910, onde passaria a conviver com escritores que já havia entrevistado para seus artigos em jornais, mas também com seu grande desafeto, Humberto de Campos (1886-1934), que entraria para a instituição nove anos depois dele. A presença do rival o levou a se desligar de vez da Academia, a ponto de nem mesmo seu velório — após morrer de infarto dentro de um táxi — ter sido realizado na ABL, como é a praxe entre os membros da entidade. Velório ao qual estiveram presentes cerca de 100 mil cariocas, diga-se de passagem, uma demonstração da popularidade daquele jornalista e escritor.

Essas questões de sua época se tornaram a matéria-prima de um livro que ele lançou justamente no mesmo ano em que se tornou um imortal. A obra foi bem analisada por Pedro Sasse no ensaio *Um Perigo Dentro da Noite: Os Monstros Urbanos de João do Rio*:

> O livro *Dentro da Noite* é um rico material para entender como funcionava o medo urbano na época. Trata-se de um compêndio de depravações humanas, redigidas por um homem que conhecia bem a cidade. João do Rio, ou, ainda, Paulo Barreto, como era conhecido em sua profissão de jornalista, era um repórter que se importava em entender sua cidade. Sua obra-prima sobre a cidade se deu em uma compilação de reportagens que publicou na *Gazeta de Notícias* e na

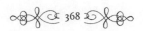

revista *Kosmos*. Nesta compilação, que posteriormente recebeu o nome de *A Alma Encantadora das Ruas*, Paulo Barreto faz um percurso pelas áreas marginalizadas da cidade, pelas camadas subjacentes às belezas que lhe renderam o adjetivo "maravilhosa". São drogados, mendigos, operários, traficantes e presidiários retratados em reportagens que ultrapassam os limites do jornalismo e se transformam em um relato palpável e impressionantemente atual.

Apesar de ser um conjunto de narrativas ficcionais, não é difícil notar a proximidade de *Dentro da Noite* com os temas abordados por João do Rio em sua vida como repórter. Os contos são como recortes genéricos de verdades da rua, metonímias dos perigos urbanos que viveu e aos quais todos estavam sujeitos.

Assim como João do Rio viveu a pluralidade da escrita, transitando entre o jornalismo — o discurso do real — e a literatura — o discurso do ficcional —, também sua obra acabou tornando essa fronteira mais difusa. Até que ponto podemos pensar em suas obras como mera imaginação de um dândi inspirado? Será que seus contos não estão infiltrados por verdades que assombraram realmente os cariocas da virada do século xx?

Naquele compêndio sobre depravações humanas, podemos encontrar o caso do conto que deu nome à coletânea, que traz a figura de um autêntico vampiro não-sobrenatural. Também não poderia ser outro acadêmico a ser o primeiro a levar o horror para ambientação da mais carioca das festas brasileiras, o carnaval, em "O Bebê de Tarlatana Rosa" (vale lembrar que tarlatana é justamente um tecido fino, parecido com o filó, muito usado para se costurar fantasias).

DENTRO
da
NOITE

1910

— Então causou sensação?

— Tanto mais quanto era inexplicável. Tu amavas a Clotilde, não? Ela coitadita! parecia louca por ti e os pais estavam radiantes de alegria. De repente, súbita transformação. Tu desapareces, a família fecha os salões como se estivesse de luto pesado. Clotilde chora... Evidentemente havia um mistério, uma dessas coisas capazes de fazer os espíritos imaginosos arquitetarem dramas horrendos. Por felicidade, o juízo geral é contra o teu procedimento.

— Contra mim?

Podia ser contra a pureza da Clotilde.

Graças aos deuses, porém, é contra ti. Eu mesmo concordaria com o Prates que te chama velhaco, se não viesse encontrar o nosso Rodolfo, agora, às onze da noite, por tamanha intempérie metido num trem de subúrbio com o ar desvairado...

— Eu tenho o ar desvairado?

— Absolutamente desvairado.

— Vê-se?

— É claro. Pobre amigo! Então, sofreste muito? Conta lá. Estás pálido, suando apesar da temperatura fria, e com um olhar tão estranho, tão esquisito. Parece que bebeste e que choraste. Conta lá. Nunca pensei encontrar o Rodolfo Queirós, o mais elegante artista desta terra, num trem de subúrbio, às onze de uma noite de temporal. É curioso. Ocultas os pesares nas matas suburbanas? Estás a fazer passeios de vício perigoso?

O trem rasgara a treva num silvo alanhante, e de novo cavalava sobre os trilhos. Um sino enorme ia com ele badalando, e pelas portinholas do vagão viam-se, a marginar a estrada, as luzes das casas ainda abertas, os silvedos empapados d'água e a chuva lastimável a tecer o seu infindável véu de lágrimas. Percebi então que o sujeito gordo da banqueta próxima — o que falava mais — dizia para o outro:

— Mas como tremes, criatura de Deus! Estás doente?

O outro sorriu desanimado.

— Não; estou nervoso, estou com a maldita crise.

E como o gordo esperasse:

— Oh! meu caro, o Prates tem razão! E teve razão a família de Clotilde e tens razão tu cujo olhar é de assustada piedade. Sou um miserável desvairado, sou um infame desgraçado.

— Mas que é isto, Rodolfo?

— Que é isto! É o fim, meu bom amigo, é o meu fim. Não há quem não tenha o seu vício, a sua tara, a sua brecha. Eu tenho um vício que é positivamente a loucura. Luto, resisto, grito, debato-me, não quero, não quero, mas o vício vem vindo a rir, toma-me a mão, faz-me inconsciente, apodera-se de mim. Estou com a crise. Lembras-te da Jeanne Dambreuil quando se picava com morfina? Lembras-te do João Guedes quando nos convidava para as *fumeries* de ópio? Sabiam ambos que acabavam a vida e não podiam resistir. Eu quero resistir e não posso. Estás a conversar com um homem que se sente doido.

— Tomas morfina, agora? Foi o desgosto decerto...

O rapaz que tinha o olhar desvairado perscrutou o vagão. Não havia ninguém mais — a não ser eu, e eu dormia profundamente... Ele então aproximou-se do sujeito gordo, numa ânsia de explicações.

— Foi de repente, Justino. Nunca pensei! Eu era um homem regular, de bons instintos, com uma família honesta. Ia casar com a Clotilde, ser de bondade a que amava perdidamente. E uma noite estávamos no baile das Praxedes, quando a Clotilde apareceu decotada, com os braços nus. Que braços! Eram delicadíssimos, de uma beleza ingênua e comovedora, meio infantil, meio mulher — a beleza dos braços das Oreadas pintadas por Botticelli, misto de castidade mística e de alegria pagã. Tive um estremecimento. Ciúmes? Não. Era um estado que nunca se apossara de mim: a vontade de tê-los só para os meus olhos, de beijá-los, de acariciá-los, mas principalmente de fazê-los sofrer. Fui ao encontro da pobre rapariga fazendo um enorme esforço, porque o meu desejo era agarrar-lhe os braços, sacudi-los, apertá-los com toda a força, fazer-lhes manchas negras, bem negras, feri-los... Por quê? Não sei, nem eu mesmo sei — uma nevrose! Essa noite passei-a numa agitação incrível. Mas contive-me. Contive-me dias, meses, um longo tempo, com pavor do que poderia acontecer O desejo, porém, ficou, cresceu, brotou, enraizou-se na minha pobre alma. No primeiro instante, a minha vontade era bater-lhe com pesos, brutalmente. Agora a grande vontade era de espetá-los, de enterrar-lhes longos alfinetes, de cosê-los devagarinho, a picadas. E junto de Clotilde, por mais compridas que trouxesse as mangas, eu via esses braços nus como na primeira noite, via a sua forma grácil e suave, sentia a finura da pele e imaginava o súbito estremeção quando pudesse enterrar o primeiro alfinete, escolhia posições, compunha o prazer diante daquele susto de carne que havia de sentir.

— Que horror!

— Afinal, uma outra vez, encontrei-a na *sauterie* da viscondessa de Lajes, com um vestido em que as mangas eram de gaze. Os seus braços — oh! que braços, Justino, que braços! — estavam quase nus. Quando Clotilde erguia-os, parecia uma ninfa que fosse se metamorfoseando em anjo. No canto da varanda, entre as roseiras, ela disse-me: "Rodolfo, que olhar o seu. Está zangado?" Não foi possível reter o desejo que me punha a tremer, rangendo os dentes. — "Oh! não! fiz. Estou apenas com vontade de espetar este alfinete no seu braço." Sabes como é pura a Clotilde. A pobrezita olhou-me assustada, pensou, sorriu com tristeza: — "Se não quer que eu mostre os braços por que não me disse há mais tempo, Rodolfo? Diga, é isso que o faz zangado?" — "É, é isso, Clotilde." E rindo — como esse riso devia parecer idiota! — continuei: "É preciso pagar ao meu ciúme a sua dívida de sangue. Deixe espetar o alfinete." — "Está louco, Rodolfo?" — "Que tem?" — "Vai fazer-me doer" — "Não dói." — "E o sangue?" — "Beberei essa gota de sangue como a ambrosia do esquecimento." E dei por mim, quase de joelhos, implorando, suplicando, inventando frases, com um gosto de sangue na boca e as fontes a bater, a bater... Clotilde por fim estava atordoada, vencida, não compreendendo bem se devia ou não resistir. Ah! meu caro, as mulheres! Que estranho fundo de bondade, de submissão, de desejo, de dedicação inconsciente tem uma pobre menina! Ao cabo de um certo tempo, ela curvou a cabeça, murmurou num suspiro: "Bem. Rodolfo, faça... mas devagar, Rodolfo! Há de doer tanto!". E os seus dois braços tremiam.

Tirei da botoeira da casaca um alfinete, e nervoso, nervoso como se fosse amar pela primeira vez, escolhi o lugar, passei a mão, senti a pele macia e enterrei-o. Foi como se fisgasse uma pétala de camélia, mas deu-me um gozo complexo de que participavam todos os meus sentidos. Ela teve um ah! de dor, levou o lenço ao sítio picado, e disse, magoadamente: "Mau!".

— Ah! Justino, não dormi. Deitado, a delícia daquela carne que sofrera por meu desejo, a sensação do aço afundando devagar no braço da minha noiva, dava-me espasmos de horror! Que prazer tremendo! E apertando os varões da cama, mordendo o travesseiro, eu tinha a certeza de que dentro de mim rebentara a moléstia incurável. Ao mesmo tempo em que forçava o pensamento a dizer: nunca mais farei essa infâmia! todos os meus nervos latejavam: voltas amanhã; tens que gozar de novo o supremo prazer! Era o delírio, era a moléstia, era o meu horror...

Houve um silêncio. O trem corria em plena treva, acordando os campos com o desesperado badalar da máquina. O sujeito gordo tirou a carteira e acendeu uma cigarreta.

— Caso muito interessante, Rodolfo. Não há dúvida de que é uma degeneração sexual, mas o altruísmo de S. Francisco de Assis também é degeneração e o amor de Santa Tereza não foi outra coisa. Sabes que Rousseau tinha pouco mais ou menos esse mal? É mais um tipo a enriquecer a série enorme dos discípulos do marquês de Sade. Um homem de espírito já definiu o sadismo: a depravação intelectual do assassinato. É um Jack hipercivilizado, contenta-se com enterrar alfinetes nos braços. Não te assustes.

O outro resfolegava, com a cabeça entre as mãos.

— Não rias, Justino. Estás a tecer paradoxos diante de uma criatura já do outro lado da vida normal. E lúgubre.

— Então continuaste?

— Sim, continuei, voltei, imediatamente. No dia seguinte, à noitinha, estava em casa de Clotilde, e com um desejo louco, desvairado. Nós conversávamos na sala de visitas. Os velhos ficavam por ali a montar guarda. Eu e a Clotilde íamos para o fundo, para o sofá. Logo ao entrar tive o instinto de que podia praticar a minha infâmia na penumbra da sala, enquanto o pai conversasse. Estava tão agitado que o velho exclamou: — "Parece, Rodolfo, que vieste a correr para não perder a festa."

Eu estava louco, apenas. Não poderás nunca imaginar o caos da minha alma naqueles momentos em que estive a seu lado no sofá, o *maelstrom* de angústias, de esforços, de desejos, a luta da razão e do mal, o mal que eu senti saltar-me à garganta, tomar-me a mão, ir agir, ir agir... Quando ao cabo de alguns minutos acariciei-lhe na sombra o braço, por cima da manga, numa carícia lenta que subia das mãos para os ombros, entre os dedos senti que já tinha o alfinete, o alfinete pavoroso. Então fechei os olhos, encolhi-me, encolhi-me, e finquei. Ela estremeceu, suspirou. Eu tive logo um relaxamento de nervos, uma doce acalmia. Passara a crise com a satisfação, mas sobre os meus olhos os olhos de Clotilde se fixaram enormes e eu vi que ela compreendia vagamente tudo, que ela descobria o seu infortúnio e a minha infâmia. Como era nobre, porém! Não disse uma palavra. Era a desgraça. Que se havia de fazer?...

Então depois, Justino, sabes? foi todo o dia. Não lhe via a carne mas sentia-a marcada, ferida. Cosi-lhe os braços! Por último perguntava: — "Fez sangue, ontem?" E ela pálida e triste, num suspiro de rola: "Fez"... Pobre Clotilde! A que ponto eu chegara, na necessidade de saber se doera bem, se ferira bem, se estragara bem! E no quarto, à noite, vinham-me grandes pavores súbitos ao pensar no casamento porque sabia que se a tivesse toda havia de picar-lhe a carne virginal nos braços, no dorso, nos seios... Justino, que tristeza!...

De novo a voz calou-se. O trem continuava aos solavancos na tempestade, e pareceu-me ouvir o rapaz soluçar. O outro, porém, estava interessado e indagou:

— Mas então como te saíste?

— Em um mês ela emagreceu, perdeu as cores. Os seus dois olhos negros ardiam aumentados pelas olheiras roxas. Já não tinha risos. Quando eu chegava, fechava-se no quarto, no desejo de espaçar a hora do tormento. Era a mãe que a ia buscar. "Minha filha, o Rodolfo chegou. Avia-te." E ela de dentro: "Já vou, mãe". Que dor eu tinha quando a via aparecer sem uma palavra! Sentava-se à janela, consertava as flores da jarra, hesitava, até que sem forças vinha tombar a meu lado, no sofá, como esses pobres pássaros que as serpentes fascinam. Afinal, há dois meses, uma criada viu-lhe os braços, deu o alarme. Clotilde foi interrogada, confessou tudo numa onda de soluços. Nessa mesma tarde recebi uma carta seca do velho desfazendo o compromisso e falando em crimes que estão com penas no código.

— E fugiste?

— Não fugi; rolei, perdi-me. Nada mais resta do antigo Rodolfo. Sou outro homem, tenho outra alma, outra voz, outras ideias. Assisto-me endoidecer. Perder a Clotilde foi para mim o soçobramento total. Para esquecê-la percorri os lugares de má fama, aluguei por muito dinheiro a dor das mulheres infames, frequentei alcouces. Até aí o meu perfil foi dentro em pouco o terror. As mulheres apontavam-me a sorrir, mas um sorriso de medo, de horror.

A pedir, a rogar um instante de calma eu corria às vezes ruas inteiras da Suburra, numa enxurrada de apodos. Esses entes querem apanhar do amante, sofrem lanhos na fúria do amor, mas tremem de nojo assustado diante do ser que pausadamente e sem cólera lhes enterra alfinetes. Eu era ridículo e pavoroso. Dei então para agir livremente, ao acaso, sem dar satisfações, nas desconhecidas. Gozo agora nos *tramways*, nos *music-halls*, nos comboios dos caminhos de ferro, nas ruas. E muito mais simples. Aproximo-me, tomo posição, enterro sem dó o alfinete. Elas gritam, às vezes. Eu peço desculpa. Uma já me esbofeteou. Mas ninguém descobre se foi proposital. Gosto mais das magras, as que parecem doentes.

A voz do desvairado tomara-se metálica, outra.

De novo porém a envolveu um tremor assustado.

— Quando te encontrei, Justino, vinha a acompanhar uma rapariga magrinha. Estou com a crise, estou... O teu pobre amigo está perdido, o teu pobre amigo vai ficar louco...

De repente, num entrechocar de todos os vagões o comboio parou. Estávamos numa estação suja, iluminada vagamente. Dois ou três empregados apareceram com lanternas rubras e verdes. Apitos trilaram. Nesse momento, uma menina loira com um guarda-chuva a pingar, apareceu, espiou o vagão, caminhou para outro, entrou. O rapaz pôs-se de pé logo.

— Adeus.

— Saltas aqui?

— Salto.

— Mas que vais fazer?

— Não posso, deixa-me! Adeus!

Saiu, hesitou um instante. De novo os apitos trilaram. O trem teve um arranco. O rapaz apertou a cabeça com as duas mãos como se quisesse reter um irresistível impulso. Houve um silvo. A enorme massa resfolegando rangeu por sobre os trilhos. O rapaz olhou para os lados, consultou a botoeira, correu para o vagão onde desaparecera a menina loira. Logo o comboio partiu. O homem gordo recolheu a sua curiosidade, mais pálido, fazendo subir a vidraça da janela. Depois estendeu-se na banqueta. Eu estava incapaz de erguer-me, imaginando ouvir a cada instante um grito doloroso no outro vagão, no que estava a menina loira. Mas o comboio rasgara a treva com o outro silvo, cavalgando os trilhos vertiginosamente. Através das vidraças molhadas viam-se numa correria fantástica as luzes das casas ainda abertas, as sebes empapadas d'água sob a chuva torrencial. E à frente, no alto da locomotiva, como o rebate do desespero, o enorme sino reboava, acordando a noite, enchendo a treva de um clamor de desgraça e de delírio.

O BEBÊ
de
TARLATANA ROSA

1910

— Oh! uma história de máscaras! quem não a tem na sua vida? O carnaval só é interessante porque nos dá essa sensação de angustioso imprevisto... Francamente. Toda a gente tem a sua história de carnaval, deliciosa ou macabra, álgida ou cheia de luxúrias atrozes. Um carnaval sem aventuras não é carnaval. Eu mesmo este ano tive uma aventura...

E Heitor de Alencar esticava-se preguiçosamente no divã, gozando a nossa curiosidade.

Havia no gabinete o barão Belfort, Anatólio de Azambuja de que as mulheres tinham tanta implicância, Maria de Flor, a extravagante boêmia, e todos ardiam por saber a aventura de Heitor. O silêncio tombou expectante. Heitor, fumando um *gianaclis* autêntico, parecia absorto.

— É uma aventura alegre? indagou Maria.

— Conforme os temperamentos.

— Suja?

— Pavorosa ao menos.

— De dia?

— Não. Pela madrugada.

— Mas, homem de Deus, conta! suplicava Anatólio. Olha que está adoecendo a Maria.

Heitor puxou um largo trago à cigarreta.

— Não há quem não saia no Carnaval disposto ao excesso, disposto aos transportes da carne e às maiores extravagâncias. O desejo, quase doentio é como incutido, infiltrado pelo ambiente. Tudo respira luxúria, tudo tem da ânsia e do espasmo, e nesses quatro dias paranoicos, de pulos, de guinchos, de confianças ilimitadas, tudo é possível. Não há quem se contente com uma...

— Nem com um, atalhou Anatólio.

— Os sorrisos são ofertas, os olhos suplicam, as gargalhadas passam como aos arrepios de urtiga pelo ar. É possível que muita gente consiga ser indiferente. Eu sinto tudo isso. E saindo, à noite, para a porneia da cidade, saio como na Fenícia saíam os navegadores para a procissão da primavera, ou os alexandrinos para a noite de Afrodite.

— Muito bonito!, ciciou Maria de Flor.

— Está claro que este ano organizei uma partida com quatro ou cinco atrizes e quatro ou cinco companheiros. Não me sentia com coragem de ficar só como um trapo no vagalhão de volúpia e de prazer da cidade. O grupo era o meu salva-vidas. No primeiro dia, no sábado, andamos de automóvel a percorrer os bailes. Íamos indistintamente beber champanhe aos clubes de jogo que anunciavam bailes e aos maxixes mais ordinários. Era divertidíssimo e ao quinto clube estávamos de todo excitados. Foi quando lembrei uma visita ao baile público do Recreio. "Nossa Senhora! disse a primeira estrela de revistas, que ia conosco. Mas é horrível! Gente ordinária, marinheiros à paisana, fúfias dos pedaços mais esconsos da rua de S. Jorge, um cheiro atroz, rolos constantes...". — Que tem isso? Não vamos juntos?

Com efeito. Íamos juntos e fantasiadas as mulheres. Não havia o que temer e a gente conseguia realizar o maior desejo: acanalhar-se, enlamear-se bem. Naturalmente fomos e era uma desolação com pretas beiçudas e desdentadas esparramando belbutinas fedorentas pelo estrado da banda militar, todo o pessoal de azeiteiros das ruelas lôbregas e essas estranhas figuras de larvas diabólicas, de íncubos em frascos de álcool, que tem as perdidas de certas ruas, moças, mas com os traços como amassados e todas pálidas, pálidas feitas de pasta de mata-borrão e de papel de arroz. Não havia nada de novo. Apenas, como o grupo parara diante dos dançarinos, eu senti que se roçava em mim, gordinho e apetecível, um bebê de tarlatana rosa. Olhei-lhe as pernas de meia curta. Bonitas. Verifiquei os braços, o caído das espáduas, a curva do seio. Bem agradável. Quanto ao rosto era um rostinho atrevido, com dois olhos perversos e uma boca polpuda como se ofertando. Só postiço trazia o nariz, um nariz tão bem feito, tão acertado, que foi preciso observar para verificá-lo falso. Não tive dúvida. Passei a mão e preguei-lhe um beliscão. O bebê caiu mais e disse num suspiro — ai que dói! Estão vocês a ver que eu fiquei imediatamente disposto a fugir do grupo. Mas comigo iam cinco ou seis damas elegantes capazes de se debochar mas de não perdoar os excessos alheios, e era sem linha correr assim, abandonando-as, atrás de uma frequentadora dos bailes do Recreio. Voltamos para os automóveis e fomos cear no clube mais chique e mais secante da cidade.

— E o bebê?

— O bebê ficou. Mas no domingo, em plena avenida, indo eu ao lado do *chauffeur*, no burburinho colossal, senti um beliscão na perna e uma voz rouca dizer: "para pagar o de ontem". Olhei. Era o bebê rosa, sorrindo, com o nariz postiço, aquele nariz tão bem feito. Ainda tive tempo de indagar: onde vais hoje?

— A toda parte! respondeu, perdendo-se num grupo tumultuoso.

— Estava perseguindo-te! comentou Maria de Flor.

— Talvez fosse um homem... soprou desconfiado o amável Anatólio.

— Não interrompam o Heitor! fez o barão, estendendo a mão.

Heitor acendeu outro *gianaclis*, ponta de ouro, sorriu, continuou:

— Não o vi mais nessa noite, e segunda-feira não o vi também. Na terça desliguei-me do grupo e caí no mar alto da depravação, só, com uma roupa leve por cima da pele todos os maus instintos fustigados. De resto a cidade inteira estava assim. É o momento em que por trás das máscaras as meninas confessam paixões aos rapazes, é o instante em que as ligações mais secretas transparecem, em que a virgindade é dúbia e todos nós a achamos inútil, a honra uma caceteação, o bom senso uma fadiga. Nesse momento tudo é possível, os maiores absurdos, os maiores crimes; nesse momento há um riso que galvaniza os sentidos e o beijo se desata naturalmente.

Eu estava trepidante, com uma ânsia de acanalhar-me, quase mórbida. Nada de raparigas do galarim perfumadas e por demais conhecidas, nada do contato familiar, mas o deboche anônimo, o deboche ritual de chegar, pegar, acabar, continuar. Era ignóbil. Felizmente muita gente sofre do mesmo mal no carnaval.

— A quem o dizes!... suspirou Maria de Flor.

— Mas eu estava sem sorte, com a *guigne*, com o *caiporismo* dos defuntos índios. Era aproximar-me, era ver fugir a presa projetada. Depois de uma dessas caçadas pelas avenidas e pelas praças, embarafustei pelo S. Pedro, meti-me nas danças, rocei-me àquela gente em geral pouco limpa, insisti aqui, ali. Nada!

— É quando se fica mais nervoso!

— Exatamente. Fiquei nervoso até o fim do baile, vi sair toda a gente, e saí mais desesperado. Eram três horas da manhã. O movimento das ruas abrandara. Os outros bailes já tinham acabado. As praças, horas antes incendiadas pelos projetores elétricos e as cambiantes enfurnadas dos fogos de bengala, caíam em sombras — sombras cúmplices da madrugada urbana. E só, indicando a folia, a excitação da cidade, um ou outro carro arriado levando máscaras aos beijos ou alguma fantasia tilintando guizos pelas calçadas fofas de *confetti*. Oh! a impressão enervante dessas figuras irreais na semissombra das horas mortas, roçando as calçadas, tilintando aqui, ali um som perdido de guizo! Parece qualquer coisa de impalpável, de vago, de enorme, emergindo da treva aos pedaços... E os dominós embuçados, as dançarinas amarfanhadas, a coleção indecisa dos máscaras de último instante arrastando-se extenuados! Dei para andar pelo largo do Rocio e ia caminhando para os lados da secretaria do interior, quando vi, parado, o bebê de tarlatana rosa.

Era ele! Senti palpitar-me o coração. Parei.

"Os bons amigos sempre se encontram", disse. O bebê sorriu sem dizer palavra. Estás esperando alguém? Fez um gesto com a cabeça que não. Enlacei-o. "Vens comigo?". "Onde?", indagou a sua voz áspera e rouca. "Onde quiseres!". Peguei-lhe nas mãos. Estavam úmidas mas eram bem tratadas. Procurei dar-lhe um beijo. Ela recuou. Os meus lábios tocaram apenas a ponta fria do seu nariz. Fiquei louco.

— Por pouco...

— Não era preciso mais no Carnaval, tanto mais quanto ela dizia com a sua voz arfante e lúbrica: "Aqui não!". Passei-lhe o braço pela cintura e fomos andando sem dar palavra. Ela apoiava-se em mim, mas era quem dirigia o passeio e os seus olhos molhados pareciam fruir todo o bestial desejo que os meus diziam. Nessas fases do amor não se conversa. Não trocamos uma frase. Eu sentia a ritmia desordenada do meu coração e o sangue em desespero. Que mulher! Que vibração! Tínhamos voltado o jardim. Diante da entrada que fica fronteira à rua Leopoldina, ela parou, hesitou. Depois arrastou-me, atravessou a praça, metemo-nos pela rua, escura e sem luz. Ao fundo, o edifício das Belas Artes era desolador e lúgubre. Apertei-a mais. Ela aconchegou-se mais. Como os seus olhos brilhavam! Atravessamos a rua Luiz de Camões, ficamos bem embaixo das sombras espessas do Conservatório de Música. Era enorme o silêncio e o ambiente tinha uma cor vagamente russa com a treva espancada um pouco pela luz dos combustores distantes. O meu bebê gordinho e rosa parecia um esquecimento do vício naquela austeridade da noite. "Então, vamos?", indaguei. "Para onde?". "Para a tua casa". "Ah! não, em casa não podes... Então por aí". "Entrar, sair, despir-me. Não sou disso!". "Que queres tu, filha? É impossível ficar aqui na rua. Daqui a minutos passa a guarda". "Que tem?". "Não é possível que nos julguem aqui para bom fim, na madrugada de cinzas. Depois, às quatro tens que tirar a máscara". "Que máscara?". "O nariz". "Ah! sim!". E sem mais dizer puxou-me. Abracei-a. Beijei-lhe os braços, beijei-lhe o colo, beijei-lhe o pescoço. Gulosamente a sua boca se oferecia. Em torno de nós o mundo era qualquer coisa de opaco e de indeciso. Sorvi-lhe o lábio.

Mas o meu nariz sentiu o contato do nariz postiço dela, um nariz com cheiro a resina, um nariz que fazia mal. "Tira o nariz!". — Ela segredou: "Não! não! custa tanto a colocar!". Procurei não tocar no nariz tão frio naquela carne de chama.

O pedaço de papelão, porém, avultava, parecia crescer, e eu sentia um mal-estar curioso, um estado de inibição esquisito. "Que diabo! Não vás agora para casa com isso! Depois não te disfarça nada". "Disfarça sim!". "Não!". Procurei-lhe nos cabelos o cordão. Não tinha. Mas abraçando-me, beijando-me, o bebê de tarlatana rosa parecia uma possessa tendo pressa. De novo os seus lábios aproximaram-se da minha boca. Entreguei-me. O nariz roçava o meu, o nariz que não era dela, o nariz de fantasia. Então, sem poder resistir, fui aproximando a mão, aproximando, enquanto com a esquerda a enlaçava mais, e de chofre agarrei o papelão, arranquei-o. Presa dos meus lábios, com dois olhos que a cólera e o pavor pareciam fundir, eu tinha uma cabeça estranha, uma cabeça sem nariz, com dois buracos sangrentos atulhados de algodão, uma cabeça que era alucinadamente — uma caveira com carne...

Despeguei-a, recuei num imenso vômito de mim mesmo. Todo eu tremia de horror, de nojo. O bebê de tarlatana rosa emborcara no chão com a caveira voltada para mim, num choro que lhe arregaçava o beiço mostrando singularmente abaixo do buraco do nariz os dentes alvos. "Perdoa! Perdoa! Não me batas. A culpa não é minha! Só no Carnaval é que eu posso gozar. Então, aproveito, ouviste? aproveito. Foste tu que quiseste...".

Sacudi-a com fúria, pu-la de pé num safanão que a devia ter desarticulado. Uma vontade de cuspir, de lançar apertava-me a glote, e vinha-me o imperioso desejo de esmurrar aquele nariz, de quebrar aqueles dentes, de matar aquele atroz reverso da luxúria... Mas um apito trilou. O guarda estava na esquina e olhava-nos, reparando naquela cena da semitreva. Que fazer? Levar a caveira ao posto policial? Dizer a todo a mundo que a beijara? Não resisti. Afastei-me, apressei o passo e ao chegar ao largo inconscientemente deitei a correr como um louco para a casa, os queixo batendo, ardendo em febre.

Quando parei à porta de casa para tirar a chave, é que reparei que a minha mão direita apertava uma pasta oleosa e sangrenta. Era o nariz do bebê de tarlatana rosa...

Heitor de Alencar parou, com o cigarro entre os dedos, apagado. Maria de Flor mostrava uma contração de horror na face e o doce Anatólio parecia mal. O próprio narrador tinha a camarinhar-lhe a fronte gotas de suor. Houve um silêncio agoniento. Afinal o barão Belfort ergueu-se, tocou a campainha para que o criado trouxesse refrigerantes, e resumiu:

— Uma aventura, meus amigos, uma bela aventura. Quem não tem do carnaval a sua aventura? Esta é pelo menos empolgante.

E foi sentar-se ao piano.

A
PESTE

1910

A João Antonio Brandão

E de súbito, um indizível pavor prega-me ao banco. É um dia brumosamente invernal. O azul do céu parece tecido de filamentos de brumas. O sol como que desabrocha, entre as brumas. O ar, um pouco úmido e um pouco cortante, congela as mãos, tonifica a vegetação, e o mar, que se vê à distância num recanto de lodo, tem reflexos espelhentos de grandes escaras de chagas, de óleo escorrido de feridas, à superfície quase imóvel. O cheiro de desinfecção e ácido fênico, o movimento sinistro das carrocinhas e dos automóveis galopando e correndo pela rua de mau piso, aquela sujeira requeimada e manchada das calçadas, o ar sem pingo de sangue ou supremamente indiferente dos empregados da higiene, a sinistra galeria de caras de choro que os meus olhos vão vendo, põem-me no peito um apressado bater de coração e na garganta como um laço de medo. A bexiga! A bexiga! É verdade que há uma epidemia... E eu vou para lá, eu vou para o isolamento, eu!

Um mês antes ria dessa epidemia. Para que pensar em males cruéis, nesses males que deformam o físico, roem para todo o sempre ou afogam a vida em sangue podre? Para que pensar? E Francisco, o meu querido Francisco, a quem eu amava como a melhor coisa do mundo, pensava todo o dia, lia os jornais, tomava informações. "A média de casos fatais é de trinta por dia. Ela vem aí, a vermelha", dizia. E já organizara um regime, tomara quinino, tinha o quarto cheio de antissépticos, os bolsos com pedras das farmácias para afastar o vírus. Coitado! Era impressionante. Eu bem lhe dizia:

— Mas criatura, não tenhas medo. Andamos todo o dia pelas ruas, vamos aos teatros. Qual varíola! Vê como toda gente ri e goza. Deixa de preocupações.

De manhã, porém, nós líamos juntos, ao almoço, os jornais. Para que mentir? Havia, havia sim! A sinistra rebentava em purulências toda a cidade. Um dia em que passava por uma igreja, Francisco ouviu os sinos a badalar sinistramente. Teve a curiosidade de saber por quem tão tristes badalavam e perguntou a um velho.

— É promessa, meu senhor, é para que Santo António não mate a todos nós de bexiga.

Francisco ficou como desvairado. Ao jantar encontrou-se comigo.

— Ah!, filho, falta-me o apetite. Estamos perdidos. É impossível lutar. Ela está aí.

— Acabas doido.

— Antes! — fez, no orgulho da sua beleza.

Há uma semana, indo por uma rua de subúrbio, encontrou com gritos e imprecações um bando de gente que arrastava ao sol um caixão. Era uma pobre família levando à igreja o cadáver de uma criança em holocausto, para que Deus tivesse piedade e misericórdia. A impressão prostrou-o. Chegou à casa ainda mais assustado.

— Sabes! Estamos perdidos. A polícia já deixa arrastarem os variolosos pela rua. Dentro em pouco só lepra, a lepra de dentro encherá as ruas. Cada dia aumenta mais, cada dia aumenta. Quando chegará a nossa vez?

— Mas vai embora, homem, sobe a montanha, afasta-te...

E comecei eu também a indagar, a querer saber. Então, continuava? Como era? Como se morria de bexigas? As pessoas ficavam muito coradas, sentiam febre. Havia várias espécies. A pior é a que matava sem rebentar, matava dentro, dentro da gente, apodrecendo em horas! Palavra, não era para brincadeiras. O Francisco abalara para o Corcovado, uma noite, sem me falar, sem me dar um abraço, e de repente naquela manhã, hoje, sabia por uma nota que ele estava no São Sebastião, com bexiga também, talvez morto! Deu-me um grande ímpeto! Covarde! Fora o medo. E agora? Era preciso vê-lo, não era possível deixá-lo morrer sem um amigo ao lado. Nunca tive medo de moléstias, morre quem tem de morrer. Depois a cidade estava tão alegre, tão movimentada, tão descuidosa. Tomei o *tramway* quase tranquilo. Mas ali, tudo indica a morte, a angústia, o horror, ali é impossível, e eu sentia um frio, um frio...

"— Estamos no ponto terminal; não salta?" diz-me o condutor, virando os bancos. Faço um esforço, salto. E vou. Vou devagar, vou não querendo ir. A impressão de fim, de extinção violenta! Aquele recanto, aquele hospital com ar de *cottage* inglês aviltado por usinas de porcelana, é bem o grande forno da peste sangrenta. Como deve morrer gente ali, como devem estar morrendo naquele instante. Desço a rua atordoado, com um zumbido nos ouvidos. O mar é um vasto coalho de putrefações, de lodo que se bronzeia e se esverdinha em gosmas reluzentes na praia morna. O chão está todo sujo, e passam carroças da Assistência, carroças que vêm de lá, que para lá vão. Quase não há rumor. É como se os transeuntes trouxessem rama de algodão nos pés. Só as carroças fazem barulho. E quando param — como elas param! — é o pavor de ver descer um monstro varioloso, desfeito em pus, seguindo para a cova... Espero que não haja nenhuma carroça à porta, precipito-me pela alameda que sobe ao hospital. Vou quase a correr, paro à porta de uma sala que parece escritório.

— O diretor?

— É alguma coisa de urgente? — indaga um jovem.

— É. É e não é.

— Vou preveni-lo. Sente-se. O senhor está pálido.

Caio numa cadeira. Sinto as mãos frias. As pernas tremem. Eu tenho medo, oh! muito medo... E aquele trecho da secretaria não é para acalmar o destrambelhamento dos meus nervos. Tudo é branco, limpo, asseado, com o ar indiferente nas paredes, nos móveis sem uma poeira. Os empregados, porém, movem-se com a precipitação triste a que a morte obriga os que ficam. Retintins de telefones repicam seguidamente nos quatro cantos. Os diálogos cruzam-se, diálogos em que as vozes falam para dores indizíveis.

— Mais um doente?
— Ah! sim, ciente.
— Qual? Não há mais lugar. O de nome José Bernardino? Vou ver.

E mais adiante:

— Olhe, 425? Morreu ontem à noite. Se já seguiu? Já.

Enquanto essas notícias são dadas às bocas dos fones, há mulheres pálidas e desgrenhadas que esperam novas dos seus doentes, há velhos, há homens de face desfeita, uma série de caras em que o mistério da morte, lá fora, entre as árvores, incute um apavorado respeito e uma sinistra revolta. Quantas mães sem filhos! Quantos pais à espera da certeza da morte dos filhos! Quantos filhos ali, apenas para tratar do enterro dos que lhe deram o ser. Ela não respeita idade, passa a foice purulenta em tudo, está lá reinando, fora, no jardim, entre as árvores, morro acima. Os funcionários têm uma delicadeza fria.

— Que deseja, minha senhora?
— Saber do meu filho. É o 390.
— Há quantos dias?
— Há quatro. Ainda elas não tinham saído. Foi o médico que disse. Ai! O meu pequeno!
— Está decerto no pavilhão de observação. Vou mandar ver.
— Meu senhor, a minha mulherinha, diga-me por Deus, diga-me.
— Espere, homem. Nada de barulho.

Os retintins telefônicos continuam. Algumas faces não dizem nada. Estão lá sentadas, esperando, esperando, esperando. E há marcados, marcados do terrível mal, que vão sair, não morreram, estarão dentro em pouco na rua com a fisionomia torcida, roída, desfeita para todo o sempre. E ele? E Francisco? Ficará assim? Assim, horrível, horrível... É preciso vê-lo! É preciso!

O rapaz volta, faz-me um gesto, sigo-o, dou no gabinete do diretor, muito louro, com a sua face inteligente vincada de tristeza.

— Então, por cá? Não teve medo? Está com a mão fria. Ah! meu amigo, a apostar que não acreditava na devastação do mal? Pois é horrível, é inaudito. Tenho presentemente no hospital setecentos e vinte doentes, desde varíola hemorrágica, que mata em horas, até a bexiga branca, que nem sempre mata. Já não há lugares. Nunca São Sebastião esteve assim. Mandei construir às pressas mais dois pavilhões. Estou arrasado de trabalho e desolado. Afinal, por mais que se esteja habituado, sempre se tem coração para sentir a dolorosa atmosfera de desgraça... Mas que deseja? Diga.

— Eu desejava tomar uma informação. Está aqui no hospital um rapaz do norte, Francisco Nogueira, estudante...

— Francisco? Há tanta gente que entra e tão pouca que sai. Em que dia entrou?

— Creio que anteontem.

— Vou mandar ver.

Tocou um tímpano. Apareceu um funcionário. Falaram ambos.

O funcionário saiu, e desde que saiu, um tremor apoderou-se do meu corpo. Estaria morto? Estaria vivo? Aquela carne feita de ouro e de rosas já teria se transformado numa chaga purulenta? E se estivesse morto? Uma criança tão cheia de esperanças, tão entusiástica, tão pura, sem os pais aqui, sem ninguém a não ser eu, que tremia. Nossa Senhora! Que me viriam dizer? E ao mesmo tempo, o desejo de encobrir tamanha emoção forçava-me a fingir um sorriso, a dizer mundanamente coisas frívolas ao homem bom cujos olhos tinham tanta piedade.

— É o diabo. A epidemia tem impedido vários prazeres da *season*. As grandes estrelas mundiais, os teatros...

— Pouca gente.

— Menos do que se devia esperar. Não frequenta?

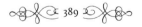

— Não tenho tempo.

— Ninguém dirá entretanto que a varíola...

— Nas grandes cidades as pestes dão uma impressão muito menos dolorosa do que outrora...

— Na Idade Média, não, doutor?

Mas um nó subitâneo estrangula-me a frase. O funcionário voltara, dava informações baixo ao diretor. O médico pôs-se de pé e diante de mim.

— Está cá. Entrou anteontem. Está vivo. O médico da enfermaria diz que há esperanças.

— Quero vê-lo, doutor.

Houve uma pausa grave.

— É vacinado?

— Sou.

— Já viu um varioloso?

— Não.

— Gosta desse rapaz?

— É meu amigo.

O diretor pensou. Depois:

— E melhor não vê-lo. Aceite o meu conselho. A ele nada falta. O senhor parece tão comovido. Tenha esperança, vá descansar. As emoções fazem mal neste período...

— Quero vê-lo, doutor, quero. É um grande obséquio que lhe fico a dever.

O diretor ainda hesitou um instante, mas diante da minha resolução que se fazia súplica, fez um gesto e eu acompanhei o funcionário, passei a secretaria, entrei no jardim, comecei a subir para o morro onde entre as árvores erguiam-se os grandes pavilhões, com as redes das janelas pintadas de vermelho. Era ali, naqueles enormes galpões, com janelas forradas de tela rubra que a varíola punha putrefações e gangrenas nos corpos dias antes bons. O homem ia depressa, e eu arquejava atrás, com as têmporas batendo. Meu Deus! Que iria ver? Que se daria? De repente parou, subiu uma escada. Subi também. Abriu uma porta de tela, entrou. Entrei com ele. Abriu outra, passou. Passei com ele. Encaminhou-se para um compartimento. Segui-o. Onde estava eu? Sei lá! Não sabia! Não sabia! Vi-me diante de um leito, onde um cobertor tapava, por completo, pequeno volume. Para diante havia outros leitos cobertos de vermelho, outros muitos cobrindo a negregada. Certo cavalheiro indagava: "— Quer ver então?" "— Sim, senhor." "— Não é grave. Este escapa. Mas tenha coragem!"

Depois, com infinito cuidado, pegou das pontas do cobertor e foi levantando aos poucos. Fechei os olhos, abri-os, tornei a fechá-los. "— Não há engano?" "— A papeleta não erra. É ele mesmo."

Eu tinha diante de mim um monstro. As faces inchadas, vermelhas e em pus, os lábios lívidos, como para arrebentar em sânie. Os olhos desaparecidos meio afundados em lama amarela, já sem pestanas e com as sobrancelhas comidas, as orelhas enormes. Era como se aquela face fosse queimada por dentro e estalasse em empolas e em apostemas a epiderme. Quis recuar, quis aproximar-me. Só consegui dizer para o horror: "— Francisco, Francisco, então como vais?" Os lábios moveram-se, e uma voz, outra voz, uma voz que era outra, passou vagarosa: "— Ah! és tu?"

Enquanto isso o corpo não fazia um gesto. Era ele, ele, sim, porque sobre o travesseiro, só uma coisa não desaparecera dele e da podridão parecia tomar um redobro de brilho: a sua enorme cabeleira negra, com reflexos de ouro azul-tinta...

Então veio-me um louco desejo de chorar, um desejo desvairado. Fiz um vago gesto. O funcionário abriu-me a porta e eu saí tropeçando, desci o morro a correr quase, entre os empregados num vaivém constante e as macas que subiam com as podridões. Um delírio tomava-me. As plantas, as flores dos canteiros, o barro das encostas, as grades de ferro do portão, os homens, as roupas, a rua suja, o recanto do mar escamoso, as árvores, pareciam atacados daquele horror de sangue maculado e de gangrena. Parei. Encarei o sol, e o próprio sol, na apoteose de luz, pareceu-me gangrenado e pútrido. Deus do céu! Eu tinha febre. Corri mais, corri daquela casa, daquele laboratório de horror em que o africano deus selvagem da Bexiga, Obaluaiê, escancarava a face deglutindo pus. E atirei-me ao bonde, tremendo, tremendo, tremendo...

Há epidemia, oh! sim, há epidemia! E eu tenho medo, meu amigo, um grande, um desastrado pavor...

E Luciano Torres, após a narrativa, caiu-me nos braços a soluçar. Era de noite e foi há dois dias. Ontem vieram dizer-me que Luciano Torres, meu amigo e colega, fora conduzido em automóvel da Assistência do seu elegante apartamento das Laranjeiras para o posto de observação. Está com varíola.

INTRODUÇÃO

HUMBERTO *de* CAMPOS

1886–1934

Terceiro maranhense em nossa lista, Humberto de Campos nasceu em 1886 naquele estado do Nordeste em uma cidade que hoje leva seu nome. A exemplo de seu conterrâneo Coelho Neto, caiu em um ostracismo cultural na segunda metade do século XX, mas em seu tempo foi um escritor muito popular e bem-sucedido, publicando contos, ensaios, crônicas, poesias e até piadas, além de suas memórias.

De infância humilde, teve aquela trajetória que se costuma chamar de meteórica: trabalhou como comerciante na juventude; conseguiu emprego na imprensa paraense aos 17 anos; publicou o primeiro livro de versos em 1910; mudou-se para o Rio de Janeiro logo em seguida para trabalhar em grandes jornais da capital; lançou o primeiro livro de prosa em 1918; e, no ano seguinte, já era eleito para ingressar na Academia Brasileira de Letras.

A parte da caudalosa produção do autor que nos interessa aqui é um livro específico, uma coletânea que ele escreveu em plena maturidade. *O Monstro e Outros Contos*, de 1932, reúne uma impressionante quantidade de pequenas histórias imaginativas, um autêntico tesouro para caçadores da literatura fantástica nacional esquecida. Existem exemplares de contos em tom de fábula, como o que dá nome ao livro; tramas com aparições fantasmagóricas, como "A Noiva"; pérolas do mais negro dos humores, como "O Juramento"; histórias que assustam pela crueldade, como "Herodes" e até uma antecipação de um clássico da ficção científica B, "Os Olhos que Comiam Carne", que faz lembrar o filme *O Homem dos Olhos de Raio X*, dirigido pelo americano Roger Corman três décadas depois do lançamento do livro brasileiro.

Tamanha versatilidade e agilidade narrativa do acadêmico levou a pesquisadora Ana Carolina de Souza Queiroz a comparar os textos daquela coletânea ao que se produzia nos EUA em revistas como a *Weird Tales* entre outras. O ensaio *Ecos da Pulp Era no Brasil: "O Monstro e Outros Contos", de Humberto de Campos* foca sua atenção justamente naquele último conto antecipatório sobre visão de raio X:

> O modo como o narrador não ambienta o leitor de forma alguma, em relação ao espaço, época ou tempo, também é um traço típico nas histórias pulp. O início tem como função fornecer apenas uma breve introdução: mostrar o personagem e quem ele é, para depois desenrolar um dramático evento na vida do mesmo. A rapidez da narrativa tem esse como um dos fatores de origem: perante os outros aspectos da história, como o terror e o drama dos acontecimentos, não muito importa os pensamentos dos personagens ou quando se dá o desenrolar dos fatos. O mais importante não é descrever de modo intenso e extenso o caráter psicológico ou físico das pessoas, tampouco o lugar ou o mundo onde eles vivem.

> O principal é fazê-los viver uma vida intensa e absurda, em poucas páginas — e para isso não é necessário fornecer muitos detalhes contextuais. O horror se dá, então, por um terrível acaso: acordar e descobrir-se cego. Uma reviravolta lamentável e surpreendente.

Humberto de Campos veio a falecer no auge de sua popularidade dois anos após a publicação daquela coletânea, no Rio de Janeiro.

Normalmente esse tipo de informação é o ponto final em qualquer biografia, mas no caso de nosso imortal houve ainda um interessante dado *post-mortem*. Apenas três meses após seu sepultamento, o médium mineiro Chico Xavier afirmou que havia entrado em contato com o espírito do escritor e começou a psicografar novos livros dele. Um verdadeiro best-seller na área, *Brasil, Coração do Mundo, Pátria do Evangelho*, foi publicado pela Federação Espírita Brasileira (FEB) em 1938, por exemplo. A popularidade dessas obras foi tamanha que, em 1944, a viúva e os filhos do suposto autor abriu um processo contra a FEB e o médium a respeito dos direitos autorais do espírito de Humberto de Campos.

Com tamanha repercussão, logo após os primeiros cinco livros da série terem sido atribuídos explicitamente ao espírito do imortal, as obras seguintes, impressas a partir de 1945, passaram cautelosamente a ser atribuídas a um certo "Irmão X".

Esta inusitada ação judicial acabou virando tema da tese de doutorado de Alexandre Caroli Rocha, em Teoria e História Literária pela Unicamp no ano de 2008. Nas considerações finais de *O Caso Humberto de Campos: Autoria literária e mediunidade*, podemos ler:

> O exame da recepção dos cinco primeiros livros da série, que foram comentados na imprensa laica, permitiu a identificação de pontos importantes suscitados pela incomum configuração autoral sustentada por Chico

Xavier e por seus editores. Demonstramos que não é pertinente a pressuposição de que, por meio apenas de fatores textuais, seja possível autenticar ou refutar a alegação do médium. Com efeito, mostramos que os textos colocam à tona a discussão a respeito do *post-mortem*, assunto tabu que, nos ambientes acadêmicos de nossa sociedade, costuma ser relegado a domínios metafísicos ou religiosos. Concluímos, pois, que os veredictos taxativos para a identificação do autor são possíveis somente com a assunção de uma determinada teoria sobre o *post-mortem* ou sobre o fenômeno mediúnico. Quando, no debate autoral, ignora-se a relação entre teoria e texto, percebemos que a apreensão deste é bastante escorregadia, mesmo entre leitores especialistas.

O MONSTRO

1932

Pelas margens sagradas do Eufrates, que fugia, então, sem espuma e sem ondas, caminhavam, na infância maravilhosa da Terra, a Dor e a Morte. Eram dois espetros longos e vagos, sem forma definida, cujos pés não deixavam traços na areia. De onde vinham, nem elas próprias sabiam. Guardavam silêncio, e marchavam sem ruído olhando as coisas recém-criadas.

Foi isto no sexto dia da Criação. Com o focinho mergulhado no rio, hipopótamos descomunais contemplavam, parados, a sua sombra enorme, tremulamente refletida nas águas. Leões fulvos, de jubas tão grandes que pareciam, de longe, estranhas frondes de árvores louras, estendiam a cabeça redonda, perscrutando o Deserto. Para o interior da terra, onde o solo começava a cobrir-se de verde, velando a sua nudez com um leve manto de relva moça, que os primeiros botões enfeitavam, fervilhava um mundo de seres novos, assustados, ainda, com a surpresa miraculosa da Vida. Eram aves gigantescas, palmípedes monstruosos, que mal se sustinham nas asas grosseiras, e que traziam ainda na fragilidade dos ossos a umidade do barro modelado na véspera. Algumas marchavam aos saltos, o arcabouço à mostra, malvestidas pela penugem nascente. Outras se aninhavam, já, nas moitas sem espinhos, nos primeiros cuidados da primeira procriação. Batráquios de dorso esverdeado porejando água, fitavam mudos, com os largos olhos fosforescentes e interrogativos, a fila cinzenta dos outeiros longínquos, que pareciam, à distância, à sua brutalidade virgem, uma procissão silenciosa, contínua, infinita, de batráquios maiores. Auroques taciturnos, sacudindo a cabeça brutal, em que se enrolavam, encharcadas e gotejantes, braçadas de ervas dos charcos, desafiavam-se, urrando, com as patas enfiadas na terra mole.

Rebanho monstruoso de um gigante que os perdera, os elefantes pastavam em bando, colhendo com a tromba, como ramalhetes verdes, moitas de arbustos frescos. Aqui e ali, um alce galopava, célere. E à sua passagem, os outros animais o ficavam olhando, como se perguntassem que focinho, que tromba, ou que bico, havia privado das folhas aquele galho seco e pontiagudo que ele arrebatava na fuga. Ursos primitivos lambiam as patas, monotonamente. E quando um pássaro mais ligeiro cortava o ar, num voo rápido, havia como que uma interrogação inocente nos olhos ingênuos de todos os brutos.

Em passo triste, a Dor e a Morte caminham, olhando, sem interesse, as maravilhas da Criação. Raramente marcham lado a lado. A Dor vai sempre à frente, ora mais vagarosa, ora mais apressada; a outra, sempre no mesmo ritmo, não se adianta, nem se atrasa. Adivinhando, de longe, a marcha dos dois duendes, as coisas todas se arrepiam, tomadas de agoniado terror. As folhas, ainda mal recortadas no limo do chão, contraem-se, num susto impreciso. Os animais entreolham-se inquietos e o vento, o próprio vento, parece gemer mais alto, e correr mais veloz à aproximação lenta, mas segura, das duas inimigas da Vida.

Súbito, como se a detivesse um grande braço invisível, a Dor estacou, deixando aproximar-se a companheira.

Para que mistério — disse; a voz surda — para que mistério teria Jeová, no capricho da sua onipotência, enfeitado a terra de tanta coisa curiosa?

A Morte estendeu os olhos perscrutadores até os limites do horizonte, abrangendo o rio e o Deserto, e observou, num sorriso macabro, que fez rugir os leões:

— Para nós ambas, talvez...

— E se nós próprias fizéssemos, com as nossas mãos, uma criatura que fosse, na terra, o objeto carinhoso do nosso cuidado? Modelado por nós mesmas, o nosso filho seria, com certeza, diferente dos auroques, dos ursos, dos mastodontes, das aves fugitivas do céu e das grandes baleias do mar. Tralo-ía-mos, eu e tu, em nossos braços, fazendo do seu canto, ou do seu urro, a música do nosso prazer... Eu o traria sempre comigo, embalando-o, avivando-lhe o espírito, aperfeiçoando-lhe a alma, formando-lhe o coração. Quando eu me fatigasse, tomá-lo-ias, tu, então, no teu regaço... Queres?

A Morte assentiu, e desceram, ambas, à margem do rio; onde se acocoraram, sombrias, modelando o seu filho.

— Eu darei a água... — disse a Dor, mergulhando a concha das mãos, de dedos esqueléticos, no lençol vagaroso da corrente.

— Eu darei o barro... — ajuntou a Morte, enchendo as mãos de lama pútrida, que o sol endurecera.

E puseram-se a trabalhar. Seca e áspera, a lama se desfazia nas mãos da oleira sinistra que, assim, trabalhava inutilmente.

— Traze mais água! — pedia.

A Dor enchia as mãos no leito do rio, molhava o barro, e este, logo, se amoldava, escuro, ao capricho dos dedos magros que o comprimiam. O crânio, os olhos, o nariz, a boca, os braços, o ventre, as pernas, tudo se foi formando, a um jeito, mais forte ou mais leve, da escultora silenciosa.

— Mais água! — pedia esta, logo que o barro se tornava menos dócil.

E a Dor enchia as mãos na corrente, e levava-a à companheira.

Horas depois, possuía a Criação um bicho desconhecido. Plagiado da obra divina, o novo habitante da Terra não se parecia com os outros, sendo, embora, nas suas particularidades, uma reminiscência de todos eles. A sua juba era a do leão; os seus dentes, os do lobo; os seus olhos, os da hiena; andava sobre dois pés, como as aves, e trepava, rápido, como os bugios.

O seu aparecimento no seio da animalidade alarmou a Criação. Os ursos, que jamais se haviam mostrado selvagens, urravam alto, e escarvavam o solo, à sua aproximação. As aves piavam nos ninhos, amedrontadas e os leões, as hienas, os tigres, os lobos, reconhecendo-se nele, arreganhavam os dentes ou mostravam as garras, como se a terra acabasse de ser invadida, naquele instante, por um inimigo inesperado.

Repelido pelos outros seres, marchava, assim, o Homem pela margem do rio, custodiado pela Dor e pela Morte. No seu espírito inseguro, surgiam, às vezes, interrogações inquietantes. Certo, se aqueles seres se assombravam à sua aproximação, era porque reconheciam, unânimes, a sua condição superior. E assim refletindo, comprazia-se em amedrontar as aves, e em perseguir em correrias desabaladas pela planície, ou pela margem do rio, esquecendo por um instante a Dor e a Morte, os gamos, os cerdos, as cabras, os animais que lhe pareciam mais fracos.

Um dia, porém, orgulhosas do seu filho, as duas se desavieram, disputando-se a primazia na criação do abantesma.

— Quem o criou fui eu! — dizia a Morte.

— Fui eu quem contribuiu com o barro!

— Fui eu! — gritava a outra.

— Que farias tu sem a água, que amoleceu a lama?

E como nenhuma voz conciliadora as serenasse, resolveram, as duas, que cada uma tiraria da sua criatura a parte com que havia contribuído.

— Eu dei a água! — tornou a Dor.

— Eu dei o barro! — insistiu a Morte.

Abrindo os braços, a Dor lançou-se contra o monstro, apertando-o, violentamente, com as tenazes das mãos. A água, que o corpo continha, subiu, de repente, aos olhos do Homem, e começou a cair, gota a gota... Quando não havia mais água que espremer, a Dor se foi embora. A Morte aproximou-se, então, do monte de lama, tomou-o nos ombros, e partiu...

MORFINA

1932

Quando o Carvalho Souto, meu companheiro de escritório, sofreu aquele acidente de automóvel em que fraturou duas costelas e o braço esquerdo, eu ia vê-lo quase diariamente à Casa de Saúde Santa Genoveva, na Tijuca. A solicitude persistente com que velava pelo meu amigo, fez-me, em pouco tempo, íntimo dos médicos do estabelecimento. E de tal maneira que, trinta e quatro dias depois, quando o Souto recebeu o boletim concedendo-lhe "alta", eu contava já um amigo novo, na pessoa amável e mansa do Dr. Augusto de Miranda, que exercia, então, ali, as funções de subdiretor. Filho de médico, e neto de médico, Miranda nascera, pode-se dizer, no quarto ano de medicina. Aos sete anos já utilizava o seu pequenino serrote de fazer gaiolas, serrando, com ele, a perna dos passarinhos que apareciam com alguma unha doente.

Mediano de estatura, robusto de tórax, cabelos alourados e olhos entre o azul e o verde, o subdiretor da Casa de Saúde Santa Genoveva era uma figura grave e simpática. O rosto largo, e escanhoado, transpirava a energia serena e boa das almas fortes e tranquilas. Daí a confiança que entre nós rapidamente se estabeleceu, a franqueza com que me falou, naquela manhã, de uma das suas doentes que ali se achava, ainda, hospitalizada.

— Quer vê-la? Vamos... — convidou.

A Casa de Saúde Santa Genoveva está situada, como se sabe, na Estrada Velha da Tijuca, em um ponto pitoresco, dominando a cidade. Ensombram-lhe as cercanias de antigo solar, algumas dezenas de mangueiras enormes, e árvores outras, de fronde compacta e agasalhadora. Sob uma dessas mangueiras, estirada em uma espreguiçadeira de pano branco e vermelho, achava-se uma senhora alta, de rosto longo e olhos cavados, mas apresentando na fisionomia cansada e enferma os traços da antiga distinção. Devia ter sido bela, com os seus cabelos negros de ondulação larga. E elegantíssima de porte, a avaliar pela graça do busto posto em relevo na postura em que se encontrava.

— Preste atenção, vamos passando... Depois que você conhecer a história trágica de sua vida, voltaremos... — disse-me o Dr. Miranda.

Entramos por uma estrada de mangueiras vetustas, e, enquanto caminhávamos lentamente na manhã fresca, o subdiretor, a voz tranquila e pausada, me falava desta maneira:

— Aquela senhora que acaba de ver, foi casada com um dos meus companheiros de turma na Faculdade, e é a heroína de uma das tragédias mais terríveis que vieram ter aqui dentro o seu desfecho...

— O marido morreu? — indaguei.

— Não. Ela, porém, o perdeu sem que ele morresse: está desquitada. As senhoras desquitadas, são, em nossa terra, as viúvas dos maridos vivos.

Apanhou, no chão, um pequeno ramo uma nódoa na estrada limpa, e reatou:

— Filha de um advogado que morreu sem fortuna, esta moça, aos dezessete anos, casou com o colega de que lhe falo, o qual fez um dos mais belos cursos do seu tempo, mas não foi igualmente feliz na vida prática. No primeiro ano de casamento, veio-lhe um filho. Linda criança! Vi-a uma tarde, na rua, em companhia do pai, e não esqueci, jamais, a sua graça infantil... Quatro anos depois de casados, foi esta senhora uma noite atacada de cólica hepática de extraordinária violência. O marido recorreu à terapêutica indicada no caso, mas inutilmente. Compadeceu-se, e aplicou-lhe uma injeção de morfina. A doente sentiu alívio imediato, e dormiu, até à noite. Ao acordar, pôs-se a gemer novamente, e, em seguida, a gritar. Nova injeção. Novo sono. No dia seguinte, à tarde, voltaram os gemidos queixando-se ela dos mesmos padecimentos. Gemia, debatia-se, gritava, reclamando a injeção. Profissional inteligente, o marido certificou-se de que, verdadeira a princípio, a dor, agora, era simplesmente simulada. A morfina havia exercido a sua influência funesta! Por isso, não deu a injeção. Desiludida de alcançar o que pretendia, a esposa calou-se. E a tranquilidade voltou, de novo, à intimidade do casal.

— E a tragédia?

— Espere, que a história é longa... Ao fim de algumas semanas, começou o meu colega a observar na senhora uns ímpetos de temperamento, uns excessos de paixão que o encantavam, porque ele era homem, mas que o preocupavam porque era médico e o alarmavam porque era marido. Pôs-se vigilante, e descobriu a verdade terrível: a esposa, seduzida pelas sensações das injeções que ele lhe aplicara, era presa, já, da morfinomania, consumindo diversas ampolas por dia! A sua assinatura havia sido falsificada, já, por mais de uma vez, no papel do consultório, em receitas de responsabilidade, pondo em perigo a sua reputação profissional.

O Dr. Miranda parou, por um momento, para acender um cigarro, e tornou:

— Com a sua experiência de clínico, o marido compreendeu a ineficiência do seu esforço individual para salvar a companheira infeliz. Por esse tempo, havia chegado da Europa um colega nosso, o Dr. Stewenson, que se tinha especializado na Alemanha e na Suíça na cura da toxicomania. Era um belo homem e um belo espírito, e o marido daquela senhora foi à sua procura, e expôs lealmente o seu caso doméstico. Pediu-lhe que tomasse sob os seus cuidados a esposa, e levou-a, no dia seguinte, ao consultório. Stewenson marcou o início do tratamento para outro dia. A moça foi, sozinha. O médico fê-la entrar para o seu gabinete, e fechou-o a chave. Em seguida, encheu duas seringas, aplicando uma injeção na cliente, e outra em si mesmo. E rolaram, os dois, abraçados, como dois loucos... Stewenson era morfinômano, e o seu anúncio como especialista contra os entorpecentes não visava senão atrair as senhoras viciadas, conquistando companheiras para os seus delírios...

— Que horror!...

— Ao fim de algumas semanas, o marido da pobre moça descobria a extensão tomada pelo seu infortúnio. A esposa, ela própria, confessou-lhe tudo, fornecendo-lhe os elementos para apurar a verdade. E ele apurou que era duas vezes desgraçado: o Dr. Stewenson era amante de sua mulher!... Diante disso, veio à separação, com o desquite. Não tendo sido judicial, o meu antigo colega de turma passou a dar uma pensão à esposa, que fixou residência num apartamento em Copacabana, ficando ele num hotel no centro da cidade. Ele era, porém, um homem de temperamento apaixonado, e não podia esquecer a criatura a quem amara tanto, e que lhe havia dado as horas de paixão mais intensas da vida. Nenhuma outra mulher lhe satisfazia os sentidos e o coração. E ei-lo, na noite, alta madrugada, abandonando o seu hotel e indo secretamente, bater à porta do apartamento de Copacabana, tornando-se um dos amantes de sua antiga mulher.

— Mas, isso é verdade? — perguntei,

— É verdade, e é ciência — respondeu-me o Dr. Miranda.

Havia rodeando um tronco de mangueira, um banco circular, de pedra. Sentamo-nos. E o subdiretor da Casa de Saúde Santa Genoveva reatou:

— A esposa, agora entregue a si mesma, continuava a tomar morfina, absorvendo doses espantosas. Uma tarde, achando-se em casa, encheu a seringa, e meteu a agulha na parte anterior da coxa. Apertou o sifão. O líquido desapareceu da agulha. No mesmo instante, porém, a pobre rapariga soltou um grito. Uma nódoa vermelha surgira-lhe diante dos olhos. E essa nódoa se transformou em chamas, em labaredas enormes, que a envolviam como se a tivessem precipitado numa fogueira. Um calor intenso, infernal, subia-lhe pelo corpo todo, e tudo era vermelho, tudo era fogo ante os seus olhos horrivelmente abertos. As mãos na cabeça, o pavor estampado na face, a infeliz gritou para a criada, que lhe fazia companhia: "Chamem meu marido, que eu estou morrendo!". Dizia, aos gritos, que estava sendo queimada viva, e rasgava as roupas, correndo pela casa, batendo-se nos móveis, pois que se achava completamente cega, não vendo senão línguas de fogo, chamas que se enroscavam no seu corpo, em furiosos turbilhões. Quando o ex-marido chegou, encontrou-a totalmente nua, o sangue a correr-lhe da testa. E descobriu, logo, a origem daquela crise: a agulha alcançara a artéria, entrando a morfina, diretamente, na circulação... Daí a sensação de incêndio dentro do qual se debatia, e a impressão de labaredas que a envolvessem e as tivesse diante dos olhos... Não podendo detê-la sozinho, chamou o ex-esposo dois empregados do prédio, que a subjugaram, e a amarraram, inteiramente despida, na cama, a fim de receber a única medicação aconselhável no caso, e evitar que se mutilasse na fúria com que se atirava pelo chão, pelos armários, pelas paredes...

— Coitada!

— Afinal, passou a crise. Dias e dias tinha ela permanecido entre a vida e a morte. Após as injeções sedativas desamarraram-na. Mas ficara com os braços feridos, as mãos feridas, o rosto ferido... O ex-esposo foi, então, de uma solicitude acima de todo louvor... Não a abandonou um só instante. Amor ou piedade, o certo é que ficou a seu lado até que a viu fora de perigo... Um dos primeiros cuidados da pobre moça, logo que recobrou os sentidos, foi ver o filhinho, que contava, então, cinco anos, e ficara com o pai, que o internara em um colégio em Botafogo. O desejo era legítimo, e, ao vê-la melhor, o pai foi buscar o menino. A desventurada, chorou muito, beijou muito o garoto, e, como fosse hora do almoço, o meu colega foi para a mesa, com outras pessoas da família que ali se achavam de visita, ficando a mãe e o filho no quarto próximo. De repente as pessoas que se encontravam à mesa ouviram um grito: "Corram que eu estou matando meu filho! Corram, pelo amor de Deus!". Correram todos, e soltaram, diante do que viam, um grito de terror. A morfinômana tinha as mãos crispadas em torno do pescoço da criança, e estrangulava-a sem querer! Queria retirar as mãos, e não podia! Ao contrário do seu desejo, os dedos cada vez mais se contraíam, comprimindo as carnes do pequenito, que se tornara roxo, e cuja língua saía, já, da boca, com um filete de sangue... "Salvem meu filho!... Matem-me, mas salvem meu filho!...", gritava a pobre. Bateram-lhe nas mãos até lhe ferirem os dedos. Quase lhe quebram os braços, com as pancadas que lhe deram, para libertar a criança. Quando o conseguiram, era tarde. Minutos depois, o pequenino morria...

O subdiretor da Casa de Saúde Santa Genoveva não procurou ver o espanto que se estampava em meu rosto. Acendeu outro cigarro, e pôs-se de pé. Fiz o mesmo.

— Agora — continuou — a desventurada senhora que ali viu, está boa. Mas a nossa vigilância em torno dela é enorme.

— Para que não volte à morfina?

O Dr. Miranda sacudiu a cabeça, lentamente:

— Não. Para que não corte, como tem tentado, as mãos com que estrangulou o seu filho!

E pusemo-nos a andar, de regresso, a cabeça baixa, em silêncio, um ao lado do outro.

OS OLHOS
que
COMIAM CARNE

1932

Na manhã seguinte à do aparecimento, nas livrarias, do oitavo e último volume da História do Conhecimento Humano, obra em que havia gasto catorze anos de uma existência consagrada, inteira, ao estudo e à meditação, o escritor Paulo Fernandes esperava, inutilmente, que o sol lhe penetrasse no quarto. Estendido, de costas, na sua cama de solteiro, os olhos voltados na direção da janela que deixara entreaberta na véspera para a visita da claridade matutina, ele sentia que a noite se ia prolongando demais. O aposento permanecia escuro. Lá fora, entretanto, havia rumores de vida. Bondes passavam tilintando. Havia barulho de carroças no calçamento áspero. Automóveis buzinavam como se fosse dia alto. E, no entanto, era noite, ainda. Atentou melhor, e notou movimento na casa. Distinguia perfeitamente o arrastar de uma vassoura, varrendo o pátio. Imaginou que o vento tivesse fechado a janela, impedindo a entrada do dia. Ergueu, então, o braço e apertou o botão da lâmpada. Mas a escuridão continuou.

Evidentemente, o dia não lhe começava bem. Comprimiu o botão da campainha. E esperou.

Ao fim de alguns instantes, batem docemente à porta.

— Entra, Roberto. O criado empurrou a porta, e entrou.

— Esta lâmpada está queimada, Roberto? — indagou o escritor, ao escutar os passos do empregado no aposento.

— Não, senhor. Está até acesa..

— Acesa? A lâmpada está acesa, Roberto? — exclamou o patrão, sentando-se repentinamente na cama.

— Está, sim, senhor. O doutor não vê que está acesa, por causa da janela que está aberta.

— A janela está aberta, Roberto? — gritou o homem de letras, com o terror estampado na fisionomia.

— Está, sim, senhor. E o sol está até no meio do quarto.

Paulo Fernando mergulhou o rosto nas mãos, e quedou-se imóvel, petrificado pela verdade terrível. Estava cego. Acabava de realizar-se o que há muito prognosticavam os médicos.

A notícia daquele infortúnio em breve se espalhava pela cidade, impressionando e comovendo a quem a recebia. A morte dos olhos daquele homem de quarenta anos, cuja mocidade tinha sido consumida na intimidade de um gabinete de trabalho, e cujos primeiros cabelos brancos haviam nascido à claridade das lâmpadas, diante das quais passara oito mil noites estudando, enchia de pena os mais indiferentes à vida do pensamento. Era uma força criadora que desaparecia. Era uma grande máquina que parava. Era um facho que se extinguia no meio da noite, deixando desorientados na escuridão aqueles que o haviam tomado por guia. E foi quando, de súbito, e como que providencialmente, surgiu na imprensa a informação de que o professor Platen, de Berlim, havia descoberto o processo de restituir a vista aos cegos, uma vez que a pupila se conservasse íntegra, e se tratasse, apenas, de destruição ou defeito do nervo óptico. E, com essa informação, a de que o eminente oculista passaria em breve pelo Rio de Janeiro, a fim de realizar uma operação desse gênero em um opulento estancieiro argentino, que se achava cego havia seis anos e não tergiversara em trocar a metade da sua fortuna pela antiga luz dos seus olhos.

A cegueira de Paulo Fernando, com as suas causas e sintomas, enquadrava-se rigorosamente no processo do professor alemão: dera-se pelo seccionamento do nervo óptico. E era pelo restabelecimento deste, por meio de ligaduras artificiais com uma composição metálica de sua invenção, que o sábio de Berlim realizava o seu milagre cirúrgico. Esforços foram empregados, assim, para que Platen desembarcasse no Rio de Janeiro por ocasião de sua viagem a Buenos Aires.

Três meses depois, efetuava-se, de fato, esse desembarque. Para não perder tempo, achava-se Paulo Fernando, desde a véspera, no Grande Hospital das Clínicas. E encontrava-se já na sala de operações, quando o famoso cirurgião entrou, rodeado de colegas brasileiros, e de dois auxiliares alemães, que o acompanhavam na viagem, e apertou-lhe vivamente a mão.

Paulo Fernando não apresentava, na fisionomia, o menor sinal de emoção. O rosto escanhoado, o cabelo grisalho e ondulado posto para trás, e os olhos abertos, olhando sem ver: olhos castanhos, ligeiramente saídos, pelo hábito de vir beber a sabedoria aqui fora, e com laivos escuros de sangue, como reminiscência das noites de vigília. Vestia pijama de tricoline branca, de gola caída. As mãos de dedos magros e curtos seguravam as duas bordas da cadeira, como se estivesse à beira de um abismo, e temesse tombar na voragem.

Olhos abertos, piscando, Paulo Fernando ouvia, em torno, ordens em alemão, tinir de ferros dentro de uma lata, jorro d'água, e passos pesados ou ligeiros, de desconhecidos. Esses rumores eram, no seu espírito, causa de novas reflexões.

Só agora, depois de cego, verificara a sensibilidade da audição, e as suas relações com a alma, através do cérebro. Os passos de um estranho são inteiramente diversos daqueles de uma pessoa a quem se conhece. Cada criatura humana pisa de um modo. Seria capaz de identificar, agora, pelo passo, todos os seus amigos, como se tivesse vista e lhe pusessem diante dos olhos o retrato de cada um deles. E imaginava como seria curioso organizar para os cegos um álbum auditivo, como os de datiloscopia, quando um dos médicos lhe tocou no ombro, dizendo-lhe amavelmente:

— Está tudo pronto... Vamos para a mesa... Dentro de oito dias estará bom.

O escritor sorriu, cético. Lido nos filósofos, esperava, indiferente, a cura ou a permanência na treva, não descobrindo nenhuma originalidade no seu castigo e nenhum mérito na sua resignação. Compreendia a inocuidade da esperança e a inutilidade da queixa. Levantou-se, assim, tateando, e, pela mão do médico, subiu na mesa de ferro branco, deitou-se ao longo, deixou que lhe pusessem a máscara para o clorofórmio, sentiu que ia ficando leve, aéreo, imponderável. E nada mais soube nem viu.

O processo Platen era constituído por uma aplicação da lei de Roentgen, de que resultou o raio X, e que punha em contacto, por meio de delicadíssimos fios de "hêmera", liga metálica recentemente descoberta, o nervo seccionado. Completava-o uma espécie de parafina adaptada ao globo ocular, a qual, posta em contacto direto com a luz, restablecida integralmente a função desse órgão. Cientificamente, era mais um mistério do que um fato. A verdade, era que as publicações europeias faziam, levianamente ou não, referências constantes às curas miraculosas realizadas pelo cirurgião de Berlim, e que seu nome, em breve, corria o mundo, como o de um dos grandes benfeitores da Humanidade.

Meia hora depois as portas da sala de cirurgia do Grande Hospital de Clínicas se reabriam e Paulo Fernando, ainda inerte, voltava, em uma carreta de rodas silenciosas, ao seu quarto de pensionista. As mãos brancas, postas ao longo do corpo, eram como as de um morto. O rosto e a cabeça envoltos em gaze, deixavam à mostra apenas o nariz afilado e a boca entreaberta. E não tinha decorrido outra hora, e já o professor Platen se achava, de novo, a bordo, deixando a recomendação de que não fosse retirada a venda, que pusera no enfermo, antes de duas semanas.

Doze dias depois passava ele, de novo, pelo Rio, de regresso para a Europa. Visitou novamente o operado, e deu novas ordens aos enfermeiros. Paulo Fernando sentia-se bem. Recebia visitas, palestrava com os amigos. Mas o resultado da operação só seria verificado três dias mais tarde, quando se retirasse a gaze. O santo estava tão seguro do seu prestígio que ia embora sem esperar pela verificação do milagre.

Chega, porém, o dia ansiosamente aguardado pelos médicos, mais do que pelo doente. O hospital encheu-se de especialistas, mas a direção só permitiu, na sala em que se ia cortar a gaze, a presença dos assistentes do enfermo. Os outros ficaram fora, no salão, para ver o doente, depois da cura.

Pelo braço de dois assistentes, Paulo Fernando atravessou o salão. Daqui e dali, vinham-lhe parabéns antecipados, apertos de mão vigorosos, que ele agradecia com um sorriso sem endereço. Até que a porta se fechou, e o doente, sentado em uma cadeira, escutou o estalido da tesoura, cortando a gaze que lhe envolvia o rosto.

Duas, três voltas são desfeitas. A emoção é funda, e o silêncio completo, como o de um túmulo. O último pedaço de gaze rola no balde. O médico tem as mãos trêmulas. Paulo Fernando, imóvel, espera a sentença final do Destino.

— Abra os olhos! — diz o doutor.

O operado, olhos abertos, olha em torno. Olha e, em silêncio, muito pálido, vai se pondo de pé. A pupila entra em contacto com a luz, e ele enxerga, distingue, vê. Mas é espantoso o que vê. Vê, em redor, criaturas humanas. Mas essas criaturas não têm vestimentas, não têm carne; são esqueletos apenas; são ossos que se movem, tíbias que andam, caveiras que abrem e fecham as mandíbulas! Os seus olhos comem a carne dos vivos. A sua retina, como os raios-X, atravessa o corpo humano e só se detém na ossatura dos que a cercam, e diante das cousas inanimadas! O médico, à sua frente, é um esqueleto que tem uma tesoura na mão! Outros esqueletos andam, giram, afastam-se, aproximam-se, como um bailado macabro!

De pé, os olhos escancarados, a boca aberta e muda, os braços levantados numa atitude de pavor, e de pasmo, Paulo Fernando corre na direção da porta, que adivinha mais do que vê, e abre-a. E o que enxerga, na multidão de médicos e de amigos que o aguardam lá fora, é um turbilhão de espectros, de esqueletos que marcham e agitam os dentes, como se tivessem aberto um ossuário cujos mortos quisessem sair. Solta um grito e recua. Recua, lento, de costas, o espanto estampado na face. Os esqueletos marcham para ele, tentando segurá-lo.

— Afastem-se! Afastem-se — intima, num urro que faz estremecer a sala toda. E, metendo as unhas no rosto, afunda-as nas órbitas, e arranca, num movimento de desespero, os dois glóbulos ensanguentados, e tomba escabujando no solo, esmagando nas mãos aqueles olhos que comiam carne, e que, devorando macabramente a carne aos vivos, transformavam a vida humana, em torno, em um sinistro baile de esqueletos...

INTRODUÇÃO

JÚLIA LOPES *de* ALMEIDA

1862-1934

> — *Há muita gente que considera D. Júlia o primeiro romancista brasileiro.*
> *Filinto tem um movimento de alegria.*
> — *Pois não é? Nunca disse isso a ninguém, mas há muito que o penso. Não era eu quem deveria estar na Academia, era ela.*

Esse é um trecho da entrevista que João do Rio fez com o poeta português Filinto de Almeida (1857-1945) no ano de 1907 — portanto uma década após a criação da Academia referida acima. É o momento em que o acadêmico reconhece publicamente um fato: quem deveria ocupar sua cadeira na ABL era a esposa, Júlia Lopes de Almeida, escritora que, como dissemos na introdução deste livro, foi barrada na instituição que ajudou a criar apenas e tão somente por ser mulher, pois esta seguiu a restrição da Academia Francesa quanto à participação feminina.

Carioca, filha de portugueses, Júlia manteve uma produção literária ao longo de quarenta anos, nos quais foi pioneira na literatura infantil, escreveu romances, livros de contos e de crônicas, peças de teatro, além de artigos para jornais, defendendo, por exemplo, a abolição da escravatura e denunciando as condições das mulheres na sociedade brasileira de sua época.

Dentro do contexto daquele final do século XIX e da primeira metade do século XX, é possível dizer que ela foi um sucesso de crítica e de público, esgotando tiragens de seus muitos livros e angariando avaliações positivas, algumas entusiasmadas, nos periódicos nacionais. José Veríssimo (1857–1916), foi outro acadêmico que reconheceu a qualidade de Júlia comparando-a a outros membros daquela instituição: "Depois da morte de Taunay, de Machado de Assis, e de Aluísio de Azevedo, o romance no Brasil conta com apenas dois outros autores de obra considerável e de nomeada nacional — D. Júlia Lopes de Almeida e o Dr. Coelho Neto", declarou ele ressaltando ainda que entre os dois, sua preferência ia para a carioca.

Porém, o que torna essencial a presença desta escritora para dar o encerramento em alto nível de nosso livro é uma obra específica que ela lançou em 1903, quando tinha 41 anos de vida. *Ânsia Eterna* é uma coletânea que trouxe nada menos que trinta contos, todos curtíssimos e em sua maioria de clara inspiração gótica.

Como vimos no capítulo destinado a Machado de Assis, mesmo no Brasil a literatura ao estilo do feito de Mary Shelley, com sua criatura de *Frankenstein*, reverberou tanto a ponto de um periódico destinado ao público feminino como *Jornal das Famílias* manter com regularidade espaço para contos louvando o macabro em todas as suas formas. Obviamente as mulheres brasileiras não se submeteram a ser apenas leitoras passivas; muitas, a despeito das convenções sociais, se arriscaram a escrever suas próprias obras.

Em sua dissertação apresentada em 2017 no curso de pós-graduação em Letras da UERJ, a pesquisadora Ana Paula A. Santos estudou o fenômeno de perto. *O Gótico Feminino na Literatura Brasileira: Um Estudo de Ânsia Eterna de Júlia Lopes de Almeida* analisa não apenas o livro mencionado, como também a produção de algumas contemporâneas: as escritoras Maria Firmina dos Reis (1822–1917), Ana Luíza de Azevedo e Castro (1823–1869) e Emília Freitas (1855–1908), autoras respectivamente de *Úrsula* (1859), *D. Narcisa de Villar* (1859) e *A Rainha do Ignoto* (1899).

Um ponto em comum encontrado pela pesquisadora na leitura dessas obras é que suas criadoras adotaram uma estratégia narrativa distinta dos escritores homens. Em vez de erotizar e fantasiar suas protagonistas trágicas, elas buscaram trabalhar em sua prosa com efeitos para estimular empatia:

> Os contos de *Ânsia Eterna* demonstram que o nosso Gótico feminino, tal como a literatura de medo brasileira, privilegiou a violência, o horror e as descrições expressivas de transgressões e experiências traumáticas como forma de suscitar no leitor os efeitos estéticos do medo: suas obras dialogaram abertamente com a tradição do Gótico literário, e, junto a outras escritoras góticas, trouxeram para a ficção brasileira horrores indubitavelmente femininos.

O lado realmente trágico desta história é que mesmo Júlia, que sem dúvida foi a escritora a alcançar maior sucesso em vida, acabou com o tempo relegada a certo oblívio:

> Podemos afirmar, portanto, que Almeida foi, sem dúvida, uma escritora renomada, cujo diálogo com a poética gótica abriu caminho para que o viés feminino dessa ficção se consolidasse em nossa literatura. No entanto, seu êxito como escritora não impediu que suas obras fossem omitidas de nossa história literária. Também ela tornou-se vítima do desprezo com que a crítica e a historiografia literária lidaram com as obras de autoria feminina no Brasil.

Medo Imortal se une aos esforços para o resgate desta ótima autora reapresentando seis dos trinta contos daquela coletânea lançada há mais de um século. São contos que mostram com clareza esse tom gótico dentro de uma perspectiva de protagonismo feminino, como os perturbadores "Os Porcos" e "O Caso de Ruth". Mas também procuramos mostrar a versatilidade de sua autora, trazendo textos de fortíssimo efeito sinestésico, como "A Valsa da Fome" e "A Alma das Flores". No conjunto, são os melhores testemunhos sobre a qualidade literária de Júlia Lopes de Almeida.

JÚLIA LOPES DE ALMEIDA

AS ROSAS

1903

O meu jardineiro era um homem de feio aspecto, todo coberto de pelos eriçados, vermelhaço de pele e de olhar desconfiado e sombrio.

Toda a gente me dizia:

— Olha que aquele sujeito compromete a tua casa! põe-no fora!...

Mas, como ele era calado, metido consigo, e porque, principalmente, tratava muito bem das minhas flores, eu levantava os ombros:

— Não era tanto assim! O pobre homem! Aqueles modos de animal bravio, não os tinha decerto por culpa sua!

E assim íamos vivendo.

Uma tarde, em setembro, desci ao jardim. Que crepúsculo aquele! No céu, esgarçado de nuvens, a lua, em foice, brilhava já, e com tamanha doçura, que dava vontade à gente de não fazer outra coisa senão olhar para ela! Havia também no ar, transparente e calmo, tal delicadeza de colorido, que a minha alma ficaria nela extática, se os olhos, percorrendo tudo, não vissem logo a infinidade de rosas que as minhas roseiras prometiam.

— Quantos botões, Mãe do Céu!

— Tudo isto abre esta noite — resmungou o jardineiro... — Amanhã haverá centenas de rosas no jardim!

A minha fantasia desencadeou-se. Centenas de rosas frescas, todas abertas, deveriam dar uma graça nova àquele recanto, pouco acostumado a semelhante fartura de flores.

Eu mesma quereria colhê-las ainda frescas de orvalho: mandaria um ramalhete a minha mãe, cobriria de rosas a sepultura de minha filha, encheria de rosas a minha casa...

E, usando de uma forma imperativa e severa, pouco comum em mim, disse ao hirsuto que não tocasse nenhuma flor! Seria eu quem as colhesse todas!

Ele curvou-se, em obediência.

. . .

Nessa noite, fui cedo para a cama, preparando-me para madrugar no dia seguinte. E tal era o meu propósito, que peguei logo num sono doce e tranquilo.

Eram seis horas e já eu estava no jardim. Como quem desperta de um sonho, apatetada, olhei à roda e só vi folhas... folhas e mais folhas verdes! nem uma flor!

Gritei pelo jardineiro, e ele veio, como por encanto, num momento, mas com tal jeito e tão demudadas feições, que tive medo.

Os olhos, de vermelhos, eram só sangue; a barba áspera, longa e ruiva, estava revolvida como por um vento de loucura, e nos grossos braços tisnados tinha sinais fundos de unhadas...

— As minhas rosas?! — perguntei-lhe, disfarçando o pavor que a sua figura estranha me infundia.

— Estão aqui! — disse ele, com voz grossa; e caminhou para o quarto.

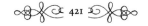

Fui atrás dele, espantadíssima, mal segurando a saia do vestido, que se não molhasse na relva — cheia de raiva e curiosa ao mesmo tempo.

• • •

O quarto do jardineiro era ao fundo, entre a horta e o jardim, ao pé de dois limoeiros da Pérsia, de gostoso cheiro. Ensombrando a porta, havia uma latada de maracujás, e, à esquina, encostados à parede, estavam os utensílios de jardinagem.

— Que quererá ele? — perguntava a mim mesma. De repente, estaquei:

— Não entro — respondi, a um gesto que me fazia.

— Então, olhe daí! — replicou o homem bruscamente, escancarando a porta.

Encostei-me ao umbral para não cair. No meio do quarto, sob uma avalanche de rosas, entrevi o corpo de uma mulher.

— Era minha filha — disse o jardineiro, entre soluços que mais se assemelhavam a uivos que a dor humana —; um dia abandonou-me, correu por esse mundo... Esta noite, veio bater ao portão, muito chorosa... que o amante lhe batera... Ouviu bem, senhora?! Quis fazê-la jurar que desprezaria agora esse bandido, para viver só no meu carinho... só no meu carinho!... Eu havia de tratá-la com todo o mimo, como se fora uma criancinha... Fiz-lhe mil promessas, de joelhos, com lágrimas... Sabe o que me respondeu, a tudo?! Que amava ainda o outro!

Cego de raiva, matei-a; ah! matei-a e não me arrependo... Antes morta por um pai honrado do que batida por um cão qualquer... Depois de morta... achei-a linda, linda! mas, coitadinha! vinha miserável, quase nua... tive pena, e, para fazê-la aparecer bem a Nossa Senhora, vesti-a de rosas!...

JÚLIA LOPES DE ALMEIDA

OS PORCOS

1903

A Artur Azevedo

Quando a cabocla Umbelina apareceu grávida, o pai moeu-a de surras, afirmando que daria o neto aos porcos para que o comessem.

O caso não era novo, nem a espantou, e que ele havia de cumprir a promessa, sabia-o bem. Ela mesma, lembrava-se, encontrara uma vez um braço de criança entre as flores douradas do aboboral. Aquilo, com certeza, tinha sido obra do pai.

Todo o tempo da gravidez pensou, numa obsessão crudelíssima, torturante, naquele bracinho nu, solto, frio, resto dum banquete delicado, que a torpe voracidade dos animais esquecera por cansaço e enfartamento. Umbelina sentava-se horas inteiras na soleira da porta, alisando com um pente vermelho de celuloide o cabelo negro e corredio. Seguia assim, preguiçosamente, com olhar agudo e vagaroso, as linhas do horizonte, tugindo de fixar os porcos, aqueles porcos malditos, que lhe rodeavam a casa desde manhã até a noite.

Via-os sempre ali arrastando no barro os corpos imundos, de pelo ralo e banhas descaídas com o olhar guloso, luzindo sob a pálpebra mole e o ouvido encoberto pela orelha chata, no egoísmo brutal de encontrar em si toda a atenção. Os leitões vinham por vezes, barulhentos e às cambalhotas, envolverem-se na sua saia e ela sacudia-os de nojo, batendo-lhes com os pés, dando-lhes com torça. Os porcos não a temiam, andavam perto, fazendo desaparecer tudo diante da sofreguidão dos seus focinhos rombudos e móveis, que iam e vinham grunhindo, babosos, hediondos, sujos da lama em que se deleitavam, ou alourados pelo pó de milho, que estava ali aos montes, flavescendo ao sol.

Ah! os porcos eram um bom sumidouro para os vícios do caboclo! Umbelina execrava-os e ia passando de modo de acabar com o filho duma maneira menos degradante e menos cruel.

Guardar a criança... mas como? O seu olhar interrogava em vão o horizonte frouxelado de nuvens.

O amante, filho do patrão, tinha-a posto de lado... diziam até que ia casar com outra! Entretanto achavam-na todos bonita, no seu tipo de índia, principalmente aos domingos, quando se enfeitava com as maravilhas vermelhas, que lhe davam colorido à pele bronzeada e a vestiam toda com um cheiro doce e modesto...

Eram duas da madrugada, quando Umbelina entreabriu um dia a porta da casa paterna e se esgueirou para o terreiro.

Fazia luar; todas as coisas tinham um brilho suavíssimo. A água do monjolo caía em gorgolões soluçados, flanqueando o rancho de sapé, e correndo depois em fio luminoso e trêmulo pela planície toda. Flores de gabiroba e de esponjeira brava punham lençóis de neve na extensa margem do córrego; todas as ervas do mato cheiravam bem. Um galo cantava perto, outro respondia mais longe, e ainda outro, e outro, até que as vozes dos últimos se contundiam na distância com os mais leves rumores noturnos.

Umbelina afastou com a mão febril o xale que a envolvia, e, descobrindo a cabeça, investigou com olhar sinistro o céu profundo.

Onde se esconderia o grande Deus, divinamente misericordioso, de quem o padre falava na missa do arraial em termos que ela não atingia, mas a faziam estremecer?

Ninguém pode fugir ao seu destino, diziam todos; estaria então escrito que a sua sorte fosse essa que o pai lhe prometia — de matar a fome aos porcos com a carne da sua carne, o sangue do seu sangue?!

Essas coisas rolavam-lhe pelo espírito, indeterminadas e confusas. A raiva e o pavor do parto estrangulavam-na. Não queria bem ao filho, odiava nele o amor enganoso do homem que a seduzira. Matá-lo-ia, esmagá-lo-ia mesmo, mas lançá-lo aos porcos... isso nunca! E voltava-lhe à mente, num arrepio, aquele bracinho solto, que ela tivera entre os dedos indiferentes, na sua bestialidade de cabocla matuta.

O céu estava limpo, azul, num céu de janeiro, quente, vestido de luz, com a sua estrela Vésper enorme e diamantina, e a lua muito grande, muito forte, muito esplendorosa!

A cabocla espreitou com olho vivo para os lados da roça de milho, onde ao seu ouvido agudíssimo parecera sentir uma bulha cautelosa de pés humanos: mas não veio ninguém, e ela, abrasada, arrancou o xale dos ombros e arrastou-o no chão, segurando-o com a mão, que as dores do parto crestavam convulsivamente. O corpo mostrou-se disforme, mal resguardado por uma camisa de algodão e uma saia de chita. Pelos ombros estreitos agitavam-se as pontas do cabelo negro e luzidio; o ventre pesado, muito descaído dificultava-lhe a marcha, que ela interrompia amiúde para respirar alto, ou para agachar-se, contorcendo-se toda.

A sua ideia era ir ter o filho na porta do amante, matá-lo ali, nos degraus de pedra, que o pai havia de pisar de manhã, quando descesse para o passeio costumado.

Uma vingança doida e cruel aquela, que se fixara havia muito tempo no seu coração selvagem.

A criança tremia-lhe no ventre, como se pressentisse que entraria na vida para entrar no túmulo, e ela apressava os passos nervosamente por sobre as folhas da trapoeraba maninha.

Ai! iam ver agora quem era a cabocla! Desprezavam-na? Riam-se dela? Deixavam-na à toa como um cão sem dono? Pois que esperassem! E ruminava seu plano, receando esquecer alguma minúcia...

Deixaria a criança viver alguns minutos, fá-la-ia mesmo chorar, para que o pai lá dentro, entre o conforto do seu colchão de paina, que ela desfiara cuidadosamente, lhe ouvisse os vagidos débeis e os guardasse sempre na memória, como um remorso. Ela estava perdida.

Em casa não a queriam; a mãe renegava-a, o pai batia-lhe, o amante fechava-lhe as portas... e Umbelina praguejava alto, ameaçando de fazer cair sobre toda a gente a cólera divina!

O luar com a sua luz brancacenta e fria iluminava a triste caminhada daquela mulher quase nua e pesadíssima, que ia golpeada de dores e de medo através dos campos. Umbelina ladeou a roça de milho, já seca, muito amarelada, e que estalava ao contato do seu corpo mal firme: passou depois o grande canavial, dum verde d'água, que o luar enchia de doçura e que se alastrava pelo morro abaixo, até lá perto do engenho, na esplanada da esquerda. Por entre as canas houve um rastejar de cobras, e ergueu-se da outra banda, na negrura do mandiocal, um voo fofo de ave assustada. A cabocla benzeu-se e cortou direito pelo terreno mole do feijoal ainda novo, esmagando sob a sola dos pés curtos e trigueiros as folhinhas tenras da planta ainda sem flor. Depois abriu lá em cima a cancela, que gemeu prolongadamente nos movimentos de ida e volta, com que ela o impeliu para diante e para trás, entrou no pasto da fazenda. Uma grande nudez por todo o imenso gramado. O terreno descia numa linha suave até o terreiro da habitação principal, que aparecia ao longe num ponto branco. A cabocla abaixou-se tolhida, suspendendo o ventre com as mãos.

Toda a sua energia ia fugindo, espavorida com a dor física, que se aproximava em contrações violentas. A pouco e pouco os nervos distenderam-se, e o quase bem-estar da extenuação fê-la deixar-se ficar ali, imóvel, com o corpo na terra e a cabeça erguida para o céu tranquilo. Uma onda de poesia invadiu-a toda: eram os primeiros enleios da maternidade, a pureza inolvidável da noite, a transparência lúcida dos astros, os sons quase imperceptíveis e misteriosos, que lhe pareciam vir de longe, de muito alto, como um eco fugitivo da música dos anjos, que diziam haver no céu sob o manto azul e flutuante da Virgem Mãe de Deus...

Umbelina sentia uma grande ternura tomar-lhe o coração, subir-lhe aos olhos.

Não a sabia compreender e deixava-se ir naquela vaga sublimemente piedosa e triste...

Súbito, sacudiu-a uma dor violenta, que a tomou de assalto, obrigando-a a cravar as unhas no chão. Aquela brutalidade fê-la praguejar e ergueu-se depois raivosa e decidida. Tinha de atravessar todo o comprido pasto, a margem do lago e a orla do pomar, antes de cair na porta do amante.

Foi; mas as forças diminuíam e as dores repetiam-se cada vez mais próximas.

Lá embaixo aparecia já a chapa branca, batida do luar, das paredes da casa.

A roceira ia com os olhos fitos nessa luz, apressando os passos cansados. O suor caía-lhe em bagas grossas por todo o corpo, ao tempo que as pernas se lhe vergavam ao peso da criança.

No meio do pasto, uma figueira enorme estendia os braços sombrios, pondo uma mancha negra em toda aquela extensão de luz. A cabocla quis esconder-se ali, cansada da claridade, com medo de si mesma, dos pensamentos pecaminosos que tumultuavam no seu espírito e que a lua santa e branca parecia penetrar e esclarecer. Ela alcançou a sombra com passadas vacilantes; mas os pés inchados e dormentes já não sentiam o terreno e tropeçavam nas raízes das árvores, muito estendidas e salientes no chão. A cabocla caiu de joelhos, amparando-se para a frente nas mãos espalmadas. O choque foi rápido e as últimas dores do parto vieram tolhê-la. Quis reagir e ainda levantar-se, mas já não pôde, e furiosa descerrou os dentes, soltando os últimos e agudíssimos gritos da expulsão.

Um minuto depois a criança chorava sufocadamente. A cabocla então arrancou com os dentes o cordão da saia e, soerguendo o corpo, atou com firmeza o umbigo do filho, e enrolou-o no xale, sem olhar quase para ele, com medo de o amar...

Com medo de o amar!... No seu coração de selvagem desabrochava timidamente a flor da maternidade. Umbelina levantou-se a custo com o filho nos braços. O corpo esmagado de dores, que parecia esgarçarem-lhe as carnes, não obedecia à sua vontade. Lá embaixo a mesma chapa de luz alvacenta acenava-lhe, chamando-a para a vingança ou para o amor. Julgava agora que se batesse àquelas janelas e chamasse o amante, ele viria comovido e trêmulo beijar o seu primeiro filho. Aventurou-se em passadas custosas a seguir o seu caminho, mas voltaram-lhe depressa as dores e, sentindo-se esvair, sentou-se na grama para descansar. Descobriu então a meio o corpo do filho; achou-o branco, achou-o bonito, e num impulso de amor beijou-o na boca. A criança moveu os lábios na sucção dos recém-nascidos e ela deu-lhe o peito. O pequenino puxava inutilmente, a cabocla não tinha alento, a cabeça pendia-lhe numa vertigem suave, veio-lhe depois outra dor, os braços abriram-se-lhe e ela caiu de costas.

A lua sumia-se, e os primeiros alvores da aurora tingiram dum róseo dourado todo o horizonte. Em cima o azul carregado da noite mudava para um violeta transparente, esbranquiçado e diáfano. Foi no meio daquela doce transformação da luz que Umbelina mal distinguiu um vulto negro, que se aproximava lentamente, arrastando no chão as mamas pelancosas, com o rabo fino, arqueado sobre as ancas enormes, o pelo hirto, irrompendo ralo da pele escura e rugosa, e o olhar guloso, estupidamente fixo: era uma porca.

Umbelina sentiu-a grunhir. Viu confusamente os movimentos repetidos do seu focinho trombudo, gelatinoso, que se arregaçava, mostrando a dentuça amarelada, forte. Um sopro frio correu por todo o corpo da cabocla, e ela estremeceu ouvindo um gemido doloroso, dolorosíssimo, que se cravou no seu coração aflito. Era o filho! Quis erguer-se, apanhá-lo nos braços, defendê-lo, salvá-lo... mas continuava a esvair-se, os olhos mal se abriam, os membros lassos não tinham vigor, e o espírito mesmo perdia a noção de tudo.

Entretanto, antes de morrer, ainda viu, vaga, indistintamente, o vulto negro e roliço da porca, que se afastava com um montão de carne perdurado nos dentes, destacando-se isolada e medonha naquela imensa vastidão cor-de-rosa.

JÚLIA LOPES DE ALMEIDA

O CASO
de
RUTH

1 9 0 3

A Valentim Magalhães

Pode abraçar sua noiva! Disse com bamboleaduras na papeira flácida a palavrosa baronesa Montenegro ao Eduardo Jordão, apontando a neta, que se destacava na penumbra da sala como um lírio alvíssimo irrompido entre os florões grosseiros da alcatifa.

Ele não se atreveu, e a moça conservou-se impassível.

— Não se admire daquela frieza. Olhe: eu sei que Ruth o ama, não porque ela o dissesse — esta menina é de um recato e de um melindre de envergonhar a própria sensitiva — mas porque toda ela se altera quando ouve o seu nome. O corpo treme-lhe, a voz muda de timbre e os olhos brilham-lhe como se tivesse fogo lá por dentro. Outro dia, porque uma prima mais velha, senhora de muito respeito, ousasse pôr em dúvida o seu bom caráter, a minha Ruth fez-se de mil cores e tais coisas lhe disse que nem sei como a outra a aturou!

Toda a gente percebe que ela o ama; mas é uma obstinada e lá guarda consigo o seu segredo... Agora, que o senhor vem pedi-la, é que eu lhe declaro que estava morta por que chegasse esse momento. Apreciei-o sempre como um coração e um espírito de bom quilate.

— Oh! Minha senhora...

— Não lhe faço favor. Além disso, Ruth está com vinte e três anos: parece-me ser já tempo de se casar. Há de ser uma excelente esposa: é bondosa, regularmente instruída, nada temos poupado com a sua educação: e se não aparece e brilha muito na sociedade é pelo seu excesso de pudor. Eu às vezes cismo que esta minha neta é pura demais para viver na terra. Todas as pessoas de casa têm medo de lhe ferir os ouvidos e escolhem as palavras quando falam com ela. Não admira: a mãe teve só esta filha e foi rigorosíssima na escolha das mestras e das amigas; o padrasto tratava-a também com muita severidade, embora fosse carinhoso. Um santo homem! Desde que ele morreu que nos falta a alegria em casa... A mulher, coitada, como sabe, ficou paralítica; e esta pequena mesmo tornou-se melancólica e sombria. Às vezes penso que ela fez voto de castidade, tal é o seu recato; desengano-me lembrando-me de quanto é moderada na religião e de que o seu bom senso se revela em tudo! O que tenho a dizer-lhe, portanto, é isto: afirmo-lhe que Ruth o adora e que não há alma mais cândida, nem espírito mais virginal que o seu. Aí a deixo por alguns minutos; se é o respeito por mim que lhe tolhe as palavras, concedo-lhe plena liberdade.

Eduardo fixou na noiva um olhar apaixonado. Na sua brancura de pétala de camélia não tocada, Ruth continuava em pé, no mesmo canto sombrio da casa. Os seus grandes olhos negros chispavam febre e ela amarrotava com as mãos, lentamente, em movimentos apertados, o laço branco do vestido.

A baronesa acrescentou ainda, carregando nas qualidades da neta e fazendo ranger a cadeira de onde se erguia:

— Ruth nunca foi de lastimeiras, e apesar de mimosa e de aparentemente frágil, tem boa saúde. Um bom corpo ao serviço de uma excelente alma. Dirão: "Estas palavras ficam mal na boca!..." Pouco importa: não são a verdade. Tenho outras netas, filhas de outras filhas:

tenho criado muitas meninas, minhas e alheias, mas em nenhuma encontrei nunca tanta doçura, tanta altivez digna e tanta pudicícia. Aí lha deixo: confesse-a!

A velha saiu.

Todos os rumores da rua rolaram confusamente pela sala. A porta que se abriu e fechou, trouxe, numa raja de luz, os repiques dos sinos, o rodar dos veículos, o sussurro abominável da cidade atarefada: mas também tudo se extinguiu depressa. A porta fechou-se, as janelas voltadas para o jardim mal deixavam entrar a claridade, coada por espessas cortinas corridas, e os noivos ficaram sós, silenciosos, contemplando-se de face.

• • •

O finado barão fora um colecionador afincado de móveis e de outros objetos dos tempos coloniais. Súdito de D. João VI, de que a sua adorável memória acusava ainda todos os traços já aos noventa anos, era sempre o seu assunto predileto a narração dos sucessos históricos presenciados por ele. À proporção que se ia afastando dos seus dias de moço, mais aferrado se fazia aos gostos e às modas do seu tempo.

Só se servia em baixela assinada com os emblemas da casa bragantina e a propósito de qualquer coisa dizia, fincando o queixo agudo entre o indicador em curva e o polegar: "Lembro-me de uma vez em que D. Carlota Joaquina..." Ou então: "Em que D. João VI, ou D. Pedro I" etc. e em seguida lá vinha uma descrição de um *Te-Deum*, ou de uma procissão, que a sua imaginação facultosa emprestava as mais brilhantes pompas. A família tinha um sorriso condescendente para aquele apego, já sem curiosidade, à força de ouvir repetir os mesmos fatos. Os amigos evitavam tocar, de leve que fosse, em assuntos políticos, receosos da lonjura do capítulo que o barão a propósito lhes despejasse em cima: mas só ele, o bom, o fiel, nada percebia, e, com os olhos no passado, toca a citar ditos e atitudes dos imperadores e a curvar-se numa idolatria pelo espírito boníssimo da última imperatriz.

Alguma coisa disso se refletira em casa: tudo ali era sóbrio, monótono e saudoso.

Cadeiras pesadas, de moldes coloniais, largas de assento, preguedas no couro lavrado de coroas e brasões fidalgos, uniam as costas às paredes, de onde um ou outro quadro sacro pendia desguarnecido e tristonho.

Assim o quisera ele, que até mesmo na hora suprema rejeitara um belo crucifixo que lhe oferecia o padre, voltando os olhos suplicemente para um outro crucifixo mais tosco, erguido sobre a cômoda, e que pertencera a D. Pedro I.

Para ele, naquela cruz não estava só o Cristo: estava, de envolta com o respeito pelos monarcas extintos, as lembranças de seus folguedos de moço. Talvez mesmo, num volteio súbito da memória, se lembrasse das festas religiosas em que namorara, à sombra dos conventos, a sua primeira mulher, e beliscara com freimas amorosas os braços gordos de Janoca, a mulatinha mais faceira de então... Quem sabe? Talvez que na hora da morte não se possa só a gente lembrar das coisas sérias.

Qualquer hora vivida pode ser recordada rapidamente, sem tempo de escolha.

Como a Janoca não pertencia à história, a família ignorou-a; e pelo ar gélido daquela galeria de espectros palacianos não apareceu nem um requebro quente da mulatinha risonha, que lhes desmanchasse a compostura.

Depois de viúva, a segunda baronesa reformara algumas coisas e contundira os estilos, pondo no mesmo canto um contador Luiz xv, um móvel da Renascença e uns tapetes modernos, entre largos reposteiros de seda cor de marfim.

Aquela extravagância não conseguira quebrar a severidade do todo. Tinha uma fisionomia casta e grave aquela sala.

As virgens dos quadros, de longo pescoço arqueado e rosto pequenino, gozavam ali o doce sossego de uma meia tinta religiosa.

Mas lá dentro, os dias passavam entre o tropel da criançada, os sons do piano de Ruth e a confusão dos criados.

E era por isso, que todos fugiam lá para dentro e que só Ruth, nas suas horas de inexplicável tristeza, se encerrava ali, em companhia da Madona da Caldeira e da Virgem de S. Sisto.

Era nessa mesma sala que ela estava ainda, muda e pálida, em frente do seu amado.

— Ruth... balbuciou Eduardo.

Mas a moça interrompeu-o com um gesto e disse-lhe logo, com voz segura e firme:

— Minha avó mentiu-lhe.

O noivo recuou, num movimento de surpresa; foi ela que aproximou-se dele, com esforço arrogante e doloroso, deslumbrando-o com o fulgor de seus olhos belíssimos, bafejando-lhe as faces com o seu hálito ardente.

— Eu não sou pura! Amo-o muito para o enganar. Eu não sou pura!

Eduardo, lívido, com latejos nas fontes e palpitações desordenadas no coração, amparou-se a uma antiga poltrona, velha relíquia de D. Pedro I, e olhou espantado para a noiva, como se olhasse para uma louca. Ela, firme na sua resolução, muito chegada a ele, e a meia voz, para que a não ouvissem lá dentro, ia dizendo tudo:

— Foi há oito anos, aqui, nesta mesma sala... Meu padrasto era um homem bonito, forte: eu uma criança inocente... Dominava-me: a sua vontade era logo a minha. Ninguém sabe! Oh! Não fale! Não fale, pelo amor de Deus! Escute, escute só; é segredo para toda a gente... No fim de quatro meses de uma vida de luxúria infernal, ele morreu, e foi ainda aqui, nesta sala, entre as duas janelas, que eu o vi morto, estendido na essa. Que libertação, que alegria que foi aquela morte para a minha alma de menina ultrajada! Ele estava no mesmo lugar em que me dera os seus primeiros beijos e os seus infames abraços; ali! ali! oh, o danado! mais do que nunca o quero mal agora! Não fale, Eduardo! Minha avó morreria, sofre do coração: e minha mãe ficou paralítica com o desgosto da viuvez... Desgosto por aquele cão! e ela ainda me manda rezar por sua alma, a mim, que a quero no inferno! Às vezes tenho ímpetos de lhe dizer: "Limpa essas lágrimas; teu marido desonrou tua filha, foi seu amante durante quatro meses..." Calo-me piedosamente; e acodem todos: que não chorei a morte daquele segundo pai e bom amigo!

. . .

— É isto a minha vida. Cedi sem amor, pela violência, mas cedi. Dou-lhe a liberdade de restituir a sua palavra à minha família.

Ruth falara baixo, precipitando as palavras, toda curvada para Eduardo, que lhe sentia o aroma dos cabelos e o calor da febre.

Em um último esforço, a moça fez-lhe sinal que saísse e ele obedeceu, curvando-se diante dela, sem lhe tocar na mão.

• • •

O outro está morto há oito anos... ninguém sabe, só ela e eu... Está morto, mas vejo-o diante de mim: sinto-o no meu peito, sobre os meus ombros, debaixo de meus pés, nele tropeço, com ele me abraço em uma luta que não venço nunca! Ninguém sabe... mas por ser ignorada será menor a culpa? Dizem todos que Ruth é puríssima! Assim o creem. Deverei contentar-me com essa credibilidade? Bastará mais tarde, para a minha ventura, saber que toda a gente me imagina feliz? O meu amigo Daniel é felicíssimo, exatamente por ignorar o que os outros sabem. Se a mulher dele tivesse tido a coragem de Ruth, amá-la-ia da mesma maneira? Se a minha noiva não tivesse me dito nada, não seria o morto quem se levantasse da sepultura e me viesse relatar barbaramente as suas horas de volúpia, que me fazem tremer de horror! E eu, ignorante, seria venturoso, amaria a minha esposa, à sombra do maior respeito e com a mais doce proteção... E assim?! Poderei sempre conter o meu ciúme e não aludir jamais ao outro?

Ele morreu há oito anos... ela só tinha quinze... ninguém sabe! só ela e eu!... e ela ama-me, ama-me, ama-me! Se não me amasse e fosse em todo caso minha dir-me-ia do mesmo modo tudo? Não... parece-me que não... não sei... se não me amasse... nada me diria! Daí, quem sabe? *Amo-o muito para o enganar...* parece-me que lhe ouvi isto! Se eu pudesse esquecê-la! Não devo adorá-la assim! É uma mulher desonrada. A pudica açucena de envergonhar sensitivas é uma mulher desonrada... E eu amo-a! Que hei de fazer agora? Abandoná-la... não seria digno nem generoso... Aquela confissão custou-lhe uma agonia! Se ela não fosse honesta não afrontaria assim a minha cólera, nem se confessaria àquele que amasse só para não sentir a humilhação de o enganar. E o que é por aí a vida conjugal senão a mentira, a mentira e, mais ainda, a mentira?

O outro está morto... ninguém sabe, só ela e eu! Ela e eu! e que nos importam os outros, tendo toda a mágoa em nós dois só?! Antes todos os outros soubessem... Não! Que será preferível — ser desgraçado guardando uma aparência digna, ou... ? Não! em certos casos ainda há alguma felicidade em ser desgraçado... Ela ama-me... eu amo-a... ele morreu há oito anos... já não lhe falam sequer no nome... Ninguém sabe! ninguém sabe... só ela e eu!

Eduardo Jordão passava agora os dias em uma agitação medonha. Atraía e repelia a imagem de Ruth, até que um dia, vencido, escreveu-lhe longamente, amorosamente, disfarçando, sob um manto estrelado de palavras de amor, a irremediável amargura da sua vida. "Que esquecesse o passado... ele amava-a... o tempo apagaria essa ideia, e eles seriam felizes, completamente felizes."

. . .

O casamento de Ruth alvoroçava a casa. A baronesa ocupava toda a gente, sempre abundante em palavras e detalhes. Só Ruth, ainda mais arredia e séria, se encerrava no seu quarto, sem intervir em coisa alguma.

Relia devagar a carta do noivo, em que o perdão que ela não solicitara vinha envolvido em promessas de esquecimento. Esquecimento! como se fosse coisa que se pudesse prometer!

A moça, de bruços na cama, com o queixo fincado nas mãos, os olhos parados e brilhantes, bem compreendia isso.

Entraria no lar como uma ovelha batida. O perdão que o noivo lhe mandava revoltava-a. Pedira-lhe ela que lhe narrasse a sua vida dele, as suas faltas, os seus amores extintos? Não teria ele compreendido a enormidade do seu sacrifício? Seria cego? seria surdo?... dono de um coração impenetrável e de uma consciência muda? As suas mãos estariam só afeitas a carícias que não procurassem estrangulá-la no terrível instante em que ela lhe dissera — eu não sou pura? Ou então por que não a ouvira de joelhos, compenetrado daquele amor, tão grande que assim se desvendava tudo?! Ele prometia esquecer! mas no futuro, quando se enlaçassem, não evocariam ambos a lembrança do outro? Talvez que, então, Eduardo a repelisse, a deixasse isolada no seu leito de núpcias, e fugindo para a noite livre fosse chorar lá fora o sonho da sua mocidade... Sim, a sua noite de núpcias seria uma noite de inferno! Se ele fosse generoso ela adivinharia através da doçura do seu beijo os ressaibos da lembrança do primeiro amante; e quanto maior fosse a paixão, maior seria a raiva e o ciúme.

Esquecimento!... sim... talvez, lá para a velhice, quando ambos, frios e calmos, fossem apenas amigos.

Ruth pensou em matar-se. Viver na obsessão de uma ideia humilhante era demais para a sua altivez. Desejou então uma morte suave, que a levasse ao túmulo com a mesma aparência de recém-cândida, de envergonhar a própria sensitiva.

Queria um veneno que a fizesse adormecer sonhando; e quanto dera para que nesse sonho fosse um beijo de Eduardo que lhe pousasse nos lábios!

. . .

De luto a casa. Ramos e coroas virginais entravam a todo o instante. Quem saberia explicar a morte de Ruth? Foram achá-la estendida na cama, já toda fria.

Agora estava entre as duas janelas, na grande sala sombria, espalhando sobre o fumo da essa as suas rendas brancas e o seu fino véu de noiva. Parecia sonhar com o desejado esposo, que ali estava a seu lado, pálido e mudo.

Entravam já para o enterro e foi só então que uma voz disse alto, saindo da penumbra daquela sala antiga:

— Vai ficar com o padrasto, no mesmo jazigo...

Eduardo fixou a morta com doloroso espanto. Estava linda! Na pele alvíssima nem uma sombra. Os cabelos negros, mal atados na nuca, desprendiam-se em uma madeixa abundante, de largas ondas.

— Quê! seria ainda para o outro aquele corpo angélico, tão castamente emoldurado nas roupas do noivado? Seria ainda para o outro aquela mocidade, aquela criatura divina, que deveria ser sua?!

E a mesma voz repetiu:

— Vai ficar com o padrasto...

Com o padrasto, noites e dias... fechados... unidos... sós! Fora para isso que ela se matara, para ir ter com o outro! Aquele outro de quem via o esqueleto torcendo-se na cova, de braços estendidos para a reconquista da sua amante!

Alucinado, ciumento, Eduardo arrancou então num delírio o véu e as flores de Ruth, e inclinando um tocheiro pegou fogo ao pano da essa.

E a todos que acudiram nesse instante pareceu que viam sorrir a morta em um êxtase, como se fosse aquilo que ela desejasse...

JÚLIA LOPES DE ALMEIDA

A NEUROSE
da
COR

1903

Desenrolando o papiro, um velho sacerdote sentou-se ao lado da bela princesa Issira e principiou a ler-lhe uns conselhos, escritos por um sábio antigo. Ela ouvia-o indolente, deitada sobre as dobras moles e fundas de um manto de púrpura; os grandes olhos negros cerrados, os braços nus cruzados sobre a nuca, os pés trigueiros e descalços unidos à braçadeira de ouro lavrado do leito.

Pelos vidros de cores brilhantes das janelas, entrava iríada a luz do sol, o ardente sol do Egito, pondo reflexos fugitivos nas longas barbas prateadas do velho e nos cabelos escuros da princesa, esparsos sobre a sua túnica de linho fino.

O sacerdote, sentado num tamborete, baixo, continuava a ler no papiro, convictamente; entretanto a princesa, inclinando a cabeça para trás, adormecia!

Ele lembrava-lhe:

— A pureza na mulher é como o aroma na flor.

"Ide confessar a vossa alma ao grande Osíris! para a terdes limpa de toda a mácula e poderdes dizer no fim da vida: *Eu não fiz derramar lágrimas; eu não causei terror!*"

"Quanto mais elevada é a posição da mulher, maior é o seu dever de bem se comportar."

"Curvai-vos perante a cólera dos deuses! lavai de lágrimas as dores alheias, para que sejam perdoadas as vossas culpas!"

"Evitai a peste e tende horror ao sangue..."

— Nota bem, princesa:

E tende horror ao sangue!

A princesa sonhava: ia navegando num lago vermelho, onde o sol estendia móvel e quebradiça uma rede dourada. Recostava-se num barco de coral polido, de toldo matizado sobre varais crivados de rubis; levava os pés mergulhados numa alcatifa de papoulas e os cabelos semeados de estrelas...

Quando acordou, o sacerdote, já de pé, enrolava o papiro, sorrindo com ironia.

— Ainda estás aí?

— Para vos repetir: Arrependei-vos, não abuseis da vossa posição de noiva do senhor de todo o Egito... lavai para sempre as vossas mãos do sangue...

A princesa fez um gesto de enfado, voltando para o outro lado o rosto; e o sacerdote saiu.

Issira levantou-se, e, arqueando o busto para trás, estendeu os braços, num espreguiçamento voluptuoso.

Uma escrava entrou, abriu de par em par a larga janela do fundo, colocou em frente a cadeira de espaldar de marfim com desenhos e hieróglifos na moldura, pôs no chão a almofada para os pés, e ao lado a caçoula de onde se evolava, enervante e entorpecedor, um aroma oriental.

Issira sentou-se, e, descansando o seu formoso rosto na mão, olhou demoradamente para a paisagem. A viração brincava-lhe com a túnica, e o fumo da caçoula envolvia-a toda.

O céu, azul-escuro, não tinha nem um leve traço de nuvem. A cidade de Tebas parecia radiante. Os vidros e os metais deitavam chispas de fogo, como se aqui, ali e acolá, houvesse incêndio; e ao fundo, entre as folhagens escuras das árvores ou as paredes do casario, serpeava, como uma larga fita de aço batida de luz, o rio Nilo.

Princesa de raça, neta de um faraó, Issira era orgulhosa; odiava todas as castas, exceto a dos reis e a dos sacerdotes. Fora dada para esposa ao filho de Ramsés, e sem amá-lo, aceitava-o, para ser rainha.

Era formosa, indomável, mas vítima de uma doença singular: a nevrose da cor. O vermelho fascinava-a.

Muito antes de ser a prometida do futuro rei, chegava a cair em convulsões ou delíquios ao ver flores de romãzeiras, que não pudesse atingir, ou as listas encarnadas dos kalasiris dos homens do povo.

A medicina egípcia consultou as suas teorias, pôs em prática todos os seus recursos, e curvou-se vencida diante do mal.

Issira, entretanto, degolava as ovelhinhas brancas, bebia-lhes o sangue, e só plantava nos seus jardins papoulas rubras.

Na aldeia em que nascera e em que tinha vivido, Karnac, forrava de linho vermelho os seus aposentos; era neles que ela bebia em taças de ouro o precioso líquido.

Princesa e formosa, a fama levou-lhe o nome ao herdeiro de um Ramsés; e logo o príncipe, curioso, seguiu para essa terra.

O seu primeiro encontro foi no templo. Ele esperava-a no centro do enorme pátio, entre as galerias de colunas, ansiosamente. Ela vinha no seu palanquim de seda, coberta de pérolas e de púrpura, passando radiante e indolente entre as seiscentas esfinges que flanqueavam a rua.

Dias depois morria o pai de Issira, último descendente dos faraós, após a sua costumada refeição de leite e mel. O príncipe Ramsés solicitou a mão da órfã e fê-la transportar para o palácio real, em Tebas.

A beleza de Issira deslumbrou a corte; a sua altivez fê-la respeitada e temida; a paixão do príncipe rodeou-a de prestígio e a condescendência do rei acabou de lhe dar toda a soberania.

O seu porte majestoso, o seu olhar, ora de veludo, ora de fogo, mas sempre impenetrável e sempre dominador, impunham-na à obediência e ao servilismo dos que a cercavam.

Esquecera a placidez de Karnac. Lamentava só as ovelhinhas brancas que ela imolava nos seus jardins das papoulas rubras.

A loucura do encarnado aumentou.

Os seus aposentos cobriram-se de tapeçarias vermelhas. Eram vermelhos os vidros das janelas; pelas colunas dos longos corredores enrolavam-se hastes de flores cor de sangue.

Descia às catacumbas iluminada por fogos encarnados, cortando a grandiosa soturnidade daqueles enormes e sombrios edifícios, como uma nuvem de fogo que ia tingindo, deslumbradora e fugidia, os sarcófagos de pórfiro ou de granito negro.

Não lhe bastava isso; Issira queria beber e inundar-se em sangue. Não já o sangue das ovelhinhas mansas, brancas e submissas, que iam de olhar sereno para o sacrifício, mas o sangue quente dos escravos revoltados, conscientes da sua desgraça; o sangue fermentado pelo azedume do ódio, sangue espumante e embriagador!

Um dia, depois de assistir no palácio a uma cena de pantomimas e arlequinadas, Issira recolheu-se doente aos seus aposentos; tinha a boca seca, os membros crispados, os olhos muito brilhantes e o rosto extremamente pálido.

O noivo andava por longe a visitar províncias a caçar hienas.

Issira, estendida sobre os coxins de seda, não conseguia adormecer. Levantava-se, volteava no seu amplo quarto, desesperadamente, como uma pantera ferida a lutar com a morte.

Faltava-lhe o ar; encostou-se a uma grande coluna, ornamentada com inverossímeis figuras de animais entre folhas de palmeira e de lódão; e aí, de pé, movendo os lábios secos, com os olhos cerrados e o corpo em febre, deliberou mandar chamar um escravo.

A um canto do quarto, estendida no chão, sobre a alcatifa, dormia a primeira serva de Issira.

A princesa despertou-a com a ponta do pé.

Uma hora mais tarde, um escravo, obedecendo-lhe, estendia-lhe o braço robusto, e ela, arregaçando-lhe ainda mais a manga já curta do kalasiris, picava-lhe a artéria, abaixava rapidamente a cabeça, e sugava com sôfrego prazer o sangue muito rubro e quente!

O escravo passou assim da dor ao desmaio e do desmaio à morte; vendo-o extinto, Issira ordenou que o removessem dali e adormeceu.

Desde então entrou a dizimar escravos, como dizimara ovelhas.

Subiam queixas ao rei; mas Ramsés, já velho, cansado e fraco, parecia indiferente a tudo.

Ouvia com tristeza os lamentos do povo, fazendo-lhe promessas que não realizava nunca.

Não queria desgostar a futura rainha do Egito: temia-a. Guardava a doce esperança da imortalidade do seu nome. E essa imortalidade, Issira poderia cortá-la como a um frágil fio de cabelo. Formosa e altiva, quando ele, Ramsés, morresse, ela, por vingança, fascinaria a tal ponto os quarenta juízes do *julgamento dos mortos*, que eles procederiam a um inquérito fantástico dos atos do finado, apagando-lhe o nome em todos os monumentos, dizendo ter mal cumprido os seus deveres de rei!

Não! Ramsés não oporia a sua força à vontade da neta de um faraó! Que a maldita casta dos escravos desaparecesse, que todo o seu sangue fosse sorvido com avidez pela boca rosada e fresca da princesa. Que lhe importava, e que era isso em relação à perpetuidade do seu nome na história?

As queixas rolavam a seus pés, como ondas marulhosas e amargas; ele sofria-lhes o embate, mas deixava-as passar!

Issira, encostada à mão, olhava ainda pela janela aberta para a cidade de Tebas, esplendidamente iluminada pelo sol, quando um sacerdote lhe foi dizer, em nome do rei, que viera da província a triste notícia de ter morrido o príncipe desastrosamente.

Recebeu a princesa com ânimo forte tão inesperada nova. Enrolou-se num grande véu e foi beijar a mão do velho Ramsés.

O rei estava só; a sua fisionomia mudara, não para a dolorosa expressão de um pai sentido pela perda de um filho, mas para um modo de audaciosa e inflexível autoridade. Aceitou com frieza a condolência de Issira, aconselhando-a a que se retirasse para seus domínios em Karnac.

A egípcia voltou aos seus aposentos, e foi sentar-se pensativa no dorso de uma esfinge de granito rosado, a um canto do salão.

A tarde foi caindo lentamente; o azul do céu esmaecia; as estrelas iam pouco e pouco aparecendo, e o Nilo estendia-se cristalino e pálido entre a verdura negra da folhagem. Fez-se noite. Imóvel no dorso da esfinge, Issira olhava para o espaço enegrecido, com os olhos úmidos, as narinas dilatadas, a respiração ofegante.

Pensava na volta a Karnac, no seu futuro repentinamente extinto, nesse glorioso amanhã que se cobrira de crepes e que lhe parecia agora interminável e vazio! Morto o noivo, nada mais tinha a fazer na corte. Ramsés dissera-lhe:

— Ide para as vossas terras; deixai-me só...

Issira debruçou-se da janela — tudo negro! Sentiu rumor no quarto, voltou-se. Era a serva que lhe acendera a lâmpada.

Olhou fixamente para a luz; a cabeça ardia-lhe, e procurou repousar. Deitando-se entre as sedas escarlates do leito, com os olhos cerrados e as mãos pendentes, viu, em pensamento, o noivo morto, estendido no campo, com uma ferida na fronte, de onde brotava em gotas espessas o seu belo sangue de príncipe e de moço.

A visão foi-se tornando cada vez mais clara, mais distinta, quase palpável. Soerguendo-se no leito, encostada ao cotovelo, Issira via-o, positivamente, a seus pés. O sangue já se não desfiava em gotas, uma a uma, como pequenas contas de coral; caía às duas, às quatro, às seis, avolumando-se, até que saía em borbotões, muito vermelho e forte; Issira sentia-lhe o calor, aspirava-lhe o cheiro, movia os lábios secos, buscando-lhe a umidade e o sabor.

A insônia foi cruel. Ao alvorecer, chamando a serva, mandou vir um escravo.

Mas o escravo não foi. Ramsés atendia enfim ao seu povo, proibindo à egípcia a morte dos seus súditos. Um sacerdote foi aconselhá-la.

— Cuidado! A justiça do Egito é severa, e vós já não sois a futura rainha...

Issira despediu-o.

Perseguia-a a imagem do noivo, coberto de sangue. A proibição do rei revoltava-a, acendendo-lhe mais a febre do encarnado.

Como na véspera, o sol entrava gloriosamente pelo aposento, através dos vidros de cor. A princesa mordia as suas cobertas de seda, torcendo-se sobre a púrpura do manto. De repente levantou-se, transfigurada, e mandou vir de fora braçadas de papoulas, que espalhou sobre o leito de púrpura e ouro...

Depois, sozinha, deitou-se de bruços, esticou um braço e picou-o bem fundo na artéria. O sangue saltou vermelho e quente.

A princesa olhou num êxtase para aquele fio coleante que lhe escorria pelo braço, e abaixando a cabeça uniu os lábios ao golpe.

Quando à noite a serva entrou no quarto, absteve-se de fazer barulho, acendeu a lâmpada de rubis, e sentou-se na alcatifa, com os olhos espantados para aquele sono da princesa, tão longo, tão longo...

JÚLIA LOPES DE ALMEIDA

A VALSA
da
FOME

1903

Quando o pianista Hippolyto entrou na sala, houve um sussurro de contentamento. Era preciso romper aquela monotonia, as moças estavam mortas por dançar.

Dentro de uma velha casaca ensebada, com o pescoço hirto e as grandes mãos balançantes, ele dirigia-se para o piano a largos passos, com as narinas dilatadas e o queixo muito agudo, cortando o caminho como uma proa de navio virada para o porto desejado.

Houve quem risse; ele era tão magro, ia tão amarelo e com tão viva chama nos olhinhos pretos, que uma senhora, uma dessas senhoras espirituosas e amigas de fazer comparações, perguntou a um amigo:

— Quem teria tido o esquisito gosto de vestir de homem aquela tocha funerária?

Logo o interrogado, rapaz gordo, metido a literato, com o peito florido por uma gardênia imaculada, respondeu:

— A fome. Foi a fome que lhe envergou aquela casaca pré-histórica e lhe amarrou ao pescoço, com verdadeira gana de o enforcar, aquela gravata branca. Só ela, a maligna, o faria entrar neste salão burguês para divertir as moças. Porque, fique sabendo, a minha senhora e amiga, aquilo que está ali é um artista. A fome tem muita força para trazer um animal daqueles, todo nervos, para um lugar destes. Só pelo freio!

— Oh!

— Não se escandalize e repare-lhe a nodosidade dos dedos. Valentes, formidáveis, não? Pois vai ver: roçam pelo teclado como uma ponta de asa pela superfície de um lago. Hão de me agradecer tê-lo trazido cá...

— Ah foi o senhor...

— Fui eu; por um acaso... Imagine que fui ontem encarregado de contratar o pianista para a festa, e que só hoje, à última hora, me lembrei da incumbência!

— Sempre o mesmo! Aquele senhor então, veio remediar uma falta...

— E preencher uma lacuna. Com duas palavras vou fazê-la interessar-se por ele. Tinham-me dito que o Hippolyto, chama-se Hippolyto, vendera o piano há cerca de uns seis meses, para fazer o enterro à irmã, única pessoa da família que lhe restava ainda, e que morreu de penúria com outras complicações... Conheci-a, era um lírio; tanto este é de bronze como a outra era de cristal. Amavam-se como nunca vi; ele tocava-lhe as suas composições e ela entendia-o, ia até ao fundo do seu pensamento, numa admirável intuição de arte, toda feliz, toda orgulhosa daquele irmão. Através do seu corpo diáfano, como que se lhe via a alma iluminada e radiante. Era muito branquinha, muito branquinha... Pobre pequena! Desde que ela morreu sumiu-se o Hippolyto. Naturalmente, por mais que ele nos divertisse e nos fizesse falta não o quisemos perturbar na sua mágoa. Compreendo que para um homem não há amor tão doce com o de uma irmã, nem que maior saudade possa deixar... Perdi assim de vista o meu maestro, até que, desabituado, não me tornei a lembrar dele, quando hoje, de repente, na ocasião mesmo em que eu me esbaforia atrás de um pianista para a *soirée* da minha tia, encontrei-o cabisbaixo, contemplando as ruínas dos botins. Pareceu-me um santo; agarrei-o com a possível veneração e fiz-lhe a minha súplica com tal ardor que ele acedeu trêmulo, numa ansiedade febril, titubeando:

— Há seis meses que não toco, desde que ela morreu... sabe? não tenho piano, não frequento casas de música. Cavo a vida por outros modos.... mas estou com saudades, muitas saudades!

Tinha a boca seca, senti-lhe o hálito ardente; convidei-o para tomar um chope.

— Não; tenho medo, respondeu-me. Estou com fome.

— Mais uma razão para ires tocar à casa da minha tia, respondi-lhe. Lá matarás a fome a peru trufado e as saudades do piano num excelente *Bechstein*.

Se não fosse tão tarde... Tens casaca?

— Não tenho nada.

— Há ali umas casas que alugam disso. Apressa-te; às dez horas deve romper a primeira valsa e já são oito. Toma o dinheiro para a casaca; comerás lá em casa. Foi tudo o que eu disse, à pressa, pensando em ir preparar-me também. E ele arranjou-se, não sei em que guarda-roupa, mas com uma brevidade que me espanta, visto que eu começava a temer... Sim, com dinheiro no bolso, em vez da casaca ele tinha razões de esfomeado para dar preferência a um jantar de restaurante. Não lhe parece?

— Parece. Vê-se que gosta mais de contentar a alma do que de satisfazer o estômago.

— Artista. Depois da primeira valsa vou fazê-lo cear... Por Deus! adoro estas organizações!

— Tem um certo sabor, a sua história; mas agora diga-me com franqueza, não receia que esse senhor heroico nos toque uma marcha fúnebre em vez de uma contradança? Olhe para ele!

— E a senhora ri-se!

Hippolyto sentava-se. As abas da casaca pendiam-lhe murchas e amarrotadas, como as duas asas de urubu doente. As suas mãos trigueiras, que o exercício do teclado desenvolvera, caíram sobre o marfim do piano num gesto ávido, de posse. O busto ossudo e longo arquejou-lhe num soluço abafado e duas lagrimazinhas ardentes subiram-lhe aos olhos áridos. Ninguém as viu; todo dentro de si, ele escutava,

maravilhado, os sons que ia ferindo e que se seguiam em revoada, como um bando de aves libertadas de repente de uma clausura longa...

Rolaram notas macias, num prelúdio que foi como uma carícia por todas as teclas, e desse prelúdio nasceu uma valsa, ora ritmada em graves, ora desdobrada em arpejos que iam e vinham num movimento doce e embalador.

Atrás dele já rodopiavam os pares. Carnes acetinadas, dos colos e dos braços nus, iluminadas pela poeira lúcida da brilhantaria, roçavam palpitantes o áspero pano das casacas. Ia crescendo o número de pares. Manchas azuis, róseas, brancas e violáceas, giravam diáfanas, ora aqui ora ali, como nuvens do crepúsculo balançadas pelo vento.

Inebriado, num gozo extático, Hippolyto admirava-se que o piano obedecesse ainda tão bem aos seus dedos nervosos e à sua inspiração. A saudade da arte, a saudade dolorosa que havia tanto o pungia, desafogava-se enfim! Seria um sonho aquilo? Nunca a sua imaginação fora tão fresca nem tão abundante. O repouso dera-lhe novas forças; o sofrimento sutilizara-a.

Assim, Hippolyto abstraía-se; ia perdendo pouco a pouco a noção do lugar.

A valsa seguia o seu curso, criando a cada passo novos motivos, que, nascendo uns dos outros, se avolumavam de pequeninas fontes em cascatas, onde as melodias flutuavam como flores na torrente para se submergirem em harmonias, compactas e nunca repetidas.

E como aquela saudade não se contentava, a música era infindável. Algumas pessoas pararam extenuadas, mas vinham logo outras; dançava-se sempre, até que vozes impacientes gritaram:

— Basta! Basta!

Não bastava. O artista, insaciado, não ouvia ninguém. Todo curvado, com os joelhos pontudos erguidos alternadamente pelo movimento dos pedais, os cotovelos magros unidos ao corpo trêmulo, as mãos enormes, ora leves como plumas, ora pesadas como ferro, na brancura do marfim, ele aspirava entontecido aquela música nascida do seu cérebro e da sua alma, tal como se ela fosse um aroma intenso que o perturbasse e ainda assim quisesse absorver.

Todos na sala olhavam para ele com pasmo, na vaga percepção de um mistério divino. Já nenhuma voz dizia: — basta! os lábios entreabriam-se de espanto, mas em silêncio.

Que música nova seria aquela, onde os sons borbulhavam num fervor contínuo, marulhando como a onda ou rompendo em remígios de aves gorjeadoras? Que música seria aquela, para levar de roldão, no leve compasso da valsa, risos e agonias, badaladas de sinos, frases de loucos e suspiros de amor?

Na densa espiritualidade daquele poema, sentia-se ofegar uma ânsia irrequieta, humana, de perfeição. O suplício de a atingir, arrastava-se como um desejo eterno, sem esperança...

Pálido, convulso, sem sentir a fome que o dilacerava, o pianista agitava-se, transfigurado, com os olhos lacrimosos e a fronte enluarada.

Dos seus dedos, fortes como raízes nodifloras, desabrochavam cachos de modulações, e ele vergava-se todo, como se por vezes quisesse beijar o piano.

Havia mais de uma hora que durava aquela valsa, e Hippolyto tocava sempre, exuberante, num alheamento místico, de sonho. Tocava já sem as blandícias dos primeiros compassos, já sem os esboços fugazes de motivos em sucessivo abandono, mas num esforço de vitória suprema, num desdobramento febril de sons que faziam do piano uma orquestra e da valsa uma marcha de triunfo.

Levantaram-se todos, lívidos de espanto. A solenidade daquela loucura, e a concepção de uma obra de arte e sua simultânea execução, produziam em toda gente o arrepio do gozo e o silêncio do pasmo. Arquejante, surpreendido pela magnificência de sua criação, Hippolyto, desvairado, alterou o compasso, desenvolvendo um trecho de sonoridades amplas numa alegoria à Glória, digna de uma cantata.

Sem ver ninguém, ele recebia o influxo da admiração de todos. As luzes irradiavam como o sol, a atmosfera carregada de aromas entonteciam, e a fome estorcegava-lhe o estômago, fazendo-lhe escorrer pelas costas e os membros um suor de vertigem.

Não podia mais, vinha o cansaço, os pulsos amoleciam-se-lhe, uma nuvem escura ia-lhe a pouco e pouco toldando a vista... Feliz, naquela reconquista, ele teimava, teimava, cada vez mais fraco, já inconsciente, com os dedos erradios no teclado, de que levantava agora uma revoada de sons alucinados e confusos. Reaparecia o ritmo da valsa arrastando harmonias desacordes, nascidas ao acaso das mãos bambas...

O auditório que o aclamara, começava a ri, ao princípio baixinho, depois mais alto, mais alto, até a gargalhada franca e brutal, quando, repentinamente, se calou assustado.

O rapaz da gardênia, com os olhos cheios de água, correu a acudir a Hippolyto, que desmaiara sobre o piano.

JÚLIA LOPES DE ALMEIDA

A ALMA
das
FLORES

1 9 0 3

A Lúcio de Mendonça

— Em ótima ocasião vieste, Adolfo, exclamou o Salles, vendo-me ao portão do seu jardim; tenho agora uma esplêndida coleção de rosas. Entra.

De fato, as roseiras estavam com uma deliciosa carga de flores: umas brancas como a neve, outras amarelas, outras rosadas, outras cor de sangue, rajadas, lisas, crespas, folhudas, simples; de todos os tamanhos, de todas as cores e de todos os feitios, elas bailavam à doce viração da manhã, sacudindo entre a folhagem escura as cristalinas gotinhas d'água, com que, ou o regador do jardineiro ou o orvalho da noite as tinha pulverizado.

— Encantador! realmente! disse eu sentando-me num banco, enquanto o Salles ia e vinha, explicando a origem desta rosa, a história complicada daquela outra, o romance de amor ligado a uma assim e assim, o trabalho que tal floricultor tivera para conseguir uma rosa tão perfeita como era a que eu via junto a mim, na haste curva de uma roseira sem espinhos.

O Salles dizia de cor tudo aquilo, mais de quatrocentos nomes, um catálogo vivo, que ele desfiava muito ufano.

— No Rio já há gosto! repetia ele de vez em quando, impando de orgulho em frente às suas formosíssimas flores.

Eu ouvia-o, sentindo bem ali, embebido naquele doce aroma e com tal espetáculo diante dos olhos.

De repente, enquanto o Salles externava os seus conhecimentos de jardineiro apaixonado, eu vi, em um extenso gramado verde, aveludado, que havia junto ao lago, aparecerem, como por encanto, umas vinte raparigas formosíssimas, pés descalços, túnicas rosadas mal seguras nos ombros, erguidas de um lado, deixando ver a perna torneada e roliça, cabelos negros suspensos na nuca por travessas de ouro, olhos negros também, cheios de alegria e de malícia, dentes brancos resplandecentes, sorriso aberto, faces frescas como a aurora!

Elas dançavam em rodas, mãos dadas, beijando-se, aparecendo ora aqui ora li, sempre alegres e saltitantes.

O Salles continuava a descrever a astúcia de um tal floricultor inglês, que roubara a um belga um importante segredo da esquisita formação de uma nova rosa:

— Biltre! clamava ele, vermelho de cólera.

Nesse momento, uma das raparigas destacando-se do grupo, correu para mim e deu-me ingenuamente um beijo no pescoço; voltei-me rápido e vi que me roçava no ombro a tal rosa muito perfeita, inclinada da haste de uma roseira sem espinhos.

O Salles convidou-me para o almoço eu segui-o, julgando que aquela esplêndida visão me havia de acompanhar; mas na sala, em frente às costeletas de carneiro e dos bifes, nada mais vi.

Passou-se algum tempo. Um dia o Salles, entrando pelo escritório, exclamou:

— Homem! consegui ter aqui, no Rio, cravos tão belos como os de S. Paulo; se quiseres vê-los vai amanhã cedo ao meu jardim.

Fui. Sentei-me no mesmo banco; o Salles começou a fazer a história dos cravos; falou-me de um amigo seu da província, que chegara a obter cento e tantas qualidades deles! narrou a propósito uma viagem e meia dúzia de anedotas; eu escutava-o, procurando no extenso gramado as vinte raparigas da manhã das rosas; mas não as encontrava! Olhando sempre, principiei a divisar, ao longe, umas pontas de lanças douradas, uns capacetes de cintilações metálicas e uns penachos flutuantes, de cores vistosas.

Era um exército de cavalaria que subia uma encosta?...

Eram uns comparsas de teatro, ensaiando-se para o espetáculo? Eu ia definir a coisa, quando o Salles disse:

— Vem cá! Vou mostrar-te uma parede da minha horta, que está literalmente coberta de madressilva; aquilo é uma flor vulgar, mas é bonita... anda daí.

Entramos na horta.

Borboletinhas cor de palha voavam por sobre as couves; havia um ar ingênuo em tudo aquilo. Chegando em frente ao tal muro fiquei atônito! Como uma cascata de flores, amarelas, rosadas e brancas, os cachos da madressilva pendiam de entre a folhagem; zumbiam-lhe as vespas em torno; e o Salles explicou:

— Esta trepadeira fornece muito mel às abelhas... Que cheiro agradável... hein?

Já então umas mãozinhas curtas e gordas afastavam a folhagem, e eu vi a cara redonda e graciosa de uma moça surgir de trás da verdura, olhar para a direita e para a esquerda, estender o pescoço roliço, mostrar o busto coberto por uma camisa de linho e um colete de veludo negro, de aldeã.

Logo depois veio de fora um camponês, vestuário galante, rapaz altivo e alegre; e ela, debruçando-se na folhagem, como quem se debruça à janela, sorriu, mostrando as covinhas das faces e os seus lábios encontraram-se com os do campônio, num longo beijo de amor.

As abelhas zumbiam, e a camponesa enfeitava de flores o chapéu de feltro cinzento do namorado.

E agora já não eram só eles! Em vários pontos do muro, camponeses e camponesas segregavam, abraçando-se; uma delas chegou a ter a ousadia de saltar para fora, e mostrou assim as suas meias em riscas e a saia vermelha barrada de preto; o noivo aparou-a nos braços, e lá se foram os dois saltando por sobre as ervas, e rindo às gargalhadas!

O Salles convidou-me a ir ao pomar.

— Tenho lá uma magnólia esplêndida. Eu sou tão doido por flores, que as planto em toda parte! dizia-me ele, dando-me o braço.

O pomar era pequeno, mas tratado com muito capricho; tinha de notável uma mangueira de enormes dimensões, e já não me lembra que variedades de frutas. A magnólia lá estava, com as suas grandes flores pálidas emergindo da rama escura da árvore.

Rodeando uma jaqueira vizinha, havia um banco de pau. Sentamo-nos um pouco. O Salles começou a ferir-lhe o tronco com o canivete. Estávamos silenciosos, e eu meditava na estranheza das minhas visões em casa do meu amigo, quando vi, positivamente vi, uma encantadora mulher, já na segunda mocidade, mas, apesar disso, linda, arrastando-se de joelhos, com os cabelos em desalinho, os olhos castanhos cheios de paixão, os lábios trêmulos, o vestido a envolvê-la numas rendas sombrias, pespontadas por uns pequenos raios de ouro, as mãos erguidas suplicemente.

Transbordava de tal maneira a paixão do seu olhar, havia tal contensão de amor no seu peito, que me chegou a ser doloroso vê-la assim! Com quem falava? a quem dizia com tanta veemência o *amo-te* sagrado? Não sei; o peito arquejava-lhe, saltavam lágrimas grossas dos seus olhos, e espalhava-se-lhe pela fisionomia uma palidez de luar... Fiquei muito nervoso e despedi-me do Salles.

Meses depois tive de lá voltar, a instâncias dele, para ver uma pequena coleção de lírios.

Estivemos perto do lago, vendo os lírios d'água, cor de marfim e aromáticos; a nosso lado havia dois outros, cor de violeta e dos brancos, muito poéticos.

O Salles nunca oferecia as flores do seu jardim; era zeloso em excesso, e pôs-se a contar-me a razão disso. Entretanto, eu via através de umas névoas uns vultos indistintos, tocando em liras e em harpas de prata. Era um quadro vago, branco, nublado, aéreo.

Saí e jurei nunca mais voltar à casa do meu amigo, para não correr o risco de ficar doido!

Tive por esse tempo de mudar-me. Fui habitar o primeiro andar de uma casa de pensão. Pela janela de sacada do meu quarto eu via o quintal da minha senhoria, uma boa burguesa econômica, que em vez de jardim tinha um coradouro para a roupa lavada, e, a um canto, um único canteiro para tomates e salsa. Havia, porém, na vizinhança, um quintalito de iguais dimensões, mas onde a dona, igualmente prática, mas de sentimentos mais tocados por uns laivos de poesia, plantara, além da grama para o coradouro, e da salsa para a panela, um canteirinho de angélicas, que estavam então em flor.

No verão tive sempre por hábito ir fumar um cigarro à janela, antes de me deitar. Puxei a minha poltrona para a sacada, na primeira noite da estada na minha nova habitação, e pus-me a cogitar em um negócio sério, quando de súbito vi uma coluna singular, movediça, que se alava para o firmamento infinitamente azul e infinitamente calmo! A pouco e pouco fui distinguindo formas humanas, figuras quase apagadas de mulheres, como se aquela coluna fosse a bíblica escada de Jacó, por onde as recatadas virgens iam subindo ao céu! À proporção que eu as fixava ia-as divisando melhor, até que as vi distintamente!

Eram todas alvas, eram todas loiras; os cabelos flutuavam-lhes em grandes ondas flexíveis, levavam os braços erguidos e nas pontas dos dedos das mãos, juntas acima da cabeça, uma pequena açucena, onde iria talvez a essência divina da maior dor da terra!

Dos seus olhos azuis, úmidos de pranto, caía o orvalho para as ervas, elas subiam, sucediam-se, sempre formosas, sempre loiras, sempre a erguerem acima da cabeça a pequena açucena cor de leite!

Aquele quadro tinha uma magia estranha, de que eu não me podia desprender! ficava horas inteiras a contemplá-lo, até que, cansado, adormecia. O criado fechava com estrondo a janela e eu ia tonto para a cama.

Esta cena repetiu-se por umas cinco ou seis noites. Apesar do meu protesto, apresentei-me no fim de alguns dias em casa do Salles.

Levando-me através do jardim, ele mostrou-me de passagem umas camélias brancas. Eu olhei detidamente para essas bonitas flores, que me pareciam, na sua mudez, pequenas virgens mortas: nada me feriu nem abalou a imaginação. Bem! calculei eu, agora as minhas visões só vêm à noite!

Mas exatamente nessa noite, debalde esperei a coluna humana, que subia da terra a perder-se nas constelações da Via Láctea! Em vão olhei para o espaço vazio, azul, iluminado pela luz da lua; no céu acinzentado luziam as estrelas como pequeninos pontos de ouro; mais nada!

Por que não viriam? onde estariam elas, as encantadoras filhas da noite? Cansado de procurá-las no espaço, debrucei-me da janela para procurá-las na terra. Tudo silencioso! Tudo como na véspera... unicamente, do canteiro do quintal vizinho tinham desaparecido as angélicas brancas...

Só então percebi que via o que os outros sentem — o aroma!

BIBLIOGRAFIA

A antologia *Medo Imortal* seria impossível não fosse o trabalho de acadêmicos e pesquisadores apoiados por instituições públicas e produtoras de conhecimento que se empenham na conservação, análise e difusão da cultura nacional. A DarkSide® Books e o organizador registram nestas páginas as obras citadas ao longo dos textos de apoio que acompanham os contos e as poesias presentes na antologia, fundamentais para embasar o panorama do primeiro século da literatura de terror nacional aqui apresentado. Da mesma forma, segue a lista de acervos digitais e sites de onde foram retirados os clássicos do medo de autoria dos imortais da Academia Brasileira de Letras. A relação abaixo segue a ordem em que as pesquisas foram citadas neste livro.

TESES

Literatura nas Sombras: Usos do Horror na Ficção Brasileira do Século XIX, de Lainister de Oliveira Esteves. Universidade Federal do Rio de Janeiro (UFRJ), 2014.

O Caso Humberto de Campos: Autoria Literária e Mediunidade, de Alexandre Caroli Rocha. Universidade Estadual de Campinas (Unicamp), 2008.

DISSERTAÇÃO

O Gótico Feminino na Literatura Brasileira: Um Estudo de Ânsia Eterna de Júlia Lopes de Almeida, de Ana Paula A. Santos. Universidade Estadual do Rio de Janeiro (UERJ), 2017.

ENSAIOS

O Horror Ameno: Contos de Machado de Assis no Jornal das Famílias, de Oliveira Esteves. 2017.

O Discreto Charme da Monstruosidade: Atração e Repulsa em "A Causa Secreta", de Machado de Assis, de Julio França. 2012.

Noite na Taverna: A Presença do Medo em Álvares de Azevedo, de Ana Paula A. Santos. 2012.

Expressões do Gótico no Sertão Brasileiro: Morbidez e Necrofilia no Conto "A Dança dos Ossos", de Bernardo Guimarães, de Fabianna Simão Bellizzi Carneiro. 2014.

Terror e Deleite: O Sublime Terrível em "A Guarida de Pedra" de Fagundes Varela, de João Pedro Bellas. 2017.

O Gótico de Coelho Neto: Um Diálogo Entre as Literaturas Brasileira e Anglo-Americana, de Alexander Meireles da Silva. 2008.

"Demônios": o Fantástico em Aluísio Azevedo, de Patrícia Alves Carvalho. 2011.

A Natureza Como Fonte do Medo: O Efeito Sublime em "Os Salgueiros" e "Valsa Fantástica", de Marina Sena. 2014.

O Insólito em Contos Amazônicos: Inglês de Sousa sob a Perspectiva da Literatura do Medo, de Raphael da Silva Camara. 2011.

Um Convite ao Excesso: Monstruosidade e Perversão em "O Baile do Judeu", de Inglês de Sousa, de Raphael da Silva Câmara. 2012.

A Temática da Ciência em "Palestras a Horas Mortas" (1900), de Marina Sena. 2017.

"A Garupa": Face do Fantástico Tipicamente Brasileiro no Conto de Afonso Arinos, de Bruno Dias. 2017.

Um Passeio Pelo Sertão: As Fronteiras do Medo na Literatura Nacional, de Pedro Sasse. 2013.

Um Perigo Dentro da Noite: Os Monstros Urbanos de João do Rio, de Pedro Sasse. 2012.

Ecos da Pulp Era no Brasil: "O Monstro e Outros Contos", de Humberto de Campos, de Ana Carolina de Souza Queiroz. 2011.

ACERVOS DIGITAIS E SITES

Academia Brasileira de Letras
www.academia.org.br/

Biblioteca Brasiliana
Guita e José Mindlin
www.bbm.usp.br/

Biblioteca Digital de Literaturas de Língua Portuguesa
www.literaturabrasileira.ufsc.br/

Biblioteca Nacional Digital
https://bndigital.bn.gov.br/

Portal Domínio Público
http://www.dominiopublico.gov.br

Sobre o Medo
https://sobreomedo.wordpress.com/

*A Bernadete Coelho, a Dona Dete,
que esteve na origem de tudo,
e a Ana Resende, arqueóloga do
impossível, pelo apoio entusiasmado.*

LULA PALOMANES nasceu no Rio de Janeiro. Desenhista autodidata, construiu sua carreira como ilustrador e caricaturista. Publicou seu desenhos em *O Pasquim*, em 1984, e na *Folha de S. Paulo*. Trabalhou no jornal *O Globo* e no extinto *Jornal do Brasil*. Publicou nas revistas *Ímã, Gráfica, Ciência Hoje*, vip, *Bundas, Playboy, Seleções* e *Nebelfpalter* (Suíça). Ilustrou os livros infantis *O Gato Tom e o Tigre Tim, O Homem que Botou um Ovo*, entre outros. Fez capas para títulos das coleções Negra (Record) e Filosofia em 90 minutos (Zahar), de Paul Strathern. Participou de várias exposições coletivas, entre elas a mostra de caricaturas *Lula & Cavalcante* e da 1ª e 2ª Bienais Internacionais da Caricatura, Brasil. Em 1999, a Society for News Design conferiu-lhe medalha de prata pela caricatura do escritor Gore Vidal, publicada em *O Globo*. Criou com os amigos Cavalcante, Cruz e Walter a revista de desenhos *Papel-Brasil*. Atualmente trabalha para o jornal *Valor Econômico*.

ROMEU MARTINS é um jornalista catarinense, formado pela Universidade Federal de Santa Catarina. Na área da ficção, publicou contos de FC, fantasia e terror em mais de uma dezena de antologias de diversas editoras nacionais. Escreveu duas graphic novels, ambas com desenhos de Victor Vic: *Domingo, Sangrento Domingo* e *Justiceiro Joceli e a Ilha da Ponte de Prata*. Como antologista, recebeu o maior prêmio dedicado à literatura fantástica brasileira, o Argos, de 2015, pela organização em parceria com Fábio Fernandes do livro *Vaporpunk – novos documentos de uma pitoresca era steampunk*. Teve seu conto "E atenção: notícia urgente!" traduzido como "Breaking News" e lançado nos EUA pela World Weaver Press, tendo sido indicado pela editora americana para concorrer ao prestigiado Pushcart Prize, em 2018.

OUTONO 2019
DARKSIDEBOOKS.COM